三江逸事

宋晓红 ◎ 著

人民日报出版社

图书在版编目（CIP）数据

三江逸事 / 宋晓红著.——北京：人民日报出版社，
2023.1

ISBN 978-7-5115-7653-8

Ⅰ.①三… Ⅱ.①宋… Ⅲ.①长篇小说 – 中国 – 当代

Ⅳ.①I247.5

中国版本图书馆CIP数据核字（2022）第257215号

书　　名：三江逸事
SANJIANGYISHI

作　　者：宋晓红

出 版 人：刘华新
责任编辑：周海燕
封面设计：四川盛世语汇文化

出版发行：人民日报出版社
社　　址：北京金台西路2号
邮政编码：100733
发行热线：（010）65369509　65369527　65369846　65363528
邮购热线：（010）65369530　65363527
编辑热线：（010）65369518
网　　址：www.peopledailypress.com
经　　销：新华书店
印　　刷：成都现代印务有限公司

开　　本：787×1092mm　1/16
字　　数：338千字
印　　张：21.5
印　　次：2023年4月 第1版　2023年4月 第1次印刷

书　　号：ISBN 978-7-5115-7653-8
定　　价：80.00元

她把炽热的情感和希望刻进脚下的土地
——《三江逸事》序

廖全京

  时间进入新时代，我一直期望着四川的土地上再出现像《许茂和他的女儿们》《被告山杠爷》《木铎》那样的生长于土地、植根于人心、浸润着血泪的乡土文学好作品，期望着四川作家写出新的关于土地的叙事、关于时代的拷问、关于人性的雕刻的历史性好作品。

  可是说实话，这二三十年，我的希望总是落空的。

  当宋晓红的长篇小说书稿《三江逸事》摆放在我案头时，读了，心里再次翻腾出文学作品关于命运、关于时代、关于家国、关于反抗与顺从、关于光明与黑暗种种碰撞的情感浪潮，我终于又看到了紫色土上人们辗转于生老病死的种种传奇，看到了农人脸上沟壑纵横的皱纹里长出来的命运车辙，看到了一个女作家对生于斯、长于斯的这片土地上人们爱恨情仇的全方位把握和对历史纵深描摹的优秀功力。宋晓红在进行了长时间的写作之后，捧出了一部凝聚着多年心血和思考的厚书，这是她献给这片土地的礼物，也是献给四川乡土文学的一部有力之作。

  这是一部长篇小说，按宋晓红的话，这是一部由川南三江县符阳村的一段往事引出的乡村振兴故事。三江县的符阳村，这个象征着四川普通农村缩影的村子，有三户人家，分别是龙、杜、李三家，三家人的祖先自清朝湖广填四川时移民到此停驻下来，从而演绎出一代又一代的悲欢大戏。移民带来的是四川人性格上的两面性，既勤劳勇敢吃苦耐劳，又豁达洒脱乐观知命。因为对未来的不确定性，所以只能努力生存，更因为生死的不确定性，所以过一天算一天，但一定要把这一天过好、耍好、享受好，努力但不刻意，勤谨但不强求。三个家族的祖先们在三江这块土地上勤勤恳恳地耕耘着。到了解放前的十多年间，龙家因为更善于经营，逐渐扩大了地盘，到了龙万成这一代，日子越来越兴旺，成了远近闻名的富裕之家；而杜家的后人好赌抽鸦片，传到杜清明这一代的父辈就败家了，杜清明没有读书，性格霸道。李家也败家了，但李海清好歹读过书，算是有文化的人。就这样，三家人中的龙泽厚、杜清明、李海清成了故事的主角。三人年龄相差不大，从小一起玩、一起闹，是要好的伙伴。三人长大成人后，杜清明因为是贫雇农，当上了贫协主席，很不幸的是，他和龙泽厚都爱上了同一个女人，但女人并没有看上强势蛮横的杜清明，而选择了忠厚勤俭的龙泽厚。杜清明失去爱情，又记恨自己的父亲曾经沦为龙家的长工，因此公报私仇，将龙泽厚迫害致死。在漫长的岁月中，杜清明都掌控着这块土地的命运，他借助手中的权力，一直打压龙家人，将龙泽厚的儿子逼上绝路，幸得李海清暗中保护，龙家后人才一次次渡过难关。李海清的家被父亲败光后，评上了贫农成分，所以杜清明不敢把他怎么样。李海清有文化、有思想，是这块土地上有着一定的独立思考能力和保持着真诚善良的人，他借助自己一直给杜清明当助手的身份，在历次政治运动中力所能及地帮助龙家，客观上也起着遏制杜清明作恶的作用。龙家的儿子龙国强自父亲龙泽厚被枪毙后成了孤儿，杜清明指使村里人称他是狗崽子，迫使他不能娶妻，后来在李海清的帮助下，龙国强勉强娶了一个被他救下的装聋作哑的流浪女人。两人的儿子龙远江差点被扼杀在流浪女人的肚子里，在好心人的帮助下骗过了杜清明，得以成活。龙远江的成长历尽艰辛，但他自强不息，后考上大学终于离开他充满仇恨的三江县，发誓永不再回。大学毕业后，他去了母亲的家乡贵州当了大学教师，然后将老父亲也接到贵州生活。李海清的子女辈继承了家族的书香之气，最终也走出了家门，成为国家的栋梁之才。杜清明认为自己没有文化也一样能够掌权，没有让儿子读书，培养儿子接他大队干部的班。孙子辈在改革开放以后，考上了招聘干部，最终成了三江县的副县长。时代不同了，这个孙子在思想上与爷爷、父亲有着严重的隔阂，重视自己孩子杜春风的学习，杜春风考上了大学，读研后在上海打拼。不曾想杜春风在上海于冥冥之中竟然认识了龙家后代刘芳芳，两人成了恋人。于是，原来此生再无相聚之机的龙、杜、李三家人居然又聚在一起，开始了又一轮历史故事。

　　故事随着刘芳芳回乡探寻自己和杜春风的家世之谜而展开，几代人在历史中的轮回浮沉错综复杂，很多故事读来让人扼腕。小说展现了新中国成立以来川南农村的历史变化，尤其是改革开放以后农村发展的新面貌。围绕杜春风和刘芳芳的婚事，龙杜两家人陷入纠结，李家最高辈分的乡村文化人李海清，以个人命运与国家的命运联系为由，从旁劝说，希望两家放下个人恩怨，为建设家乡，振兴乡村尽自己的绵薄之力，三家人的恩怨在新时代得以化解。

《三江逸事》的情节以多线索齐头并进，人物跨了几代人，内容厚重、情感深沉。三江县，顾名思义，是一座承载着过去、未来，汇聚着无数暗流的故事之城，是一个展现出千变万化的历史舞台，是无数人命运转折的万花筒。作者选取这块土地作为叙事的场景，一来是她熟悉、生活过的地方，便于安排人物、安排各种悲喜苦痛的大情节，二来可以以小见大，折射出时代与生活的大镜头、大历史。宋晓红一直执着于书写她的三江，这块不大的地方在她笔下却可以包罗万象，缩微见著。三户人家，也是她很熟悉的人物，这些人也许就是她的家族、她的邻居、她的朋友，她记录下他们的家族故事、历史变迁，也记录下时代的一章章、一页页风云变幻。中国无数的大历史，就来源于这些小地方、小人物的汇聚，来源于这些鲜活而独特的、浸润着个人独特情感记忆的涓涓滴滴。

宋晓红的历史意识使她的写作有大气象、大胸怀。《三江逸事》的时间跨度长达半个多世纪。从湖广填四川开始，到乡村振兴，漫长的历史在一代又一代的人生故事中折射出宏大的时代背景，也折射出中国半个多世纪的时代、历史、政治与文化的变迁。她的笔触并没有太多女性的柔曼，而是带着刚硬、质朴之力度，线条画得很重，情节也汪洋恣肆，乡村社会历来是承载中国式文化政治和人文情感的最佳背景，宋晓红基本忠实地描写了这个背景的粗粝和艰辛，正是这百折不挠的民族韧性汇成了川流不息的三江县，汇成了以三江为代表的中国大地。

宋晓红的浓烈情感使她的写作具有真性情、真思想。一个作家最有价值的东西，除了思想和技巧之外，应该说就是情感了。作家都是情感动物，没有情感，便没有生动形象、丰富动人的情节和人物。在书中宋晓红的笔墨很克制，甚至有时候粗浅不到位，但是，在这些不动声色的文字中，可以窥见她内心的炽热情感和浓烈鲜明的爱憎。她一点点地把自己的血肉嵌进人物的灵魂中去，在人物中宣泄自己的爱与恨。这是一个作家能达到的情感浓度，也是一个作家应该具备的基本素质。我们可以看到很多华丽而空洞的文字，但宋晓红的文字无疑是简洁而又真诚、质朴而又丰富的。

宋晓红的家国意识使她的写作有家国感，有纵深感。《三江逸事》是深沉的，又是细腻的。三户人家的故事象征着在中国这块土地上三种不同的人生观、价值观和情感观。三种不同的价值取舍，造成了三种不同的人物命运，但有一点，就像人是环境和时代的产物一样，尽管三个人选择了三种不同的人生态度，但他们都牢牢地受制于这块土地上的政治环境和时代环境，他们无法真正自主选择自己的命运，只能在时代的大潮中沉浮。很多时候，我们看到的杜清明好像胜利了，他似乎永远是土地和时代的主人，永远主宰着别人的命运，但是，他从头到尾又是一个失败者，他无知而无畏，无耻又无情，他没有活出人的本质，他只是一个没有价值的躯壳。宋晓红塑造出的这样一个有着深深时代烙印的人物，其文学价值是非常可贵的，是一个新型的"王秋赦式"的人物，是川南土地上一个典型的失败的"时代强人"形象，他见证着一些时代的荒谬与残忍，见证着人性滑落的无底线刻度。这样的人物也许宋晓红自己还没有鲜明地认识到他的价值和意义，却被她无意中塑造出来了。龙家几代人没有太多鲜明的棱角和新意，他们是这块土地上最忠厚老实又最没有存在感的一群，但他们是沉默的绝大多数，他们的存在就像是脚下的土地，无声无息，却又须臾不可离。宋晓红在小说中再一次给人们呈现了土地对于中国人、对于中华民族的重要性，没有土地，便没有一切。而龙家，是这块土地上众多中国人的代表，他们那鲜明又模糊的面影，就是每一个中国人的形象。李海清无疑是作者最喜爱又寄托希望最深重的人物。他是这块土地上少有的能独立思考又有着一定行动能力的人，他是几千年传统文化的守护者和践行者，是中华文明薪火的真正传承人。他知道知识的重要性，永远捍卫着文明的星星之火，他恪守良知，尊重常识，这是中国乡土文化中"士"的存在，也是"儒"的存在，没有他，这块土地将是荒芜而恐怖的，恶行将盛行，希望将死亡。宋晓红把所有的希望和尊重都托付给了他，他是三江的守护神。

应该说新的乡村叙事到了宋晓红手里她圆满地完成了任务，更重要的是，她有了新发现，她不仅在这块土地上继续找到了生生不息的力量，而且还找到了人们前行时走得更有力、方向更正确的力量，那就是知识与文明、科学与人性。所以，她捧出了李海清这个人物，也找到了他的后来者，刘芳芳和杜春风。

　　时代在进步，乡村要振兴，文化要传承，旧的要革除，新的要勃兴。作者对未来充满了希望，因为她看到了龙家和杜家的一代新人，他们抛弃了历史的重负，摒弃了旧时代的束缚，找准了时代前进的方向，这样的未来是可期的，也是光明的。

　　历时几年，宋晓红把三江的往事和未来浓缩在一本书稿里，也把自己对家乡的爱、对土地的爱浓缩进这本书稿里。一个作家最幸福的事情，是终于可以用文字为时代留影、为自己留声、为人物立传。祝贺她的新作问世，也祝福晓红老师接下来的作品更厚重、更丰满！

（廖全京，四川省戏剧家协会名誉主席，曾任四川省社会科学院文学研究所副所长、四川省戏剧家协会主席、四川省文艺评论家协会副主席、中国戏曲学会常务理事、中国话剧理论与历史研究会常务理事。）

目　录
CONTENTS

第一章 弥留之谜

杜春风带着他的女朋友刘芳芳紧赶慢赶回到三江县符阳村的老家，还是没有赶上老祖祖头脑清醒的时候。出租车把二人拉到了一座二层小楼的地方，杜春风拉着芳芳刚进院坝的门，爷爷杜家驹顾不上招呼他带回来的女朋友，就急切地上前道："春风，老祖祖吊着的那口气，就是为了等你回来，你赶快去看看，免得他再受折磨了。"

春风拉着芳芳跨进了老祖祖的房间。屋子上空那盏老式电灯，被他们从院子里带进来的风吹得摇摆不定，惹得地下的那些影子也乱晃起来。昏暗的光让芳芳很不适应，但春风熟悉屋里的一切，一下就扑跪在了床前："老祖祖，老祖祖，你的大末末儿（注：指曾孙）回来了，你睁开眼看看我吧！"

说来也神奇，已经昏迷了好几天，任哪个都叫不醒的老祖祖，此时却慢慢睁开了眼睛。他望着大末末儿，这个令他骄傲和自豪的大末末儿，此刻就在他的面前。他的喉咙咕噜咕噜地响着，虽然说不出话，但他那干枯得只剩下骨头的手一下就逮住了大末末儿。他想笑一笑，但干瘪的嘴巴不听指挥，大张着流出口水，那表情比哭还难看。春风想把芳芳的手拉过来放在老祖祖的手上，可是从没见过将死之人恐怖表情的芳芳，本能地把手往后缩了一下。老祖祖也看到了芳芳，这个大末末儿的女朋友，他看不到她进老杜家门的那一天了，可是在去世之前看到重孙子的媳妇有着落了，他也就放心了。

突然，老祖祖的表情有点古怪，他直直地盯着芳芳，令芳芳感到害怕。春风的爷爷以为他看不清楚，就拉亮了屋里周围的白炽灯。

房间通亮起来，芳芳眯着眼睛看清了房里的一切。在一个老式雕花床上，厚厚的被子下面露着一张酷似木乃伊的脸，床的周围被人团团围住。偌大的卧室里，凌乱地摆放着八仙桌和一些老式家具，一个角落还有在很大的斗上用围席圈得很高将谷子堆成山一样的东西。芳芳后来才知道，这个叫囤巴，是当地人专门用来囤粮食的。

老祖祖吃力地抬起手来，指着芳芳想说点什么。但除了喉咙里那越来越响的咕噜声，祖祖什么话也没说出来。春风爷爷贴着老祖祖的嘴巴，打着哭腔说："老汉儿（川南方言，对父亲的一种称呼），她是你的重孙媳妇，你有啥子要交代的就说嘛，我听得到！"

老祖祖的嘴里好不容易吐出了一个龙…龙，扬在半空中的手无力地落下来，咕噜声一下就没了。春风爷爷抬起身，见老爷子落气了，但他的嘴巴似乎"噗"了一声，眼睛还大大的睁着。

"老祖祖、老祖祖！老汉儿、老汉儿！"全家人哭成了一团。

芳芳还没从害怕的情绪中出来。亲眼目睹了春风老祖祖的死亡，而且还是指着她落下了最后一口气，她感到更加害怕。隐隐约约，她觉得春风的老祖祖似乎认得她，可是她从来没有来过三江县，更不用说春风的老家符阳村了。可是春风祖祖明明是指着她才咽下的气，她实在是不明白自己与春风的老祖祖有什么关系。

芳芳的年纪不小了，研究生毕业后一直在上海打拼。家里见她快到三十岁了，对自己的婚姻大事一点也不着急，都催着她赶快找一个男朋友。对自己的婚姻问题，芳芳自有主意，没遇到自己喜欢的人，她宁可不结婚。直到她遇到了杜春风。

她和春风是在上海徐汇区的一个图书馆认识的。他们两人都各自在一家企业上班，同是外地人，周末没有可去之处，图书馆是他们都喜欢去的地方。

有一次周末，杜春风很早就去了图书馆，他在图书馆的一个角落的书柜上随手抽了一本书，书名叫《许茂和他的女儿们》，就顺便翻了翻。没想到这一翻，就吸引了他。杜春风是学理科的，在一家金融企业搞信贷和咨询服务。业余时间都是看和专业有关的书，唯独周末去图书馆，喜欢看一些文学方面的书。他记得有这样一句话：文学能够让人静下心来思考。出自哪本书已经忘了，但这句话他牢牢记住了。因为他觉得现在的人太浮躁，也太现实，根本就静不下来，更不用说去思考了。所以，只要周末不加班，他都要到离蜗居比较近的图书馆看文学类的书。但他从不买这些书，因为他认为只有在图书馆这样的氛围里，他才可能将这些书读下去。否则，买回去也是束之高阁。《许茂和他的女儿们》这本书写的都是改革开放以前"文革"中发生的事情，而且是四川农村一个家庭几个女儿的命运，杜春风感到亲切和似曾相识。书上写的那些，仿佛就是老辈人的故事。正看得起劲，他翻着的书突然被人夺了过去。他本想发火，一抬头看到一个陌生女孩漂亮的脸蛋，虽有不满之意，但也不好发火了，只是轻轻地说了一句："你干啥呀？"

那女孩也没理他，不屑地扬了扬手里的书："这都什么年代了，还看这样的书。莫非你要研究四川农村的事情？"

杜春风从她手里夺过书，也不屑道："小丫头，你懂啥呀！这本书就是一段历史。"

这女孩就是刘芳芳。她是学中文的，现在一家公司当设计策划师。她也是外地人，周末不加班也总来这里看书。这里冬暖夏凉，不仅安静，而且不用自己开电费。她已经观察这个男孩好久了，因为经常在图书馆见到他坐在一个角落，而且去的时间比她要早。与男孩来图书馆的目的不同，刘芳芳除了喜欢外出旅行找灵感外，还喜欢在这里翻一些时尚的杂志和读一些喜欢的书。她好几次都想主动上前和这个男孩接触，又觉得有些不好意思，想引起他的注意。可那男孩似乎从来都目不斜视，没有注意到她。今天，她看到他竟然拿了一本过时的书籍，感到很奇怪，实在忍不住了才上前，想问个究竟。听男孩叫她小丫头，她很不满："我知道啊！听说当年还拍成了电影，挺火的。你多大啊？敢叫本姑娘小丫头。"

杜春风见这姑娘爽快，咧嘴一笑："那你多大啊？"

刘芳芳闪着一对大眼睛笑道："不知道姑娘的芳龄是保密的吗？哪有你这样问的。赶紧说说你多大吧！"

杜春风赶紧赔不是："对不起，对不起，看着漂亮的姑娘我就忘了礼貌了。本人杜春风，现年30岁，单身未婚，老家川南三江县，现暂居本市家林村……"

"行了，行了，我又不是查户口的，你说那么多干什么。"刘芳芳心里窃喜，口中却打断了他的话。刘芳芳今年28岁了，上大学时也曾有一个男朋友。他们一同来上海闯天下。刚来那几年，他们想得很简单，以为凭着学校的好成绩在这里可以找到一份好工作，可是大上海是个人才济济的地方，理想的工作也不是那么好找的。他们到街上去发过小广告，也到猎头公司当过推销员，甚至去卖过保险。两年过去了，理想的工作依然看不到希望。男朋友的老家在安徽，父母又是当地的领导干部。见自己优秀的儿子在外面吃苦，便一心叫他们回去。刘芳芳的父母都是教师，看到她在外面漂荡也很心疼，也劝她尽快找个稳定的工作，早点结婚。可是她就是不信邪，一定要在这里扎根。为了这个，她看不起男朋友当逃兵，也不顾家里人的催婚，自己独自留下来了，因为这里的发展机遇多，她热爱这个"魔都"。都说机会是给有准备的人，经过几年的打拼，她的设计才能终于得到一家公司的认可。虽然站住了脚跟，但处理个人问题的最佳时机已经错过。家里人看催婚不起作用，也就随她了。其实芳芳不是不想结婚，而是觉得婚姻问题是人生最大的事情，一点也将就不得，碰到对的人，芳芳可是当仁不让的。听到杜春风说单身未婚，只比她大一岁多的样子，心里不免高兴起来。这个年轻人长得高挑，脸虽然不很白，但也眉眼端正，一张国字脸透着一股成熟，这也许就是她要找的白马王子吧。不过，女孩子总归要矜持一点才能够给人家留下好印象。所以她打断了杜春风的话，假装不在意的样子。

其实杜春风和刘芳芳想的差不多，他对这个热情大方的女孩子也有好感。平时不怎么喜欢在陌生人面前说话的他，今天竟然毫无顾忌地说了那么多，一点也没有脸红。

芳芳清楚地记得，那天他们结识以后，春风很高兴地邀请她在图书馆附近一家四川风味餐厅吃饭。因为心里有那么一点小九九，所以春风邀请她，她一点都没有犹豫就答应了。

这家餐厅虽说叫四川风味，但味道偏重庆的麻辣，只不过这是在大上海，味道已经改良多了，麻辣味自然也不那么正宗了。

春风问芳芳吃得惯不？芳芳说贵州那边的味道和重庆差不多，麻辣也对她的口味。

春风说这家老板是川南的，他的老家三江县也属川南。所以他经常光顾这家餐厅。来的次数多了，老板也知道了他的口味，每次他来放的麻辣都比较多。

芳芳一听说三江这个名，就敏感道："是和重庆接壤的那个三江县吗？"

春风说："对啊！你去过？"

芳芳听爸爸和爷爷不经意提起过这个地方，但又不确定，只好说听说过。

这一次，老板看见杜春风带了一个姑娘进来，就笑眯眯迎上去："春风，有女朋友了？"

芳芳瞪了杜春风一眼，对老板道："别乱说话哈！"

杜春风的脸红了，对老板道："还是老三样，大份的。"

老板会意地笑道："好嘞!"

芳芳不明白老三样是啥，直到服务生端上了桌，才知道是滑滑肉片汤、水煮牛肉、烧白。这三个菜都是芳芳爱吃的，尤其是那个滑滑肉片汤，吃到嘴里软糯化渣。芳芳不由赞美道："你可真会找地方。"

杜春风看芳芳很喜欢就高兴道："是吗？那以后我们就经常来。"

芳芳的脸红了，她小声道："哪个和你经常来。"心里想，看来以后我也要成这里的常客了。

芳芳那娇羞的脸红得像一朵花，看得春风心花怒放，不由得说道："我妈做的那个滑滑肉片汤比这个好吃多了，以后回到老家，我叫我妈做给你吃。"

你有心我有意，两个年轻人在恰当的时间恰当的地点恰当的年龄遇到，爱情就这样不期而遇了。都说爱情的力量是无限的，两颗飘荡了很久的心一下子聚到了一起，他们的生活和工作都发生了巨大的变化。芳芳的性格更开朗了，无论遇到什么困难和问题，只要对春风诉说了，都能够得到解决。而且芳芳觉得那段时间设计很有灵感，有几个方案都是受到春风的启发做出来的，而且都得到了公司老总的肯定。尤其是那个对湿地公园的设计，已经被送到人与自然和谐发展的设计大赛去参加比赛了。春风也是，那段时间自觉工作干劲倍增，效率颇高，为几家企业投资方向的参谋都获得了很大的成功，受到老板的表扬。春风也把功劳归功于芳芳，说他们文理结合，相互帮助，爱情丰收。

正当他们准备要把相爱的喜讯告诉双方的亲人时，春风得到了老祖祖病危的消息。爷爷告诉他，最好把他的女朋友带回来，没有的话也找一个来哄哄老祖祖，否则，老祖祖那口气咽不下。

第二章　芳芳的疑惑

老祖祖临死的那个举动，不仅惊吓了芳芳，在场的人也不解其意。

杜春风怕芳芳被吓住了，赶紧拉着她的手歉意道："芳芳，我和爷爷奶奶都在，你不用害怕。"

此时的春风爷爷，在看到父亲落气的一刹那悲伤呼唤的同时，不经意地瞟了芳芳一眼，也不由得吃了一惊。这似曾相识的面孔让他想起了一个人。刚才春风和芳芳进门时，他还没有来得及认真打量这个未来的孙媳妇，此时，他也开始心存疑虑，父亲是不是……不过现在他顾不上想这些，他立马招呼早已准备办丧事的人们开始张罗。

经过昨晚一夜的休整，芳芳恢复了精神。春风一家人忙着办老祖祖的丧事，芳芳不知道自己该干些什么。她走也不是，不走也不是。春风心疼她，知道芳芳有写作愿望，所以给了一个建议，叫她在村里随便转一转，权当领悟现代川南农村的乡愁。对繁琐的葬礼如果有兴趣就看看，作为素材收集，不感兴趣就算了，别跟着受累。

这建议正合芳芳的口味。她是个走到哪里都要仔细观察体会的人，作为汉语言文学专业毕业的研究生，当作家一直是她心中的一个梦，这些年她也在不停地写一些小文章，总想在合适的时候创作一个大部头出来。所以春风这样说，她很感激。

春风老祖祖高寿98了，按照民间的说法，人过95就可以当百岁了。春风家去年刚给老祖祖办了百岁酒，今年去世算是喜丧。

芳芳逐渐熟悉了春风家里的人。因为忙着办丧事，本来春风女朋友第一次上门是杜家的一件大事，长辈们也只是简单地问候了几句就顾不上她了。芳芳设计了很多遍到杜家见长辈的情景，没想到会是这样。这对芳芳来讲，也乐得自在，不必让春风的亲人们围着她评头品足了。

　　想到春风祖祖临死时指着她那个可怕的眼神，芳芳有些怕，但又想去灵堂探个究竟，于是便下了楼。但看到办丧事的人都很忙碌，自己也插不上手，便跟春风说去村里转转。

　　芳芳听春风说过，三江县虽然地处川南边陲，但历史悠久，文化厚重。建于西汉元鼎二年（公元前115年）。因长江、赤水河、习水河在县城西边汇合，顾名思义为三江县。从古至今，三江靠着这三条河，养育了这一方土地上的人。春风老家符阳村，离县城不是很远，濒临长江边，据说很久以前做过县治，明朝崇祯十七年（公元1644年），张献忠的部将温时阁率两万人来这里，杀人无数。次年，南明四川巡抚马乾率官兵两万人，住城九月，将民间粮食搜索罄尽，几乎毁灭了三江。幸而在三江山区的大小漕河还残存了百余户，后来清初移民，湖广填四川也来了不少人，这个地方才渐渐兴旺起来。据说符阳村的地底下还有纵横七八的街道，村民们都希望有考古学家来这里，考古发掘出这里曾经的辉煌，揭开历史谜底，使符阳村变成旅游景区，让村民们富裕起来。

　　符阳村去县城10多公里都是水泥公路，交通很方便。金秋时光，田野一片金黄。芳芳看着好些田坎是用石头砌成的，想着春风说这里曾经是县城的地方，猜想那些石头也许曾经就是城墙砖吧，因为石头砌得比较厚，如果不是城墙，哪个舍得砌这么厚的石头来当田坎呢？

　　滔滔长江从符阳村正前方经过，后面是高耸入云的榕山。秋高气爽，阳光灿烂，榕山山顶清晰地展现在芳芳的眼前，她觉得这里和贵州的山差不多，真的好美。芳芳以前偶然从父亲龙远江的嘴里知道了三江这个地方，就在百度上查找过，知道三江县地处大娄山的尾部，和贵州的大娄山是连在一起的。她想如果这个地方要是在上海的话，早已被美化得人流如潮了。因为她去过上海的佘山，那个叫佘山的地方在这里根本就不能叫山，最多也就是一个土包包而已。但因为生在平坦的大上海，即使是个土包包，也显得异峰突起，每日来这里的人络绎不绝，人流如潮。芳芳给公司承接过不少旅游方案的策划，职业习惯让她的头脑出现了一幅美丽的旅游规划，她甚至想如果可能的话，以后这里搞旅游开发，她能够参与就好了。芳芳一边走，一边想，不觉走了好远。但一路走来，她却没有碰到过一个人，远远得看到有几个人在田野里晃动，可能是急性的人在开镰打谷子了。芳芳经过好多户人家，房子都修得很好，不少人家关门闭户，更不用说人了。偶尔遇到一家门开着，芳芳在门外喊了几声，依然没有人回答。芳芳在公司上班时，经常听到大家都在议论如今的乡愁已经回不去了。对于城里长大的芳芳，乡愁也仅仅是在书本里、电视里见过，如今看到符阳村的这般景象，她才明白了回不去的含义。只是她没有想明白，为啥修得那么好的房子竟然没有人去住。

芳芳漫无目的信步往前走，走到一处破烂不堪的老房子前。她站在石梯台阶前，看着由石头砌成的石门框，打量着这个院门。斑驳厚实的木门歪歪斜斜地立在那里，已经看不出曾经的颜色了，只有石门框上的对联，可能因为雕刻精美而且含义深刻，才被保留了下来。芳芳认真地看了一下，见上联写着"创业守成非易事"，下联写着"勤耕苦读是良图"，横额是"各得其所"。想必这里是一勤耕苦读艰苦创业的大户人家。还是职业的习惯，芳芳走上宽大的石梯台阶使劲推了推厚重的木门跨了进去，进入了院子的回廊，这个呈凹型的回廊修得很宽大，因为年久失修吧，头顶上的小青瓦掉了不少，搁瓦的角板也没有几块了，头顶上一片蓝天，难怪回廊的地面不仅湿漉漉的，而且坑坑洼洼。回廊中间是一口面积很大的天井，虽然原有的青石板地面已经破碎不堪，靠里的两个角落还有两棵桂花树，歪歪扭扭显得饱经沧桑，落满地面的桂花还新鲜，也使这院子里有了一些生气。两边分别还有两个大大的石水缸，全身长满苔藓，绿油油的很有年代感。可惜的是有一口水缸的一边被打烂了一块，水就装不满了。别看缸里的水黑黑的，但芳芳走过去将水浇出来洗手，却很清亮。芳芳想，要是有金鱼在里面游来游去的，别提多漂亮了。院子中间是大青石板铺在石墩上的通道，连接着回廊和后面的房屋。左右两边似乎是厢房，正面可能是堂屋，但是里面早已垮塌得面目全非，看不出以前的规模，唯一还能见证这里曾经辉煌的，就是那些还残存的雕刻精美的木窗，可惜也看不出什么颜色了。芳芳平时的胆子很小，一个人进到深深的庭院里这是第一次。可是不知道为什么，她不觉得害怕，反而感到亲切，有一种似曾相识的感觉。她走进堂屋，仰头观看堂屋的顶端。高高的屋梁上也是雕梁画栋的，正中一根的梁上还刻有一条腾飞在祥云里的龙。看到这里，芳芳突然想到自家爷爷卧室里那个雕工非常细腻的龙，那龙头也像这样高扬，龙爪刚劲有力地张扬在祥云里。爷爷经常很爱惜的擦拭，生怕把它弄坏了。还在她很小的时候，爷爷就告诉她，这是他们家的根，叫她不要随便去摸。爷爷还曾经给她讲过老家的房子，说堂屋的梁上就有这样一条腾飞的龙，希望龙家就像这条龙一样在祥云里遨游。还说那老屋是祖上几代人传下的，到芳芳的祖祖这一辈，房屋已经有两三千平方米，房后的花园也有近百亩了，还有好多的土地，在村子里算是大户人家了。她已经记不得爷爷说的了，只记得爷爷流露出自豪的笑容时，被走过来的爸爸打断了他的话，不让爷爷继续说下去。爷爷也就收住了话，没有满足芳芳好奇的幼小心灵。

三江这个地名芳芳是偶然从爷爷和父亲那里听的。只是她不明白别人都知道自己的祖籍在哪里，而他们家却很忌讳说这个。芳芳长大后每次问到这个问题，爷爷和爸爸都只说在四川南边，然后顾左右而言地回避着。后来芳芳也就再也不问了。芳芳的头脑断断续续地理出一些线索，越想越激动，她觉得这里可能就是她的祖籍。所以她一个人走到这里才不害怕，这是她的先人在召唤她，在指引她。屋子的后面，也许就是那个曾经的大花园吧？这里除了有好多树冠很大的荔枝树，还有好多珍贵的楠木和许多的花木。已是深秋了，这里的桂花却还开得那么茂盛，独特的香味引导着芳芳向花园纵深走去。由于没人打理，树林中看似堆假山的地方被搞得乱七八糟，那些可能有水景的沟壑早已干涸，杂草丛生，显得阴森森的。只有那些姿态各异的荔枝树，还提醒着这里曾经的辉煌。她掏出手机，对着这院子和房屋的每个角落都拍照了一番。她要将这些照片发回去，请爷爷看看这到底是不是他们龙家的房子。

有了这样的想法，芳芳再也静不下心来，巴不得赶快弄清楚这个事情。刚出院子，就碰到一个中年人，芳芳赶紧问道："老乡，这个院子的主人是不是姓龙啊？"

那个人想了想说："也许是吧，这个地方的小地名就叫转龙坝，听说是解放前一个地主的庄园，姓啥子不知道。只知道解放后是姓杜的一大家住在里面，后来办过学校，也做过大队部和保管室。"

芳芳看他的年纪不过40多，相信他说的是实话，也就没有追问下去了。她想回到春风家问问他家里的长辈，也许就知道了。

那人可能刚赶场回家，背篼里有不少猪肉和蔬菜，手里还提了一些杂东西。芳芳要帮他的忙，他不让，说不重。于是芳芳和他一边走一边聊起来。

芳芳问道："刚才我从那边走过来，看到好多修得很好的房子却没有人住，你知道是啥原因吗？"

那人看了芳芳一眼回答道："我们农村人出去打工，找回来的钱首先就是想到修房子。"见芳芳盯着他不明白的样子又说道："这房子就像我们农村人的脸面，很多村民出去打工挣了钱，第一个重要的事情就是修房子。房子修好后，有老人的就是老人看房，没有老人的就空着。有钱人是这样，钱挣得不多的也这样。我们村的富裕户刘三胖子，家里没有老人，就请了他的堂哥来看守他那占地一亩多的花园洋房。"

"这不是死要面子活受罪吗？"芳芳不解。

"农村人就是通过房子来看你这家人的殷实。所以说房子是我们农村人的脸面。"

原来是这样。芳芳若有所思。一会儿继续说道："现在好些农村土地荒芜得厉害，你们这边的土地好像荒得不多。"

那人说："以前粮食不管钱，很多年轻人都出去打工了，剩下老的老，小的小，没有劳力种田，土地自然就荒了。现在不同了，国家都在帮助农民脱贫致富，我们三江县是全国有名的晚熟荔枝基地，县上将我们这一带都规划进基地了，除了水田以外，土地基本上都栽上荔枝和柚子了。"

芳芳明白了。

那人又说："我们这里离城比较近，条件好，很多有钱又有闲的城里人都来大片大片承包土地，把钱往土地上砸。你看到的这些空地也马上要栽荔枝了，没有搞种养殖的也在搞观光农业。"

"都是那些有钱人来栽吗？"芳芳对农村的事情不懂，好奇地问。

那人很自豪地说："是啊！以前出去打工的年轻人现在都像我这把年纪了，下一辈好些都在城里长大，农活早就不会干了。我们这里最出名的水果就是荔枝和柚子。你不知道吧？我们三江的荔枝就是当年杨贵妃吃的荔枝，有个古人还写了一首诗，叫啥子妃子、妃子笑……"

"一骑红尘妃子笑，无人知是荔枝来。"芳芳马上接话道。

"对对对，就是这句诗。我们这里的荔枝品种有好多个，其中一个品种就叫'妃子笑'。"说这话时，那人露出一丝自豪。

"就因为杨贵妃喜欢吃这个荔枝就叫它'妃子笑'吗？"芳芳好奇。

"算是吧。但传说很久很久以前，这个品种的荔枝叫开口笑。"

"说来听听。"芳芳更有兴趣了。

"因为这个荔枝一旦成熟了还不采摘，它的果壳就会裂开一个口子，就像一个白白的胖娃娃笑得合不拢嘴巴。所以就叫它开口笑荔枝。后来杨贵妃娘娘知道了，就点名要吃我们三江的开口笑荔枝。后来开口笑荔枝就被唐明皇钦定为杨贵妃专用的荔枝，再后来就干脆改成了妃子笑荔枝了。"那人兴致勃勃地介绍道。

"既然荔枝那么好，柚子到处都有，为啥不全部栽荔枝呢？"芳芳打破砂锅问到底。

那人看了看芳芳，继续耐心地说："荔枝是热天的水果，柚子是快入冬时的水果，季节不一样，效果也不一样。"

"哪点不一样？"芳芳继续问。

"一到果子成熟的时候，来采摘的人就很多，外面的人来了就要吃喝玩耍，人气就旺起来了，带动了农家乐的生意。每个季节都有人来，你说一样不嘛。再说我们这里的柚子，味道绝对是独一无二的。还有一二十天就可以摘柚子了，到时候你到我家里来，我招待你吃。保证你吃了以后再也不想吃别的柚子了。"

"不就是果瓣容易剥开，晶莹剔透，冰糖味甜，入口化渣吗？"芳芳想起去年春风带了家乡的柚子，就是这么介绍的，而且她也觉得和以前吃过的柚子的确大不同。

"对对对，就是这样的。还有柚子保存的时间很长，可以吃到明年开春以后。"

在一条岔路口，中年人要和芳芳分路了。他问芳芳："你是不是杜家春风娃儿的女朋友？"

芳芳很惊奇："这个你也知道？"

那人见芳芳很随和就说道："杜老爷子过世了，听说他留着那口气就是为了等春风那小子。那小子是他们家第一个大学生，老爷子喜欢得很，巴不得他早点娶媳妇。可是那小子不领情，30出头了都还没耍女朋友。后来听说有女朋友了，高兴得到处宣传。杜家老爷子是我们这里的老干部，孙子又是副县长，他家的好事哪个不晓得？"

芳芳不知道这些，不觉就红了脸，但又追问道："你还知道他们家什么事？"

那人已经走到另外一条田坎的石板路上了，他没有停下脚步，意味深长地说了一句："杜家老爷子大字不识几个还霸道得很，我们这里的人都不喜欢他。听说"文革"那会儿还当过县里的领导。他的龙门阵多得很,以后你慢慢就知道了。"说完,大步流星地朝前走了。

　　看着那人越来越远的背影,听着他刚才的一番话,芳芳若有所思,也明白了经常有人说的那句回不去的乡愁是什么意思了。乡村文化断代了,那乡愁也就自然回不去了。她刚才之所以对杜家的事情很关心,除了刚才在老房子留下的疑问外,还有春风祖祖盯着她落下气的那个谜。听到那人对春风老祖祖的评价,她更是迫切地想早点把这个谜解开了。

第三章　奇怪的杜家

芳芳回到杜家，春风迎上前来，体贴地叫她到楼上去休息。春风头上包着一块长及腰胯的白布，用麻绳拴着腰，那样子怪怪的。唢呐声伴随着玩意儿的锣鼓声正敲得热闹，芳芳看见几个道士模样的人在那里做法事。春风说老祖祖告诉他爷爷，他死后一定要按照老规矩来办。老祖祖虽说"文革"后就下台了，但毕竟是公家人，如果按照老规矩进行土葬，公家的丧葬费一分都得不到。但爷爷不管这些，老祖祖是个说一不二的人，临终嘱托是一定要按照他的意思办。昨天春风亲眼见到老祖祖落气后，家里人就将老祖祖抬到了门板上，停在堂屋的中间，停尸的门板下点着长明灯。春风的祖母特别说了，要用小碗装菜油，灯芯草来点，春风的爷爷祖母以及两个姑婆轮流守候。然后放火炮，全家哭丧举哀。

芳芳看着这些繁缛的礼节，心疼地对春风道："你们家搞这些，就不怕把爷爷祖母累着啊？"

春风满脸的无可奈何："我爷爷最听老祖祖的，他发了话，爷爷就必须照办。不过我看昨晚祖母给了阴阳先生好多的钱，叫他不要把葬期拖久了。今晚就坐夜，明天就上山，丧事也就差不多了。"

芳芳不由得笑道："这种事也可做假？可见这阴阳道士都是骗人的，只有老祖祖才信这一套。"

春风想到芳芳这个身份，在这里左不是右不是的很不方便，便说："要不你先回上海？"

芳芳原本想回家里去，搞清楚她心中的一些疑惑。听春风说明早就可以下葬，回答道："算了，我们一起走。"芳芳想到刚才碰到的那个中年人的话，她还想趁机多了解一些春风家里的事情。于是她说："你们家真怪。"

春风问："怎么怪了？"

芳芳说："从昨天到现在，都是你爷爷在操办丧事，你爷爷都那么大的年龄了，怎么没看见你爸爸妈妈呢？"

春风的手捏住披着的孝布说："没给你说，我爸是县里的副县长，妈妈也是个干部。爷爷搞这些旧风俗，按政策是不允许的。爸爸又劝不住爷爷，他们不好回来参加。我们回来的时候，他们刚走，说是县上要开一个很重要的大会，说好了等葬礼过后才回来。"

芳芳想到那个中年人说春风老祖祖的话，不由得又说道："你老祖祖是一个很特别的人吧？"

春风说："听说老祖祖年轻的时候是个很强势很风光的人，到我们这一辈时，给我的印象就是思想保守，又很顽固。在村里的人缘关系不怎么好。老祖祖对爷爷的影响很大，但和爸爸妈妈说不到一起。我们家每年吃年饭聚到一起，都要争吵。老祖祖不听爸爸妈妈的话，爸爸妈妈也不听他的话，说他是老古董。所以他们平时很少回家，我也很少回来。"

芳芳说："你们家怎么会是这样呢？我家里可不是这样的，每次我回家，爸爸妈妈和爷爷都很和睦的。"

春风想了想说道："我也很奇怪。曾经对这个事情深思过。我觉得可能是文化层次的缘故。老祖祖基本上是个文盲，据说小时候也进过学堂，但根本就读不进去。年轻时很风光，养成了他很强势的作风。仗着他是乡里的老资格，什么都要管，但又管不好。你想都什么年代了，他还是用旧的那一套来对待，哪个人会听他的呢？爷爷也相当于文盲，虽然读过几天书，但也仅仅是小学毕业。他最崇拜老祖祖。到了我爸爸妈妈这一代，他们都当上了领导干部，对他们过时的那一套自然也就矛盾了。我觉得这就是乡村新旧文化的碰撞产生的结果。到我这一代就更不用说了，简直就说不到一个点上。"春风说到这里，似乎有些后悔给芳芳说这么多话。他用担心的眼神看着芳芳说："我说这些老实话，不会影响你对我的看法吧？"

芳芳看他那样子感到好笑，便说："我这人大大咧咧的，你又不是不了解，没那样小肚鸡肠。相反，我倒觉得这是了解你家人的最好时机。无论遇到什么事情，只要我俩没事就没事。你放心吧。"她停了一会又说："你看，我也帮不上忙。你爷爷祖母不会因为我不去行那些旧礼生气吧？"

春风笑道："没事。这些礼节我都看不惯。我爸妈没回来他们也没办法，还没过门的就更顾不上了。我顺着爷爷祖母，也是代我爸妈尽孝而已。"

芳芳放心道："那你去忙。等明天下葬了我们好安排自己的事情。"

春风听芳芳说得诚恳，满意地说："那你照顾好自己。等我这边安排好了，我就同你回老家看望你爷爷和父母。"

芳芳说："忙你的吧。"

见春风离开了，芳芳想着自己的心事。上午去逛了一圈回来，她就在家里那个爸妈的群里发了微信，不仅发了照片，而且还谈了自己的感受，特别说了转龙坝那个大院子和梁上的那条龙。说这个地方有点像爷爷曾经给她说过的老家。按她的想法，群里肯定会有热烈的响应。可是直到快中午了，群里很寂静。这可是从来没有过的事情。以往她在群里无论说什么都是有响应的。她想了想又发了一条微信："过几天，我想把春风带回家，让你们审查审查。我们想在明年合适的时候结婚。"

这条微信刚发，立马就收到爸爸的回信："宝贝，别带回来。"芳芳有点诧异，心里的不安越来越强烈。她马上也回道："为啥呀？你们不是盼着我早点结婚吗？"

微信群又没反应了。芳芳疑惑地收起了手机。她觉得自己虽然用不着像春风那样去跪着，但自己在楼上休息也不好，况且那刺耳的玩意儿声、唢呐声一刻都没有停下来，她哪里睡得着。不如下楼去端茶递水接待客人，还可以给春风家里的人留一点好印象。

因为明天一早要出殡，晚上，芳芳看到穿衣师指挥春风爷爷，要将给死者穿的九件寿衣先穿在他身上，然后叫全体子孙跪于大门前。穿衣师端一碗烧好的盐茶水用白布浇湿，在死者上方晃一晃，说是洗澡水（后来听说这洗澡水是由春风爷爷跪在水井边，一边舀一边口中念"感谢龙王赠水"舀上来的）。穿衣师吩咐子孙们挨一挨二地喝掉，然后脱下爷爷身上的寿衣，一齐给老祖祖穿上。衣服穿好后，将老祖祖装入早就抬出来的棺材里。芳芳看到在装殓老祖祖之前，穿衣师还要求爷爷和姑婆们，将贴身的衣襟剪一小块压在老祖祖的身下，说是让老祖祖在阴间显示他在人间人丁兴旺的雄厚实力。然后又叫把儿孙穿过的干净内裤找来抵住老祖祖的脚说是"要得富，脚抵裤"，春风爷爷在穿衣师的指点下系好了绳（后来听说是因为寿衣不能缝扣子，只能用线绳代替纽扣）并用香在老祖祖的寿衣上灼烧小洞，说是"打记"，叫阴间的野鬼不能抢夺他的衣服。穿衣师将老祖祖脱下的贴身衣裤包给爷爷，由他找地方藏好，让其沤烂。穿衣师将老祖祖衣袋中的钞票掏出来分给每个儿女各一张，并负责将老祖祖床上睡过的稻草编成火烟包，十岁一转（圈），焚烧火烟包和老袄（纸钱封面写有老祖祖的姓名、生辰、籍贯、死日）。老袄灰要专门的瓦罐装后随葬。

春风祖母很自豪地对大家说："这个棺材是冷杉来做的，十节六尺长的大杉木，底和盖各三节，两边墙子各两节。两头用杉树头做回头，撞槽法拼接，不用一颗钉子，也不用横木，讲究的是十全十美，又叫十合。外边用膏灰刮平，抹黑色土漆，里面用松香熬化加上朱辰砂、珍珠粉拌匀，使寿材看起来流浸均匀。满尺的大棺材还装衬了一个由杉木薄板涂上红色土漆的金箱。"春风祖母说完这话，还酸溜溜地说了一句："老太爷这辈子值得了，我们这一辈就没有这样的好福气了。以后到哪里去找这么大的杉木？"

春风和芳芳到家时，落棺前的那些梳头修面擦洗汗脚都已做完，家里所有进出的门都贴上了黄纸。春风的爷爷领着子孙们，向前来助丧的人跪下左脚磕头（川南老风俗，死父亲跪左脚，死母亲跪右脚，双亲都过世跪双脚），口中念着"我家老人感谢你了"！

从来没有见过这些阵仗的芳芳，刚开始还觉得有趣，把它作为当地的风土人情来了解。可芳芳现在不这样看了，她觉得这哪里是举行葬礼，这完全是折磨活着的人。她不仅心疼春风，还心疼她爷爷。因为是长子，什么都要亲自参加，已70多岁的人了，还被那些道士和阴阳呼来唤去的，真可怜。以前说到破除封建迷信，芳芳没有什么感觉，现在觉得真该破除这些。她想以后自己家里有人去世绝不能搞这些名堂。爸妈经常说，对老人要重生不重死，生前一定要对老人尽孝道。老人去世后葬礼简单一点就行了。爷爷也说过，他去世后直接将他火葬就行了。她甚至觉得春风家里人有点怪，特别是春风的爸妈不回来，虽说春风做了解释，但也暴露了杜家人不和谐的情况。芳芳觉得这个家关系复杂，要好好对待。

因为明天要下葬，请来的道士上午就到了，设灵台供桌，开灵、做引魂幡、造金单簿（金单簿要写明死者出生年月日时辰、地点、去世和所有亲属的姓名关系）等。到中午11时许打响名为"法雷"的第一场法事。这场法事做完后，开始吃中午饭。

杜家的二层小楼虽然不高，但占地面积却不少，上下房间十多间，据说有500多平方米。楼上全是卧室，满足一大家子回家和亲戚朋友来时的住宿。楼下的正厅很大，靠右的三间，一间做了厨房，另外两间一间是杂物间，一间是堆柴草的地方。虽说现在靠近城市的农村都已经安装了天然气，但杜家一直喜欢烧柴火，用老祖祖的话说，柴火煮的饭炒的菜好吃。春风祖母说，除了这些好处外，还可以不花钱，现在的农村到处都是柴火，随便捡一点回家都用不完。靠左的那三间就是老祖祖和爷爷祖母的卧室和客房。平时他们都在底楼住，只有春风父母回家和亲戚朋友来才住到二楼去。屋外面是用水泥平整的一块很大的院坝，足足有半个篮球场那么大。平时可当晒坝，有事情时也就是办事的地方。老祖祖的百岁宴就是在这里办的。院坝的两边都栽着荔枝和真龙柚，间或也有桂花和黄角兰，墙角边还有一些三角梅和蔷薇。看得出这家人会享受生活。

芳芳围在一张圆桌旁与杜家人一起用餐。春风挨着她，不断往她碗里夹好吃的。

春风祖母看着他们很恩爱的样子，笑得脸上像朵菊花。芳芳身材高挑，面容姣好，配她家的春风完全配得上。她坐在春风旁边说："春风啊，芳芳第一次到我们家，我们顾不上照顾她，你要多费点心哈。"她夹了一块土鸡腿放在芳芳的碗里又说："芳芳，等你老祖祖的丧事办完了，就该考虑你和春风的婚事了。你们俩都老大不小的了，我也等着四世同堂。"说完，忍不住乐了，快掉光牙齿的嘴巴关不住风，吃进嘴里的饭菜也不住地往下掉。

春风赶紧劝住祖母："这些天你也累了，好好吃饭吧。"说着，眼神瞟了芳芳一眼。

说实话，芳芳喜欢祖母直爽的性格。但对他爷爷没有好感。老祖祖去世后，他老是盯着芳芳看。看了半天又自言自语地说："硬是有点像。"说完又摇摇头："她姓刘，不姓龙。"芳芳忍不住想告诉他，我爷爷姓龙，我随母亲的姓。可是想到父亲要她不要带春风回家，她就忍住了。她老是觉得这里面有故事，想把故事的来龙去脉搞清楚再说。

春风祖母又问道："芳芳，上午你到哪里玩了？"

芳芳如实回道："我去村里转了转，看到一个破败的院子，听人家说那个地方叫转龙坝，就进去看了看。"

"那个院子啊！那是我们原来的家。"说到转龙坝的院子，春风祖母立即眉飞色舞地说起来："听说那个地方在清朝的光绪年间就有了，以前那个院子栽了好多珍贵的树。土改时分给我们老杜家，后花园成了集体财产。"

"为啥又搬出来了呢？"芳芳不解。

祖母说："那个房子好是好，年生月久就破烂了，要花不少的钱才能修好，我们家哪里有钱来修哦。'文革'中我们村的小学校被大风吹垮了，公社就叫队里给我们盖了新屋，叫我们家让出来维修一下当村小，我们就从那里搬出来了。转龙坝那个地方的风水好啊！正对长江，人家说那里是南北长，东西窄，北高南低，就像一条想要游到长江的龙，盘旋回首，所以就叫转龙坝。你看，春风爸爸就是在那里出生的，后来多有出息！"祖母脸上的笑容有些满足与得意。

"祖母，好了，好了，又要宣传你那些封建迷信了。"春风怕芳芳烦，就打断了祖母的话。

芳芳不满道："祖母，别管他。你说的，我爱听。"

祖母疼爱地给芳芳夹了一箸菜，笑道："你喜欢听啊，我以后就跟你慢慢讲。"

午饭后，道士按照"开咽喉、礼请、土地碟、放诏书、招请、过电、放焰、打绕棺、安灵"等顺序做完12堂法事后，已经是半夜了。吃完小宵夜，开始做"掩面"，就是在发丧前将子女亲人叫在一起，最后瞻仰老祖祖一面。芳芳不敢去看，她忘不了老祖祖临死前盯着她的眼睛。

做完了所有的法事，天已经麻麻亮了。今天似乎是一个阴天，早上的气温稍凉快一些。开始盖棺发丧了，八个抬脚已经把棺材打理好抬到了门口。道士用瓦片装燃烧的火炭放在棺盖上，口念咒语，手挽诀法，用公鸡点血后，将鸡甩出大门。手中斧头高举，问"出不出"，八抬脚齐应"出"，道士手中斧头将瓦片砸碎。抬脚将棺木抬出大门外，用龙杆大索细致捆好棺材。起肩后十步一歇请孝子。春风爷爷三起三跪，上前敬抬脚一人一杯酒，以示拜托抬好走稳。前面，有一专人边走边撕纸钱边丢，叫撕买路钱。春风爷爷身着孝服，手杵芦篙棍，端灵牌在前引路。本来按规矩是长子端灵，次子端遗像，三子拿引魂幡，但春风爷爷是独子，孙子又不在，只好让春风端遗像和引魂幡。如果途中抬脚要打杆换肩，春风爷爷还要回身下跪。可怜春风爷爷70多了，还要受这番折磨。

浩浩荡荡的送葬队伍终于到了已经挖好的墓坑前。这块墓地是老祖祖早就选好的，无需再"寻龙点穴"确定向址了。老祖祖早就在符阳村的一个馒头山上为自己选好了。这座山不高也不矮，按阴阳的说法这里是白日千人拱手，夜晚万盏明灯。因为濒临长江，以前的长江上，划桨拉船的多，划桨不是一前一后的拱手摇撸的吗？这里也可以俯瞰县城，晚上彻夜通明的灯火就是那万盏明灯。况且，这里周围的视野开阔，到处都是云烟缭绕的农家炊烟，就像那绵绵不断的香火一样。因为昨日已焚香、烧纸、拜山神、土地，告知周遭先埋的先人，说了吉利的话，阴阳先生举行了动工仪式，派人打了金井。此活儿的讲究是由孝子先挖三锄，帮工才动手。挖的深度按照阴阳确定的是半棺，并请了装颜匠打纸钱，做幡伞等丧葬用品。因为上辈老人已不在了，顶上还要做一只白鹤。

阴阳先生煞有介事地用28圈罗盘（指南针）矫正方向（即拨字向）后，老祆罐放在棺侧才开始掩埋。待掩埋完毕，根据山脉、地形、地貌、山水等做概要述说和赐封孝家的好话，称"呼龙踩界"。把水饭水酒扣在坟头，旗笼幡伞插于坟周。

芳芳听阴阳先生说如遇时辰犯忌，棺木暂不着地，用竹棍或竹片垫上(叫作不落炕)，改日择期再葬。知道了为什么祖母要另外给阴阳先生钱的道理。要不就会说老祖祖时辰犯忌，不知道要折腾多少天。冲着这个，芳芳就不相信这些老礼。

第四章　相遇李老祖

老祖祖下葬了。大家都松了口气。送葬的队伍中，有一个老人被一个女人扶着和芳芳走在后面。可能是年纪大了，他走得很慢。芳芳不忍心，也上前扶住他："老爷爷，你就不用上山吧。"

老爷爷没有理会她，反而盯着她看了好一会儿，自言自语道："像，真有些像。"

芳芳不解，问道："老爷爷，像什么啊？"

老爷爷年轻的时候肯定是个帅小伙。别看他年纪大拄着拐杖，但腰板还比较直。堆满皱纹的脸上，五官还算周正。他咧着嘴笑道："三个老家伙就剩下我了，我还是来送他一程，免得以后到阴曹地府去他骂我。"

芳芳说："那您走慢点，我扶着您。"

老爷爷爱抚地拉着她："你是杜家春风的女朋友吧？大家都说你像一个人，我今天除了来送那个老不死的，就是来看你的。"

"看我？"芳芳不解："看我做什么呀？"

老爷爷说："我看了半天，觉得你虽然像我过去的一个老朋友，但你姓刘。肯定是弄错了。"

芳芳更好奇了："你那老朋友是不是姓龙啊？"

老爷爷惊奇："咦，你咋知道呢？"

芳芳心里有底了，便说道："已经有人这么问过我了。"她猜想老爷爷的耳朵有些背，凑到耳朵前大声说道："你那老朋友在什么地方啊？"

老爷爷说："我那老朋友已经去世六十多年了。"停了一会儿又说道："他跟那个老不死的是冤家对头。"

芳芳一听这话有些吃惊，想到爸爸这些天一直没有回她的微信，心里的那个猜想就更坚定了。他们家与三江这个地方一定有故事，而她也一定要搞清楚。她依然没有告诉老爷爷她没有随父亲的姓，而是顺着老爷爷的话问道："你那老朋友是怎么死的呀？能不能给我说一说啊？"

老爷爷摇了摇头："那些都是老黄历了，都是些伤心的事情，还提它干什么。"

见老爷爷不愿说，芳芳怕问下去有麻烦，也就不再问了。她扶着老爷爷上了山，正看见棺材落到墓坑里。

芳芳指着那些葬用品，笑着问道："为啥那个顶上还要做一只白鹤呢？插得那么高！"

老爷爷耐心地解释道："白鹤是吉祥的象征。这里面可是有故事的。"

一听有故事，芳芳来了兴趣："啥子故事啊？你给我讲讲呗。"

老爷爷笑眯眯地说道："都是民间传说，你喜欢听，我就给你讲讲。"说着，他喘了一口气。

芳芳立即扶着老爷爷在路边的一个石墩上坐下来。

老爷爷看芳芳专心等待他讲，就说道："相传我们河对面的史坝出了一个杨状元。据说杨状元的爷爷是个阴阳，看了一穴好地，说是埋了就可以出12个状元。爷爷死了以后，杨状元的父亲就将他埋了进去。在挖金井的时候，就想挖深一点，哪晓得一挖就出现个洞，一道白光一闪"噗"的一声，飞出一只白鹤，一连飞出了11只白鹤，杨状元的父亲才想起他老爹说的话，当第12只白鹤要飞出的时候，他就扑上去把白鹤按住，结果把那只白鹤的脚按瘸了一只，脸也刮伤了，眼睛也瞎了一只。好容易把白鹤按进洞里，才把老爹埋了进去。后来杨家就生了一个又瘸又瞎又麻又是驼背的娃儿，就是后来的杨状元。别看他长得怪，可是很聪明。尤其是读书没得哪个比得上他。要不是他爹把那只白鹤的脚弄瘸了，杨状元就更不得了了。从此白鹤就成了葬品中的吉祥之物，大家都希望自己的子孙生下来既长得帅又很聪明。"

芳芳意犹未尽地看着老爷爷："这个杨状元后来怎么样了？"

老爷爷奇怪地看着她，不知为啥芳芳还喜欢这些陈芝麻烂谷子。但还是继续说道："这杨状元到了20岁，不要说功名，就连秀才都没考到一个，但还是想着当状元。听说乾隆下江南要来三江的史坝，便灵机一动，租了史坝上的大片土地，种了麦子和菜籽，将菜籽种成了字。第二年春天，乾隆皇帝果然来了，他站在宝子山顶，看到绿油油的麦地里，出现了由金黄色的菜子花组成的三个字，不由得大声地念了出来'杨状元。'这时躲在路侧边的杨状元一下跳了出来跪在乾隆面前说道'谢主隆恩,皇帝万岁,万万岁!'就这样他就成了真正的杨状元了。乾隆看他那个丑样,不想带他进京做官,便嫌弃道'你是麻子嘛'。杨状元回答'麻子满天星'。乾隆又说'你是一只脚'。他又回答'独脚跳龙门'。乾隆说你是一只眼,他回答'一眼观天下。'乾隆继续说'你是拱背'。他回答'拱背朝天子'。乾隆见说不过他,只好把他带回了京城去做官。可是他和那些贪赃枉法的官员合不来,就想着法子惩治他们。有一次为了惩治一个贪官,杨状元就用芝麻糖做成了粪便的样子摆在皇帝的龙案上。皇帝坐朝时问是哪个值殿,杨状元忙说是他,一边说一边就把那堆假粪便抓来吃了,皇帝看了很受感动。到了奸臣值殿的那天,杨状元就弄了一堆真粪便在那里,被皇上见到后又问谁值殿。奸臣回答是他。杨状元趁机说'我们值殿时硬是抓来吃了的哈'。那个奸臣只好抓来吃了,吃得他两眼翻白。后来,杨状元因为讽刺皇帝与嫂嫂勾扯不清,皇帝生气要把他充军。他就说'天充地充,请不要充在史坝汉中'。皇帝问为何?他就说史坝的屎臭死人,汉中的蚊子咬死人。结果皇帝就把他充到了家乡史坝。"

芳芳笑了起来:"这个杨状元还真聪明。"

老爷爷也笑了:"更好笑的是,他临死都还想方设法整那些地方官。"

芳芳追着道:"咋个整的?你快给我说说。"

老爷爷问芳芳:"你在这里要住多久啊?是坟圆了再走还是葬礼完了就走啊?"

芳芳说:"啥子叫圆坟啊?"

老爷爷说:"那个老不死的兴这些旧风俗,就是葬礼以后的第三天上午要请人理坟,午时还要设香案、供品在坟前跪祭,请司礼先生读复山文。这就叫圆坟。到这时葬礼丧葬才告一段落。过后还有出煞、做七、除灵等。这些个规矩太多太复杂。老不死的活着不让人安生,死了也还要折磨人。弄得春风他老子,堂堂的一个县长都怕他。"

芳芳一听下面还有那么多的事情,赶忙说:"我很快就要回去上班了。单位很忙的。"

老爷爷摸了摸他的山羊胡,点了点头说:"年轻人要忙自己的事情,早回去也好。"

芳芳觉得这个老爷爷很通情达理,很关心地问道:"老爷爷,你家人怎么样啊?"

说到家人，老爷爷情不自禁地笑了："我有一儿一女，都在外边。我还有两个孙子一个外孙女。他们都在外面有自己的事业。如今我的孙子的儿子都上大学了。比你也小不了多少。"

送葬的人往另一条路下山。老爷爷告诉芳芳送葬的人不能走回头路。他们也跟着从另外一条路下山。

春风爷爷看到老爷爷，非常疲惫地跟他打招呼："李三爷，您也亲自来了。我代老爷子谢谢您了。"另对芳芳道："你好生牵着李老祖下山，别让他摔着了。"

原来老爷爷姓李。芳芳听春风他爷爷叫他李三爷，辈分挺高的。芳芳改口道："我一定把李老祖安全送下山，您放心吧。"说着小心翼翼地扶着李老祖。

李老祖也说道："这闺女有孝道，我喜欢。你也累了，回家好好休息。你别怪我说话不好听，你那老子，一辈子听不进别人的话，到头来还是一个花岗岩脑壳，非得把人折磨得不成样子才算完。"

春风爷爷回答道："三爷，你和我老子的那些恩怨我就不说了，我这样做也是尽我的心，免得他在地底下骂我。"

李三爷摇摇头："知道你是个孝子，人都走了，还说那些干什么。我走那天，我就想得开，不搞这些折磨活人的事情。"

人们纷纷从李三爷身边经过，好些人跟他打招呼。昨天在路上碰到的那个中年人也走过来招呼道："李三爷，杜老雀儿走了，就你的年龄最大了，你是真正的德高望重啊！"

李老祖摆摆手道："古人说，满招损谦受益。哪里敢称德高望重啊！"

芳芳听那人尊称大爷为李三爷，却称春风的祖祖为老雀儿。不知道是何意思。她向那人打招呼："你也来了？"

中年人看芳芳紧紧地扶着李三爷，赞许地笑道："你不是要听我们这里的老故事吗？现在就数李三爷肚子里最多了，你问他吧！"

李老祖看着芳芳不解："陈芝麻烂谷子的东西，你也喜欢听？"

芳芳诚恳道，"我喜欢收集素材，以后想写点东西。"

李老祖高兴地："那你算找对人了。我这肚子里装着这符阳村几十年的故事，光我们李家、杜家、龙家的故事就够你写几本书的了。"

芳芳也很高兴，但她说："李老祖，这次怕不行。我明天准备回去了，等下次我一定专门安排时间来听你讲。"

李老祖的情绪一下低落了："闺女，你看我都这把年龄了，还不知道有没有下次。"

芳芳见他很悲观，赶忙说道："李老祖，您身体那么硬朗，没事的。再说，这次我去不了多久，很快就会回来的。"

李老祖自顾自地小声念念有词："阎王叫你三更死，不会留你到五更。"

芳芳没想到李老祖因自己暂不能听他讲故事而情绪变化这么大。一边扶着一边安慰着他。

一老一小就这么搀扶着下了山。芳芳把老祖送回了家。

李老祖住在一中式装修带有院坝的房子里，有点四合院的味道，比起春风爷爷那个二层楼的大院子，显得有文化些，看着更舒服。

芳芳四处打量着，李老祖招呼她进屋坐，叫刚才扶他的那个女人端茶出来。芳芳急着要回春风家，便说："我不坐了，春风家的事情多，我还要去帮忙。"

李三爷听她说得有理，便说道："那我不留你了。别忘了回来听我摆龙门阵哈！"

端茶的那个人，看上去有五十多了，听说是李老祖的一个远房亲戚，是儿孙们专门请来照顾他的。平时就她和李老祖在家，节假日儿孙们才回来。她笑眯眯地对芳芳说道："你有空就来哈，李三爷喜欢热闹，他肚子里的龙门阵多得很，几天几夜都摆不完，人家都说他是我们村的活黄历。"

芳芳看着李老祖那摸着山羊胡很得意微笑的样子，就笑嘻嘻地调侃道："下次来一定听您讲，讲得您口干舌燥的，您不准烦我哈。"芳芳不知不觉也带出了三江的口音。

芳芳回到春风家，春风迎了上来："芳芳，爷爷回到家就躺下了，你也休息一下吧。"

芳芳说："我没什么。爷爷祖母年龄都大了，哪经得起这样的折磨。我去看看他们，你也休息一下。"

春风带着芳芳去了爷爷的卧室，见祖母一边给爷爷盖铺盖一边说道："你儿子打电话说了，晚上回家来看你。爷爷死了找些理由不回家，老子生病不回家总说不过去。"

春风爷爷有气无力地道："你少说两句，事情办得顺利比啥子都好。"

"爷爷，芳芳来看你了。"春风拉着芳芳的手站到了爷爷的床前。爷爷吃力地睁开了眼睛看着芳芳："春风，你好好待芳芳。人家第一次来我们家就受累，也没好好招待。"

芳芳看爷爷累得不轻就安慰道："爷爷，你休息几天就会好起来的。我准备明天就回去，以后有时间再来看你和祖母。"

春风有点吃惊，芳芳没有和他商量就说要回去，出乎他的意料。

芳芳见春风那个表情，就拉着他出了房门，说："趁假期还有几天，我想回家一趟。我听李老祖说，按照旧风俗，后续还有好些繁琐的事情。你就忙完了再回去，我们上海见。"

春风还想说什么，芳芳语气坚定的说："就这么定了。本来想今天下午走的，等你爸妈晚上回来见一见，明天你送我到重庆，我坐动车回家。"

春风看她态度坚决，也就没有坚持。只是有些奇怪，芳芳为什么突然变卦了，先前说好一起回上海的。

其实芳芳不为别的，就是急于回家去想早点解开心中的谜底。她想到李老祖要给她讲故事的事情，又补充道："我这次回去说不定要不了多久就会来到这里的。这里山清水秀，风光特好，我很喜欢。"

春风听她说喜欢，就笑了。

晚上，春风的爸爸妈妈回家了。他们进到父母的卧室看过父亲，便到芳芳住的屋子里来了。

春风妈一进门，就拉着芳芳的手喜欢得不行："芳芳，今天终于看到你本人了！我看啊，比相片上的还乖呢。"

春风爸也掩饰不住内心的高兴："芳芳，春风总是夸你。要不是给他老祖祖办丧事，都可以考虑给你们办喜事了。听春风说你明天要回家，不如你回去跟你爸爸妈妈商量，选个日子，把你和春风的喜事办了，我们也好安心。"

春风妈马上接过嘴："对对对，我看啊越快越好！"

芳芳看了春风一眼，有些不好意思："哪有他说得那么好。"

春风也很高兴，看来他和芳芳的婚事已是顺理成章了。

春风爸说："时间不早了，大家这几天也很辛苦。芳芳明天还要坐车，就早点休息。"他转而对春风道："小子，明天你送芳芳，好好照顾她。"

春风笑看着芳芳，忙回答："遵命！"

第五章　爸爸的心事

　　芳芳坐在通往贵阳的高铁上，思绪依然还沉浸在与春风分别时的甜蜜中。刚才在重庆高铁站与春风分别时，春风抱住她久久不肯松手，仿佛她一去不复返似的。她不忍将他推开，但广播里不断传来催促旅客上车的声音，她甜蜜地对他耳语道："舍不得你就赶快到贵阳来。"

　　这次去春风家，虽然心存的疑惑很多，但见到了春风的家人。春风对她没有说谎，他的家人除了爷爷的态度有些不确定，其他人尤其是他的父母，给她的印象都很好，巴不得他们赶快结婚。这也是芳芳父母的愿望，仿佛就只等春风去她家象征性地认认门就可以领证了。可是现在的芳芳有一种不祥的预兆，究竟是什么，她也说不清。所以她才着急回家。

　　她已在微信上说了回家的信息，爸爸简单地回复了："我来接你。"

　　到了车站，果然看到爸爸在车站出口处等着她。芳芳还是春节时回过家了，虽然在微信上常见面，但还是不如真实的大活人在眼前亲切。她朝爸爸挥手喊了一声，爸爸立即也朝她挥手。芳芳拉着箱子上前拥抱："爸爸，好想你啊！"

　　爸爸顺手拉着她的箱子："好想就多回来嘛。"

　　走到停车场的车子前，芳芳将箱子放在后备箱，坐上了驾驶员的位置："爸爸，我来开。"

　　芳芳爸爸说好，就坐在了副驾驶的位置。

　　开了一段路，芳芳问爸爸："我发了那么多微信，你怎么不回啊？"

　　芳芳爸爸没有说话，好一会才说道："你回家不许跟爷爷说你去符阳村的事情，他老人家年龄大了，容易激动。"

　　芳芳不解："为啥呀？"

　　芳芳爸爸依然没有回答，只是故作轻松地问道："你到春风家去，碰到过哪些人啊？"

芳芳道："碰到一些怪人。"于是她把碰到那个不知姓名的中年人和李老祖以及春风他爸妈的事情说了，但没有说春风老祖祖盯着她落气的事，怕把老爸吓住了。她想等恰当的时候再说。

芳芳爸听到李老祖，脱口问道："哪个李老祖，是叫李海清吗？"

芳芳惊奇地转过头望着爸爸："你认识他？"

芳芳爸爸自知说漏了嘴，装糊涂道："专心开车。"

芳芳的猜测得到证实，心里翻起了波浪。她不动声色地开着车，故意岔开了话："快一年没回来，贵阳的变化很大嘛。"

说到这个话题，芳芳爸打开了话匣子，自豪地说道："贵州这些年的变化确实很大哦。以前很多人称贵州叫贵州山，明显就是看不起贵州。现在贵州的山可是宝贝，都成金山银山了。现在主打多彩贵州的旅游牌，不仅高速路通到了四面八方，而且高铁也发展起来了。"

芳芳知道爸爸说下去就没个完，就打断他："我知道了，贵州修路不容易，遇高山挖洞，逢峡谷架桥，才成了现在这样子。"

芳芳爸笑了："是这样的嘛。你不知道，我们刚到贵阳的时候，贵阳虽说是个省会城市，可是不大的市中心，到处都是被近在咫尺的大山包围着，还不如一些地级市。现在的发展，不是我吹牛，山中有城，城中有山，独具特色的城市模式引得很多地方都来学习，多彩贵州真的是名不虚传，你杨叔叔开发的长新楼盘，完全是大手笔，不仅有博览园和世纪广场，而且还有高级宾馆，整个长新街就是一个花园街，你见到过街上安装电梯的吗？"

芳芳说："怎么没见过，上海就有。"

"上海的没有贵阳的电梯高。"芳芳爸还在争论。

芳芳也不示弱："你又不是贵州人，怎么说到贵州就什么都好。"

芳芳爸有些生气："贵州是你祖母的故乡，我的第二故乡，我的事业都在这里，我当然要为此自豪。倒是你不要忘恩负义哈！"

芳芳哈哈一笑："你终于承认贵州是你的第二故乡了，那你的第一故乡呢？在哪里？"

芳芳爸没有答话，他想埋在心里的故事迟早要告诉芳芳的。所以这些天他虽然没有回芳芳的微信，也在思考如何将过去的事情告诉芳芳。他的思绪飞到了遥远的故乡。

　　芳芳爸叫龙远江，快满六十要退休的人了。那天芳芳给他发微信，不是他不回，而是他不知道从何说起。芳芳发来的照片，他一眼就认出来，那就是他一天也没有住进去过的龙家老宅。在他记忆中，第一次进那个院子，他已经到读书的年龄了，但还没有入学，父亲叫他去求杜大爷，让他去村里的小学校读书。父亲不想去，说是小孩子去杜大爷可能会同意。父亲虽然说的是实情，但是自己也很不想见到那个对他凶得很的人，于是对父亲说读不成书就不读。但父亲说虽然他在家里教他认了不少字，干爹林健强也传授了不少的知识给他，还是希望他去学校读书，在那里可以接受到其他的锻炼。他忍住心中的不满，来到那个曾经属于他们家的大院子。他在院子外面站了好久都不敢进去，直到李海清李三爷来了，问他做什么。他才如实说了。

　　李三爷说："龙娃子，别怕。我带你进去。"李三爷那时候已经是符阳村的支部书记了，本来小孩子上个村小，他表态就可以的。可是杜清明给他打过招呼，凡是龙家的事情，他都要亲自过问，否则他就要给李海清好看。符阳村最近被评为县农业学大寨先进典型，县里要到这里来开现场会，他听说杜清明在家，就来请示如何安排伙食的事情。

　　李三爷领着龙远江进了宅院的大门。第一次进这个曾经属于他们家的大院，小远江好奇地打量着。听父亲说，这个大院很宽敞，四周都栽有桂花和黄角兰，一年四季花香扑鼻。天井两边各有一个很大的石水缸，造型别致，假山上满是石斛花，像蝴蝶一样漂亮极了。听说院子后面是一片很大的树林，多是荔枝树和真龙柚，还有珍贵的楠木和红豆树。树林里还有不少小桥流水中的假山点缀，父亲以前常和他的伙伴们在那里面捉迷藏。可是眼前的大院子早已没有父亲说的那些美景了，雕梁画栋的窗户缺的缺，烂的烂，早已看不出是什么颜色了；四周的树木不知道什么时候被砍掉了，只有角落里还有两根树桩；假山也没有了，只有那个大大的石水缸还在，据说是因为防失火才保留了下来；跨越天井中间的那条从大门向堂屋去的路，和天井一样到处是泥巴，两边的厢房破烂不堪，周围的廊屋东一堆西一堆地堆着一些杂东西，显得到处乱七八糟。没有父亲说的那般美丽。据说这个院子土改时分给了三户贫农，中间有堂屋那一排屋是贫协主席的，就是后来成为春风曾爷爷的杜清明。两边厢房的住户，据说后来因为房子要维修，打听到维修比新修房屋的钱还要多，于是就搬出去了。小远江心里想，要是这个院子还属于他们家，妈妈一定会收拾得非常干净漂亮。现在他们家的那个茅草房，虽说很窄，但也被妈妈弄得像模像样的，看着让人舒服。

正当小远江胡思乱想的时候，堂屋门里走出来一个牛高马大的人。看着李三爷牵着一个小孩进来，便问道："这孩子是谁啊？来干啥子？"

龙远江看这个叫杜清明的人，人们背后都叫他杜刮毒。仗着他是贫雇农出身，解放初期从农协主席干到了现在的县革委副主任兼公社书记。他一脸的横肉，说话声音很大，吓得小远江躲在李三爷的后面。李三爷一边轻轻地拍了拍他的脑袋，一边对杜清明说："你不记得了，他是龙泽厚的孙子龙远江。想请你同意他去上学。"

只见杜清明眉头一皱："你老汉儿咋个不来？叫你杂种来。"

龙远江听别人说过，因为他们家是大地主出身，爸爸娶不到媳妇，妈妈是爸爸从路上捡来的讨饭女。所以，好多人都叫他杂种。这个杜大爷真是符阳大队的大爷，硬是一直这么叫他。

他小声回答道："爸爸病了，在床上起不来。"

"地主的狗崽子就那么娇气？一有事情就病了。上学这么大的事情叫个小孩来说。要我说，读那么多书干啥？你看我没读书，还不照样当上了公社书记。"杜大爷满不在乎地说。

龙远江低着头不晓得怎么回答。李三爷接过话："杜书记，话不能这么说，毕竟时代不一样了。文化还是重要的。"

"重要个啥。文化大革命都有些日子了，我说你还看不清楚形势。文化大革命就是要革那些个旧教育的命，现在的学校都停课了，你还要去读书？再说一个大地主的孝子贤孙，书读得越多越反动。"杜清明说这话时，似乎很气愤，吐沫四射，咬牙切齿。

龙远江的头埋得更低了。李三爷没有理睬杜清明这番话，慢吞吞地说："不是说要复课闹革命吗？马上又要开学了。毛主席都说要不唯成分，龙娃子这么小，我们都有责任教育他，把他领到无产阶级革命路线上来。不能再让他当地主资产阶级的孝子贤孙了。"

杜大爷听李三爷这么说，板着的脸有了一点松动："那好吧，就让他去学校。不过，你现在是村里的支书了，一定要站稳立场，对这些地主子女要严格监控，一旦乱说乱动就要坚决打击。"

"这个你放心，我亲自来监督他。"李三爷还是不紧不慢地说。他摸着龙娃子的头对他道："还不赶快谢谢杜大爷。"

龙远江急忙从李三爷的背后走出来，对着杜清明鞠了一个躬："谢谢杜大爷。"他抬头看着李三爷，也想说一说感谢李三爷的话，但是他眼里含着泪水说不出来。

李三爷用手抹了抹他快要流出的眼泪，生怕被杜清明看到了。赶紧将龙娃子推出了院子。

出了院门，龙远江听到杜大爷还在大声地埋怨李三爷："你这人就是这点不好，右派分子你要帮，地主子孙你也要管，要不是你出身好，我早就把你划到右派那边去了。你这毛病不改，早晚要栽跟斗！"

龙远江的泪水终于流下来了，他非常感谢李三爷，今天要不是他，求学是根本不可能的。回到家里，他把整个过程告诉了爸爸龙国强。

龙国强没有说话，只是默默地将他抱在怀里。好一会儿才说道："孩子，你要记住，我们人穷志不短。今天为求学弯腰，不丢人。李三爷是个好人，我们都要念他的好。"小远江看到爸爸说这话时，眼里也含着泪水。

妈妈将小远江拉到自己的怀里，轻轻地对他说："记住爸爸的话。一个人只要有文化，精神就不会垮。"

小远江坚定地点了点头。妈妈虽然是爸爸捡来的讨饭女，但她说的话可不像是没有文化的人。

妈妈已经做好饭了，将爷俩招呼到桌前吃饭。

说吃饭，其实就是一些野菜就着的包谷糊糊。他们家早就断粮了，不过家人都吃得很开心。

大约八年前，远江妈妈昏倒在路边，被远江爸爸偶然碰上带回家里，心里是藏着故事的，一个人的秘密直到生下了小远江才成了夫妻俩的秘密。远江爸爸非常感谢这个捡来的女人，没有她就不可能有这个看起来清贫但很整洁的家，他也许永远会是一个光棍。

第六章 不确定的婚约

想到这里，龙远江觉得瞒是瞒不过去的，决定对芳芳坦露心声："你猜得很对，春风老家那个符阳村也是我们的老家。因为老家有一些不堪回首的记忆，所以这些年，我和你爷爷不想对你说那些心酸的往事，就是怕你在成长中有阴影。"

芳芳见自己的猜测得到了证实，心里虽然释然了，但更大的不安在心里振荡。果然，龙远江又开始说话了："这世间怎么有那么巧的事情，你碰见什么人不好，偏偏碰到那个杜春风。你知道他那个老祖祖对我们家造成的伤害有多大吗？你知道我们一家人为啥背井离乡到这贵州来安家也不愿意回到生我养我的符阳村去吗？"龙远江说到这里显得很激动。

芳芳没有说话，静静地开着车听爸爸发泄。龙远江停了一会儿慢吞吞地一字一句说道："你和春风的事情我看就算了吧。大上海，优秀的男士很多，另外再找一个吧。否则，不要说我，就是你爷爷那里也过不了这个坎。"

车子已经到家里小区的地下车库了，芳芳也不想退让："爸爸，我们今天不谈这个。你好好把你肚子里藏的那些事情讲给我听听，我们再商量这个事情。大不了不嫁人就是。"

龙远江知道现在说什么也没有用，就岔开了话题："杨叔叔知道你今天要回来，特地要来看你。你妈在家里忙了半天了，准备招待他，也给你接风。"

芳芳家这个小区就是杨叔叔开发的，属于贵阳市的高档小区。芳芳从小就知道杨叔叔是和爸爸同年到的贵阳，只不过爸爸是被分配到这里来教书，而他则是来这里打工，从泥瓦匠的小工做起。几十年过去了，爸爸从教师做到了教授，而杨叔叔从小工做到了数亿资产的大老板，成了贵阳长新集团的老总。

芳芳刚一敲门，房门就开了，是爷爷亲自来开的门。芳芳一下就抱住了他："爷爷，我好想你啊！"

爷爷龙国强也抱住了芳芳："乖孙女，我也好想你啊！"

妈妈从厨房跑出来招呼道："芳芳，把爷爷扶到客厅的沙发上，你别失脚失手地把爷爷摔了。"

是啊，爷爷是1943年生人，算起来已是快80岁的人了，要好好照顾。芳芳把爷爷扶过去坐好了，挨着他坐了下来："爷爷，我给你带了好吃的。"说着从拉杆箱里把东西拿出来说道："这是三江县著名的小吃黄粑，这是猪儿粑，还有福宝的豆腐干，比超市买的那个好吃多了。"这些东西是一早春风送她到重庆时去三江县城买的。

芳芳爷爷一看到这些东西，眼睛一下就亮了，特别是听到是三江县的，他迫不及待地问："三江？哪个三江？是四川的那个三江县吗？你到三江去了？你去干什么？"一边说，一边把黄粑和猪儿粑拿在手上："好多年没吃到这些东西了，芳芳妈，快拿去蒸好，我晚上就要吃哈！"

芳芳妈接过爷爷手里的东西："好好好，晚上就吃，晚上就吃。"她笑着又走进了厨房。

爷爷要芳芳扶他进卧室去，说等她半天了有点累，想上床休息一下。

芳芳将爷爷扶到他的卧室睡下了，自己坐在床边上，拿起了书桌上那个爷爷视为宝贝的龙木雕。这个用红木雕刻的龙，红得发亮，那是爷爷每天都要放在掌心里抚摸出来的颜色。芳芳拿出手机，将自己在老宅梁上拍那条龙的相片拿出来作对比。芳芳仔细地看了看，觉得相片上那条龙，除了年深月久看不出颜色和大小不一样以外，其它的完全如出一辙。爷爷眯了一会儿，睁开眼睛看着芳芳拿着那个龙说道："这条龙早晚都要传给你的，你要一直把它传下去。"

芳芳收起了手机，顺着爷爷的话："爷爷，你放心吧，我一定照你的话做。"

龙国强年龄大了，刚才一连串的发问还没等芳芳回答，此刻已经忘记了。

爷孙俩正聊得起劲，龙远江进来说："你杨叔叔已经来了，马上要吃饭了。"说着和芳芳一起将老爷子扶了起来去了饭厅。

杨叔叔大名杨长新，虽然现在是贵阳有头有脸的人了，但一直和龙家保持了很好的关系。说起这个渊源就不得不说那年他到贵阳时与龙远江的相识了。那是1982年8月，龙远江从西南师范大学分配来贵阳中学报到，他将一切手续完备后，准备到街上找个地方吃饭，正碰到杨长新坐在学校门口的台阶上，头发乱蓬蓬的，满脸无精打采的样子。当年的杨长新个头不是很高，但因为很瘦身材就显得修长，一件不合身的白短袖脏兮兮地穿在身上，下面穿着不知从哪里捡来的一条短球裤，看上去跟乞丐差不多。看到龙远江从校门出来，就把他叫住，问他水巷子怎么走。

龙远江听他口音像是三江的，就走过去问他是哪里的人。杨长新说是从四川三江县那边过来的。果然是三江的，龙远江的亲切感油然而生。他主动走过去问他吃饭没有，杨长新说已经两天没吃饭了。龙远江把他从石台阶上拉起来："兄弟，走，我们去吃饭。"杨长新也没客气，拿起他放在地上的铺盖卷，就随龙远江去了。

龙远江领着杨长新走了一会儿，没有看到饭店，就走进了一家牛肉粉店（龙远江后来才知道，贵州这边喜欢吃粉，所以开粉店的比较多）。他给杨长新点了半斤一碗的牛肉粉，自己点了一碗三两的。看到杨长新埋着头狼吞虎咽地将粉吃得汤水都没有剩一点，他问："吃饱没？"杨长新意犹未尽地抹了抹嘴巴，憨憨地笑道："再来一碗也吃得下。"龙远江这次给他点了一碗肠粉。在等肠粉的间隙，龙远江了解到杨长新来贵阳的目的了。

原来杨长新是三江符关村的，和符阳村紧挨着。杨长新的爹死得早，家里只有一个老娘和他相依为命。他人很调皮，但也很聪明，初中毕业就没读书了，在村所在地的一家粮站做零工。有一天中午吃完饭，他看到粮站新买的手扶拖拉机停在一棵大树的旁边，手就痒痒，上去想过过瘾，没想到把拖拉机发动了却不听他的话，刚开出不远就转了回来，只听"嘭"的一声，拖拉机撞在大树上，人也差点飞出去了。吓得他赶快跑回家给老娘说了。老娘知道闯了大祸，就是把家底卖了也赔不起拖拉机啊！于是就拿了10元钱给他，叫他赶快去贵阳找他舅舅。杨长新来到贵阳没有找到舅舅，人生地不熟也不知道怎么办，想找点事做先把肚子喂饱了再说。他听说一个叫水巷子的地方在改造，于是想到那里去碰碰运气，又不知道怎么走。又饿又累的杨长新这才在贵阳中学门口碰到了龙远江。该当是有缘，龙远江问他住在哪里？他说他从三江县跑出来，一路都是逃票，老娘给的10元钱早就花完了，这几天都是睡在火车站或桥洞下，反正不冷，哪里黑就哪里歇。

龙远江虽然说对三江没有好感，但总归是喝同一条江水长大的，想到自己刚刚报到，分了一处小寝室，也算有了一个落脚处，便对杨长新说："我也刚来贵阳，对这里也不熟悉。还好有一个落脚的地方，不如你先住到我那里去，等你找到地方再搬家，怎么样？"

相当于天上掉馅饼的好事，杨长新当然愿意。不过他不断地向龙远江保证，一定尽快找到工作，找一个落脚的地方。

龙远江说："不说那些了，既然我们兄弟有缘，就应该互相帮助，还没问你多大了，是我大还是你大？"

杨长新说："我1964年的。你呢？"

"我1963年的，你得叫我哥。我老家在赤水，河对门就是三江县的地盘，口音也差不多，也算是家乡人了。"龙远江故意这样说。的确，贵州的赤水县（现在的赤水市）与三江县的一个叫九支镇的地方就是以赤水河为界。桥的这边是赤水，桥的那边就是九支镇。

服务员端来了肠粉，杨长新又是一阵狼吞虎咽一扫而光。龙远江笑眯眯地看着他，看得他都不好意思了。杨长新心满意足地擦了擦嘴巴，打着饱嗝，站起身来说："哥，我们走吧。"说着，提起放在旁边的铺盖卷。

就这样，杨长新在龙远江那里挤着住了一月有余，才搬去了他打工的地方。在贵阳这个陌生的地方，两人都成为对方最亲的人。

杨长新看见芳芳扶着她爷爷出来了，高兴道："芳芳，听说你回家了，你杨叔太高兴了。在上海怎么样？我看你干脆还是回来算了，你看爷爷也这么大年龄了，你爸妈也快退休了，也需要人陪伴，你到我公司来搞你的设计，收入绝对比你在上海还高。"

"杨叔，知道你不会亏待我。但我总不能永远在你的庇护之下吧。我在上海发展还可以。虽然现在的收入不比你给我的高，但那里是国际大都市，是经济发展的前沿之地。你如果需要的话，我倒可以给你当个咨询师，将前沿的设计理念随时提供给你。"芳芳真诚地说。

"你们都快别说了，坐下来好好吃饭。"芳芳妈妈将端着的麻辣牛肉放到了桌子上，招呼大家围坐上来。

杨长新一边入席一边说："芳芳，你说这话我爱听。我们一言为定，就聘请你当咨询师。我侄女是越来越有志气了，不靠老子靠自己，我喜欢。"

龙远江拿出了泸州老窖说："今天就不喝茅台，我们喝家乡的酒。"说着将酒斟上了。

杨长新说："好，好久没喝浓香型的泸州酒了。"他和龙远江碰了杯后，对着芳芳爷爷说："老爷子，今天高兴，您也喝一点？祝您老身体健康，长命百岁！"

爷爷笑得合不拢嘴："好好好，喝一点。"说着也和杨长新碰了杯，喝了一小口。

饭桌上的气氛在觥筹交错中其乐融融。杨长新像突然想到什么似的说道："芳芳，不是说把你男朋友带回来的吗？怎么没带回家？"

本来很好的气氛被杨长新这一问，热烈变成了安静。芳芳爸妈脸上的笑容马上就凝固了。爷爷不知就里，还在问："是啊，怎么没带回来让我看看呢？"

芳芳不知道如何回答，含糊道："春风很忙，暂时还回来不了。"

杨长新一看气氛不对，猜想其中有什么缘由。打着哈哈说："那就先不说这个了，我们先喝酒。一桌子好吃的不消灭完，对不起我嫂子。"

气氛又继续热闹起来。

第七章 情深兄弟俩

　　吃完饭，本想还坐一下的杨长新，没想到关心芳芳婚事却引起了龙家人的不愉快，就想早点离开。龙远江执意要送他，杨长新不让，推来让去的，直到芳芳妈说："你哥要送你就让他送嘛。"杨长新想龙哥心里肯定有事情，也就没再推托了。

　　两个人都吃了酒，说话的声音都很大。下了电梯，走到小区的花园，龙哥说话了："兄弟，认识你快40年了，我觉得你这个兄弟我没有白交。要不是你，我到现在也住不起这富人区的花园洋房。"

　　杨长新赶忙打断他的话："龙哥，你说这话就太见外哈！这些年要不是你给我把关，帮助我开阔眼界，我也发展不到今天。平时要感谢你，你也不允许。再说这房子你也是给了钱的，我只不过给了点优惠，这些比起你给我的，简直就不算什么。你再说就羞煞我了，太看不起兄弟了。"

　　龙远江继续说："兄弟，那我就不说了嘛。我今天想给你说的是另外一件事情，一件我欺骗了你的事情。"

　　杨长新听他用了欺骗二字，不由吃了一惊，以为他说了胡话，赶紧说："龙哥，龙哥，我们今天都不说了。还是我送你回去，等明天我们再说吧。"

　　龙远江急了，拉他在花园的长凳上坐了下来："我没有跟你开玩笑。只是我不知道该不该给你说。不说吧，我不知道如何处置遇到的这个事情，说吧，又怕芳芳知道后受打击。真是两难啊！"

　　杨长新看他不像是开玩笑，便劝道："我们俩弟兄，有啥话不能讲的。你讲出来我听听，说不定我还可以给你出出主意呢！"

　　龙远江像是下了很大决心似的望着杨长新："兄弟，今天我老实告诉你，我不是赤水县的人，我跟你一样，是三江县的人。而且还是符阳村的，挨着你们的符关村。"

杨长新听说是这个事情，就哈哈大笑起来："龙哥，其实我早就猜着你是我们那边的人了！"

"你知道了？我没跟你说过啊！你是怎么知道的？"龙远江很奇怪。

杨长新看一时半会儿说不完，他的司机来接他了，便说："龙哥，干脆到我宾馆的茶楼去，我们边喝边聊。"说着，不由分说，和司机小何一起把龙远江扶到了车上。上了车，杨长新继续说道："你对我家乡的事情太关心了，每次我回老家返回贵阳，你都打听得很仔细。你说你不是那边的人能打听得那么仔细吗？特别是听到三江县已通了高速路，你还高兴得跳了起来！"

旁边的小何也说："龙叔，我作证哈，那次我也在场。还说要不是发了誓，就要去看看。"

"我说过吗？说过吗？我怎么不记得了？"龙远江辩解。

"那次也是吃了酒，酒后吐真言嘛。"小何又说道。

说话间，车子已经开到长新大酒楼的门口了。杨长新又扶着龙远江下了车，叫小何去停车。大堂经理看到老板来了，赶紧迎上来。杨长新说了一句："大红袍。"经理心领神会地去了。

这长新大酒楼也算这贵阳的高级宾馆了。里面除了住宿，吃喝玩乐全有，都是五星级的。大红袍是荔枝众多的品种中的一个，三江县是全国的晚熟荔枝基地，杨长新老家符关村也是基地的核心区域，他把茶楼的房间都用主要的荔枝品种来命名，本来还有名贵的品种带绿、妃子笑、坨提、糯米糍、楠木叶、绛纱囊等等，大红袍也就是一般的大路货品种，但杨长新就是喜欢大红袍，说它颜色鲜艳，果皮像唱戏穿的袍衣，产量高，易栽活。就像他的命运一样。所以，他把这个大众品种的荔枝名放在茶楼最高级的一间，酒楼的人都知道，那间房基本属于杨董事长的专属，里面既有小型的会议室，也有私密的品茶小单间。杨董事长的很多生意基本上都是在这里谈成的。所以，他说大红袍，酒楼的人都知道。

杨长新不让别人来扶他的龙哥，一直把龙远江扶到了顶层的大红袍房间里的豪华沙发上："龙哥，今天我们哥俩好好说说心里话。一会我让小何分别打电话给嫂子和你弟媳，我们今晚就不回家了！"

龙远江很少到这里来，看到他安排到这个豪华的房间，心里有些感动。这个兄弟对他一直很尊重，什么时候都没有忘了他。他说："谢谢兄弟了。我早就想给你说说心里话了，晓得你的时间宝贵，平时也不好耽误你。今天实在忍不住也不知道找哪个去说，就耽误你了。"

杨长新看他又客气了："龙哥，你再这样客气我可要生气了。我说了，没有你也就没有我的今天。今天要跟兄弟诉衷肠，是你看得起兄弟我。你有什么话就尽管说。我把手机关了，今天就是天王老子来，我也不接待了。"

龙远江双手朝他拱了拱："那我就不客气了。"说着，长长地叹了一口气："说来话长啊！说起来也悲伤啊！"

"没关系，你就说吧。"杨长新鼓励他说下去。

你知道我为啥大学毕业了宁愿到贵州来也不愿意回三江县吗？

"为啥呀？"

"大学毕业那天，我曾经对同寝室的同学发过誓，以后不要说回三江，就是屙尿也不朝那个方向了。同学也问过同样的问题：'为啥呀？'"

"就是，为啥呀？"杨长新不解。

"今天你问我芳芳的婚事，当着她爷爷的面我不好说，怕爷爷生气。"

"你知道芳芳和哪个好上了？"

"哪个？"

"就是我老家符阳村与我们家有深仇大恨的杜刮毒的曾孙子杜春风。"龙远江说到这里，又急又气地连连摆头。

"天下哪有这么巧的事情，他们不是在上海认识的吗？"杨长新不相信。

"我也不相信啊，可天下就是有这么巧的事情。你说这是不是命运在捉弄人啊！芳芳也不小了，你说不同意吧，他们是自由恋爱的，棒打鸳鸯似乎不合适，你说同意吧，我和她爷爷的心里过不了那道坎。"

"芳芳知道吗？"

"芳芳已经有察觉了，但还不很清楚。我们一直没有告诉她，就是不想在她的心里留下阴影，怕她对社会的认识产生偏差。"龙远江说出了自己的顾虑。

杨长新听到这里，想了一会儿说："龙哥，你平时不是总对我说，对信任的人要说实话，这样才能帮助解决前进中的困难和问题，一个好汉三个帮，才能成就事业。到贵阳这几十年，不管我的事业在困难时期还是在顺利的时候，我都对你说实话，你也帮助我解决了前进中的困难。你今天把你藏了几十年的秘密告诉了我，也说明你对我非常信任，冲着这一点，我也要帮你跨过这个坎。哥啊，我觉得你自己说的话在芳芳那里没有得到实现，才造成现在的结果。"

龙远江不明白，直直地望着杨长新。

"你老是把芳芳当成小孩子，总觉得把过去的事情给她说了就会给她的人生造成不好的影响。其实就是对她的不信任。"

"咋个说？"

杨长新分析道："芳芳是一个研究生毕业的大人了。对社会对人生都有她自己的认识。在你和嫂子的教育下，芳芳的三观都是很正的，她会正确对待和处理你说的那些事情。假如你给她早说了那些事情，说不定她觉察到那个杜小伙是三江县的人，她会自愿放弃和杜小伙好的。可是现在他们都在谈婚论嫁了，你还让她蒙在鼓里，又不同意她的婚事，换作你，你怎么想呢？"

龙远江听了这番话，陷入了思考："那咋个办呢？"

"哥啊，你已经失去了解决问题的最佳时机。现在只能走一步看一步。先试着给芳芳讲一讲过去的事情，看她是什么态度再说。"杨长新诚恳地进一步分析道。

龙远江端起茶杯狠狠地喝了一大口："兄弟，你不怪我对你隐瞒这些事情吧？"

杨长新理解作为一个父亲的苦心："这是你的家事，我当然不怪你了。不过，如果我早一点知道，也许这个事情处理起来就不那么被动了。我会给芳芳先打打预防针，让她理解你。她有自己的思想，你不能总把她当小孩一样来对待。"

两个人正谈得起劲，小何来敲门了。

杨长新不耐烦地开了门："不是说今天晚上不要来烦我吗？今晚上我是属于大哥的！"

小何在他耳边耳语了几句，杨长新转过头："龙哥，我师父家来人了，在大厅等我。我去去就来。"

龙远江说："你去吧，我也理理头绪。回来再接着说。"他猜想，师父家来人不外乎就是来要钱的。

果然，杨长新在酒楼的大厅见到了前师娘："师娘，你有事给我打电话就是了嘛，还亲自跑一趟，多累啊！前次小何带来的钱用完了？"

师娘年龄60多了，但看上去却像70多岁的人。她个头中等，步履蹒跚，满头白发不说，岁月的沧桑在她脸上过早地留下深深的皱纹，眼睛显得浑浊。

她一见到杨长新，就一把拉住他，眼泪忍不住就流下来了："长新，你师父可能快不行了，你抽空去看看他吧。这段时间的开销大，我都不好意思来。他如今这般可怜，虽然是自己找的，但还是只有你这个徒弟对他好。我们一家人都忘不了你！"

杨长新扶住她："师娘，看你说的。都怪我想得不周到，我马上叫小何取钱送你回去。我说过，一日为师，终生为父，不管怎么样，我要把师父管到底。这个您就放心吧。我这两天一定抽空去看看他。"说完，给小何做了交代。

小何扶着师娘出了大厅。

杨长新那年离开龙远江，就是在一处建筑工地遇到了他的师父张耀祖。师父当时已经是一个包工头了，在贵州打拼了几年，他除了这边包有工程，在其他地方也有，所以到处招兵买马。杨长新去到他的工地时，正遇到他对工人发脾气："你们这些没用的东西，叫你们回三江招人，你们就带这么几个回来。完不成工程任务，就拿不到钱，到时候别怪我扣你们的工钱！"

杨长新听他说到三江县，赶忙说到："我是三江来的，我愿意在你这里打工。"杨长新到贵阳已经好多天，了解到这里的人还没有外出打工的习惯，三江那边的人出去打工，都是有人带出去的。像他这样单枪匹马出来的不多。

张耀祖回头看着这个年轻人，精神头倒还有，就是瘦了点。他使劲拍了拍他的肩膀："你这身板吃得消吗？"

杨长新唯恐老板不要他："只要有饱饭吃就吃得消。"

张耀祖一下就笑了："你这娃娃还实在，只要你肯干，肚皮敞开吃！"

就这样，杨长新留了下来。杨长新虽然文化程度不高，但很会来事，也爱虚心请教。没多久就成了张耀祖的得力助手，被派到另外的工地负责。可以说没有他师父就没有他的今天。杨长新曾经说过，在贵阳有两个人的事情他必须管，一个是龙大哥，一个就是他师父。后来师父家里因为出了变故，资产被卷跑，导致了今天的悲剧。

第八章　悲伤的往事

杨长新回到茶室，对龙哥说了师娘来的事情。

龙远江说："你是个重情重义的人，对得起你师父了。我现在也快退休了，过几天我陪你去看你师父。"

杨长新说："别说他了。今天晚上就说说你吧。"

龙远江似乎已经想清楚了，心情放松了不少："好吧，我就给你说说我的家事吧。"

龙远江记得那次求学回家给父母说了情况，父亲不经意地流下了泪水。他对着龙远江和媳妇说："你们都要记着李三爷的好，这些年只有他在暗中帮着我们，要不然这日子真没办法过下去了。"

远江妈接过话说："当着娃娃的面，我们都不要说泄气话。国强，我遇到你很知足，只要我们一家三口坚强努力，这日子一定能够过下去，而且一天会比一天好。我就不信，符阳村的天下永远都姓杜。"

小远江虽然还不能完全理解爸妈的话，但是他感到有爸爸妈妈的爱，心里就很温暖。不管在外面受了多大的委屈，回到家里也装着像没事一样。在小远江的心里，妈妈有时候显得比爸爸坚强。小远江后来才知道，妈妈的身世原来很不平凡。

妈妈的老家在贵州，就是因为这个原因，后来的龙远江大学毕业后选择了来到当年人人都不愿意来的偏远的贵阳。她是一个资本家的小姐，比她大的两个哥哥解放前夕去了国外，杳无音信。父亲母亲为了躲避批斗，将祖上留下来的财产全部捐献给了国家。可是仍然免不了每一次运动都要挨批斗的命运。1962年底，自然灾害已接近尾声了，但父母终因抗不住饥饿双双撒手人寰，留下她一人不知所措。街道上的一个干部站出来表示愿意收养她，前提是给他当儿媳妇。妈妈名叫丁玉娟，她的容貌就如她的名字那样美丽。虽说17岁的年龄是如花似玉的，可是饥饿让她变得又黄又瘦。丁玉娟知道父母虽然是被饿死的，但是和这个街道干部也脱不了干系。这个干部解放前是她家里的店员，虽不算丁家的心腹之人，也算是可信之人。他也曾经说过，要不是丁家在他逃难贵阳的时候收留了他，早就饿死在风雪弥漫的大街上了。他当学徒期间，丁玉娟的父亲看他脑瓜子灵光，便派了专人给他当师傅培养他。就是这样一个人，解放后却完全像变了一个人，仿佛丁家与他血海深仇似的，在运动中经常跳出来批斗丁家父母。他掌握权力以后，更是变本加厉地克扣公司合营后父母应享受的待遇和工资。自然灾害那两年，丁家已经家徒四壁，走投无路了。丁家看起来是天灾，实则是人祸。在丁玉娟的心里，那个名叫冯天才的街道干部，就是她丁家的仇人。要她嫁给冯家那个残疾的儿子，打死她也不愿意。亲戚们也不敢得罪姓冯的，没有人出来帮助她。于是，在一个风雪交加的夜晚，她出逃了。她想起看过的一部白毛女的电影，觉得自己的命运如白毛女一般。只不过她没有去大山里，而是逃到了天府之国的四川。一路上她装哑巴，为的是不让人知道她是哪里的人，避免人家盘问时露馅。一向爱美的她，不得不把自己弄得蓬头垢面，一路讨饭准备到重庆去，妈妈曾经告诉她，她有一个闺蜜在重庆。她准备去找，不料走到三江这个地方就再也没有力气走了。听妈妈后来说，她那时饿得实在不行了，想靠在一棵树底下休息，结果人一坐下，就昏了过去。

正巧那天，龙国强被生产队派到城里收大粪从那里过，看到一堆人围在那里，就走过去看了看，见一个浑身脏兮兮的人倒在那里，分不清是男是女。听到大家议论纷纷，有的说真可怜，有的叫人拿点东西出来给她吃一点，有的说现在大家都吃不饱，哪里还有多余的东西。龙国强看没人上前施救，就将随身带着的一个竹筒取下来，扶起那人往她嘴里灌了一点水。

她苏醒过来，想朝他笑一笑，可是浑身没有一点力气的她，咧着的嘴比哭还难看，眼泪不由自主地就流下来了。看到有人施救，围着的人陆续地散了。

龙国强将丁玉娟扶起来，从怀里掏出一个小小的烂红薯，放在她的手心里："你就在这里等我，我去把粪水挑上船后来接你。"他看丁玉娟太可怜了，要是没人帮助就会死在这里。

她感激地点了点头，迫不及待地将烂红薯塞进嘴巴里。

龙国强是个说话算话的人，不一会儿就来接丁玉娟了。他把她牵起来，扶着她一起去了生产队的粪船上。

队里一起出来收粪水的人，看到他扶着一个分不清是男是女的人，就给他开玩笑："哪里捡来的叫花子呀？捡回去当媳妇还是当兄弟啊？"

龙国强很愤怒，但成分不好的他，已经习惯委曲求全了。他淡淡地说道："不要乱说，她饿昏了，没有去处。"

丁玉娟的身上难闻的气味，在奇臭无比的粪船上也就不算什么了。

坐在粪船上的人，一路上都在拿他二人开玩笑。

丁玉娟看着龙国强默不作声忍辱负重的样子，她也就当没听见一样。

粪船开到了符阳村的河边上，大家开始挑粪水上岸。挑粪水的人，脸上都泛着菜青色，无精打采，粪水挑得很慢。幸好岸上的粪池不远，再加上岸上又来了一些人，船上的大粪不一会儿就转运完了。

正在这时，杜清明来了，他看到一个头发乱糟糟的人就问："那个叫花子是哪里来的？把他带到这里来做什么？"

人群里立刻有人答话："那是龙国强从街上捡来的媳妇！"人们立刻爆发出了嘲笑声。

杜清明也笑了起来："媳妇？地主崽崽也想娶媳妇？我看看这媳妇啥样子。"说着走到丁玉娟的面前，可能是她的衣服实在太脏，他不由得捂住了鼻子，从地上捡了一根竹棍，用竹棍掀起了丁玉娟脸上的头发。

丁玉娟的脸黑得不像样子，饿得像骷髅一样脸上，只有那对眼睛在转动，表示这个人还活着。

杜清明看她那个脏兮兮的样子，又问："这个样子是男是女哟，还娶媳妇？"

丁玉娟很怕眼前这个人，她一边比划着，一边不断往龙国强身后躲。

旁边有人说道："她可能是个哑巴，一路上都没有说过话。"

龙国强平时很怕这个杜清明，今天不知哪来那么大的勇气，他一边护着丁玉娟，一边大声说："不管他是男是女，是不是哑巴，我都要把她带回家，给她一口饭吃。"

"给他一口饭吃？"杜清明一听龙国强这样说，不由得哈哈大笑起来："自己都没得吃，还给她吃的？你连老妈都饿死了，莫非还养得起她？"说着一时兴起，做了他平生最后悔的一个决定："要不这样，你把她领回去，是女的，老子就送给你当媳妇，是男的，你就给他吃的，让他给生产队干活。

说好哈，生产队不负责养，也不给他计工分。你娃娃还要好好听话，好好改造。"杜清明当时就想，就算是个女的给你当媳妇，你也是娶的叫花子。你龙家以前不是富甲一方的大地主兼资本家吗？现在捡个叫花子，也大大侮辱了龙家的门风，也算达到了羞辱龙家的目的。

"好主意，好主意。"人群中不乏看热闹的，都附和着。

等到人都散了，龙国强才领着丁玉娟走回了家。这个所谓的家，不过就是安在江边的一间破草房。在龙国强儿时的记忆中，自从父母亲被撵出那个大院子后，就一直住在这里了。本来他想在河边的竹林里砍点竹子搭建一个厨房，可是杜清明不同意，说改造地主分子就是要先在肉体上改造，哪能让他们身体舒服。再说竹子都是公家的，不能随便砍。就这样龙国强一家三口就住在这间破屋子里，直到爸爸妈妈去世了，留下他一个人生活。好在他现在快二十岁了，经历了生活的艰辛和人生的不幸。只是他实在不明白，为什么住得好好的大院要搬出来住到破草房里，为什么他家里的长工杜清明以前对爸爸唯唯诺诺的，现在变得凶神恶煞，他家的儿子杜家驹和他一般大，为啥以前啥都将就他，现在却和他老汉儿一样可以随便打骂他。他牢牢记住了爸爸妈妈临走时说过的话，说他是龙家的独苗，无论如何艰难都要活下去。妈妈走后这些年来，为了生活，他什么都找来吃。离家近的地方没有野菜了，他听说大山里有野兽出没，但也有东西吃，就偷着去了福宝的深山老林。去年因为很多人都吃不饱，杜清明也放松了对他的看管，也幸亏去了那里，才没有被饿死。他真想躲在山里不回来了，因为他在山里面，不仅遇到了野兽，还遇到了好人。那时没有公路，进山去只能靠步行走山里人踏出的羊肠小道。那天他在一片林子下面走，突然一大群猴子在他的头上跳来跳去，把他吓了一跳。有几个胆大的猴子居然还跳在面前挡住了他的去路，吓得他进不得退不得。正当他不知道如何是好时，一个头戴草帽的人出现了，只见他将手指放在嘴巴里"嘘"了一声，那些猴子马上就跳到了树上，静静地望着他们。

那人看上去有20多岁的样子，黝黑的脸上流着汗珠，浓眉大眼，像电影里的英雄人物一样，看上去很健壮。他从地上将龙国强扶起来："小兄弟，你到这里来做什么？"

龙国强说："外面的人一个个都快饿死了，我听说山里面有吃的东西，就想来碰碰运气。"

"你来过山里吗？"

"没有。"

"你这样进山是很危险的。"那人关心地又问："你想去哪里？"

"哪里有吃的我就到哪里。"

听到他很真诚的话，那人笑了："今天算你运气好。我下山给家里人送吃的，正好回来。要不你就到我那里去吧。"

龙国强立即高兴起来："好啊，好啊！"过了一会儿又不好意思地说："大哥，太麻烦了吧？"

那人说："什么麻烦不麻烦的，我这里十天半月都看不到一个人，你来了正好给我作伴，我姓陈，你就叫我陈大哥吧。"

就这样，龙国强跟着陈大哥去了他住的地方。在森林里走了好长一段路，他们来到了一个小桥流水的地方。龙国强一看就喜欢上了这里，只见山溪水从远处流到这儿，然后流下山去，形成了一个小小的瀑布，瀑布前面的峡沟上面，用了两根很大的原木搭成了桥。

陈大哥指着对面的一个小木屋："看，那就是我平时住的地方。"

龙国强高兴地上了桥，陈大哥提醒他木头是湿的，小心下面滑。龙国强好久没有这么高兴了，他忘记了以往的不快，小心地走过去了。他记得父亲教过他的一首诗，开头两句是"枯藤老树昏鸦，小桥流水人家"。他觉得形容到这里应该是绿树藤绕飞鸟，小桥流水人家。当时他就觉得诗的前面一句很悲伤，后面一句才很美，现在看到这里，完全就是人间仙境了，他不由得赞美道："陈大哥，这地方真美。"

陈大哥却说："再美也抵不住孤独。"

龙国强这才想起问："你一个人在山里干啥呢？"

"我是山里护林的，每天就在山里打转转。"陈大哥边说边把龙国强领到了屋里。

第九章　深山里的故事

　　陈大哥的小木屋收拾得很干净，一张床，一个吃饭的小方桌，另加一个灶台和一口锅、两三个碗，便是他的全部家当。陈大哥像是知道龙国强饿了似的，掀开了灶台上的铁锅，里面有一碗吃剩下的不知用什么做的糊糊，还有一块饼。龙国强看得眼睛都直了，嘴巴里的口水都吞了好几下。陈大哥往灶里添了一把柴，拿出火柴一边点火一边说："你忍忍，我把蕨根粉和饼给你热一下。"

　　一听是给自己吃的，龙国强立马上前，从锅里拿出饼说："不用了，冷的一样可以吃。"说着拿起饼狠狠地咬了一口，囫囵吞枣地吞了下去，又开始咬第二口。

　　陈大哥笑着劝道："慢点，慢点，全都是你的，没人跟你抢。"

　　龙国强不好意思地放慢了速度，笑着说："陈大哥，不瞒你说，我已经两三天没进食了。要不是遇到你，我可能就饿死在这深山老林了。"

　　陈大哥脸色有些沉重："我知道，这年头日子不好过。我要不是在这大山里，家里人可能也饿死了。"见龙国强吃完了饼，陈大哥将已经热好的蕨根粉端了出来，递给龙国强："你先垫垫肚子，晚上我再给你做好吃的。"

　　用水调好的蕨根粉，吃在嘴里滑滑的，像吃藕粉一样。虽然没有什么味道，但龙国强吃得很香很香。他对陈大哥说："这东西要是有点糖就更好吃了。"

　　陈大哥看他馋得那个样子，便说："你等着哈。"说着便拿着一个碗走出去了。不一会端着半碗黄橙橙的东西进来了："这是蜂糖，你放在里面吃吧。"

　　龙国强没想到还真的吃上糖了，而且还是珍贵的蜂糖。想到母亲临死时想吃一口甜开水都没得到满足，龙国强的眼泪一下就流出来了："陈……陈大哥，遇到……遇到你真是……真是太……太好了！"

没想到半碗蜂糖竟然惹得这个小伙子流了泪，陈大哥虽然不知道是何原因，但很理解他。于是又说道："男子汉流血不流泪，这年头流泪是不解决问题的，我们都要坚强。"

龙国强含着眼泪将那碗拌着蜂糖的蕨根粉吃了下去，他觉得这是他来到这个世界上吃到的最好东西了。

晚上，陈大哥将挂在灶台上边的一块野猪肉拿下来煮了，说是给龙老弟接风。

龙国强什么时候受到过如此待遇啊，他有些诚惶诚恐："陈大哥，你都不了解我的情况，就这样待我，不怕我连累你呀？"

陈大哥笑道："我们吃了饭慢慢了解。你讲讲你的故事，我也讲讲我的故事。"

龙国强放心了，已经忘记肉是什么味道的他，晚餐虽然没有米饭，但野地瓜下野猪肉也是很高级了。虽然有蕨根粉垫底，但那块足足有两斤多的野猪肉，被两人吃得精光。就连那块骨头都被龙国强啃得光溜溜的也舍不得丢，说等下顿再把它砸碎来熬汤喝。

龙国强摸着自己胀得圆圆的肚子，十分满足地说："陈大哥，你是我的救命恩人，我一辈子也忘不掉你。等我以后有了出头之日，我一定要好好报答你。"说着，拿起桌上的碗筷，朝外面走去。

这个地方被陈大哥设计得十分巧妙，山泉瀑布被陈大哥用一根劈开的楠竹引到了一个石槽里，石槽底部打了个洞，用水、煮饭都在这里接水，不需要用水时，泉水顺着石洞流到外面去，需要时再把洞堵上，成了天然的洗衣物的地方。

一弯明月不知何时挂在了天空，白天那些参天大树，被山风吹得哗啦啦的枝叶，此刻全都张牙舞爪地东摇西摆，像小鬼在抓人一般。龙国强心想，陈大哥长年累月在这里不害怕吗？如果是他，一个人在这里一定怕极了。

他把自己的疑问对陈大哥说了，陈大哥没有直接回答他，接过他已经洗好的碗筷放好后说："你不是要跟我讲故事吗？等你讲完了，我也跟你讲讲我的事情。如果我猜得不错的话，我们两个都是苦瓜。"说着拿出一床草席铺在外面的地上，自己踩上去睡下了。他叫龙国强也睡下来说道："我经常一个人晚上睡在这里，看着星星和月亮，听着林海发出大合唱的声音，看着那些为我婆娑舞蹈的影子，我兴奋还来不及，哪有害怕的道理。你不是说这里很美吗？这么美的地方，这么好听的声音，你为什么不往美的方面去欣赏它呢？"

龙国强听了这番话，觉得陈大哥说得好有哲理，对他更加敬重了。他说："陈大哥，你是一个不平常的人，你的故事一定很精彩。"

两个年轻人就这样以大地为床，以月光为纱幔，以林涛声为轻音乐，相互倾吐了自己的心声。

原来陈大哥是个转业退伍军人，大名陈嘉川，家里姊妹五个，他是老大。原本可以在部队上多干两年的，可是父母希望他早点回来为家庭分担困难。他就回来了，被分配在林业系统工作，本来可以留机关的，可是福宝林管站的站长看他不仅长得帅，而且脑瓜子灵活，便以要培养的理由将他要到了自己的身边。后来才知道，那个姓范的站长不仅想培养他，而且还想等他当上副站长后成为他入赘的上门女婿。因为快到50岁的范站长没有儿子，只有两个女儿。也许这个事情遇到其他的人未必不是一桩好事，可是受过部队教育的陈嘉川，却感到像是受到了侮辱似的坚决不同意。加之他与一个女同学好上了，女方家长希望他能够调到机关工作后，马上就结婚。范站长也了解到这个情况，干脆把他调到了深山老林里当护林员，想以此给他施压逼迫他放弃女同学，达到和他女儿结婚的目的。没想到陈嘉川宁可在深山老林受孤独，也不愿意屈服受辱。女同学的家人看他越走越远，毫无走出大山的希望，棒打鸳鸯地拆散了他们。那一年，全县响应大炼钢铁需要木材。范站长在县里大会上表了态，说福宝林场100多万亩的森林是超英赶美最大的资源，他一定积极支持。没想到回到站里传达精神，遭到了职工们的坚决反对，尤其是陈嘉川，他说我们是林业职工，森林就是我们的命根子，如果森林被砍伐破坏，就是我们的失职。气得范站长直打哆嗦，他决心要好好整治这个陈嘉川，于是把他调到了最远的一个护林点，就是现在与重庆贵州接壤这个叫青杠峡的地方。

说到这里，陈嘉川叹了口气继续说道："人们都说福兮祸之所倚，祸兮福之所伏。这些老话真是不假，我被调到全站最艰苦的地方，看起来是坏事，但从现在的情况来看，是一件很好的事情。"

为啥这么说呢？原本范站长是想整陈嘉川的，可是后来的形势发展帮了他。因为那时的福宝原始森林，仅有的交通就是人们进山砍竹子的羊肠小道，砍伐容易运输难，没有路，要让大批人马进山砍伐根本就不可能，加之森林离福宝镇比较远，所以只好作罢。县城附近的笔架山和各乡镇的森林被作为了重点砍伐的对象。这不，自然灾害的大饥荒来了，到处都没有吃的，只有这大山里有吃不完的野味。范站长也看到了这一点，想把陈嘉川又调回去，另外派他的心腹来，可是这山里除了调皮的猴子，还有老虎和豹子以及其它的野兽出没，没有一定的本领，根本就无法待在山里。范站长就对陈嘉川提出了要求，必须每半月给他家送一次山货，陈嘉川照做了，这才没有为难他了。而陈嘉川也算没有饿着肚皮，家人跟着他少受些罪。

"你遇到过老虎吗？"龙国强好奇地问。

"没有，只见到过老虎的脚印。不过，豹子倒是远远地看到过几次，还有狗熊。山里的珍奇动物很多，天上飞的，地上跑的，我见得多了。它们都长得非常可爱，所以我一般都不伤害它们。我最喜欢打的是野猪，这家伙下山去糟蹋农民的庄稼，个头又大，打一头要吃好久。前次打的那头野猪，给范站长拿了一半，另一小半拿回家了，自己留的今天也吃完了。明天我带你进山，看看我安的套有没有收获。"

"好啊！我真想留下来和你作伴呢。"

陈嘉川没有回答龙国强的话，只是说我的故事讲完了，该讲你的了。

龙国强听完陈大哥的故事，已经忘记了母亲临终时嘱咐他逢人只说三分话，未可全抛一片心的话了。他真切地感受到陈大哥的真诚和对他的好，所以毫无保留地讲了他的情况。最后，他有些担心地问道："我跟你说这些，你不会嫌弃我是地主子女吧？"

陈大哥哈哈哈大笑了起来，"我早就猜出你是个出身不好的人了。"

"那你为什么对我这样好呢？"龙国强不解。

陈大哥收住了笑容，有些沉重地说："我也不知道为什么。只是看到你很乖巧，也很懂事，就觉得你是好人。"

"好人？"龙国强从记事起就没有人说他是好人，都叫他是狗崽子，就是那个他很尊敬的李海清李三爷，虽然不叫他是狗崽子，但也没说过他是好人。只有那个右派分子林健强说过他是好人。猛然听到陈大哥说他是好人，他感动得一下就流出了眼泪，久久说不出话。

陈大哥用手抹了他的眼泪说："男儿有泪不轻弹。你今后遇到的艰难还会很多。我们两个约定，今后无论遇到多大的困难一定要想办法挺过去，有什么事情你可以到我家里留言，我会去找你的。你不要到山里来。真的很危险。"

"你要赶我走吗？我可不想再回去了。"

"不是赶你走，而是你必须回去。根据你说的情况，现在生产在慢慢恢复，那个杜支书肯定不会放过你的。你如果不回去，被他知道你在这里抓你回去，那就不晓得是什么下场了。人要懂得迂回，就像我不想去参加范站长的会，不让他抓我的小辫子，我就让他找不着我。每次他派人通知我回去开会什么的，我都跑去巡山了，他拿我也没办法。"

"你为啥还要拿东西给他呢？"

"这也是一种策略。你想如果我不给他送东西，他硬要换人，那我也不得好。再说我在关键的时候给予他帮助，等于是救人一命，胜造七级浮屠。何乐而不为呢？"

"哇，陈大哥，你真了不起！心胸那么开阔！"龙国强由衷地赞道。

"我也是遇到事情想不开，受人指点才明白这些道理的。"陈嘉川说。

龙国强想着心事，陈大哥对他道："时候不早了，我们回屋去睡觉吧。"

"我去把被盖抱出来，就在这里睡吧。你看这月亮多美啊，山风也柔和，我真舍不得离开。"年轻的龙国强，心情放松了竟然浪漫起来。

"不行，已经立秋了，山里湿气重，不能睡在外面。那样会生病的。"陈大哥口气很坚决。

龙国强只好起身收拾好草席，和陈大哥进屋了。

陈大哥一上床就很快进入了梦乡，可龙国强总也睡不着。他想着陈大哥对他说的那些话，越想越觉得有道理，以后要好好动脑筋，和杜大爷周旋。想着想着他也睡着了。

第二天吃过蜂蜜蕨根粥，陈大哥带着他去了套野兽的地方。一路上，他不断地采摘野果子给龙国强吃。吃得龙国强不停地赞叹："大山里的宝藏真多啊！"

"是啊！山里人就是靠着大山生活，所谓靠山吃山嘛。"说着，弯腰摘了一根长着叶子和长长枝干的东西，然后将叶子摘掉，把枝干上的皮剥了，递给他："你尝尝这个。"

龙国强放到嘴里，一下皱起了眉："好酸，好酸！"不过，他没有吐出来，直接吞到肚里。

"这个东西，学名我说不上，我们都叫它酸浆杆儿，口渴了，挺管用的。"陈大哥解释道。

"我真想到山里面来研究大山。"

"等以后形势好转了，会有那么一天的。"陈大哥充满信心地说。

他们的运气真好。还没走到设套的地方，就听见有猪叫的声音。他们赶紧往前走，陈大哥要龙国强紧跟着他，说这段路他设了好几个套，不要把自己套进去了。

走到设套的跟前，看见一头约有百多斤重的野猪在坑里挣扎，它的一只脚被铁夹死死地夹住，动弹不得，正嚎叫着拼命乱蹬。只见陈大哥不慌不忙将带来的绳子挽了一个套，再将绳子放下去，不偏不斜套住了野猪的另一只脚，把野猪拉了起来，然后将前后四只脚分别套死，砍了一根结实的树枝当扁担。二人将野猪抬了回去。陈大哥指挥着龙国强帮忙，将野猪又绑在了一条长长的石凳上，拿出一个盆，里面装着半盆水，还放了一点盐，然后拿着一把明晃晃的尖刀一下插进了野猪的脖子里。看陈大哥熟练的动作，俨然就是一个杀猪匠。鲜红的猪血流进盆里，龙国强想到的是今天中午有猪血旺吃了，就显得异常兴奋，越发感到陈大哥是个了不起的人。

陈大哥将野猪放在石槽里，用烧开的水反复浇了好几遍，才开始用一个专门刨猪毛的弯型刀将猪毛刨干净。他说野猪和家猪其实都差不多，只是野猪的皮要厚一些，嘴和牙齿要尖一些。今天中午我们把猪血和内脏弄来吃了，晚上就把肉送下山，这年头盐巴也缺，放久了就会臭。

中午吃饭时，龙国强吃着陈大哥做的全猪汤，浑身冒汗。虽然没有米饭仅有野菜，但他觉得这是天底下最美的佳肴了。

陈大哥说："等晚上吃了饭，你和我一起下山，我送你回去。"

龙国强一下停住了津津有味的美食，抬头看着陈大哥："多住两天不行吗？"

陈大哥坐在他的对面，摸了摸他的头："兄弟，不是我狠心赶你走，而是我怕你说的那个杜大爷找不到你，以后你的日子怕是更难了。你放心吧，我既然把你当兄弟了，就不会不管你。以后下山时也会关照你的。记住我的话，不要和整你的人硬碰硬，要懂得保护自己，迂回斗争。"

龙国强低着头默默地吃着全猪汤，心情有些沉重。他真舍不得这里。前天刚到这里时，他还是个饥肠辘辘快要死的人，经过两天的能量补充，今天他已经是个浑身充满力量的人了。不过他想陈大哥说得也有道理。那个杜大爷不知道为什么对他们家有那么大的深仇大恨，父母已经被他们迫害死了，还死死盯着他迫害。要不是父母叮嘱他好好活下去，早就想把他杀了自己去跳河。

下午，他独自过了独木桥，一个人在森林里信马由缰地走着。秋老虎似乎对这里没有威胁，秋阳的剪影在他身上摇曳，他很惬意。仰头望着藤缠树树缠藤的一棵棵参天大树，他多想变成这里的一棵树啊！至少它可以在这里自由地呼吸甜美的空气，享受自由的阳光。

离太阳落山还早，陈大哥就来叫他吃晚饭了。龙国强依依不舍地从森林里走了回来。陈大哥告诉他，必须早一点走，否则一百多里的路程走到天亮也到不了。

"为啥一定要晚上走呢？"龙国强问。

"傻小子，这年头生活紧张。你不晚上走，不怕人家闻到你身上的肉香味啊！"陈大哥在他头上摸了摸笑道。

吃完中午剩下的东西，他们就上路了。陈大哥将野猪肉分成了四份，一块大的是进贡给范站长的，另一块大的是给他家的。还有一小块给了龙国强，剩余的一些边角余料就给了自己。他还给龙国强准备了一个小背篓，下面装了野猪肉和蕨根粉、干蘑菇，上面是一些野菜。他自己背了一个大背篓，也是按照这个程序装好，他们就出发了。

快天亮时，陈大哥先把龙国强送到了符阳村他的家里。陈大哥进屋看了看他的房间，然后对他说："记住大哥的话，天总有亮的时候。有困难，找大哥。"说完，不顾龙国强的不舍，推开他抱住自己的双手，毅然地跨出了房门。

第十章 好人有好报

龙国强把丁玉娟领到家以后，到屋外搭建的一个没有围墙的炉灶上给她烧水，要她先准备洗澡。然后从屋里很隐蔽的地方摸出一个铁盒子，里面是从陈大哥那里带回来的蕨根粉，他将烧开的水给她调了一大碗。

丁玉娟饿极了，顾不得嘴烫，三下五除二就把没有放任何调料的蕨根粉喝完了。

龙国强拿出一包父母穿过的一些破旧衣服，要她选一选。没想到她选了母亲穿的，令龙国强感到惊讶："你，你真是女的？"

丁玉娟点了点头。

龙国强的脸一下就红了。

此时的丁玉娟因为吃了蕨根粉，身上有了力气。她对龙国强摆了摆手，意思是叫他不要怕。

龙国强没有理解到她的意思，以为是叫他不要接近她，就准备走出去了。

哪知道他刚要跨出门槛，丁玉娟上前一把抱住了他，"哇"的一声就哭出来了。

长这么大，只有妈妈抱过他，猛然被一个素不相识的女人抱住了，他不仅害羞，还有些害怕。他赶忙把她的手掰开，安慰她不要哭，让她赶快洗澡。

等丁玉娟洗好澡穿上妈妈的旧衣服站在龙国强的面前，龙国强更加吃惊了：多么美丽的姑娘，瘦削的脸庞上，弯弯的眉毛，眼睛显得特别大，皮肤很白，不合身的衣服也没有遮掩住骨子里透出的独特气质。

丁玉娟被他看得不好意思，低下了头。

龙国强问她："你是哑巴吗？"

丁玉娟点了点头，马上又摇了摇头。

龙国强又问："到底是不是呢？"

丁玉娟的眼泪立马就流出来了："龙哥，我看你是个好人，我就对你说实话吧。我不是哑巴，但是我不得不装哑巴。我从贵州那边过来，不装扮成这样就到不了四川啊！"接着她把自己如何逃婚，如何讨饭到三江的经历全说了。说到这里，她停了一会，然后抬起头坚定地说："龙哥，我也不想再到处跑了。我今年18岁了，如果你不嫌弃，我们两个住在一起相依为命，可以吗？"

面对这个突如其来的情况，龙国强一点思想准备都没有。他翻过年就二十岁了，杜大爷家的儿子和他一般大，今年上半年就结婚了，是杜大爷亲自为他儿子选的邻村的一个漂亮姑娘，据说是家里穷，本来人家姑娘已经有了对象，但男方拿不起彩礼钱，硬是被杜清明夺了过去。他自己却从来没有想过娶媳妇的事情。看着眼前的姑娘，相貌绝不比杜清明的儿媳差，真的很喜欢。但是他能够结婚吗？在他懂事后的记忆里，他就是一个被人称作狗崽子的人，什么事情都有人管着，什么事情都要向杜大爷请示，用他的话说，就是只许规规矩矩，不准乱说乱动。看他不说话的样子，丁玉娟以为他看不上自己，垂下头说："没关系，我在你这里住两天就走。"

"走，你往哪里走？一个姑娘家，路上多危险！"龙国强着急地说。

"我不会给你添麻烦。"丁玉娟恢复了平静。别看她长得像个娃娃脸，可是很有主见。

龙国强听出她有些误会，就把自己的心里话说了。最后说道："我们两个都是苦命人，有缘走在一起相互有个照顾本来是好事。可是那个杜大爷，他会同意吗？他一直就诅咒我们家断子绝孙。"

丁玉娟见他说出了心里话，就笑了起来："他不是当着众人的面说了，我要是个女人，就给你做媳妇吗？"

她笑起来真好看，瘦瘦的脸上居然还有两个酒窝。在龙国强看来，这个世界上除了妈妈，她就是最漂亮的女人了，他要尽自己微薄的力量保护她："你不了解这个人，他不仅心狠手辣，而且翻脸比翻书还快。自己虽然说了那话，但是见不得别人比他好。看到你这么漂亮，不知道还有什么手段在等着你呢。"

丁玉娟听他说得有道理，依然不死心："要不我们商量一个办法让他同意。"

"什么办法？"龙国强实在想不出有什么好办法。

丁玉娟上前主动拉着他的手，有些撒娇："你看你就这间屋，我也不可能占着屋子睡觉让你到外面去，干脆我们都不睡，就在这里说说心里话，商量出一个两全其美的办法。"

被丁玉娟拉着手的龙国强，心里涌上一股从来未有过的甜蜜味道，他红着脸点头道："好吧。"

这是龙国强一辈子都不能忘记的夜晚。那晚他们各自都说了好多的心里话。他说了爸爸妈妈去世后他的苦难遭遇，还有李海清三爷对他的保护和在大山里遇到好人陈大哥的事情。最后他说："要不是碰到这些好人，尽管爸妈嘱咐我要好好活下去，我也活不到今天。"

丁玉娟说："是呀，要相信世界上还是好人多，只要我们鼓起勇气活下去，生活就会有希望。你看，我不就碰到你这个好人了吗？"

龙国强红着脸看着丁玉娟，激动得紧紧把她抱在怀里。

他们就这样紧紧相拥，商量了很久，设计了好多种方案，到天亮时才统一了意见。他们决定今天主动去杜家，但丁玉娟仍然要打扮得像个乞丐，而且还是个不会说话的哑巴，腿也有点瘸。因为丁玉娟在逃荒的路上摔过一跤，还未完全恢复，此时正好伪装。

意见统一了，坐在床边上的两人，都感到有些累了。丁玉娟靠在龙国强的肩上睡着了，而龙国强一点也没有睡意，他很兴奋，也感到很幸福。仿佛天上掉馅饼似的不能让人相信。是啊，他从来都没有想过有哪个女人会跟着他，他活下去的理由就是爸爸妈妈的嘱托，他要坚强地活下去，有朝一日能够做一个顶天立地的男子汉。他把丁玉娟的头从肩上放下了，小心翼翼地移到床上，放到枕头上。看着这张美丽的脸，他有一股想亲吻她的冲动。他忍住了，只是用手轻轻地为她擦了擦眼角上的泪。她为啥流泪了？龙国强心疼地想，但愿她此时正在做一个甜美的梦。自从了解到她的身世后，他就很心疼她了，也很佩服她的坚强和勇敢，这不是一般人能够做得到的。

他将丁玉娟平躺在床上，给她盖好了被盖后，轻轻地从一个角落里拿出两个有点烂的红薯，又从床底下拉出了那个铁皮盒，拿出了一点他平时舍不得吃的蕨根粉，走出屋子，到外面去做早饭。他把蕨根粉用水调好与煮熟的红薯揉在一起捏成团，然后烙好，等着丁玉娟起床。

他的这种做法还是山里陈大哥教的，虽然不如全用蕨根粉烙的饼那样柔软，但也不失为那个年代的美味。

丁玉娟醒了，闻到了烙饼的香味，她看到了桌子上摆着的烙饼，翻身起床。龙远江进门来，看到她起床了，便招呼道："赶快洗一洗吃饭吧。"

很久没有享受到这样的待遇了，在丁玉娟的印象中，还是爸爸妈妈在世时叫她起床吃早饭了。那时还跟爸妈撒娇，现在才懂得那叫幸福。她也睡了一个放心觉，自从逃跑出来后，睡觉都是睁一只眼闭一只眼。看到龙国强忙前忙后的样子，她的眼睛有些湿润，有些羞涩地说："真不好意思，睡得太死了。"

龙国强没有注意她的感动，仍然催促她。

丁玉娟用桌上的碗从龙国强端来的洗脸水中舀了一点，出门去漱口。没有牙刷，只好用手指伸到嘴里去摩擦几下。这已经是很好的了。她在流浪的日子，最让人受不了的就是卫生问题。因为不能讲卫生，也没有条件讲卫生，实在受不了，就在有水的河溪中，用同样的办法漱漱口。

龙国强看出她是个有教养的姑娘，很歉意地说道："买不起牙刷，我也是这样漱口的。"

丁玉娟回答："没关系，这样已经很好了。等以后有条件了，我们再买牙刷。"说完，进门洗脸。

这个搪瓷脸盆，已经破得不成样子了，上面的瓷掉了不少，好几处有洞的地方是用烂棉花来塞住的。有些漏水，丁玉娟赶忙将脸盆端出门外。等她洗好脸回到屋，他们才开始吃。

烙饼只有小小的三块。丁玉娟拿起一块往嘴里去，要龙国强也吃。龙国强说他吃过了。丁玉娟不信，立即将烙饼分成两份，并说："我没看见你吃。今后我们一定要有福同享，有难同担。还有不准对我撒谎，我要亲眼见你吃了才相信。"

龙国强没想到丁玉娟这么泼辣，也这么爱护自己，眼睛一热就接下了烙饼。

丁玉娟俨然就是这里的主人了，她指挥着龙国强："吃完饭我们赶紧化妆，然后去找李海清大叔，让他陪着我们一起去。"

龙国强很受用的样子，完全服从丁玉娟的安排。

吃完了所谓的早饭，丁玉娟脱下了龙国强妈妈的衣服，将外面炉灶边的乞丐服拿出来套在了身上，已经洗干净的头，现在也只能将灶台里的灰撒在上面，然后一阵乱抹，搞得蓬头垢面，然后再把铁锅上的黑灰往脸上一抹，就恢复了昨天乞丐的模样。丁玉娟还要求龙国强也不能穿好衣服，他在龙国强放衣服的一个破旧箱子找到一条裤脚已经烂成条的裤子，拿出来要龙国强换上："就要穿这样的刷把裤，我们才能配得上，才能够让他同情我们。"

龙国强按照丁玉娟的吩咐，上身穿了一件已经洗得发白的劳动服，下身就是丁玉娟说得那条刷把裤。收拾停当后，他们就出门了。

李海清的家与杜清明家隔得不远，他住的是以前地主家长工住的土墙房子。他们去的时候，李海清正要出工。他是大队长，要去安排生产。李海清趁杜清明带队支援大炼钢铁那年，偷偷和右派分子林健强栽了一片荔枝林，因为荔枝投产的周期长，他们就间种了一些粮食储存了起来，没想到在自然灾害的大饥荒期间救了好些人的命。不过这个功劳被杜清明抢去了，说他领导的符阳村得肿病的人少，死的人就更少，因此被提拔到荔湾公社当副书记，但仍然兼着符阳大队的支部书记。李海清也顺理成章地当上了大队长。

龙国强向李海清讲了情况，特别强调了昨天杜清明对他的许诺，当然也隐瞒了丁玉娟并不哑也不瘸。

李海清看了看那个衣衫褴褛的姑娘，觉得她身上虽然脏兮兮的，但一双大眼睛很有神，也只有这样的人才可能跟着龙国强，要不然真娶不到媳妇。于是非常同情地说："你也到了该娶媳妇的年龄了，杜大爷如果真说了那个话，我陪你去就是了。"

他们正要走，出来两个一大一小的小孩，大的看上去有十五岁，小的有十一二岁。他们好奇地看着丁玉娟，小的那个朝屋里大叫起来："妈，你快来啊！国强哥要娶媳妇了！"

声音还未落，里屋走出一个拴着围裙的中年妇女。她就是李海清的婆娘。她也很好奇，龙国强咋个会娶媳妇，哪家的姑娘敢嫁给他呢？看到乞丐一样的丁玉娟，她明白了，也赞同地说："国强啊，有女人总比没有强。"说完这句话，又对李海清说："你给那个杜清明好好说一说，国强可怜啊！龙家也要有个后才对得起他死去的父母。"

这话很犯忌，李海清对她吼道："女人家，你知道啥。我晓得该怎样做。"说着，带着龙国强和丁玉娟走了。

来到杜清明家的院子，他们一家人正在堂屋吃饭。看到李海清带着龙国强和昨天看到的那个乞丐，就走出堂屋，脸上明显带着嘲笑："李老弟，莫非那个乞丐真的是个女的？你来给他们保媒了？"

李海清没有理会他的嘲笑，指着丁玉娟说："听说你昨天说如果她是女的，就配给龙国强当媳妇。人家真还是个女的，我也就顺着你的意思来保个媒。"

杜清明从来就没有想过龙国强娶媳妇的事情，昨天说那句话也纯属闹着玩。当着李海清，他不好改口，但又不想让这龙家小子娶媳妇。于是就说道："他是地主狗崽子，不要祸害人家姑娘的清白。"

龙国强很生气，很想冲过去说："地主狗崽子也是人，也需要过正常人的生活。"

丁玉娟死死挽住他的手臂，怕他一冲动前功尽弃。

龙国强想到陈大哥要他多动脑筋，保护好自己的话，紧紧捏住的拳头也松开了："杜大爷，你就行行好。你看她又哑又瘸的，你就让她跟了我吧，也算你做了一件好事情。今后我一定好好听你的话，好好改造自己。"

"不行，这个叫花子来路不明。我们要查一查她来我们这里的目的，查清楚了就遣送回去。"杜清明态度很坚决。

这时，他们一家大小都出来看热闹了，还有那个大着肚子的儿媳妇。她对杜清明说："爸，你就让人家娶嘛。你看脏得那个样子，又傻戳戳的，今后生的娃儿也好不到哪里去。"说着，骄傲地摸着自己的肚子。

李海清接过话："是啊，你就当做好事。她是个哑巴，你知道她是哪里的？再说，你昨天当着那么多人的面表了态的，现在出尔反尔，要影响你的威信。"

杜清明的老婆也说话了："龙家也只有这个命了，他不娶这样的人恐怕一辈子也要打光棍。"

杜清明的儿子杜家驹与龙国强的岁数差不多，杜家驹要小月份。但杜清明为了早点抱孙子，早早就把媳妇给他娶回了家。听媳妇说了话，他也说道："老汉儿，你就给他嘛。龙家以前是大户人家，现在轮到娶叫花女了，你怕他不辱没门风？"

杜清明听大家都这样说，还是不甘心，他以鄙夷的口吻说道："看在你李老叔的面下，这个叫花子就赏给你了。不过，你得跪下求老子，看老子高兴不高兴。"

都说男儿膝下有黄金，听杜大爷这样说，龙国强气得双脚直打颤。只见他紧紧地咬住牙，真想上前给他一拳。

丁玉娟死死拉住他，示意他下跪。见他不跪，自己扑通一下就跪了下去。

李海清在旁边也劝道："孩子，跪就跪吧，杜大爷是老辈儿，跪一跪也不亏。"

"嘿，你们不是说这叫花子又聋又哑吗？她怎么听懂我说的话了。这里面是不是有诈啊？"杜清明警惕起来。

龙国强怕有什么闪失，又想起陈大哥说过要迂回周旋，李大叔也说话了，他的确不亏，于是他赶紧跪了下去。两人双双磕了三个响头

没等杜清明开口，李海清也赶紧说话了："大哥，两个孩子都跪了，还磕了头，这总行了吧。"

杜清明没想到平时倔犟的龙国强，会很快下跪。联想刚才那个叫花女的行为，他更加怀疑。不过话已经说出去了，当着众人的面也不好改口，只好说："那就这样吧。还是那句话，只许规规矩矩，不能乱说乱动。把你这个叫花婆娘管好，只管干活，不计工分，这也是先前说好的。"

李海清见事情已经达到目的，拉着两个年轻人赶忙出了院子。身后传来一阵嘲笑声。

其实，李海清也看出了丁玉娟的不简单。只不过他不想点破。这个他昔日好伙伴的儿子，他是真心希望他好。只不过迫于现在的形势，他也没办法，只能帮一次算一次。他嘱咐龙国强："做事情要周全，不要让杜大爷抓辫子。"

龙国强千恩万谢，不住地点头："李三叔，我记住了。"

第十一章 幸福苦涩的婚姻

两个苦命的人儿就这样在一起了。龙国强自从有了丁玉娟，他看到了生活的希望，就像变了一个人似的，乱糟糟的茅草棚也被收拾得很干净，还用竹子围出了一个院坝。他们合计把房前屋后也栽种一些粮食蔬菜弥补他们家只有一个人挣工分的不足。

此时国家开始恢复生产，人们的生活渐渐往好的方面发展。龙国强也感到生活有奔头了。

这样的日子没过多久，杜清明就听别人议论，说龙国强带回来那个哑巴媳妇其实根本就不哑，精灵得很，模样也很标致。他问李海清是不是真的，李海清含含糊糊说不清楚。他就打算亲自过问一下，如果真是这样，他可是不答应的。想到龙国强那死去的爹妈，杜清明心里就涌起一股子恨。当年龙家家大业大，龙泽厚当兵回家，继承龙家产业，把他看好的龙国强母亲强婆到手。他也恨龙国强的母亲，自己长得也不赖吧，居然就看不起他。夺妻之恨和蔑视他的仇恨，他都一笔笔记着呢。解放初期，他当了农协会主席，也报了仇，但他还有一个儿子。即使不能斩草除根，也不能让他儿子把日子过舒坦了，最好从此断子绝孙。

那天清早，杜清明起了一个大早。他穿好衣服往外走，婆娘问他："这么早起来干啥。"

他气哼哼道："我去看看龙国强那个哑巴媳妇到底哑不哑。"

婆娘说："生米都做成熟饭了，你管他呢。"

杜清明说："那不让他翻天了？"说着，不顾婆娘的阻拦，执意走了。走到院坝中间，他停了下来，环顾他住的这个曾经是龙家的四合院。土改时，这个院子分给了三家人住。后来农业合作社时期，他借故让另外两家搬了出去，现在就是他一家人住的了。杜清明很得意，他想起把龙泽厚一家扫地出门的狼狈，他带着媳妇住进这个院子的威风，心里就很自豪。你龙泽厚不是知书识礼吗？不是立过战功吗？不是把我们家的土地全买去了吗？不是城里还有生意吗？一切的一切，现在还不是我说了算吗？当时他非要住进这个院子，就是要让龙泽厚看看，买他家土地、抢他女人、让他给他们家干活的下场。这个院子除了宽敞一点，其实也没什么特别，那些门窗雕花刻朵的沾上灰尘就不好打扫，不过这是他的胜利果实，他看着就舒服。

杜清明这样想着出了门。田野里静悄悄的没一个人，恢复生产的田里，刚插上不久的秧苗绿油油的，盼望着今年有个好收成，结束困难的日子。想起前两年大炼钢铁，粮食烂在地里无人收，导致后来的生活困难，杜清明也感到不寒而栗。他幸好还有些先见之明，仗着自己是干部，早就把队里的粮食转移一部分到自己的家里了。还有那个李海清和那个右派分子林健强，趁着他不在时在集体土地上种了点旱作物豆子也帮了他的忙，才把大队的饥荒勉强对付过去了。他以为龙国强逃不过这场灾难，那样的话他龙家就真是断子绝孙了，他的仇也就算彻底报了。不过如果生产还不恢复，他家也开始面临饥饿。没想到那小子居然没有死，活得好好的。杜清明就这样想着来到了龙国强家的茅草棚前。

真如有人说的那样，茅草棚前圈了竹篱笆围起来的院坝，干净整洁，像过日子的人家。正想着，屋里出来一个人，虽然天色还有些朦胧，但看得出来，就是那个哑巴媳妇。那个女人的身上虽然穿着一件很旧的衣服，已经洗干净的脸不知吃了什么，似乎没有前次看到她时那样瘦了，白白净净的，模样似乎比他家儿媳还好看。女人出门抱了一捆柴，只听她叫了一声："国强，我做早饭。你来栽菜秧哈。昨天王孃给我的白菜秧，今天不栽下去就活不成了。"

杜清明听那女人真的说话了，那声音脆生生的，听得人心里直痒痒。杜清明边朝着茅草屋走去，边使劲地咳嗽了一声。

龙国强刚从屋里跨出来，就看见杜清明气冲冲朝着院子走来。丁玉娟也看到杜清明了，她害怕得下意识地一下藏在了龙国强的身后。

杜清明走到院坝门前，哼了一声："这小日子过得不错嘛。吃了啥子神仙药，哑巴都医好了？"

龙国强下意识地将丁玉娟挡在自己身后，脸色紧张地说道："杜……杜大……爷，你……早！"

　　杜清明推开竹篱笆门，指着他们两个道："你们两个就是骗子，必须要接受组织对你们的惩罚。上午10点钟，你们到大队部来，接受处理。还有，哪个批准你们砍集体的竹子来围院坝的，一并接受处理！"说完气势汹汹地转过身走了。

　　惊魂未定的一对人儿站在那里好半天没有回过神来。看到丁玉娟脸上惊恐的表情，龙国强安慰道："小娟，不要怕，有我呢。"说着牵着她的手进了屋。

　　符阳大队的队部，就在大队的保管室，外面是晾晒粮食的稻场。杜清明把会场设在稻场上，除了大队干部以外，还找了一些群众代表参加。

　　龙国强和丁玉娟去的时候，杜清明正说得起劲："马上要开展社会主义教育运动了，阶级斗争一天不抓，我们贫下中农就一天不得安宁。这个女人本来就来路不明，还欺骗大家，我们要抓住这个典型，教育大家。"说到这里，他看了一眼李海清："有些人不明真相，还帮着说好话。这就是阶级立场有问题的表现。"看见龙国强夫妇到了，他又提高了嗓门："赶快滚过来交代你们的问题！"

　　民兵连长周严华使劲将二人推到到围着开会的人中间，大声呵斥道："坦白从宽，抗拒从严。"

　　杜清明招呼会场安静，然后指着丁玉娟说："先说说你为啥子要欺骗说你是哑巴？"

　　丁玉娟看这个架势，虽然心里有些害怕，但现在她有龙哥了，胆子也壮了些。她和龙国强在家里商量了一些可能会遇到的问题，思想上也有一些准备。于是她抬起头，装着可怜兮兮地说道："我没有欺骗。我见到你们那些天，喉咙充血，肿得说不出话。是大家误解了。"

　　"那你说说你是哪里的人，我们要去调查，看看你是不是右派的漏网分子？"杜清明不依不饶。

　　龙国强抢着回答："她父母早就死了……"

　　杜清明吐沫四溅地打断他："没有问你，让她自己说！"

　　丁玉娟怯生生地低着头："我父母的确早死了，我都流浪了好几年了，只晓得是贵州人，具体的在哪点我也搞不清楚。"

　　杜清明越说越冒火："你乱说。这么大的人了，会不记得是哪里人。你哄鬼啊！"他听了一会又说道："刚才我们研究了，你们两个必须马上离婚。

丁玉娟的婚姻由队上来安排！"杜清明此时的头脑里冒出了一个想法，他的一个侄儿，腿有些残疾，快三十了还没说上媳妇。这个丁玉娟看上去不傻，模样又好，配他侄儿是再好不过的了。

"我们两个是有结婚证明的，受法律保护。你不能棒打鸳鸯，将我们拆散！"龙国强急了。

杜清明看龙国强那个猴急的样子，反而笑了起来："你这个狗崽子，这事就由不得你了。"说着看了看周围的人："大家都表表态，像这样处理要得不？"

丁玉娟也急了，她红着脸大声道："我肚子里都有龙国强的娃了！"

在座的干部们你看我我看你，都没有开腔。群众代表中有个姓王的大妈打破了沉默："你看，这娃都怀上了。就是安排了，哪个愿意要啊？"

人群中不少人附和："就是，就是。这事不好办。"

杜清明气急败坏："这来历不明的种，怀上了也要想办法打下来！"

李海清本来不想开腔，因为刚才杜清明说的那番话明显是针对他。但看到杜清明说这些话太不近情理了，忍不住又开始抱不平："你就是把这娃打下来，她的身子也不清白了，哪个还敢要呢？我听说工作组要下来了，不如等他们来了请示一下。我们也是从来没有遇到过这样的事情，拿不准政策。"

妇女主任高玉兰也说话了："打胎对妇女的伤害很大。"

周严华反驳道："同情敌人就是伤害人民。"这句话是他刚从一个会上听来的。

杜清明没想到那么多人附和李海清，不知道咋个来反驳，周严华的话正合他意，他立即表扬道："周连长说得对，我们不能同情敌人。"

李海清见此事按不下来，又说道："毛主席都说过要不唯成分，他们都属于可教育好的对象，咋个就成了敌人？我看还是等工作组的人来了再说吧。"

不少人又附和道："对对对，政策拿不准，小心犯错误。"

杜清明很不满意地瞪了李海清一眼："你这人的阶级立场一贯不坚定，工作组的人来了也是一样。那就等吧。不过，这个婆娘马上到医院去查一下，看看她是不是真怀了娃，如果不属实，要罪加一等来处理。这个事就由高主任负责。散会！"说完，气呼呼地走了。

当丁玉娟说她怀了娃时，龙国强吃了一惊。这是真的吗？没有听玉娟说啊。他倒是巴不得，可是如果是假的，玉娟就要遭罪了。

玉娟说出怀娃的话，自己也吃了一惊。她只想到如何过关，压根儿就没想到杜清明还要她马上去检查。万一露馅了咋办？真不敢往下想。

高主任三十多岁，已经是两个孩子的妈了。她有些同情丁玉娟，但又不敢违背杜支书的命令，怕他给扣上阶级立场不稳的帽子。她对小两口说："今天去医院迟了，明天再去吧。"说完又对丁玉娟道："这些天你身子有啥不舒服的吗？"

丁玉娟点点头说："身子软，没精神，可能感冒了。"

高主任见两个年轻人都是生瓜子，问不出什么名堂。就说："唉，你们回去好好准备一下，我到乡卫生院去给你约一下医生。明天再带你去。"

人都走散了，小两口还站在那里。李海清走最后，他很可怜这两个年轻人，于是问道："小丁，你是不是真怀娃了？"

丁玉娟低着头，不好意思地说："不知道。"

"唉，这个事是真的就好了，如果不是真的，看你们这关咋过。"李海清摇了摇头又道："现在只有走一步看一步了。我也想想办法。"说完，也走了。

龙国强拉着丁玉娟的手："你可真敢说啊，看现在咋办。那个杜刮毒可是什么坏事都干得出来。"

丁玉娟眼里噙着泪水说："天下的坏人心肠都是一样的黑。"她想到了那个逼她做儿媳妇的冯天才。丁玉娟抬起头道："国强，没有过不去的火焰山，只要我们两个不分开，就能翻过这道坎。"

看着媳妇坚定的面容，龙国强也挺起了腰杆："走，管他的，我们回家。"

第十二章 意外的惊喜

小两口回到茅草屋，已经是下午两点多了。丁玉娟说她身上发软，想睡觉。龙国强就扶着她躺到床上去，自己到屋外去做午饭了。

龙国强做了点包谷糊糊，在地里摘了点菜煮熟，就去叫丁玉娟吃饭了。

丁玉娟拉着他的手说："明天如果查出来没有娃咋办？"

龙国强说："我们出走吧，到福宝的山里去找陈大哥。"

丁玉娟说："那不把陈大哥连累了？"

龙国强想了想："要不我们进山去，不惊动陈大哥，山里都是宝，我们随便找个地方就可以住下来。就是有些危险。"

丁玉娟说："危险倒不怕，总比在这里受杜刮毒的压迫强。"

龙国强说："好吧。我们做一些准备。不要叫他们觉察。"

第二天一早，高主任就来到茅草棚，她必须亲自带着丁玉娟去公社医院。其实高主任非常同情丁玉娟，同为女人，她咋个不知道丁玉娟的艰难。她想不通的是这个杜队长对龙家人硬是下得了手。高主任是从外村嫁到符阳村的，听家里的老人讲，杜家和龙家上辈就结了仇，至于多大的仇，老人也说不清楚。高主任想就是天大的仇嘛，人家老人也去世多少年了，也不应该迁怒于下一代。但她不敢说，那个杜清明，动不动就要给人扣大帽子，现在都在强调阶级斗争，你不照着他的话做，一定没有好果子吃。

高主任看龙国强和丁玉娟已经在等她了，就说："走吧。"

两个年轻人默默地跟在高主任的后面。

高主任打破沉默："你这茅草棚破是破点，还算打理得干净，院子也收拾得可以。过日子嘛就是要这样，你们还年轻，现在的形势就是这样，你们要想得开。"她是真怕这两个年轻人想不开做出一些蠢事来。她知道龙国强的性格有些倔强。

龙国强低着头没说话。倒是丁玉娟搭腔道："高主任，我们一定听你的。"

高主任笑了："那你告诉我，你究竟怀没怀上孩子呢？"

丁玉娟不说话了。

高主任看她那个样子，估计她说了谎。但又想，人家没生过娃，估计心里没底。于是又问："你那身上的来没来？"

丁玉娟不好意思回答道："快两个月没来了。"丁玉娟之所以在没有确定怀孕的情况下说自己怀孕，就是基于月经没按时来的缘故。

"那你有什么反应没有，比如说呕吐酸水什么的。"

"没有。"丁玉娟低着头老老实实地回答。

高主任也不敢肯定是不是。因为生活困难的日子才过去不久，例假不按时的妇女不少。于是她说道："检查了再说吧。"

符阳村离公社有五公里左右，他们步行了一个多小时就到了公社卫生院。说是卫生院，其实就是几间木板房，不怎么采光，有些昏暗。有一个坐堂中医，另有两个医生在忙着给病人输液。高主任对直朝里屋走去，并大叫了一声："邬医生！"

从里屋走出一个和高主任差不多岁数的女人，看到高主任，亲切道："高姐，啥子风把你吹到这里来了？是不是姐夫又给你耙起了？"

高主任脸一下红了起来："邬小女儿，当着年轻人，你嘴上把点门哈！来找你嘛，就是看看耙没耙起的事情。不过不是我哈！"

邬医生见两个低着头进来的年轻人，一看就知道是一对雏。于是收敛了两个已婚妇女之间才听得懂的玩笑，招呼道："那就快进来吧。"

丁玉娟慢慢地走到里屋，按照邬医生的示意躺在了铺着白色床单的床上。她很希望自己肚子里有和龙国强的血脉，但心里还是有些害怕。

邬医生看她怯生的样子，安慰道："别害怕，是女人都有这一天。"

丁玉娟看见邬医生拿出一个木筒样的东西，在她肚子上听了起来。接着让她起床，要她屙点尿到地上的盆子里。

丁玉娟照着做了，只见邬医生拿着一个小小的东西在她的尿液里沾了一下。等了一会儿，邬医生便叫她一起出屋了。

"怎么样？"高主任迎上去问道。

邬医生高兴道："怀上了，怀上了！只不过太小了，听不出胎心来。"

高主任悬着的心总算落地了。她就怕不是这个结果，这两个年轻人日子就难过了。

龙国强一听怀上了，脑袋嗡了一下，没反应过来。倒是丁玉娟红着脸拉了他一下："你要当爸爸了！"他才回过神来，一把拉住邬医生的手："谢谢邬医生，谢谢邬医生！"

看着这个愣头青，邬医生笑起来："你谢我做什么？要谢就谢你媳妇！是她给你生儿子！"

"对对对，谢媳妇！"说着，转过身拉住丁玉娟的手。

丁玉娟看他高兴过了头，也红着脸，对着高主任说："高主任，也要谢谢你。"

高主任说："谢就不用了，回去后要好好注意，不要干重活，也不要踮脚向高处拿东西，否则怕孩子保不住。"接着又对龙国强道："不要让你媳妇累着了，尽量让她吃好点，怀一个娃娃不容易，尤其是这年月。"

龙国强连连点头："是是是，我一定做到，一定做到。"说完这话，龙国强又说道："高主任，回去后还要麻烦你给杜队长汇报，在杜队长面前帮我们美言几句。"

高主任看了他们两个一眼，叹了一口气说道："你们也不容易，我尽量吧。"说完，就叫他们两个年轻人先走，说她和邬医生还有事情。

两个年轻人告别了邬医生和高主任。他们暂时忘记了生活中的不愉快，手拉着手欢快地走出公社卫生院。

看着他们的背影，邬医生大声提醒道："别忘了定期来产检哈！"

两个人转过身，双双对着邬医生和高主任深深地鞠了一躬，含着泪水哽咽道："知道了。"说完，才转身走远了。

邬医生看着他们奇怪的表情，对高主任道："怀个娃儿至于这样嘛。"

高主任回答："你不了解情况。人家对你千恩万谢是应该的。"接着简单地介绍了二人目前的处境，并说："我想跟你说，如果有人要那个丁玉娟来这里打胎，你一定要找个理由来糊弄过去。"

邬医生不解："还会有这样的事情？不会吧？"

高主任说："杜清明已经放话了，说那个女的来历不明，不离婚就要人家打胎。"

"那个杜清明真是刮毒，哪有逼人断子绝孙的呢？太不近人情了。你放心，不要说我们两个姐妹的感情，就是出于同情心，我也要帮你这个忙。"邹医生气愤地回答道。

高主任谢了邹医生，并请她到家里玩，说她栽的荔枝今年花开得多，肯定也结得多。等荔枝成熟了给她拿点来。

邹医生客气了几句，将高主任送走了。

龙国强和丁玉娟一路上都很兴奋。龙国强悄悄对丁玉娟说："今天正好赶场，我想去买点香烛钱纸，到爸妈的坟上去，告诉他们，我要当爸爸了。"

丁玉娟不同意："国强，我理解你的心情。我们可以悄悄到爸妈的坟前告诉他你没有辜负他们的期望。但千万不能去烧纸。那个杜清明现在都还在盯着我们，这时候千万不能有什么把柄让他抓着。你想想，现在那些卖香烛钱纸的，都是偷偷摸摸地干。你去买那些东西，万一被人发现就糟了，杜清明不把我们往死里整才是怪事。不如等肚子里的孩子真正保住了，我们买点纸和蜡烛自己做来烧。"

龙国强停住脚，看着丁玉娟："玉娟，还是你想得周到。我咋个就沉不住气呢？要不我们去场上给你买点东西，做个纪念。"

丁玉娟拉着他的手说："我看算了，本来我们就没有啥子钱，搞那些虚头巴脑的干嘛。不如我们去陈大哥家，给他留个信。等他回来，把我们有娃的消息告诉他，让他也高兴高兴。"

龙国强拍了一下脑袋："对呀，我怎么把这事忘了呢？"

两人一边说一边朝陈大哥家走去。

陈大哥家在城里的上河街。那条街全都是清一色的小青瓦房，有的高有的低，高一些的就是有一层木楼，低一些的就是平房。从城里那条繁华的十字口主街往江边走，就到了河街口，往江上游走就是上河街，往江下游走就是下河街。毕竟不是主街，所以这条街主要是住家户多，做生意的店面少，仅有的几家铺面多数是肉铺、铁匠铺、中药铺，还有一个棺材铺。这条街没有固定的菜摊，都是农民挑着菜在街上叫卖。陈大哥家在上河街紧挨着肉铺的地方，这年头生产刚恢复，关闭了很久的肉铺才开张不久，不过每天都很快就卖完了，只见空着的案桌上苍蝇飞舞，倒是它们的好去处。

陈大哥家是平房。听到有人叫，陈大哥的母亲出来，笑眯眯地招呼道："哟，是小龙啊！这是谁呀？该不是你媳妇吧？"

龙国强说："伯母，她是我媳妇，叫丁玉娟。"

　　陈母拉着玉娟的手进了堂屋："好漂亮的姑娘哦，小龙啊，你真有福气。要好好待人家哦。早点生个胖小子。"

　　龙国强不好意思地说："伯母，陈大哥回家时你告诉他，我来找过他。"

　　陈母说："好。他这阵子少有回家，等他回来，我一定跟他说。"

　　龙国强说："我下次来时再给伯母挑点柴火来。上次挑的怕都烧完了。"

　　陈母说："哎呀小龙，你太客气了。你挑的那些水柴（江河中的浮柴）太好烧了，尤其是用来发火，一点就着。就是太麻烦你了。"

　　丁玉娟说道："伯母，你不要客气。你们一家人对国强太好了，我们也没有啥子送的，就是在河里捞点水柴，有什么麻烦的。"

　　看没有什么事情需要他的帮助，龙国强准备告辞了。陈母留他们吃午饭，他们谢绝了，说家里还有事情，就告辞了。他们没有向陈母说怀孕的事情，主要顾虑保不住孩子。

　　从陈大哥家出来，他们就回家了。心里尽管高兴，但还是很忐忑，不知道接下来那个杜清明会出啥子难题。

第十三章　祸福相依

真是怕什么来什么。他们刚走到符阳村的地界，就碰到了杜清明和李海清两个人往村外走，他们是接到公社的通知，要去公社开会。

一见到龙国强和丁玉娟两个手拉着手很甜蜜地走着，杜清明就气不打一处来。而两个年轻人刚看到他们俩，手马上就松开了，脸上的笑容也没有了。等他们快走到面前时，龙国强低眉顺眼地招呼道："两位老辈子，你们要去公社哇？"

杜清明不屑一顾地哼了一声："光天化日之下，手拉手的给哪个看呢？不觉得有伤风化吗？你这狗崽子在娘胎里就受你老头老妈的影响，喜欢这些资产阶级的东西。我看你还得从严管教，好好改造。"

两个年轻人都低着头，任他说。

李海清说："你们快回去吧，我们要去开会。"

杜清明很不解气，又说："忘了问你们，你们去公社卫生院检查没有？查得怎么样？"

龙国强故意道："你去问高主任吧，她告诉你。"

杜清明不快："你这个龟儿子，检查了就检查了，没检查就说没检查，搞什么名堂。"

李海清怕检查结果不利于两个年轻人，就催促道："快走，快走，时间快到了。"

杜清明想看笑场："不行，非说清楚不可。"

丁玉娟害怕国强惹事，赶紧接嘴道："检查了，已有两个月了。"

"啥子呢？还真有娃了？"杜清明有些意外。他的脑壳"嗡"了一下，马上恼羞成怒地吼道："来历不明的人，在没有查清楚身份之前，不能生下不明不白的娃娃。"

李海清看矛盾要激化，赶紧拉着杜清明走："时间到了，还不走要迟到了。"

杜清明边走边回过头来，对二人骂骂咧咧。

刚才的好心情，一下被杜清明破坏了。龙国强有些懊恼："这日子啥时候是个头啊！"

丁玉娟却很想得开："国强，好人有好报。你没看李三爷在暗中帮我们吗？他骂他的，我们过我们的。虽然苦一点，但现在我们是一家三口了，只要我们问心无愧，就会战胜遇到的一切困难。"

国强听了玉娟这一席话，觉得自己遇到事情见识还不如一个女人，心里有些愧疚，不好意思挠了挠头说："娟，你说得对。只要家在，我们就什么也不怕。"

"走，趁杜刮毒去公社了，我们赶快去爸妈的坟上，告诉他们有后了。"玉娟提醒道。

两人一起来到了龙家的祖坟山。这片坟山，就是那白日千人拱手、夜晚万盏明灯的风水之地。龙家的祖辈去世过后都是葬在这里的。国强曾经听父亲说过，龙家的祖辈是湖广填四川过来的。明朝的张献忠将这里屠杀一空后，一直没有恢复元气，直到清朝湖广填四川的政策，才慢慢将这个临江的城市兴旺起来。龙家、杜家、李家的先人都是从那边过来在符阳村落脚的。都说家乡是先人们行走够了的落脚之地。从此符阳就成了三家人的家乡，祖先在这里繁衍子孙。如今这里多是三家的姓氏。据说三家人祖上曾经为了抗击土匪，还结拜过把兄弟，将符阳这片富饶美丽的土地保卫得好好的。三家人在符阳这个地方都发展得很好，龙家的后人在城里还做起了生意，实力慢慢地与杜李两家拉开了距离。杜家不知从哪代开始就衰败了，田土都卖给了龙家，杜清明父亲的那一辈，有的外出谋生，有的也成了龙家的长工。杜清明的父亲就是没有出去而留在龙家的。李家衰落要迟一些，是临解放的前三年，因李海清的父亲抽鸦片把家败落的。国强听父亲说过，虽然杜清明的父亲在他们家当长工，但爷爷根本就没有将他当下人对待，还让他当了龙家在符阳村全部田土的管家，龙家因为几代单传，人丁不旺，把精力都放在了城里生意上。尤其是国强的父亲，和杜清明、李海清岁数差不多，从小也是玩伴，只不过杜清明从小就不喜欢读书，就喜欢打架斗殴充当大爷。后来的事情就不用说了。

　　二人来到坟山上。国强父母的坟并没有安葬在祖坟里，而是离祖坟不远的一处角落里。这也是杜清明的"杰作"。他早就知道这片坟山的风水，据说杜家的祖坟山是在一处叫狮子口的地方，后因被人弄坏了狮子的头，破了风水，从此杜家就开始走背运，杜家后人中还有一个人的眼睛被人打瞎了。虽然不知道是哪个去弄了狮子的脑壳，但杜清明自从开始懂事起，总怀疑是龙家人干的，因为龙家越来越发达，而杜家却越来越衰败。为此，杜清明和父亲都争论过。父亲叫他不要瞎扯，龙家人对杜家人一直很好，特别是叫他掌管了龙家的田土。杜清明却说父亲是被龙家人的小恩小惠蒙蔽了双眼。父子俩的争论没有一个结论。但杜清明把杜家后来的败落全都归于龙家风水压制了杜家。所以，龙国强父母去世后，他不准其葬在龙家祖坟里，执意要将他们葬在离祖坟山不远的一个角落。杜清明也找人看了一下，说那个地方就是一个死扣，专扼后人的好运。杜清明就是要他们龙家从此好运不再。龙国强虽然不愿意，但那时候他还小，哪里争得过杜清明呢？

　　国强对玉娟讲这些的时候，眼里已经没有泪了，只有坚毅的神情影响着玉娟。

　　他们来到父母的合墓前，双双给他们磕了头。国强说："爸爸妈妈，今天我带着你儿媳和没有出世的孙子来看你们了。你们放心吧，不管生活多么艰难，我一定要坚强地活下去。你的儿媳是个非常好的女人，现在有她陪伴我，我更要好好活下去。这个世界上还是有许多好人，他们都对我帮助很大。以后有出头之日的那一天，我一定好好报答他们。"

　　玉娟磕头后也说道："爸爸妈妈，我是你们的儿媳丁玉娟。虽然我们没有见过面，但我从国强那里知道你们都是好人。现在我的肚子里有你们龙家的血脉了，我一定好好保护把他生下来。无论遇到什么困难，我和国强都会坚强地活下去。我相信，以后的日子会越来越好，我一定把你们的孙子培养成人，直到光宗耀祖的那一天。还有，等雨过天晴，我们一定要把你们俩搬到龙家祖坟里。"

　　龙国强连连说："对对对，玉娟说得对。我相信会有那么一天的。"说完这些，他们又深深地磕了三个头，才起身准备回家。

　　坟上的草长得很旺盛，随风吹得哗哗直响。玉娟说："国强，爸爸妈妈好像真的听懂了我们的话，你看那坟堆上的草摇曳得多欢快。"国强扶着玉娟道："爸妈高兴着呢。你是我们家的大功臣，没有你，我就不会实现爸妈的愿望。"

玉娟幸福地将头靠在国强的肩上说道："国强，你别这么说，如果没有你，我同样也实现不了我爸妈要我活下去的心愿。现在还不知道在哪里受苦受难，也许早已变成了孤魂野鬼了呢！"

国强捂住了她的嘴巴："玉娟，我们都别这样说了。虽然我们目前生活过得很艰难，但我已经很知足了，因为现在我们是两个人了，不，是三个人。只要我们在一起，就是幸福的。"

"对。所以我很珍惜，也很知足。不论我们的未来有多难，我们都要坚持下去。"玉娟激动地接着说道。

国强把玉娟的手拉得更紧了。他环顾周边没有一个人，忍不住在玉娟的脸上亲了一下。

玉娟笑了，很灿烂很幸福的笑。

第十四章　算盘未如意

杜清明和李海清刚到公社，会议就开始了。他们在后面的角落里找了一个位置坐了下来。

主席台上坐着一排人，中间坐着一个短发齐耳的女人，两边都是男人。有的认识，有的不认识。杜清明和李海清认识那个女人，以前反右时期来符阳村整过风。靠女人右边的公社书记李德章站起来说道："开会之前，我把台上就坐的领导给大家介绍一下。"他首先指着旁边的那个女人说，"这位是县委派到我们荔湾公社"四清"领导组的组长魏华琴。"

魏华琴站起来礼貌地给大家行了个点头礼，她个子不很高，一身列宁服更显那个时代的女干部特有的气质。

李书记跟着将台上的人都介绍了一遍，然后主持会议。他说："今天这个会议，是公社召开的社会主义教育运动动员会。县委根据上级的指示精神，在城市开展"三反""五反"运动，在农村开展社会主义教育运动。这个工作具体怎么做，我们请魏组长给我们讲，大家欢迎。"

一阵热烈的掌声之后，魏组长讲了这次运动是党中央的部署，运动的初期是经济领域的运动，在农村就是针对目前存在的账目不清、物资与账务不符、开支不合理，甚至有贪污现象的发生等等，希望在座的干部们要积极响应中央的号召，积极配合。接着魏组长还讲到他们工作组要立即派人下队来指导，希望公社和大队干部们回去以后立即开展工作。接着李书记宣读了工作组成员指导大队的名单。魏组长负责符阳大队和符关大队。

杜清明听说是魏组长去符阳大队，有点不高兴，这个魏组长以前就领教过，不如土改时的吴队长对他好。但他还是对旁边的李海清说："我们回去就马上开会，把工作做在前面。组长去的地方要求都高，你要把各方面想周到点。"

李海清回答："我知道。"

"杜清明，来了没有？"李德章看一贯开会坐前面的杜清明没有在前排，就高喊了一声。

"来了，来了！"杜清明举着右手马上站了起来。

李书记说："符阳大队是魏组长的驻村点，等会儿会散了，魏组长和工作组的同志和你们一起回去，你要安排好哈。"

魏组长马上接了话："我在这里还强调一下，我们这次去各个队，全都吃住在社员家里，实行同吃同住，不搞特殊，工作之余还要参加必要的劳动。"

魏组长补充完善了，李书记宣布散会。

杜清明自解放以来在符阳大队经历的每一次运动，都是唱主角，所以对这次运动他也没什么紧张，就是那一套。倒是旁边的李海清，有些紧张地提醒他："我们队的账务要经得起查哦。"李海清分管财务，心里知道有些麻烦。杜清明平时就爱占点小便宜，张会计曾经找过他说看如何处理。李海清给他支了点招，但如果认起真来，恐怕过不了关。

谁知杜清明大咧咧地说："搞运动就是那么回事情。"

会散了，两个人主动找到了魏组长，要带她一起回符阳。

李德章走过来特地嘱咐他们："魏组长是女同志，你们找一家干净的人家给她住。魏组长拿行李去了，等她来了你们一块走。杜支书，符阳村历来都是走在前面的先进村，这次也不要落后。"

杜清明有些得意："李书记，你放心，跟党走我杜清明是毫不含糊的，你就放心吧。"

李德章是个南下干部，本来可以是更高级别的干部，三江解放时来合江，征粮剿匪时认识了一个女学生，两人就好上了。谁知那女学生家里是地主，李德章在江浙老家有一个包办的童养媳，他就是为了躲避包办婚姻才报名南下参加革命的。两人准备结婚，他也向组织上说明了情况。组织上在审查他的历史状况时认为，虽然新社会讲婚姻自由，但那童养媳不同意离他而去，从保护妇女这个角度，李德章不应解除婚约。如果他硬要与地主家庭出身的女学生结婚，那他的阶级立场就有问题，以后在提拔重用上就值得考虑。可是李德章决心已定，他觉得舍弃一辈子的幸福来换取仕途的升迁不是他的追求，所以他毅然决然地与他心爱的人结了婚。而本来要提拔当文教局长的他，降级到荔湾公社了。那时的公社就相当于一个股级单位。不过李德章并不后悔，那女学生和他结婚后，心甘情愿为他相夫教子。如今两个儿子大的小学快毕业了，小的还在读中年级，学习都很不错。因为妻子有文化，作为可教育控制使用人才，也被安排学校教书。李德章非常满足。

他知道杜清明的为人，心底里是看不起他的，但形势所迫，他也没法。不过，他对李海清有好感。据说李海清家因父亲抽鸦片把家败光了，解放后的成分自然就被评成了贫农。但是李海清以前读过书，属于目前农村少有的具有初中文化的村干部。他在很多问题的看法上与李海清谈得拢，所以从心里有些喜欢他。看杜清明满不在乎的样子，李书记对李海清道："李队长，这次的社会主义教育运动，你们在贯彻中央和上级指示精神时，一定要结合大队的实际，抓主要矛盾。不要眉毛胡子都去抓，要突出主流，抓出经验，抓出成效。"

李海清立即点头道："书记说得是。"

杜清明马上就说："书记，现在就有一个重要问题给你反映。我们村反面老典型龙国强，娶了一个来历不明的叫花子当媳妇。他们欺骗组织，如今还怀了狗崽崽。我回去后就准备抓这个典型，把那个狗崽崽先打下来。"

李德章一听眉头就皱了起来，但他没有立即表态。看到魏组长提着铺盖卷和工作组的小胡出来了，就让他们把村上的工作好好给魏组长汇报一下，说着接过魏组长的行李交给李海清，并小声说道："抓住重点，注意政策。"

李海清接过行李，点了点头说："我们和魏组长都是老熟人了，李书记你就放心吧，我们一定在魏组长的领导下把工作做好。"说完，三人一起出了荔湾公社的大门。

一路上，杜清明又把刚才龙国强的事情向魏组长说了一遍。并说："魏组长，我们大队这次社会主义教育运动就从这个事情开刀，杀一儆百，效果一定很好。"

魏组长看了他一眼，没有吭声。她以前就对杜清明没有啥好感，总觉得他做事好走极端，也好大喜功，所以对他说的话不感冒。因为走得急，魏组长的头上开始出汗了。

李海清本来想听一听魏组长的意思，但看到魏组长不置可否，就知道魏组长不同意杜清明的意见。与杜清明相反，李海清给魏组长的印象很好。比如在整风期间对右派分子林健强的处理，他就觉得魏组长有水平，有智慧。

于是他有意问道："魏组长，你在会上说这次运动先是从经济方面入手吧？"

魏组长立即回应道："是啊！两年的困难时期过去了，要先恢复生产。这些年因为国家一直处于困难时期，无论是城市和农村都出现了这样那样的问题。城市主要是开展"三反""五反"，农村重点开展"四清"，而且是从干部开始清理，政治路线决定之后，干部就是决定的因素。只有先把干部问题解决了，其他工作才能抓上去。"

杜清明听魏组长这么一说，白了李海清一眼，不吭声了。

李海清暗自高兴。心想龙国强和他媳妇的事情有希望了，只要把娃娃生下来，他也就对得起龙大哥的临终嘱托了。至于以后怎么办，走一步看一步吧。

四人进到符阳村的地界。对魏组长到哪家去住的问题，杜清明有些矛盾。他是不愿意魏组长住到他家的，他预感到魏组长和他说不到一块儿，怕经常挨魏组长批评。放到李海清家吧，他也不放心，怕李海清和魏组长串通一气，他没有好日子过。最好是将她安排在村里最穷的人家，让她尝尝苦日子的滋味。但是李书记打了招呼，他又不敢明目张胆地违抗，所以他一直犹豫着没吭声。

还是李海清打破了沉默："杜支书，魏组长安置在哪家住啊？"

杜清明言不由衷地说："就住我家吧，也好经常给魏组长汇报工作。"

魏组长马上说道："你家就算了。还是安排在社员家吧，也好多了解些情况。"

李海清听魏组长这么说，马上建议道："要不还是去赵二嬢家。她家人少，又爱干净，魏组长是知道的。赵二嬢两口子对人又热情。"

"好啊！那就去她家吧。"魏组长没有征求杜清明的意见，直接就答应了。

杜清明在心里骂李海清老滑头，住在赵二嬢家和住在他家没有什么两样，因为两家的院坝都是连在一起的。但魏组长已经表态了，他也就只好同意。

去赵二嬢家要从龙国强家后面的小路过。李海清指着对面的一间茅草棚说："那个茅草棚就是龙国强的家。"

"还真会过日子，都穷得叮当响了，院子还收拾得那么干净。"杜清明忍不住骂道。

杜清明对待龙家人的态度，魏组长以前在这里时就有所了解。这么多年过去了，不知道杜清明的火气为啥还那么大。她对那个干净的院子倒是有好感，远远地看去，小小的院坝周围栽了两棵小树，一个角落边用竹篱笆隔了一小块，似乎有小鸡欢快的叫声。于是不由得说道："让老百姓过上好日子是共产党的追求。"

"可他们是地主资产阶级的狗崽崽！"杜清明愤愤不平地说。

魏组长问："父母是地主不代表他们的下一代也是地主，把他们改造过来为社会主义所用不是很好吗？"

正说着，龙国强小两口从坟山上回来了。龙国强想躲他们，可是来不及了，只好硬着头皮低着头走上前。他们不认识魏组长，丁玉娟小声道："杜大爷、李三爷好！"

杜清明一见到他们，无名火就冒了出来："你们到哪里去了，不是叫你们回村后就回家听候处理吗？哪个叫你们乱跑的？"

"我们没有乱跑，今天不是赶场吗？队里也没有派工，我们顺便出去转转，看看哪里的草多一些，玉娟也好给生产队的牛割草。"龙国强说起谎来开始脸不红心不跳了。

"赶快回去听候处理！"杜清明干咳了两声，故作大声地虚张声势。

等两个年轻人走远了，魏组长说："有理不在言高，你干嘛对人家大声武气的呢？"

"对这些人就是要这样，要不然屁股都要翘到天上去了。"杜清明毫不含糊地说。

话不投机，魏组长不再和杜清明说话了。

来到赵二嬢的家，魏组长看到门沿上挂了一块光荣军属的牌子，方知赵二嬢家已成了军属。魏组长对李海清更有了好感。

李海清站在门外喊了一声："赵二嬢，在家没有？"

赵二嬢的家是一排长长的土墙小青瓦房，这样的住房在那时要算好的了。和农村家境殷实的农家一样，门前一大片青石板砌成的晒坝，从晒坝的正门进去，中间是堂屋，往右的一边是卧室，左边是灶房和猪圈屋。收拾得非常干净。

"是哪个在喊？"随着回应声，从屋里出来一个四十多岁的女人，拴着围腰，手上拿着一个簸盖。一看到他们，就高兴得合不拢嘴："我说今早赶场雀儿在树上叫得欢，原来是有贵客登门啊！快到屋里坐，屋里坐！"

杜清明没有寒暄，直接就说道："赵二嬢，这位是到我们大队来搞中心工作的魏组长，以前在你们家住过的，这次还是安排她到你家来住。"

赵二嬢没有等杜清明把话说完就上前拉着魏组长说道："只要魏组长不嫌弃，我当然欢迎啊！"

"二叔呢？"李海清问。

"他到地里栽菜去了。一会儿就回来。"她回答了李海清，转过来对魏组长说："你放心，我家里的事情，我做得了主。"说完哈哈笑起来。

魏组长笑道："赵二嬢，又来给你添麻烦了！"

"不麻烦，不麻烦，添一个人就是添一双筷子的事。还是老规矩，我吃啥你吃啥！"赵二嬢说完又笑了起来，清脆的笑声隔着老远都能听到。

魏组长喜欢赵二嬢直爽的性格，她招呼杜清明和李海清："你们都回去吧，我在这里先收拾一下，晚上在大队部开会，你们也去通知一下。"

第十五章　探望小夫妻

　　龙国强和丁玉娟在路上碰到杜清明一行人后，回到家里一直诚惶诚恐。龙国强虽然心里已做好了最坏的打算，但是又害怕丁玉娟有什么闪失。丁玉娟呢，自己倒没觉得什么，主要是想如何保护肚子里的孩子，还有就是担心龙国强精神压力大。两人在幸福之余，都在考虑如何让对方渡过难关。

　　龙国强回家后，就不让丁玉娟再做家务了。他要丁玉娟好好休息，自己去做晚饭。家里没什么好吃的，龙国强想杀一只玉娟喂的鸡来庆祝一下，但丁玉娟不让，说现在是福是祸还不一定。所以就做了只有野菜伴着少许米粒的稀饭，另外煮了两个鸡蛋。龙国强给丁玉娟捞了一碗稠的，自己就喝稀的。玉娟不让，非要将碗里的倒出一部分。龙国强也不让，他深情地说道："娟，孩子来得真不是时候。不过既然来了，我就有责任来保护他。等秋收谷子打了，生产队分了粮就好了。"

　　丁玉娟的眼睛有些湿润："国强，你是我们家的顶梁柱，你身体垮了，我们这个家就垮了。"

　　"不会的，再说只要我们勤劳，日子会越过越好的。"龙国强充满信心地说。

　　"对，等我把喂的鸡卖了，我们再去多买点小鸡娃和小兔子，最好是喂一头猪，来年我们就有肉吃了。"丁玉娟描绘着美好的未来生活。

　　"娟，你不要太贪心了，小心让杜清明抓你的典型。再说，我们也没有猪圈，有猪也没有地方喂。"龙国强有些担忧。

　　"我有办法。我可以白天把猪牵出去套在树下，晚上再把它牵回家。猪草我自己去打。我们喂一头交半头，符合国家宰一交一的政策。"丁玉娟还是不死心。

　　"你那样辛苦，我可不答应。"龙国强知道玉娟干起活来就不要命。

正当他们热烈讨论着，房门被人推开了："屋里好热闹啊！"

"陈大哥！"龙国强和丁玉娟几乎同时惊喜道。

陈大哥已经来了好一会，他熟门熟路，从院坝进来后，听到小两口正谈得热闹，就站了一会儿。

"我今天刚好回家，就听我母亲说你们两个来找我。我就想一定有什么好事，就来了，晚上正好要赶回去。"陈大哥笑眯眯地说着，顺便把背着的背篼放下，将里面的东西捡出来放在桌上。

"陈大哥，你又给我们送好吃的了，太感谢了。"丁玉娟由衷地说道。

"没什么，这次没有野猪肉，搞了些竹鼠和野菜，下次运气好点就有野猪肉吃了。"陈大哥歉意道。

"陈大哥，你别这样说。你对我们太好了，这样说我们就不好意思了。"接着龙国强担忧道："那么远的山路，你还要赶回去？等天亮了走不行吗？"

"不行，林场派来的人明天一早就要回去，我必须连夜赶回去。那些山路，我闭着眼睛走都没问题。"陈大哥信心满满。

"我是担心你遇到野兽！"龙国强还是不放心。

"龙老弟，这个你更不用担心，现在你老哥在山里练了一身的本事，再说不是还有猎枪吗？那些野兽闻到我的旱烟味，早就跑得没影了！"陈大哥说着，哈哈哈大笑起来。

"当真啊？"丁玉娟好奇地问道。

龙国强思考了一下说："也许真是这样。你想啊，陈大哥长年累月在山里转，遇着危险有猎枪，还有就是经常给野兽们挖坑下套，那些野兽还不吓得远远地躲着他吗？"

陈大哥点头称道："可以说就是这样。哎，把你们的好事给我说一说噻。等一会儿，我也把我的好事给你们也说一说。"

于是，龙国强把丁玉娟怀孕的事情说了。

陈大哥欣喜道："好事，好事，真是个好消息。"

"可是，我们也为这个事正发愁呢！"龙国强不无担忧的说。

"怕生下娃养不活啊？养不活大哥帮助你！"陈大哥不明白。

"不是这样的。"丁玉娟也把杜清明的态度也说了出来。

陈大哥一听就很气愤："这个杜支书真是没有人性啊！他凭什么不让你们生娃呢？就因为你们上辈有恩怨吗？我看未必，他可能还有另外的企图。

不用管他，实在躲不过去，玉娟就到我山里来，直到把娃生下来。"

龙国强看陈大哥一反常态要玉娟在走投无路的情况下去大山里，高兴道："我们来找你就是希望大哥给我们出个主意。你都这样说了，我们心里就有底了。谢谢大哥！"

陈大哥还沉浸在喜悦中："玉娟，你一定要多多保重，务必把我侄儿生下来。我还等着他叫我大伯呢！"

玉娟不好意思地说："大哥，你放心吧。有你给我们做后台，我一定要让你当成大伯。"

"对了，玉娟怀孕，营养一定要跟上。山里的东西我隔三差五给你们带些出来，你们就等着吧。"陈大哥关心道。接着又说："对杜清明那样的人，最好采取拖的办法。听我母亲讲，女人怀孕超过三个月就不能堕胎了，否则就有危险。只要拖过三个月，杜清明要想让你堕胎你就告他，我就不相信这天下没有王法了。"

龙国强说的事情有着落了，他问道："你不是说有好事要告诉我们吗？"

陈大哥这才想起了："真有好消息告诉你们。记得以前我说的那个范站长吧？这次在三反五反中被拉出来了。"

"他犯了啥事？"龙国强问。

"说是贪污。他把福宝林管站的钱贪污了，把林场的竹木卖给私人，采取不入账的办法把国家的钱放到他的腰包里了。这不，我这次回去，就是参加他的斗争会的。"

"整人害人都没有好下场。"龙国强愤愤不平地说。

"他也怪可怜的。听说他女儿本来快结婚了，可是女婿听说他出事了，就死活不干了。女儿也是要死要活的样子。"陈大哥补充道。

丁玉娟叹了口气："人做事要有良心，人在做，天在看，不要把事情做绝了。他女儿相貌不怎么样，老子又出这样的事情，以后咋个嫁人哦。陈大哥，你那么好的一个人，遇到好的姑娘不要错过了哈。"

"怎么说着说着就说到我头上来了。你们放心，你大哥是谁呀？以后一定给你们娶一个漂亮能干的嫂子。"

"是啊，大哥魁梧帅气，哪个姑娘跟着你都享福。"丁玉娟高兴道。

"玉娟，大哥有目标了。听说是部队老革命的女儿，能文能武，也很漂亮。"了解内情的龙国强忍不住说了机密。

"是吗？那就太好了！等嫂子过门的时候，我一定要去帮忙。"玉娟笑得合不拢嘴。

看时间不早了，陈大哥准备出门了。小两口看留不住他，只好让他走。玉娟从锅里拿出刚才煮好的两个鸡蛋，硬塞到陈大哥手里："大哥，这个你带在路上。"

陈大哥推搡着："弟妹，现在你最需要营养，这个我不能收。"

玉娟带哭腔道："大哥，你对我和国强有恩，要不是你，我们真不知道怎么样过下去了。两个鸡蛋算不上什么，我院子里喂着鸡，每天都要下蛋的，你就收下吧。"

陈大哥坚决不要："我包里带着干粮。"说着从背着洗得发白的军用帆布包里拿出两个煮好的玉米说道："等以后你生下侄儿，我一定要来吃你的红蛋。"说着，把两个鸡蛋放到了桌上。他知道，这两个鸡蛋意味着弟妹的营养。

龙国强一定要送陈大哥出门。陈大哥也不让："国强兄弟，我们之间的关系你们队里的人还不知道，你最好保守这个秘密。这样对你对我都有好处。"

龙国强说："我也知道是这样，可就是想和你多待一会儿。"

陈大哥松开他的手挥了挥："我们兄弟以后的日子长着呢，后会有期！"说完，大步流星地朝前走了。

正当三人难舍难分的时刻，大队部里，魏组长正在听杜清明和李海清汇报情况，为晚上召开会议做准备。

晚上魏组长在大队部召开会议，传达县里开展农村社会主义教育会议精神。她说："早在1960年，国家就在城市里开展了反贪污、反投机倒把、反铺张浪费的'三反'运动，而且收到了明显的效果。后来因为众所周知的自然灾害，运动步伐慢了下来。今年3月，中央召开了社会主义教育问题的工作会议，决定将以前在城市里开展的'三反'内容增加反分散主义和反官僚主义，简称'五反'。为了区别1951年到1952年的'三反''五反'运动，我们称之为'新三反'和'新五反'。在农村，社会主义教育运动体现在清理账目、清理仓库、清理财物、清理工分上，简称'小四清'。符阳大队从解放初期一直以来都是县里的先进，我也希望这次不要落后。从明天开始，我们就要明确分工，尽快调查摸底，把工作开展起来。"

杜清明对魏魏华琴很不感冒，以前搞整风中心工作期间，他就觉得魏组长和李海清包庇右派分子林健强，阶级立场也是有问题的。因为心里有些小九九，所以对刚才魏组长的话很反感："魏组长，听你这话的意思，这次的运动主要就是整干部，那还要我们这些干部做什么？不如你们清理算了。"

魏组长没有理睬杜清明，继续说道："我们先自查自纠，争取主动。你现在是公社干部兼支部书记，政策问题你应该清楚。没有问题你怕什么？"

"那我们队里的阶级斗争就不抓了？我在来的路上给你反映的问题就不处理了？这也太便宜那些狗崽子们了。"杜清明还在坚持他的立场。

魏组长有些不满道："现在的当务之急是开展'小四清'，至于你说的那个事情，我们先了解一下再说嘛，他又跑不了。"

杜清明很不情愿地说："拖下去娃娃都打不下来了。"

魏组长吃惊道："什么？要打胎？她肚子里的娃娃有什么错吗？"

杜清明理直气壮道："那个丁玉娟来历不明，万一她也是个狗崽子，罪过就大了。不如先叫她把孩子打下来，其他的慢慢调查。"

李海清马上说："只要把他们改造过来为我所用就行了。龙国强有文化，现在村小的教师很缺乏，在我们监督下，他可以去教孩子们识字。"

"万一丁玉娟的身体不能打孩子怎么办？我看她身子弱，怕出人命。"妇女主任高玉兰担忧地说。

"死一个狗崽子怕什么。我还是那句话，对敌人的仁慈，就是对贫下中农的残忍。"民兵连长周严华一脸的不屑。

"对，就是这样的。我看有些人一贯就没有阶级立场，不要把屁股坐歪了。"杜清明说这话时，眼睛狠狠地看了李海清一眼。

魏组长看会议的主题要跑偏，赶紧说道："县委部署的工作不容耽误。杜队长反映的问题，我一定认真对待。时间不早了，大家都散了吧。"

第十六章 遥远的往事

一听散会了，杜清明第一个冲出了会议室，民兵连长紧随其后。留下魏组长和李海清、高玉兰等一行人。

民兵连长周严华紧追在怒气冲冲的杜清明后面，问："就这样让那个狗崽子把娃娃生下来？"

"没那么撇脱。"杜清明背着的手松开了，转过身来，恶狠狠地对周严华说道："想个法子，把那个婆娘弄到医院去，把娃娃给她打下来。"

周严华诡笑道："这个好办。带两个人把她骗到卫生院去。她不打也得打。"

"夜长梦多，你明早就去。那个魏组长，以前我就看她不顺眼，也是阶级立场不坚定，不能让她包庇坏人。只要把娃娃打下来，她晓得了也没办法了。"杜清明对周严华下达了命令。

二人说完就分手了。

魏组长和李海清、高玉兰走出会议室，三人边走边聊。

魏组长说："这个杜清明还是那么偏激。我知道他和龙家有过节，但也不能因此逼着人去打胎嘛。究竟有多大的仇恨才这样做呢？你们知道吗？"

高玉兰抢着说："听说以前杜家是龙家的长工。就是剥削与被剥削的关系。"

"哦。"魏主任略有所思。她又问李海清："你和他是老搭档了，应该清楚这里面有什么原因吧？"

李海清没有马上回答。想了一会儿才说道："他这人从小性格就这样，有些争强好胜，听不进别人的话。"

魏组长看他有些欲言又止的样子，没有继续问下去。三人默默地走了好长一段路，高玉兰与他们分手了。魏组长和李海清是同一方向，两人继续走。

秋天的夜空很清爽，一轮皎月挂在天上，没有一丝云彩。月光下的田野，茁壮的秧苗被晚风摇曳得东倒西歪，发出特有的沙沙声。李海清闻着稻田的清香味不由得说道："人们就盼着这一季丰收了。"

魏组长也感慨道："是啊。再不丰收，日子就过不下去了。"停了一会儿，她问道："听说你们大队在生活紧张时死的人最少，是咋个做到的啊？"

李海清说："这个事情要归功于下放到我们这里来改造的林专家。要不是他的帮助，还不知道要饿死多少人。杜清明也提不到公社去当干部。"

"林专家？是不是那个叫林健强的？"魏组长问。

"对，你知道的。当初他来这里改造时，杜清明就对人家百般刁难。还是你在中间做了些工作，他想把人家往死里整才没有得逞。后来我们村受县里表扬，他还好意思把功劳往他自己身上贴金，让他抢了功劳。"李海清愤愤不平地说道。

"林专家可是个人才，你们要好好待人家，跟他学点有用的知识。"魏组长不知不觉说了这番话，突然感觉不对头，她怎么能公开为右派分子说好话呢？赶忙调转话头："幸好中央及时调整了经济政策，总算快缓过劲了。"

为了转移话题，李海清主动说到杜清明的事情："魏组长，我看你是个心地善良的人。我和杜清明、龙国强的父亲龙泽厚都是从小玩到大的伙伴。我也有些事情不明白，杜清明为啥对龙国强一家心狠手辣。"

"是啊，为啥一定要把人家肚子里的娃娃打下来？虽然说龙国强是地主家庭出身，但解放初期，人家也还是个娃娃，属于可教育改造的对象嘛。"魏组长顺着李海清的话说。不过，从他对林健强的态度看，似乎又不完全是私人恩怨。

李海清试探道："我有些猜想，不知道对不对。"

"这里没有外人，你尽管说。"魏组长鼓励道。

"我觉得杜家和龙家那些理不清扯不断的私人恩怨，除了有阶级的成分外，还有私人的原因。不过，他很会利用政治形势，在政策的理解上总是上纲上线，动不动就拿人家的出身说事，弄得别人也不好说啥子，你一说，他就给你扣上阶级立场不坚定的大帽子。他这就是故意整龙家人，巴不得龙家断子绝孙，所以才做得出让人家打胎的刮毒事情。"说着，李海清就给魏华琴讲起了龙杜两家遥远的往事。

相传很多年前，杜李龙三家的祖先从湖广填四川时期先后来到这个符阳坝子。这里的土地肥沃，祖先们也很勤劳，三家都成为了这一带的大地主。慢慢的龙家虽然人丁不兴旺，但在三家中事业发展得最好，除雇人种地外，还在三江城里做起了杂货生意，店铺也很多。而杜家到了杜清明爷爷这一辈，家境就不行了，弟兄多，又不团结，分出去的杜清明爷爷还抽上了鸦片烟。很快就把家底抽空了。到了杜清明的父亲这一辈，基本上就靠给人打工过日子。因为龙家人手少，顾不了农村田土这摊生意，龙家老太爷念在与杜家是世交，就叫杜清明的父亲来管理。按理说，杜家应该感谢龙家才对。可是杜清明长大后根本就不认账，把龙家当成死对头。杜清明的父亲为此还打过他，可是杜清明就是不认错。总认为是龙家落井下石，买了他们杜家的田土。杜清明由此产生了自卑心理，本来就不爱学习的杜清明，更有理由不去私塾读书了，渐渐疏远了龙泽厚和李海清，成了远近闻名的混混。长大成人到了娶妻生子之时，他看上了村里的大美人邱佳莹，还没来得及下手，就被当兵回家的龙泽厚揽到了怀里。气得杜清明背地里发誓要让龙泽厚付出代价。解放初期，胆大包天的杜清明因为敢说敢干，当上了贫协主席，从此更和龙家势不两立了。

李海清一家原本也是这一带有名望的地主，解放前两年，也是因为分家后的父亲抽上了鸦片败光了家。但也因为如此，土改评成分时，他们家才被定为贫农的。为此，被鸦片吸干了身体的父亲，曾经还得意洋洋地对他们说，要不是他有先见之明，儿孙们就会划为地主成分。对于这样的命运，李海清说不清楚对与错，也不知道应该感谢父亲还是憎恨父亲，但不管怎么说，贫农的成分给李海清带来了希望，李家卖出去的土地有一部分又分回了李家。李家分出去的那些伯伯叔叔们，家产没有被败的，成分都不好，都成了被管制的对象，只有他们家是自由的。土改时因为自己曾经读过书，还被选为文书。记得分到土地的那一天，他坐在重新属于自家土地的田埂上，久久不愿离去。他亲吻着土地，跪在地里闻着泥土的香味，像个喝酒醉了的汉子，向天仲着自己的双臂，喃喃自语道："感谢共产党，感谢新中国！"天黑了，母亲派人来叫他回去吃饭，他还舍不得走。父亲已经永远地走了，他发誓要在这片土地上干出一番事业出来，要让母亲为他感到骄傲。可是李海清在自家土地上刚干出点名堂，土地就归了集体。

龙杜李的祖上原本都是这一带有名门望族，时势的变迁让他们分成了三股道上跑的车，走的都不是一条道了。当然，最红的是杜清明。没知识没文化的他，论起阶级斗争来那可不含糊。就说对待龙家老太爷龙泽厚的事情，李海清觉得太残酷了。龙泽厚原本就是属于工商业兼地主的成分，可是杜清明硬是说他与土匪有勾结。起因是福宝山里面有一土匪头子曾经是龙泽厚在部队时的属下。征粮剿匪期间，为了做好瓦解土匪的工作，工作队要求龙泽厚去福宝给土匪头子带个信，说解放军要求他们，只要放下武器就宽大处理。因为龙泽厚是当地的名人，与土匪头子又有那样的关系。福宝那个地方，虽说处于大山的怀抱，但是清初湖广填四川时期兴起的古镇，确是交通商贸繁荣的地方，龙泽厚接手家里的生意后，少不了到这个地方，与当地的袍哥舵爷有交集，所以政府认为派他去是最合适的人选。信带到了，工作也做了，那些土匪也交了武器。应该说龙泽厚是立了功的，可是后来那拨人被国民党残兵败将封官许愿、挑拨离间又反水了，而且还打死了一个解放军连长。这可不得了，杜清明硬说这是龙泽厚布下的烟雾弹，假投降，真反扑。任凭龙泽厚如何分辩，杜清明坚持自己的看法，他以贫协主席的身份开了一个斗争会，就把龙泽厚枪毙了。等工作队赶来时，准备先收监后调查，然后再做处理时，已经是来不及了。那年头，贫协主席掌握着生杀大权，谁又去追究他龙泽厚的死呢？

事前李海清与杜清明争论过。他记得当时就对杜清明说："砍头不同于割韭菜，一定要慎重，可以先斗争一下，把事情调查清楚了再枪毙也不迟。"

杜清明说："土匪很猖獗，如果不杀一儆百，就镇不住土匪。"

李海清亲眼看见，在斗争会现场，龙泽厚的儿子龙国强两眼通红，紧捏着的拳头浑身发颤。他想冲过去保护父亲，被周严华一行民兵死死拉住。杜清明高喊着："那狗崽子只要敢冲击会场，一块拉去枪毙！"

李海清赶忙上前，死死拉住了龙国强，并凑在他耳朵边小声说道："国强，别冲动！留得青山在，不怕没柴烧。"

也许是这句话起了作用，龙国强的拳头慢慢松开了，他无助地跪在父亲面前，流着眼泪仰望着父亲痛苦的脸。父亲在他的心目中是英雄，他打过鬼子，立过功，被颁过勋章，在儿子心目中无比高大。这位曾经的英雄，看见儿子跪在自己面前，反而显得很冷静，他说："儿子，男儿有泪不轻弹。我走了，你就是家里的顶梁柱了。你记住，老子没有干对不起政府的事情，也不怕姓杜的那个白眼狼污蔑，早晚有一天政府会还我一个清白的。事到如今，你要明白，那个杜家小子是在公报私仇，你不要和他硬来，活下去我们龙家才有希望!"

李海清怕龙国强吃亏，趁着乱糟糟的会场还没有静下来，赶着上前去拉跪在父亲面前的龙国强。

龙泽厚见李海清来了，眼泪一下就流了下来。他悄悄地说道："海清，看在我们兄弟一场的份上，你多帮帮我们龙家，拜托了。"说完，弯着的腰更加弯下去了，仿佛在行着礼。

李海清从没见过龙泽厚流过眼泪，在他的心里，龙泽厚当过军人，回家继承家业也做得风生水起，乐善好施，为人谦和，在符阳坝子这一带威望很高。他悄悄地说了一句："龙大哥，你放心，国强是我一辈子的侄儿。"

正说着，只听杜清明在台上吼了起来："李海清，你还在那里干什么，那狗崽子要跪就等他跪嘛，会开完了，他愿意陪他老子去阴曹地府，我们也成全他。"

龙泽厚叫龙国强赶快走，说完闭上了眼睛。龙国强只得随李海清走了。

会开完了，李海清想把时间拖长一点。因为他已派人去找工作队的人了，希望他们能够阻挡杜清明这一疯狂的行为。但是他没能如愿。等工作组的人赶来，龙泽厚已经命丧黄泉了。

李海清不明白这个同龄人为啥做事老是爱走极端，难道真的如龙泽厚所说是公报私仇吗？

又经历了后来的许多事，李海清有了自己的看法。他认为公报私仇是有的，但文化的缺乏也是一个因素。当年，这贫协会主席本来群众是选他的，可是工作队的吴正发队长认为他处事优柔寡断，不如杜清明立场坚定，干事果断，所以这贫协主席的头衔就落在了杜清明的头上了。其实，李海清并不是优柔寡断的人，比如对待龙泽厚这件事情，他是觉得这脑袋砍下去就没有补救的机会了。还有就是对政策理解上的偏差，李海清认为党的政策不是像杜清明和吴正发理解的那样。而杜清明总是上纲上线拿阶级立场来说事，搞得他在当时那种情况下百口莫辩。等到改革开放以后不乱扣帽子了，李海清也公开说杜清明是无知无识的流氓无产者，把那杜清明气得够呛。也许因为后来国家对文化的重视吧，杜清明看没有文化不吃香了，才发誓要把他曾孙杜春风培养成大学生，光宗耀祖。这是后话。

听完李海清对往事的回忆，魏组长虽然也赞同李海清的分析，但还是有不明白之处，于是问道："把林健强往死里整又说明了啥问题呢？"

　　"那是小人得志！"李海清愤愤地说："一个不学无术的文盲掌权以后，自以为就是土皇帝了，党的政策在他那里就是一块挡箭牌，想咋个整就咋个整，还觉得他革命得很，完全就是乱弹琴！"见魏组长没有说话，李海清又继续说："他硬要人家打胎，也太没有人道了！但他就是不达目的誓不罢休！"

　　魏组长不假思索道："我就不信他还敢反了不成？他当了这么些年的大队干部，屁股就那么干净？"

　　李海清提醒道："那个县人委的吴正发副主任对他很欣赏，是他的后台。"

　　两人说着话不知不觉就到赵二孃的家了。李海清告别魏组长，往自己家走去。

第十七章　保胎大战

　　杜清明和周严华一路上商量着怎么样才能把丁玉娟肚子里的孩子打下来。他对周严华说："你明天早一点去龙国强家，把他媳妇叫出来，就说我找她。然后就把她押到公社卫生院去，找个人把他肚子里的娃娃打下来。"

　　"她如果不跟我走呢？"周严华问。

　　"她敢？你只要说我找她，她敢不来？"杜清明恶狠狠地提高了嗓门。

　　"魏组长那边怎么办？"

　　"你尽管办你的，魏组长那边我来对付。"杜清明也是经历过不少事的人，一个魏组长，他根本就没有把她放在眼里。

　　第二天一早，天有些闷热，看样子要下雨。周严华按照杜清明的旨意起了一个大早，一出门就打了个喷嚏。这个周严华，三十几岁的人了，还是一人吃饱全家不饿的角色。这些年他跟着杜清明冲锋陷阵，得了不少好处。不用下地干活，只要跟在杜清明的后面做事就可以得工分。杜清明许诺他说上一个媳妇，可至今也没着落。他也看上了丁玉娟，还后悔在粪船上时眼拙了，让龙国强拣了个大便宜。他想要是把龙国强的种打下来，他就可以不怕丁玉娟不跟着他了。

　　正想着美事，龙国强的家就到了。他站在竹篱笆外面，高声喊道："龙国强，出来！杜支书找你。"

　　小两口早就起床了，一个做着早饭，一个正准备整理自家门前田边土角种的菜。一听门外有人喊，龙国强就出来了。一看是周严华，不祥之兆顿然生出，但又不敢流露在脸上，勉强挤出一丝笑容问道："周连长，这么早，有什么事吗？"

　　周严华看着他比哭还难看的脸道："杜支书找你媳妇，叫她赶快去。"

　　龙国强说："我们正要吃饭，要不你先去，我们吃了饭马上就去。"

周严华不耐烦："一会儿就回来了，回来再吃。杜支书没叫你，只叫你媳妇去。"

"不行，我媳妇身体不好。她走哪我走哪，我必须寸步不离。"龙国强很坚决地说道。

周严华怕把事情搞僵，只想快刀斩乱麻："那好，一起去就一起去。"

龙国强回屋，喝了一碗凉在桌上的菜稀饭，见丁玉娟已经吃完饭，把放在桌上的鸡蛋剥好递给她："玉娟，我们今天要小心点，我看这个周阎王来者不善。"

丁玉娟接过鸡蛋放到嘴里，一边吃一边说："好，你也要小心。"说完，他们便出了门。

他们一声不吭地跟在周严华的后面。周严华催他们走快一点。

从河边走过去，又过了一段铺着石板的田坎路，他们来到一个岔路口。路中间一棵黄葛树下，站着几个年轻人。周严华对着他们做了一个手势，那几个人一拥而上。有两个人上前抓住龙国强，扭着他的胳膊，朝右边的那条路走，另有两人上前，拉着丁玉娟朝左边那条路走。

龙国强大声吼道："你们要干啥子？光天化日之下要抢人啊！"

丁玉娟已经意识到事情的严重，想反抗已没了可能，嘴里喊着，"你们要带我到哪里去?"身子却不由自主地被人拉着朝龙国强相反的方向。

这是昨晚周严华想出来的方案。他早就预料到龙国强是绝对不让他把丁玉娟独自带走的。于是就派了几个民兵，在这个地方强行分别带走二人。

龙国强被拉到了杜清明家门口。杜清明刚吃过早饭，听到有人喊他，说"人给你带来了"，他还不知道是怎么回事情。等他出门看见是龙国强，心里就明白了："这个周严华，又耍了滑头。"

杜清明几乎成了条件反射，一见到龙家人，一听到龙家事，心里就很反感。看到龙国强被扭着来到他面前，不由自主地就提高了嗓门："狗崽子，你想造反啊?"

龙国强顾不得害怕："杜支书，我们两口子没有犯法！为啥这样对待我们?"

杜清明看他猴急了，反而笑了起来："不为啥，就是不让你那个来历不明的媳妇生下黑狗崽子！"

"你不是人！"龙国强想冲上去和他拼了，无奈胳膊被死死拉住，由不得他。他明白了，肯定是这个杜刮毒要把玉娟拉去做人流。他欲哭无泪，恨不得把杜清明和周严华千刀万剐。

杜清明看着他越来越红的眼睛，哈哈大笑起来："龙家狗崽崽，你也有今天哈。"他的脑海里出现了龙国强父亲当兵回家，骑着高头大马耀武扬威的样子。龙国强他妈，当年在河边洗衣服，被龙泽厚抱着上了他的马飞驰而去。那是他杜清明早就物色好的对象，只不过人家嫌弃不理睬他罢了。那两天，他正想着如何将她引诱到青杠林里，将生米做成熟饭，不料被这个龙泽厚抢了先，恨得他直咬牙。你有啥了不起呀？不就是有几个臭钱吗？不就是当了两天兵吗？你就可以为所欲为啊？你等着，总有一天，我会叫你付出代价的。我虽然没有一切，但我一样翻身做了主人。杜家在天上，龙家在地下，我不踩着你，你就会翻天。想到这里，他叫二人放开龙国强说："你小子今天给我好好地坐在这里，等你媳妇回来你再走。"

龙国强刚被放开，立即就朝院门口冲去，这个原本自家的院落，被这个杜刮毒霸占了，新仇旧恨，他感到悲愤屈辱。

还没冲到门口，那两个人马上又把他拉了回来。杜清明冒火了："你个龟儿子，敬酒不吃吃罚酒。去，拿根绳子，把他绑起来。"

杜家人出来看热闹了。杜清明的儿子杜家驹见龙国强被绑着，对他说道："国强，等我老汉儿气消了，就放你，你不要跟他吵，越吵他越不放你。"

龙国强的眼泪一下就流出来了，他指着大着肚子的家驹媳妇："家驹，你比我小都有娃娃了，我和我媳妇好不容易有了娃儿，你老汉却要派周阎王抓我媳妇打胎，你说我咋个不着急嘛！"

杜家驹有点同情龙国强，对杜清明道："老汉儿，有啥事好好说嘛，你绑人家做啥？"

杜清明狠狠地瞪了他一眼："龟儿子，你晓得啥子？这胳膊就往外拐了？"

杜家从来都是杜清明说了算，杜家驹只好不吭声了。他拉着媳妇走进屋去，不想看到这个场面。

龙国强心里想着丁玉娟，不由得大骂道："杜刮毒，你个没良心的东西！当年要不是我父亲接济你全家，你早就不晓得在哪里捡狗屎去了！你恩将仇报，把我父母迫害死了不说，今天还想让我龙家断子绝孙，你不是人，你不得好死！"

　　杜清明见龙国强一反常态，知道这家伙一旦反抗起来死都不怕，怕他狗嘴里还要抖落出他杜家的一些往事，嘴里一边叫喊着反了反了，一边叫人拿来一块抹桌布，把龙国强的嘴巴堵住了。

　　可怜的龙国强手脚被绑得动弹不得，只有眼睛里的泪水不住地往下流。

　　话说另一队人马拉着丁玉娟朝公社的卫生院走，丁玉娟死命不从，被两个五大三粗的大男人架着，边拖边拉，活生生被拖到了卫生院。

　　刚到上班时间，医院还没有多少人。周严华径直朝妇产科走。妇产科的医生还没有到，只有一个护士在那里整理医疗用具，进行上班前的工作。

　　周严华一见到这个护士，马上说道："我们送来一个急诊孕妇，请你马上给她做人流手术，昨天给邬医生打了招呼的。"

　　那个护士看了周严华一眼："邬医生一会儿才能到。你们把病人送进来坐一坐，等一会儿吧。"

　　周严华怕节外生枝："我们不能等，邬医生不在，你就上嘛！"

　　"我？"护士吃惊地看着他："不行，不行，我还在实习，从来没有做过手术。"

　　"没吃过猪肉，还没见过猪跑吗？再说，这个人来历不明，耽误了我们的工作你要负责任。"周严华有些急了。

　　"不行，万一没做好，我负不起责任。"护士怯生生地说。

　　"你只管做，不要你负责！"周严华很干脆地说道。

　　"那好吧，你们把人弄到手术台上去。"护士说完，转身做准备去了。

　　周严华叫人把丁玉娟抬上手术台。丁玉娟明白了，这是要她的命呀！她死死用手撑住手术台的边沿，不让自己的身子上去。但她哪里是那几个大男人的对手，不容她反抗，直接就把她甩在了手术台上了。为了不让丁玉娟动来动去，周严华拿出早已准备好的绳子，将丁玉娟死死捆在手术台上。

　　那个护士端着手术器械进来，看到这个架势吓了一跳："你们要干啥子？赶快出去！"

　　丁玉娟看这个穿白衣服的人很年轻，急着对她大喊："妹妹，你帮帮忙，我不想失去我肚子里的孩子，我不做手术！我不做手术！"

　　小护士看着这个挣扎的女人，先是不明白为什么被绑着抬上了手术台，现在又看到她拼命挣扎不愿做手术，犹豫起来。

　　周严华看出小护士同情这女人，更怕交不了账，便严厉地道："这女人肚子里的孩子是地主的后代，你今天不把他打下来，说明你的立场有问题！"

小姑娘哪里经得住戴这样的高帽子，闭着眼睛喊道："她的脚乱动，我做不了！"

周严华马上招呼另外的人，命令道："把她的脚掰开绑在架子上！赶快做！"

可怜的丁玉娟，成了刀俎上任人宰割的鱼肉了。她眼里喷出愤怒的火。怒吼道："周阎王，你不是人，你禽兽不如！"

周严华看小护士还不动手，朝她吼道："赶快做啊！"

小护士看着他："你们不出去，我怎么做啊？"

周严华放下掰着丁玉娟腿的手，不放心地摇了摇手术架上放脚的支架，这才带着人走出了手术室。

小护士的手哆哆嗦嗦，她既同情这个被绑在手术台上的女人，又不敢得罪这个周严华，只得对丁玉娟道："你不要慌，我想想办法，等邬医生来了再说。"

正说着，邬医生的大嗓门响了起来："一大早这妇产科就热闹了。"看到周严华在门口守着，有意讽刺道："周连长，如果我没记错的话，你媳妇都没得，你这是为哪个在这里站岗啊？"

周严华的脸上红一阵白一阵，他有些虚火这个邬医生，医术很好，脾气不好，说话损人。想抓她的辫子吧，偏偏她还出身贫农，硬是奈何她不得。其实刚才他非要小护士做手术，就是怕碰到这个邬医生。他没好气地说："邬医生，你不要乱说哈，我这是公事，杜清明支书报告了你们卫生院的，这个女人的娃儿一定要打下来。"

邬医生不屑地瞅了他一眼："哟哟哟，口气好大，一定要打下来。这话是你该说的吗？打得打不得，你说了算啊？要是打不得，打死了人哪个负责？"

邬医生今天有事，上班来迟了一点，没想到真的就出现了高主任跟她说的那种事情。她没想到这些人迫不及待，一下子火冒三丈，赶忙就跑了过来。

周严华见她那火爆脾气上来了，没了刚才对待小护士的气势，声音低了下来："邬医生，那你就赶快检查嘛。"

邬医生一进手术室，看到丁玉娟被绑在手术台上，头发凌乱不堪，衣服也被拉扯得不像样子，立即又吵了起来："周连长，人家好歹是个人嘛，你这样做像宰杀牲口，是对我们医生的不尊重。"

周严华自知理亏，不敢开腔。

丁玉娟一见邬医生，眼泪止不住地往下流："邬医生，你救救我，救救我。"

邬医生没有答话，戴上了口罩，对小护士说："把绳子解开，我检查一下再说。"

小护士赶紧将丁玉娟身上的绳子解开了。邬医生将带着手术手套的手指从丁玉娟的阴道口伸进去，很认真地检查起来。丁玉娟的眼睛露出绝望的神情，怒对着两个穿白大褂的医生。

一会儿，邬医生叫丁玉娟坐起来。然后与小护士出门。周严华见邬医生出来了，便问道："怎么样，娃娃打下来没有？"

邬医生一脸严肃："周连长，幸亏我及时赶到，要不今天就要出大事情。这个女人属于严重的宫寒，而且炎症很严重。如果现在打胎，非把人打死在手术台上，我们卫生院负不起这个责任。"

"那咋办？打不下来，我回去咋交账？"周严华皱着眉头。

"打死人了，我咋个给医院交账呢？"邬医生反问道。

周严华想了一会儿，对一起来的几个人说道："走，回去了。"

邬医生返回手术室，见只有丁玉娟一个坐在那里，便悄悄对她说："孩子发育很好，你放心。"

丁玉娟的眼泪又流出来了，这是感激的泪水。刚才她有些误会邬医生了。

小护士也进来了，见丁玉娟流泪，便说道："你要好好感谢邬医生，只有她才敢跟那几个人斗争，我们都不敢。你的宫寒子宫很不容易受孕，受了孕就要好好保养，否则小孩掉了，一辈子怀不上孩子都有可能。"

邬医生笑道："好了好了，你也不要吓唬她了。你让人家回去好好休息。"

丁玉娟千恩万谢地走了，她要赶快回去，把好消息告诉龙国强。

第十八章 阴谋未得逞

　　周严华赶紧跑回去向杜清明禀报。他赶到杜清明的院子里，里面冷冷清清，只有龙国强被捆绑着蜷缩在一个角落，嘴巴上还吊着一块破布。只见龙国强使劲"呸"了一声，吐出了那块破布，昂着头颅，眼里满是仇恨的怒火。看到周严华进了院子，立马愤怒地问："你们把玉娟弄到哪里去了？"

　　周严华看都没看他一眼，立即进了堂屋。杜清明从里屋出来问道："怎么样？娃娃打下来没有？"

　　周严华小声地说了情况。杜清明的脸上很不好看："打死了才好呢！那个邬小女儿仗着她出身好，医术好，什么人都不放在眼里，我们家和她家还有点亲戚关系，她都不卖账啊？"

　　"她说死了人医院负不起责任，"周严华气呼呼地问道："现在咋办啊？"

　　"咋办？凉拌！"杜清明说完这句话，习惯地叉着腰道："刚才魏组长找人通知我，说队里有几笔账，李海清说不清楚，要我去说。"杜清明心里明白那几笔说不清的账是怎么回事。狗日的李海清，叫他不要入账他非得要入。他心里有鬼，怕魏组长不放过他。那个人的厉害，他已经有所领教了。他之所以要赶紧处理丁玉娟的事情，就是怕魏组长插手这个事情，所以他对周严华说："这个事情暂时放一下，等风头过去了再说。"

　　周严华是个脑壳简单的人，听杜清明这样说，心里有些着急。丁玉娟肚里的娃娃打不下来，他想要丁玉娟当媳妇的事情就要泡汤。于是他说道："医生说时间越长就越不容易打下来。"

　　"那咋办？叫她两口子去做苦力，打不下来也要让她累下来。"杜清明一下子为自己想出的这个主意而得意。他大手一挥："先把院子里那个放了，明天派他两口子去挖鱼塘。山脚下那口鱼塘有些漏了，我叫人把水放干了，要把那些淤泥挖了，就派他们去，限他们一个周完成，否则不计工分。"

"要得，就这么办！"周严华又高兴起来。

杜清明从堂屋出来，对着龙国强吼道："姓龙的，放你回去了。这几天你就听周连长的安排。"

周严华出来将绑在龙国强身上的绳子解开："你小子不知道哪里来的狗屎运，赶快滚！"

龙国强甩掉身上的绳子，拍了拍麻木了的腿脚，站起来瞪了他们一眼，一句话也没有说，就跑出去了。

龙国强迫不及待地跑回了家里，因为他不知道丁玉娟被拉到什么地方去了，他只能先回家看看，如果家里没人，他就要到公社卫生院去找。他清楚杜清明就是为了丁玉娟肚子里的孩子。他推开院子门，喊了几声，见没人答话，转身就往外跑。刚跑不远，见丁玉娟也匆匆忙忙地往家里跑来，他大喊一声："玉娟！"两人便紧紧地抱在一起了。

丁玉娟哭成了泪人儿，龙国强抱着她安慰道："哭吧，哭吧，哭出来就好了。我们还年轻，孩子会有的，他们无论如何也分不开我们！"

"国强，孩子保住了。邬医生是我们的大恩人，我们一辈子都要感谢她！"玉娟从国强怀抱中挣脱出来，拉着他朝家里走去："我们回家慢慢说。"

回到家里，玉娟顾不得喂那些院子里饿了半天的鸡，就把国强拉到床边坐下，把在医院的事情一五一十地说了。国强捧着玉娟还挂着泪珠的脸："娟啊，我就说这世上还是好人多，生活无论多么艰难，我们都要坚强地活下去！"

玉娟把国强的手放下来，将头靠在他的胸前，温柔而刚毅地说道："这是肯定的，我们两个的身上还承载着双方父母的期望，我们当然要坚强地活下去。只不过杜刮毒不会让我们好过的，这一次虽然过关了，可是未来还不知道。我们都要做好最坏的准备，尽可能争取一个好的未来！"

龙国强把玉娟抱得更紧了。

杜清明从家里出来，没有直奔大队部，而是先去了李海清家。李海清正要出门，他也是要去大队部。魏组长昨天就叫他交出账本，猜想今天可能是要问他有几笔模糊的账目。出门碰见杜清明，立即明白了他来找他的原因。他便主动说道："那几笔账目我已经想好了，你就放心吧。"

杜清明回答："你狗日的就是胆子小，我都跟会计说好了不入账，可是你非要入，这不麻烦来了？"

李海清说："我胆子小是事实，但我是大队长，分管大队的财务工作，这账务清楚是我的责任。你现在是公社干部，又当着挂名的支书，你可以大而化之，我可不能做一个不清不楚的人。"其实李海清想说的是我可不能让你抓小辫子。

两人边说边走，不一会就到了大队部。魏组长看他们进来，招呼他们坐，然后对旁边的人说："小胡，我们和杜队长交换意见，你做好记录。"等两人都坐下了，魏组长又说："这两天我们对大队的账务做了清理，有几笔账做得不明不白，需要你们来说明一下。另外，我们这些天也走访了好多人，对干部们的情况进行了摸底。总的来讲，符阳大队的干部队伍还是好的，反映大的主要问题集中在支书杜清明身上，今天先听听你们的意见，工作组再进行核实。先谈谈那几笔账的事情吧。"

"我先说吧。"李海清知道躲不过，只好先说，"那几笔账是我的失误。我记得一共有三笔。一笔是关于干部们的工分问题，这个呢，是大队部研究过的，凡是出公差和开会，一律按照最高标准10分来计算，至于杜支书每月多出来的几天，是我的失误，因为杜支书现在是不脱产的公社副书记，开会和公务比较多，有时候半天出差，半天去开会，有时候晚上开会，我都分别按照一天来计算了。第二笔是保管室的实物与账务不符，这也是我的失误，有时候对五保户的物资没有认真登记，保管那里有人领取了东西，我疏于管理，没有入账，是我的错，跟保管老陈没有关系。第三笔是不是其他开支过高的问题？"见没有人开腔，李海清继续说道："这些年我们村迎来送往的接待多，虽说县和公社下来的人都开了饭钱，但是我们在派饭时的标准都比较高，凡是派饭的人家，我们一律都按照最高标准的工分做折算。"

杜清明先前在路上一直问李海清如何回答工作组提出的问题，李海清只是说，到时他知道怎么说，要他放宽心。但一直到现在，他才放心了。因为这些多出的工分都是他贪污了的。他一直就认为，自己从贫协主席到现在，都在为共产党卖命，多拿一点是应该的，所以一直就没有把这些小事放在心里。没想到这次运动来还要算账。他庆幸自己没把和他作对的李海清换下来，现在的农村像李海清这样有文化的人太少了，苦于实在没有找到合适的人选才没有换。这到底是穿叉叉裤一起长大的，关键时刻还是向着他的，以后对他要客气些。

魏组长听了李海清的解释，对杜清明道："杜支书还有什么补充的吗？"

杜清明认为魏组长是鸡蛋里面挑骨头，只不过鼻子大了压着嘴，他不得不收敛些。于是他面无表情道："李队长都说清楚了，我没有说的。"说完脸扭在了半边。

魏组长对小胡道："这个问题就到这里吧。我们把收集到的群众意见给杜支书反馈一下。"

李海清站了起来："魏组长，你们说杜支书的事情，我先走了。"李海清刚才说了些违心的话，并不是他要维护杜清明，而是觉得虽然魏组长是向着他的，但工作组在这里待不长，而他和杜清明要在这块土地上长久相处下去。况且杜清明的积习不是一天两天的事情，而是自从当了贫协主席以后就这样了。现在的运动也多，这个工作组说杜清明不对，但另一个工作组说杜清明好得不得了。他不想与杜清明把关系搞僵，再说，有今天这个事情，杜清明就有把柄在他手里了。群众的意见，他不听也知道是什么，所以没有必要在这里浪费时间。

魏组长说："老李，你也坐下听一听，没关系的。"

李海清见走不脱，只好坐下来。

小胡拿出笔记本翻开说道："符阳大队有七个生产队，我们分别派人到各个队去收集了意见，我们将收集的意见逐一进行了归纳，下面我就将主要的意见说一说：总的来讲，杜支书爱憎分明，阶级立场很坚定，做事情有魄力。但是杜支书有以下不足：一是作风粗暴，主要表现在对群众反映问题没有耐心，独断专行，一个人说了算；二是工作方法简单，主要反映在不爱听取班子成员的意见，集中过度，民主不足；三是自私自利，对群众利益不关心；四是革命意志衰退，工作不思进取，就想着为自己捞好处，占便宜；五是好大喜功，功劳都是自己的，错误都是别人的……"

"够了！老子贫雇农出身，全身心为共产党，别把这些屎盆子扣在老子身上。你这些文绉绉的话，社员哪个会这样说？都是你们编来陷害老子的，老子不怕！"杜清明终于没有忍住心中的不满。

"这是我们根据社员群众反映归纳出来的，没有胡编乱造。有些社员说得还要难听点，说你自从当了大队长以后就日风倒颠、日白扯谎，说啥子都听不进。还说……"

魏组长委婉地说道："杜支书，毛主席说，我们对待群众的意见要有则改之无则加勉，况且今天我们是交换意见，就是希望你把过错纠正过来。你如果真的是全身心为共产党，就应该多为大家想一想。我们每一个人都有可能犯错误，改过来仍然是好同志嘛。你是大队支部书记，如果在错误的路上越走越远，工作损失就大了。过几天我们还要开班子成员会，会上大家都要做自我检查，结合社员的意见，找出我们工作中的差距。"

"魏组长，你说这些我倒还听得进去，不就是找差距吗？我们找就是了嘛。"杜清明自解放以来也经历了不少的事情，他认为这些都是老套筒了，对别人可能是过不去的火焰山，但对他来讲不过就是个形式而已。

"如果你没什么意见，今天就到这里吧！"魏组长说。

杜清明和李海清正要出门，魏组长又叫住了他们："哎，那个怀孕的女人，听说杜支书把她弄到卫生院去打胎了？人家医生说打不得，有这事吗？"刚才杜清明来之前，她听小胡说碰到一个人，说了他和周连长一起去抓丁玉娟到卫生院打胎的事情。

"有这事吗？"李海清看着杜清明。

杜清明支支吾吾："没……没有，没……"

"不管有没有，这个事情到此为止。出身不由己，重要的是改造他们的思想。如果硬要人家去打胎，这就不符合党的政策，也很没有人性。我们做干部的既要体现人性，更要体现党的政策。"魏组长边说边站了起来，对小胡说："我们今天也出去搞搞调查研究，走！"

李海清和杜清明出来后，他看了看后面没人，立即就问："你当真派人把那丁玉娟弄去打胎了？"没等杜回答，他又说道："你知道人家在背后叫你啥子吗？杜刮毒！我看你真是刮毒！你真要人家龙家断子绝孙吗？太刮毒了吧？！"

这话要是在平时，估计李海清不敢说，杜清明也忍不下。可是今天，刚刚李海清才帮助他渡了难关，他再冒火也不能不领这个情。只见杜清明扭了扭脖子，强词夺理："我还不是怕共产党的江山变颜色嘛！"

李海清轻蔑地看了他一眼："哼，你别歪曲共产党的政策，少往自己脸上贴金了，你心里那点小九九，哪个不晓得？人家老子都死了，你就不能放人家一马？多做好事，给后人多积点德。"

杜清明不想再纠缠这个事情了："今天的事算我姓杜的欠你一个情，以后找机会还你。"

李海清气哼哼道："还我？你拿啥子还？我希望你今后不要再干那些让我擦屁股的缺德事了。做人要有底线，我们都是知根知底的！"说完，他大步朝前走去，仿佛不愿与他为伍。

杜清明看着他远去的背影，很不高兴，心里说："给你一根竹竿，你就当楼梯往上爬。"

第十九章　命运弄人

"我就是这样被保下来了。"龙远江说完这句话，长长地舒了一口气。

"我还以为自己的命苦，听了你这番话，我咋觉得你比我还悲惨呢？杜刮毒现在还在吗？真想揍他一顿，太没有人性了。"杨长新也愤愤不平。

"听说他死了。芳芳这次去三江，就是和杜春风一起去奔丧的。听芳芳讲，那家伙临死前是指着她落的气。芳芳哪见过这阵仗，把她吓得够呛。你说气不气人？"龙远江还沉浸在刚才的回忆中。

杨长新理解龙远江此时的心情："大哥，过去的就让它过去吧，生活还得面向未来。想想咋个给芳芳和老爷子沟通吧。今天在你家，老爷子似乎也觉察到了什么，你也应该将他的心扉打开，同时给芳芳讲讲过去的事情。只有把过去的事情讲清楚了，才能让芳芳做出自己的抉择。"

"我就怕老爷子知道芳芳的事情以后，情绪激动，惹出身体上的麻烦。"龙远江有些担心。

"你可以策略些，先和芳芳讲好不要让他知道她和杜春风的事情，然后再去引导他讲出过去的故事。"杨长新启发道。

"好吧，兄弟，我赞成你的观点，躲避不是办法，还是要正确面对。"龙远江接受了杨长新的建议。

"时间不早了，我们也休息吧。今天就在宾馆住，不回家。我明天还要早起去看看我师父。"杨长新打了个哈欠。

龙远江掏出手机，看了看时间，真的不早了，已经是凌晨二点多了。他说："好吧。明天我陪你去看你师父。我现在快退休了，没有那么忙了。我也好久没有看到你师父了。"

龙远江一觉醒来，拿出手机看，已经是八点多了。他自从知道杜春风的家庭背景后，一直在纠结中睡不着，昨晚和杨长新倾诉后，就像放下了包袱一样，睡得特别香。想到今天要和杨长新一起去看他的师父，他一翻身就起床了。刚洗漱完毕，就有人敲门，打开一看，原来是杨长新的司机小何来了，同时来的还有推着餐车的服务员。小何告诉龙远江，杨总在宾馆大厅等他，要他吃完饭就下去。

龙远江知道杨长新的时间宝贵，立即说："饭就不吃了，我这就下去。"

小何拦住："杨总说了，他顺便也检查一下工作，特地让我告诉你，不着急，慢慢吃。"说完，招呼服务员出了房门。

龙远江这才开始吃早餐。吃完早餐，他坐电梯下到大厅，看到杨长新正在和一个穿宾馆制服的人说话，估计是一个部门的负责人。看到龙远江来了，便对那人说道："今天就谈到这里，一句话，宾馆是住人的，制度也应该在如何做好服务上进行完善。"

看到杨长新走过来，龙远江不好意思道："没想到到睡这么久，好长时间没这样了。没误你的事吧？"

"没有，我就知道你说了心里话，一定会睡个好觉的。我们走吧！"杨长新一边说，一边领着他出了大厅。

小何早已把车开到了大厅的出口。小何从驾驶座上跳下来，绕到右边准备打开车门，杨长新已经拉开了后边的车门，并用手顶在车门的上边，让龙远江坐进车里。只见龙远江一把拉下杨长新的手："我们弟兄多少年了，你还跟我这么客气。"

杨长新说："老哥永远是老哥，你永远是小弟心中的老大。"

龙远江坐上车后，杨长新从小何拉开的右边车门上了车。

小何也是很能吃苦的农村孩子，母亲去世早，父亲从杨长新创业时就一直跟着他。杨长新看他父亲老实，一个人带着小孩怪可怜的。小何一直到九岁才在杨长新的关照下上了贵阳的一所小学。不过小何很聪明，学习也很刻苦，连跳了两级，用四年的时间就赶上了同年龄的孩子。小学毕业后，又是杨长新帮忙上了中学，一直到大学毕业。他听从杨长新的建议，大学读的是建筑专业，毕业后杨长新要他回到自己的公司，他毫不犹豫地就来了。他很佩服杨长新的为人，亲眼见证了杨长新对待龙远江和他师父的态度。所以他对龙远江特别敬重。他既是杨长新的司机，也是他的助理，虽然杨长新对他没有什么承诺，但是他体会得到，杨长新一直在培养他。

张耀祖现在的家，被杨长新安排在贵阳近郊的一栋小别墅里，主要是为了方便杨长新去看望。

车子已经启动，龙远江感慨道："你师父当初要是听你的劝，也不至于落到今天这样的下场。"

杨长新说："对师父的命运，我也在反思。"

"那你的结论是什么？"龙远江问。

"我的结论就是光有钱没文化很可怕，不能随着社会进步而进步，光吃老本的人更可怕。"杨长新回答。

"怎么讲？"小何不解。

"我师父其实是个很聪明的人。改革开放以前在农村就是个打石头给人修房子的，日子过得也不差。改革开放初期，他独具眼光，带着他几个徒弟出来打天下。在贵阳这个地方打出了自己的一片天地，可以说当时这里建筑界的大佬就是他了。可是他有钱以后不是将资金用在提高事业的发展上，而是自我膨胀，满足于对金钱的享受。他很好面子，有一次家乡的县长带了一帮人到贵阳慰问在这里的务工人员，他不仅管吃管喝好多天，还带着他们在贵州的名胜古迹到处游，临回去时还每人买了价值不菲的礼物。当时我就劝他不要这样，花钱要花在刀刃上。"

"改革开放之初有句非常流行的话，叫做撑死胆大的，饿死胆小的。你师父的钱来得太容易了，以为未来的钱都是那么好找。"龙远江说道，"被改革开放唤起觉醒的人越来越多，下海淘金的有识之士也越来越多，市场份额被重新分配，就要看谁的本事大了。"

"我觉得这些都不是致命的，因为师父毕竟已经淘到了第一桶金，相比较其他人占着优势。致命的是他脑壳红烧了，他不惜重金休了师娘，娶了一个歌女。师娘为他生育了一双儿女，一直陪着他在艰苦的岁月中打拼。师娘后来并没有要他多少钱，而是自己一个人回到家乡守在他们共同修的大房子里，靠种庄稼为生。本来都相安无事了，后来师父的事业不顺，那个女人把他的钱卷跑了，儿女长大后也不争气，儿子吸毒，女儿闹着要分家产。家产分了以后女婿又把他女儿甩了，也把钱卷跑了，女儿想不通就自杀了。后来没有办法，我才做通了师娘的工作，请她回到师父身边，让他得到照顾。"

"杨总承诺了师娘要给他们养老送终，师娘才答应了。"小何补充道。

"滴水知恩当涌泉相报，为师父做这点事算不得什么。"杨长新说的是心里话。

"如今像你这样的人不多。我知道当初你要出来发展，师父还骂过你，你也没有见气，很难得。"龙远江说。

"本来没有打算出来的，师父为了培养我，允许我到大专院校去进修。通过学习，我就意识到像师父那样永远修房子是没有前途的，我给他建议要从包工头成长为开发商，以后做强做大了，还要成为集团多方面发展。他就是听不进，还说我好高骛远。我看劝不动他，就只好出来自己发展。我是想证明给师父看，究竟谁对谁错。当时我来找你，是老哥你支持并跟我鼓了劲，我才下定了决心。"杨长新拍了拍龙远江的腿，感慨道。

"记得我刚上初中，看到杨总和师父吵得很凶。不明白为啥子，现在知道了，一个人不学习就不会进步，不跟上时代的步伐就会落后。"小何也很感慨。

"这些道理说起来容易做起来难，关键是要有过人的眼光，才能看得到发展的机遇。你就是抓住了贵州好多地方在搞整体开发的机遇，当时国家的银行贷款很不容易，你联合了许多小公司，用打渔船组建航空母舰的办法争取到银行的支持，不是一般人都能有这样目光的。"龙远江非常了解杨长新的发展。

"老哥，这里面都有你的功劳。记得你还专门给我找了一个经济方面的专家来分析我发展的思路。"

"但最终下决心的人还是你嘛！"龙远江哈哈大笑起来。

边说边走，车子不一会儿就到了小别墅院门前。师娘来开了院门，领他们进去说道："你师父想回老家了。"

他们通过客厅，进到张耀祖的卧室，屋内整理得很干净，宽大的床上，只见张耀祖瘦小的身躯萎缩在被盖里，像一个小孩子似的。谁能想得到，一个曾经叱咤风云的人物，如今会成为这个样子。保姆端来了椅子，让他们坐。杨长新坐在师父的床边上。张耀祖侧卧着，他伸出瘦骨嶙峋的手，握住杨长新的手，嘴巴乌拉乌拉的想说什么也听不清。

师娘走过来说道："你不是盼长新吗？他来了你有啥子就说吧。"说完又对他们道："他已经说不出话了，只能够问什么他摇头或点头。"接着她就问道："你昨天说想回老家了，是不是啊？"

张耀祖点了点头。

杨长新说："我送你到成都的华西医院去，那里的医疗技术好些。"

张耀祖一下急了，嘴里又乌拉乌拉的，抬起那瘦削的手慢慢地摆了几下。然后指着师娘，手里比划着。

师娘拿来了一个硬壳的本子和笔，递给了他。

杨长新将本子翻开，把笔放在张耀祖的手上。张耀祖很费劲地比划着。写了好久，杨长新接过一看，只见上面歪歪扭扭地写着几个字："死、根、谢。"

师娘充当翻译："他说他要死了，要叶落归根，谢谢你这么些年的照顾。"

看着张耀祖点着头，他们明白了。

杨长新对龙远江说："以前师娘就想让师父回去，他坚决不回去，我也想师父在我身边，照顾他也方便些。这次要回去，看来是下了决心的。"

师娘在旁边愤愤地说："他以前不是不想回去，而是觉得回去没脸见人。好好一个家被他搞成这样，他是没脸回去。早知现在，当初根本就不该出来，在家本本分分打石头修房子，日子也不至于过得这样。想吃嫩草噻，现在还是我这把老草来喂你！"

张耀祖眼帘低垂着。

杨长新劝道："师娘，时光不会倒流。你也别抱怨了，我答应过你，只要你好好照顾师父，徒弟我一定会管你的。师父都这个样子了，你就不要说那些没用的了。"然后站起来，拉着龙远江走到客厅商量："老哥，你看这事怎么办？"

龙远江刚才看到张耀祖那个样子，就感觉是日薄西山气息奄奄，又看了他写的那几个字，知道这也许就是最后的愿望了，于是说道："你师父看样子命将不久矣。人之将死，最后的愿望你得满足他，也许比送医院还多活几天。"

杨长新说："那好吧，我安排人送他回去。"说完回到床前，拉着师父的手："师父，你实在要回去，我就安排你回去。不过，我得派人回去把你那久未住人的屋子打扫干净了你才回去，好不好？"

张耀祖老泪纵横，杨长新明显感到师父握着他的手有些力气了。

他们又坐了一会儿才出来，临走时，小何又给了师娘一沓子钱，嘱咐他好好照顾师父。

师娘对杨长新说："你同意我们回去，我就早一点走。打扫屋子我晓得安排人做。我怕你师父回去晚了，身体更差了。"

杨长新想了一会儿说："好吧，我多派几个人和你们一起回去。我这边如果能脱身，我也回去一趟。我答应了要为师父师娘养老送终，就一定要做到。"

师娘再一次被感动得流出了泪水："长新，你师父这辈子有你，他也值了。只是太难为你了。"

杨长新安慰道："师娘，你别这么说，一日为师终身为父，这是我应该做的。"

他们三人走出院子，杨长新说："我师父这辈子就是盲目地好面子、讲义气。有钱的时候没有计划，更没有长远的打算，才落到了今天这一步。"

龙远江不假思索道："他们这一代人，可以说既是时代的弄潮儿，又是时代的悲剧人物。"

"龙叔，咋会这样呢?"小何问。

"长新的师父虽然把握住了刚刚改革开放的机遇，但是没有把握住改革开放以后的形势发展，只盯着自己的眼前利益，加之没有与时俱进的眼光，家庭遭遇不幸也和这些有关系。"龙远江解释道。

看到小何有些不解，杨长新补充道："你们这些年轻人没有经历过那个年代，那个时候，只要胆子大，摆个烟摊摊儿都要赚大钱，国门刚打开，苍蝇蚊子和新鲜空气一起飞进来，灯红酒绿搞得人眼花缭乱，像我师父那样的第一批改革开放的受益者就是掉进了温柔的陷阱拔不出来。"

小何若有所思地点了点头。

第二十章 荣辱一念间

龙国强和杨长新离开后，躺在床上不能动弹的张耀祖忍不住呜呜地哭出声来，有些斜歪的嘴巴流着口水。别看他不能说话，可他心里明白，他就要去黄泉下会见他的爹妈了。想着无颜面对希望他光宗耀祖的爹妈，他实在忍不住流下了悔恨的泪水。

听到哭声，被他休了的前妻进来了。她扯了几张餐巾纸，边给他擦着眼泪、鼻涕口水边说道："你徒弟答应送你回去，我准备明天就走，要得不?"看到张耀祖点头，她又说道："自从跟着你出来干活路，好像除了收杨长新这个徒弟是对的以外，没有做成一件好事情。现在你就不要想那些没用的事了，叶落归根才是大事。你就放心吧。"

事业和家庭刚刚遭遇巨变的时候，张耀祖还想着要东山再起。他去找过杨长新，杨长新也答应帮助他重整旗鼓，可是他的身体不争气，一下子就垮了，而且一天不如一天。这些年躺在床上，他也想通了，他曾经也光宗耀祖过，只是自己没有把握住机遇栽了跟头，不能怪别人，只能怪自己。他要回家了，回到他曾经出发的地方，只有回到那里，他才觉得踏实。这样想着，他似乎睡着了，似乎又回到了那拥挤不堪，人声鼎沸的火车上。

那一年，他决定出去闯一闯，于是搭了别人的货车到了重庆的菜园坝火车站。他没有南下去当时热门的广州深圳，而是来到了当时还比较贫穷落后的贵州。火车上到处是打工外出的人员，记得是春节过后不久，天气还有些冷，但密不透风的车厢里，混杂着各种刺鼻的气味。他因为钱的关系，只能买站票，奔波劳累的他看到有一个座位下还是空着的，顾不得浑浊的气味，赶紧缩到下面去，将自己薄薄的行李塞在头底下当枕头，呼呼大睡起来。等到了贵阳，头脸鼻子没一处是干净的。在他的理念中，广州深圳去的人太多了，他就是个石匠，贵州虽然穷，都叫贵州山贵州山，说明那边的石头多，有他的用武之地。别说，他还真来对了。贵州与沿海相比，发展的确迟了点，但是他张耀祖来得恰到好处，正遇上贵州开始大开发大发展。他最先没有在贵阳，而是在一个叫小河镇的地方发展，因为那里的房子楼层不高，也没啥技术含量，他那点石匠的底子刚好差不多。他把小河镇作为自己的基地，然后奔着贵阳去了。杨长新去贵阳工地上看到张耀祖的时候，正好是他在贵阳接的第一个工程。他是真怀念那段日子，工地上整天热火朝天，虽然很累，但那银子是哗哗地朝他怀里流，别提多高兴了。

他是从哪个时候走的背运呢？好像就是和那个漂亮女人的交往开始的。她在歌厅里唱歌，他经常去那里捧场。去的回数多了，点的歌买的花多了，漂亮女人自然要找上门来感谢。这一来二去的就熟悉了。

记得那一次他在歌厅喝酒听歌，那个漂亮女人唱完歌后来到他坐的那张桌子，不客气地将桌上放着的酒拿起来倒了一杯，然后坐下来跟他碰杯："张哥，谢谢你长久以来的献花。今天怎么一个人在这里喝闷酒啊？"因为那女人经常看到张耀祖来歌厅时都是一大帮人，今天就他一个。在这个地方待久了的人，自然学会了察言观色。

那天他真的有些郁闷，他去竞标一个工程，本来私底下和政府的一个管工程的说好了，竞标也就是个形式。他事前是花了大价钱把那个官员侍候好了的，以为稳操胜券，没想到事到临头那官员变了卦，工程让另一个承包商拿去了。他火冒三丈，跑去质问那个官员。谁知那个人说一个管着他的人打了招呼，一定要将这个工程给那个承包商，他也没有办法。拿了钱没给老子办成事，这还是头一遭，看着那个长着一身肥肉，皮笑肉不笑的官员，他真想上前揍他一顿。他找不到人发泄，气得一转头就来歌厅喝酒解闷了。见漂亮女人关心他，他似乎心情好多了，笑道："你还真会看相，你咋知道我生闷气呢？"

"看你只喝酒不说话的样子，就知道张哥你遇上了不顺心的事情。说出来我听听，说不定我会让你开心的。"女人妩媚地笑道。

"真的吗？"张耀祖有心逗她，就说道："你都晓得我姓张，我还不知道你姓啥子呢！"

"像我这样的人，你们这些大老板不晓得不是很正常的吗？你如果真想结交小妹，小妹可以告诉你，就是怕把你吓住了。"女人故弄玄虚。

张耀祖被逗得心里痒痒的，借着酒劲，站起来躬着身端着酒杯凑到女人面前："张哥今天就是想听你说话，说得好呢张哥还要奖励你很多花。"

"鲜花我倒不需要了，我需要一颗真心，不要嘲笑我这个歌女的真心。"女人没有躲开张耀祖嘴巴里喷出来的酒气，迎合着他那有些色眯眯的目光。她拉张耀祖坐了下来，开始讲她的故事。原来这个20多岁的女人姓周，叫周明艳，来自贵州一个山区。前几年去广州打工，因为嗓音好，有一次在工厂的联欢会上，被一个歌厅老板看中后培养成为歌手。歌厅不能做赔本的买卖，逼着她签下了两年的合同。合同期满后，歌厅老板想继续合约，但她不想在那个地方了，想到另外的歌厅去发展。可是那家歌厅老板在当地影响比较大，到处打招呼不让人家聘用她。她没有办法，正准备离开广州，她家里打电话说父亲去世了，要她回家。她是家里的老大，自从出来打工，就一直承担着两个妹妹的学费。她家没有男孩子，父亲在村里一直抬不起头，时常喝酒后打妈妈，说她肚子不争气，总是生些赔钱货。父亲本来还要叫母亲生的，一直要生到儿子的出生。无奈出去躲计划生育时，被公社的人抓到后强行结扎了，从此，他更加消沉，整天就靠喝酒打发日子。母亲没有办法，只好叫读初中的她辍学外出打工养家。她们家三个女孩很争气，学习都很好，但为了那个家，为了妹妹们都能够上学，她牺牲了自己的青春和学业。如今一个妹妹已经进入高中，一个妹妹正在准备考大学。接到家里说她父亲因为醉酒摔死的电话后，她回家了。路经贵阳市时，她发现家乡也在变了。安葬好父亲的后事，她就到贵阳来闯天下了。她希望妹妹们都能考上大学，让妈妈过上好的生活。

好一个励志的故事，听得张耀祖心里好感动，这个比他儿子女儿大不了多少的小周姑娘，是多么的懂事啊！他忘记了烦恼，在桌上抽出一张餐巾纸，情不自禁地给她擦起了眼角上的泪水："不哭，不哭，张哥给你真心还不行吗？"张耀祖最见不得别人流眼泪，何况是一个如花似玉的女人。

那天，他们喝了好多酒，说了好多的话。周明艳看他喝得差不多了，扶着他往外走："我送你回家去吧！"

"回……回什么家，我还没有报……报仇呢，我不要回、回家。"此时的张耀祖被周明艳半推半抱着，闻着她身上的香水味，真是舒服极了。醉意浓浓的他，已经把整个身子傍在了周明艳的身上。

周明艳看他醉得不省人事，拿起他桌上的包，一边使劲扶着他一边说，"我去宾馆给你开一个房间吧。"说着，叫上歌厅里的一个服务员，把张耀祖扶出去了。

这个歌厅就在宾馆内，两个人上到大厅，周明艳办好了手续，两人架着他朝电梯走去。到了电梯口，周明艳叫那个服务员回去，说她一个人就可以了。

周明艳开了房间门，将张耀祖使劲推到了床上。

张耀祖感觉她好像在给他脱鞋。后来就什么都不知道了。一觉醒来，不知道是什么时候，张耀祖感觉喉咙很干，起床想找水喝，床灯一下亮了。再一看，自己赤身裸体，旁边还有一个和他差不多的香喷喷的女人。他吓了一跳："我这在哪里啊？"

周明艳翻过身来，脸对着张耀祖："张哥，人家把自己的第一次都给你了，你咋个啥子都记不起了？"

张耀祖的脑袋"嗡"了一下，看清楚了眼前周明艳："你说啥子呢？什么第一次？"

周明艳一下子蒙住脸哭了起来："昨天你喝醉了，我想把你送回家，你说不回去，我就给你开了房间。我安排好你准备走，你死死拉住我不让走，我只好留下来照顾你。你还抱住我，硬把我的衣服脱了。我没有办法，只好依了你。"说着把她的衣服甩在张耀祖的面前，张耀祖看着那些被撕扯得零碎的内衣，还有一条染着鲜红血迹的内裤，有些吃惊。

周明艳看他不相信的神情，又哭道："你还不相信啊！你说了要给我真心的，我把真心给你了，你倒不认账了，叫我以后咋个做人嘛！"说完，哭得更伤心了。

老婆的身影在张耀祖的头脑中一闪而过。那是一个没什么文化的女人，他在外面打拼，她在家里为他养娃。如今儿女都已长大，老婆也随他到了贵阳，每天都小心翼翼地伺候着他。他总是埋怨她不懂他，做事总是不在他满意的点上。虽说如此，但他从来没有动过要休她的念头。毕竟她是在他一贫如洗的时候跟着的他，没有功劳也有苦劳。即使在很多人换妻如换衣的现代，他也没有这样的念头。为此他还被那些同行哥们嘲笑，说他是二等残废。是啊，这年头像他这样包里有几个钱的男人，没有个把情人似乎不称其为男人。

想到这些，面对眼前这个娇羞欲滴的美人，他动摇了。一下把她揽在怀里："我信，我信，我怎么不信呢？"人家把初夜都给了他，他得为他负责任。现在不是时兴家里红旗不倒，外面彩旗飘飘吗？以后他张耀祖也可以像个男人了。想到这里，张耀祖把周明艳放倒在床上，整个身子扑了上去。

谁知他的想法并不能满足周明艳的欲望。周明艳早就厌倦了歌厅里的生活，死活要到他公司去上班，不仅给他当秘书，还要管理财务。张耀祖不同意，她就放死泼赖，失去了她留在张耀祖头脑当中的温柔。可怜打石头出身的他，从来没有遇到过这样的女人，也就依了她。彩旗飘飘的日子过了一两年，老实巴交的老婆知道了。她没有和他吵闹，只是背地里默默地流了不少的眼泪。但他的儿女们却没有放过他，本来很乖巧的一双儿女，从此很叛逆，花钱如流水，逃课很平常。他拿他们根本没有办法。后来才了解到，周明艳的苦难故事全是编出来的，骗他同情的。甩也甩不掉，还逼着他离婚。她其实就是一个风尘女子，就是靠傍大款过日子的女人。实在没有办法，只好委屈他的老妻，拿钱打发她回了老家，娶了现在的周明艳。

自从周明艳进了家门，一双儿女更加不服管，吵着要分财产，出去创业。财产分出去后，儿子染上毒瘾，分出去的一千多万全部败光，女儿嫁了个赌棍，卷走了全部家产。把个张耀祖气得老病复发，事业也随之一落千丈。他后悔呀，后悔把那个旺夫的老妻休了。都说家和万事兴，他就应了这句老话了，家不和万事衰啊。周明艳看他也没什么油水可榨了，干脆卷了款一跑了之。这最后一根稻草把他压垮了。记得那天他证实了这个消息以后，一口老血从嘴里喷了出来，倒下去就再没起来。在床上的日子幸好老妻回来了，最对不起的老妻是最对得起他的人。尽管在伺候他的时候偶尔要说几句发牢骚的话，但是比起他得病后很少来看他的儿女和他掏心掏肺的周明艳，这又算得了什么呢？

幸好他收了个好徒弟杨长新，也后悔没有听徒弟的话。当初要是听了他的话，花点钱把那个妖精打发走就不会有今天了。他虽然想东山再起，徒弟也想帮他，但是他也知道，这个社会进步了，不是当初只要胆子大就可以赚大钱的时候了，还要有头脑有知识的人了。杨长新虽然文化差一点，但他的头脑灵活，还肯好学上进，而且为人仗义，现在就是需要这样的人。他不行了，原来不想回去的老家，觉得无颜面对父老乡亲的他，最终还是想叶落归根。今天长新来了，把他想要做的事情都落实了，他也就放心了，今晚可以睡一个好觉。他心满意足地闭上了眼睛，冥冥中，自己也仿佛飞了起来……

第二十一章 回乡祭奠

　　杨长新刚起床，正准备出去跑步锻炼，手机就响了。是师母打来的，她告诉长新，说师父凌晨走了。她想今天就回老家，已经准备好了。

　　说来也怪，平时杨长新的手机一般是锻炼回来才开机，今天却在之前就开机了，或者说昨晚根本就没有关机。这也许是他和师父的感应吧。其实早知道会有这么一天，可一旦听说师父走了，他心里还是有说不出的难过。当初师父收留了他，他在师父那里干了快十年了才出来自己打拼的。因为感觉师父在很多事情的理念上与他有矛盾，比如作为一个开发商要学会营销，师父舍不得引进人才，非要自己卖房子。说什么肥水不流外人田，叫那个什么也不懂的周明艳当什么销售经理，任她将师父的心血糟蹋。还有做什么事情总是讲关系，不注重自身实力的提高，难免碰壁。而他主张首先要讲实力，然后才讲关系。但他不愿与师父产生矛盾，便自己出来了。师父也没有为难他，只是说需要他的时候，希望给予帮助。这当然是没话说的，杨长新答应了。他没有走师父的老路，在龙远江教授的帮助下，注重自身的提高，学会长远看问题。他答应了师母，叫她准备好，他安排好了就过去。他需要一点时间，思考一下怎么安排这个事情。跑步思考已经是他的一种思维模式，每天的工作在跑步以后都理清楚了。这件事情也不例外。

　　等他跑完了步回到家里，他已经把事情安排好了。媳妇已经把他喜欢吃的臊子面端到他面前。看到师娘的情况，他对自己这个甘苦患难共同进步的媳妇是满意的，这也是龙哥教给他的。有一次他们在讨论到男人有钱就变坏，女人变坏就有钱的问题时，龙远江告诉他说："我们国家改革开放以后发展很快，但是物质方面跟上去了，精神方面还很滞后。就像你师父对待你的师娘，大家看到的表面就是你师父抛弃了师娘，是陈世美。可是这个问题反映出来的问题很复杂。首先是你师父头脑膨胀，有两个钱就姓啥子都不晓得了，还有就是你师娘跟不上现代社会的步伐，碰到你师父这样的人就遭罪了。以后你和你媳妇要共同进步，共同成长，这样你才经得起这个社会的诱惑，你媳妇在你眼里才会越来越满意。"也许说者无意，但杨长新却记住了。他不同意媳妇当全职太太，只让她在相夫教子的同时，依然承担了公司的一些工作，还经常鼓励她出去学习。可以说，一直以来媳妇都很懂他，没钱的时候，她懂得节衣缩食操持家务，抚养孩子；有钱了，她不张扬，默默为他做了好多事情，给他免除了不少的后顾之忧。媳妇还有一件事情做得非常好，得到他公司那些骨干们的赞扬，那就是办了一个太太俱乐部。在这个俱乐部里，每周都要定期请一些专业老师来讲课，开设了服饰、形体、舞蹈、厨艺、茶艺、插花等课程，还要求她们都必须参加。媳妇对他说，她就是想让公司高管们的太太一看就是一个有素质的人。课余时间还安排展示技艺的活动，有时候还组织出去旅游。别说经过培训的太太们，懂得了如何与丈夫沟通，穿着打扮也很时髦了，更重要的是基本上没有人闹离婚。曾经杨长新问过媳妇怎么想到做这件事情的，媳妇告诉她就是不想看到师娘的命运在她们身上重演。

他一边吃面，一面对媳妇说："师娘打电话说，师父今早去世了，要送回去。"

媳妇问："你有时间吗？没有时间我替你回去吧。"

他很坚决地回答："不，这事我必须亲自回去。再大的事情也要往后推一推，把师父的事情办完了我才回来。你给我安排一下车子，我把小何带走就行了。另外，我想顺便把龙哥带回去，给他解解心里的结。"

媳妇一边答应着，一边紧锣密鼓地安排着，并补充道："叫上他儿子一起回去，让他尽尽孝。"

杨长新给龙哥打电话告诉他师父的事情，邀请他一起回去，龙远江二话没说就答应了。杨长新没想到他这么快就答应了，还想着怎么样去做工作劝他。听他答应得痛快，心里笑了，觉得是个好兆头。

龙远江之所以一口答应杨长新回去，是因为那天他给杨长新讲了自己的故事后，杨长新对他说的那些话有启发。他是个教授，经常在课堂上给学生们讲心胸开阔的大道理，现在轮到自己却过不了心里的那道坎。他多年没有光明正大地回故乡了，记得母亲去世时料理丧事去过一次，后来断断续续回去过几次，都是悄悄给爷爷祖母和妈妈上完坟后就立即离开了，从来没有回过村子里，自己的确也应该回去看看。

他把回去的事情告诉了芳芳，并拉着芳芳的手来到父亲龙国强的卧室。父亲早就醒了，只是没有起床，因为龙远江告诉过他，老年人醒来后不要马上起床，要慢慢地起来。看到父女两个进来，他老人家说："有什么事情吗？"

龙国强说："杨长新叫我跟他出去一趟，我去两天就回家。这几天芳芳和她妈陪着你，我就是来告诉你一声。"说着，拿起桌上的那条木制的龙又说道："这条龙的故事，以前我不让你给芳芳讲。现在芳芳已经长大成人了，我觉得你可以给她讲一讲了。趁这两天她在家陪你，你就给她好好讲一讲吧。"

"是真的吗？"芳芳对爸爸这番突如其来的话感到惊喜。她看着爸爸，唯恐自己听错了。

龙国强也吃惊地看着他，没有说话。

龙远江看着他们奇怪的表情道："我说的是真的。昨晚我和你妈商量了，觉得现在是让你知道家史的时候了。"

芳芳拉着爷爷的手，欢喜地说："爷爷，那这几天你要好好给我讲一讲。"

爷爷也慈爱地拍了拍芳芳的手说，"好孙女，我早就想给你讲了。还想带着你去看看我们家的那条大龙呢！"说着，把眼光看向龙远江。

龙远江没有直接回答，含糊道："到时候再说吧，到时候再说。"

交代完事情，龙远江就出门了。

贵阳到三江，也就五个小时的车程。

他们上午大约11点出发，到师父的老家时，快到吃晚饭的时间了。杨长新媳妇在电话上早安排了老家的人，请了丧事一条龙的服务，把什么都准备好了。等他们的队伍一到，玩意儿的锣鼓唢呐就响起来了。

杨长新亲自指挥安排着，并把师娘和她的儿子叫在面前。他对师父的儿子说道："我不管你对你父亲以前有多不满意，现在你都要好好表现。人死如灯灭，他好歹是你的父亲。你如果在这关键的时刻不尽孝道，别怪我以后不管你。"接着对师娘说道："师娘，这几天我都在三江，就在这里守着，你该怎么办就怎么办，尽管安排。钱的事情你就不要操心，我给小何说了，先给你十万，不够就在他那里支出，要多少给多少。师父当年从这里走出去，也是很风光的，如今人走了，不要让父老乡亲小看师父。我们就是要风风光光地办，让师父泉下有知，他死了也是很有面子的，算得上光宗耀祖！"

儿子不住地点头。师娘老泪纵横，硬要拉着他跟杨长新下跪。

杨长新坚决不让，扶着师娘要她节哀："师娘，你不要太难过了，你对得起师父，师父也是知道的。"

师娘大哭道："长新啊，你师父这辈子值得了！"

安排好一切后，杨长新找到龙远江："龙哥，这两天我就不陪你了。等会儿我和你一起去城里的宾馆，今晚我们都住在那里。明天开始你就自己安排，到处转转。你很多年没回家乡了，看看家乡到底有多大的变化。"

龙远江也是这样想的："长新，这样最好。我知道你叫我回三江的意思，我一定好好转一转。"

昨晚和杨长新吃完饭后，龙远江不顾远途劳累，立即就出了宾馆。在他的印象中，以前的三江哪有啥子宾馆，就只有几家旅馆和一家官办的招待所。这家叫三江大酒楼的宾馆，龙远江在大堂服务台的墙上看到了，是个四星级的。从大街上的十级台阶上来，就进入了门厅的平台，平台上来就是大厅的车行过道。刚才龙远江就是从宾馆的一边上来在这里下的车，等他们下车了，小何从另一边将车子驶出去进到地下停车场。

走出宾馆门，龙远江就不知道往哪边走了，在他的印象中，三江没有这样双向三车道，中间还有一个沿路很宽的花坛。花坛中间栽着荔枝树，周围是错落有致的低矮花草，荔枝树显得众星捧月似的。也难怪，三江是全国的晚熟荔枝之乡，广东的荔枝五六月份就上市了。七月荔枝红，八月才罢市的荔枝，唯有三江才有。龙远江小时候就听干爹林健强说过很多关于荔枝的传说，印象最深的是听人说"文革"中部队上有专人来三江选荔枝，最后选中了一处叫土地坝的一棵荔枝树。那棵荔枝树的品质叫带绿，因其红红的果皮中间有一明显的线条，宛若一根细细的腰带缠绕，十分的独特美丽。带绿荔枝肉质脆嫩，汁多化渣，不像有些品种那样缠绵。后来才知道，那是选送到北京去给毛主席吃的。三江人从此将荔枝当成了圣果，一直很重视发展和栽培。如今这满街的荔枝树，想必就是为了突出特色吧。

龙远江问了一个年龄稍微偏大的路人，那人很好奇地看着他，好半天才指着右边回答道："你往这边过去，看到红绿灯路口，然后往下走就是通江大道，走到底就到长江边了。"龙远江谢过那人，想着他刚才奇怪的表情，好一会才明白过来，可能是自己操着乡音，却不知道家乡的道路。这样想着，龙远江自己也情不自禁地笑了笑。

按照那人指的方向，龙远江果然找到了滨江路。他又问了一下路人，人家告诉他，沿滨江路往上三公里左右，是三江最近几年新修的，大气宽敞，其间还有一个音乐喷泉广场。往下走，是老滨江路，可以走到老街上去。龙远江想老街就白天去，晚上还是去新区比较好。于是他沿着上游的方向慢慢地走着。果然，从通江路来到长江边，这里仿佛是一道分界线，往上走，路宽阔不少，而且绿化也好很多。走过四车道的沥青路，好似来到了滨江花园，宽阔的路中间，依然是荔枝为主，花木为辅的花园。花园两边是人行道，临江那边还有结实的圆形铁艺栏杆。龙远江双手伏在栏杆上，静静地观赏着星星点点的江面。龙远江虽然小时候生活在农村，但因为离城并不远。生产队到城里收粪水的活，少不了派父亲和他起早贪黑在城里转。三江历史上就是个水码头发达的地方，川黔渝的物质集散地沿袭了两千多年。龙远江的印象中，三江的水面上，常常停满了轮船、机帆船和木船，一到天黑，还有不少的打渔船停在岸边。天上明月高照，水面波光粼粼，船上的灯火，有的是发电机带动的电灯，有的是煤油灯，忽明忽亮地映在江面上，与月光交相辉映，组成一组奇妙的景观，就像有一首古诗里面说的"月落乌啼霜满天，江枫渔火对愁眠"那样的情景。今晚，月亮依然高挂，可是江边基本没有什么船只，有两艘趸船，挂着长江鱼的标志，估计也是水上餐厅，早已和船没有了关系。江面上依然波光粼粼星星点灯的样子，但那是岸边林立的高楼里和路边明亮灯光映照在江里的光亮，比当年渔火一样的星星之火亮多了。龙远江感慨着岁月的沧桑和时代的变迁，他离开江边的栏杆，就这样边走边想，来到了路人说的那个滨江音乐喷泉广场。广场上人声鼎沸，热闹非凡，可能刚刚结束音乐喷泉，整个广场还湿漉漉的，把红色的石头洗刷得更加鲜艳。龙远江记得三江属于丹霞地貌，不少地方都有这样的红色石头。爸爸还告诉过他，陈大伯当年所在的福宝大山里，就是典型性的丹霞地貌，那里的石头就是这种丹霞石。对了，想到陈大伯，这次回来还应该去拜访他老人家，当年如果不是他救了爸爸，哪里还有他们这一家人呢？虽然说大恩不言谢，但滴水之恩当涌泉相报他是一直埋在心里的。不知道陈大伯现在怎么样了，他住的上河街还在不在，好像听杨长新说过，所有的上河街和下河街都变成了滨江路。他一直在林业系统工作，龙远江偶尔偷偷回三江上坟，都要去看他老人家。

听说已经搬了新家，还得去找一找。

龙远江的手机响了，不用看就知道是杨长新打来的。他去龙远江的房间敲门，见没有人，虽然知道他回三江很兴奋，但又怕他不熟悉道路，便打了电话："老哥，今天早点休息吧，明天我找人陪你，你想到哪里就到哪里。你这样到处瞎走，我不放心哈。"

龙远江笑道："不至于，不至于，我就是高兴嘛！好，好，好，我听你的话，马上回来。"

接着杨长新又问他在什么位置，他说在音乐喷泉广场。杨长新告诉他，沿着广场往上的唐蒙大道走，通过唐蒙广场上到唐蒙塑像，就到了正街，往左拐一直走就到三江宾馆了。龙远江笑道："知道了，不会丢。"

唐蒙广场正对着滨江音乐广场，广场的面积很大，被环形的花岗石座位三面包围着，看样子能容纳两万人以上。估计是三江很多重大的活动或演出的所在地，广场周围也是荔枝为主间或其它花木的绿化草坪，此时虽然说已经很晚了，但初夏的夜晚，休闲设施上仍有不少人在明亮高大的路灯下纳凉。林荫的树丛里，成双成对地掩映着相拥相伴的情侣。看着他们，龙远江想起遥远的往事，当年的年轻人谈恋爱，不要说这样的举动，就连在街上拉手，也要被人当流氓看待。想到这里，龙远江自言自语道："世界真是变了。"沿着座位的花岗石梯子往上走，一直到达唐蒙骑着战马，穿着铁甲战袍的塑像前，就到了宽阔的大街上，龙远江明白了，自己是沿着滨江路转了一圈，这条路朝左的方向走，就能达到三江宾馆了。

他在唐蒙的塑像前站住了，仰望着这个汉朝时期的大将，想着他带着汉武帝的重托，从三江的南门口出发，去征服夜郎古国归顺大汉的英武。干爹林健强还给他讲过《史记·西南夷》最早记载的唐蒙从三江的符关走夜郎的故事。那是西汉武帝建元六年（公元前135年），大行王恢征讨东越时，曾派番阳县县令唐蒙去安抚南越。南越人在招待唐蒙时，他吃到了枸酱，觉得味道不错。后了解到枸酱是蜀地的特产，并得知蜀地经夜郎可直达南越，就向汉武帝上书说："南越王的车马、旗子和皇上的式样一样，盘踞的土地从东到西有一万多里，名义上是朝廷的外臣，实际上是个土皇帝。如果从长沙郡、豫章郡出兵征讨南越，河流纵横，水道险绝，很难通行。我听说夜郎可征精兵十多万，还可以从那里乘船顺牂牁江而下，出其不意地去进攻南越。这是制伏南越的一条奇计。凭借着汉朝的强大，再加上巴蜀的富饶，沟通夜郎，说

119

服他们归顺朝廷，在那里派官员治理，不是一件困难的事。"汉武帝觉得这个主意很好，就任命他为中郎将，让他率领一千多士兵和运输粮饷的一万多民夫，去联络夜郎。西汉武帝元光五年（公元前130年），唐蒙从长安出发，经过巴蜀两郡到达符关，率人马物资从这里出使夜郎，经过千辛万苦，终于到达目的地。唐蒙拜见了夜郎侯多同，送给他许多贵重礼物，向他转达汉武帝刘彻的问候，要求由汉朝在夜郎设置郡县，并任命多同的儿子为县令。夜郎附近的小城邑看到汉朝送给夜郎的绸缎、布帛，都很羡慕。他们以为反正从汉朝到这里，道路险阻，汉朝控制不了他们，也都表示听从唐蒙的约定，归顺朝廷。唐蒙将通夜郎的情况向刘彻禀报后，汉朝在这一地区设置犍为郡。从这以后汉武帝调遣巴、蜀两郡的兵士修筑道路，从僰（bó）直修到牂牁江。后武帝派司马相如来到西南地区，在整个西南地区设置一个都尉、十几个县，归属于蜀郡。因一碗枸酱而征服夜郎国，唐蒙由此青史留名，而酱园的酿造工艺在三江也得以继承和发扬。

正是这个原因，三江于公元前115年（即西汉元鼎二年）开始建县，取名符县，是当时整个巴西、蜀南地区建县最早的几个县之一。如今这个具有厚重历史文化的古老的县城，随着时代的变迁，熠熠生辉地焕发着青春，龙远江兴奋地想着，这次回来一定要好好到处看看，把过去的乡愁一一找回来。

第二十二章　祭拜爷爷祖母

一大早，龙远江就从宾馆出来了。昨晚从滨江路回来，一直兴奋着睡不着觉。他老早就想回家乡来到处走一走，但这次真正下定决心回来了，心里还有点忐忑，真是应了那句话："近乡情更怯。"怕什么呢？他也说不清楚。他想不管怎么着也应该先到爷爷祖母的坟前去祭拜一下，向他们说说自己的心里话，说说这些年自己和父亲的生活情况。还有干爹林健强的坟也要去祭拜一下。听李三爷说，干爹临死前还念叨他呢。这个干爹，虽说后来落实了政策，但一心为了三江的农业发展积劳成疾，听说去世后埋在了符阳村的荔枝林里。因为那里是符阳村的核心区，荔枝林以前是一个神秘的地方，龙远江一次都没有去祭拜过他，想起来真不应该。可以说，没有干爹的鼓励和帮助，他龙远江，一个初中生怎么能够考上大学呢？一想到这个事情，龙远江心里就疼。

昨晚去了滨江路，也问了老街的方向。有两条路可以去老街。一条是沿宾馆出来往右的大街一直走，走到一个叫一转盘的岔路口，然后径直往下通过一条叫新公路的街就到了老街的中间段，这是老街和新街连接的十字路口，对直走下去又到了滨江路的一段。为什么叫新公路呢？是因为这条街是三江县改革开放后开发新县城的第一条街。还有一条路就是沿着滨江路一直往右走，走到尽头就是龙远江小时候经常路过的一个叫石盘角的地方，然后倒拐就到了赤水河大桥，从大桥过去朝符阳村的方向走不远上山就到了。赤水河大桥始建于1973年，是传统的石头砌成的拱桥。长江在这里拐弯的地方，也是赤水河流入长江的口子，千百年来大小两条河在这里拥抱汇合，然后再朝着滚滚的长江奔涌而去。

龙远江不想再走滨江路，于是就从少岷大道上走。走到新公路与老街口，显然这里和记忆中的印象已经面目全非了，但是龙远江看到了新华书店的门市，虽然现在挂着新华文轩的牌子，但熟悉的书香味还是让他有些兴奋。以前新华书店的对门是一条叫道府巷的小街，从这条小街下去就到了河边。原本窄窄的街道如今变成了和新公路一样宽宽的街道，直通河边的码头。据说这里曾经是个车渡码头，后来三江的高速路通了，不仅架起了高速长江大桥，而且还修了城市长江大桥，将两岸连接起来了。过去热闹的码头自然被取消了，如今这里变得很冷清。

龙远江没有走滨江路，而是向右拐走进了真正的老街。当年的三江县城不大，人称扁担一条街，龙远江此时站的位置，是当年扁担街的中段，从新公路下来往左还有三分之一的路程，整个街就走完了。往右走还有三分之二才能够到赤水河大桥，龙远江自然朝着赤水河大桥的方向走去。踏上这条熟悉的街道，龙远江再也找不出当年的那种厚重感了。虽然这里的建筑与新区大道旁的比较起来，已经是很旧的了，看样子是20世纪80年代后期的建筑，楼房修得不高，最高的也只有六、七层。楼与楼之间，间或还看得到一些砖木混合建筑、屋顶都是小青瓦的两层楼房。街道已经找不到以前的大青石板了，全部铺上了黑黑的沥青。龙远江慢慢地走着，在三江电影院的地方便停了下来。他抬头一看，"三江电影院"几个大字映入眼帘。这个地方是童年时期最向往的地方，在他的记忆中，每次路过这里他都想进去。那时的电影，成人票是一毛二，儿童票是五分钱。可是对于他那个家来讲，这点钱也是不可实现的奢望。龙远江的记忆中，他到这里看过一次电影，那也是他参加完高考以后干爹奖励他的。记得是刚刚解放出来的一部片子，叫《野火春风斗古城》。电影看完了他还觉得不过瘾，把小说也找来读了。龙远江看的电影，都是在村里的打谷场上看的坝坝露天电影。那时每个公社都有巡回放映队，有时候在他所在的大队上映，有时候在其它队社上映。龙远江经常跑到离家很远的地方里去看。因为在本队看坝坝电影，都要偷偷摸摸地看，杜刮毒说他是狗崽子，不配看革命的电影。后来是李三爷说正因为他的出身不好，才要接受革命思想的教育，这才允许他看了。跑到其它队里看，没人认识他，他也看得舒坦。如今"三江电影院"这几个字虽然还是暗红色，但风吹雨打，字上面尽是雨水留下的斑痕，就像一个人嚎啕大哭后流下的眼泪，看着就很悲伤。是啊，这个曾经很热闹的地方，如今门可罗雀这个词用在这里是再恰当不过。

老街有些窄，两旁的行道树稀稀疏疏，可能是为了弥补绿化的不足，行道树之间摆了些石水缸似的花台，石花槽上面雕刻了荔枝、荷花的图案，可能是机械刻制的花纹，看上去有些粗糙。花槽里多是些草本花，开得倒也鲜艳，也给这条古老的街道增添了一些现代化气息。眼看快到石盘角的地段，龙远江还是忍不住从一个巷子拐到了滨江路上。一到出口，宽阔的石盘角就呈现在龙远江的眼前。这个地方，留下他多少幸福的回忆。那时，他经常随父亲坐着生产队的粪船来到离这里不远的小桥子码头。父亲和其他社员去城里收粪水，就叫他在石盘角玩着等他，等他们回生产队的时候再坐着粪船回去。在这里，他经常趴在江边的石头上，做着干爹给他布置的作业，他不会碰到那个表面上称他为杜大爷，心里面叫着他杜刮毒的人。他可以暂时忘记生活中的一些不愉快，尽情地释放着内心残存的儿童的天性。在他的记忆中，这个大石盘的一角延伸到了长江一处转弯的地方，一边是赤水河的长江出口，一边是江水从这里转弯直奔三峡而去。其实这里就是长江边一处巨大的石滩，石滩历经千万年冲刷的波浪，淘尽千古泥沙，虽凹凸不平，布满了大小不一的天星凼。他经常光着小脚丫在那些水凼里捉蝌蚪，摸螃蟹。冬天里，天星凼里的水干了，他就经常在石滩上奔跑，碰到有其他的小朋友，他们就在天星凼里捉迷藏，好不欢喜。这里还是以前那些妇女们浣纱捣衣的地方，在自来水还没普及到这里时，县城里的人都喜欢到这石滩连接的河水里洗衣物。石盘角的滩很平，除了汛期的洪水天以外，江水漫过临江的浅滩，人们可以直接踩到水里清洗衣物。尤其是快过年的腊月间，整个江边人头攒动，远远望去一起一伏的身影，宛若游乐场一般。后来自来水普及了，到石盘角洗衣服的人就越来越少了，不过偶尔还是有那么些街坊，仍然喜欢在隆冬腊月去浅滩的浪花里捣衣。还有一些不怕冷的，光着身子从某一块石头上跳到江水里冬泳，强有力的手臂拍打出浪花。

龙远江后来还从干爹那里得知，这里还承载着三江历史的变迁。建县两千多年的三江，码头文化一直是三江过去经济发展的主流。汉武帝派唐蒙从这里走向夜郎，从此山间铃响的马帮，一直在盐马古道上响彻了两千多年，将川盐和其它物资集散到四面八方，使千年古县的三江城繁荣昌盛了很多年。据史料记载，《禹贡》分天下为九州，现三江县地为梁州之域。秦代时符县（即三江县）地属巴郡，秦亡县废复符关。石盘角正对着的上端，就是唐蒙走夜郎出发之地的符关，即县城的南关。三江进入西汉时期后，经济比较发达，被评价为"土地肥美、有江水沃野、山林竹木、蔬食果实之饶"。由于经济繁荣，人口增加，交通发达，受中原文化的影响，"忠孝仁信节义"的观念尤为突出。全国著名的汉代画像石棺在这里出土最多，多是反映这方面的，如董永侍父图、车马出行图等。还由于受道家学说的影响，以女娲伏羲为内容，对西王母的崇拜也成为画像石棺的重要内容。这些丰富多彩的精美石棺画像演绎了三江远古的富庶，出土文物秘戏对吻俑和碾坊里栩栩如生的男女交媾石雕，生动真实地描绘了三江古老开放的文明。如今石盘角临江的滩石上还遗留无数上面横着一条石的洞坑，洞坑与条石浑然天成连为一体。龙远江听干爹讲过，那是船工们停靠木船时拴缆绳的地方。看着那些特殊的洞坑和江水，龙远江眼前仿佛出现了停满密密麻麻的木船景象。那些洞坑虽被江水打磨得无比圆润，以致后来的人们都不知道这些洞的来历和用途，但它们却是三江曾经繁荣的见证。

走过石盘角，通过赤水河大桥，龙远江终于踏进了符阳村这块又爱又恨的土地。他没有进村，而是直接上了龙家的祖坟山。站在这里，俯瞰长江，水面犹如一面大大的镜子，真是清风徐来，水波不兴。过去那个白日千人拱手的场景早已没有了，取而代之的是满载货物的机动船从江上驶过。龙远江顾不上欣赏这些美景，直奔爷爷祖母的坟头。爷爷祖母的坟头因为在坟山的背后较远处，自然也看不到"白日千人拱手，夜晚万盏明灯了"。按照"杜刮毒"的观点，前面的好风水给你挡住了，你龙家从此就不再有好运了。杜清明还把自己祖先的坟头都迁到了龙家祖先坟头的前面，他甚至想把龙家祖先的坟头全部搬走，被李海清拦下了。因为李海清对他说，老坟头动了不吉利，怕伤到脉象影响后人，龙家以前祖坟才得以保留。龙远江一想到这些，就恨得牙根直痒。龙远江离开三江那年，是在他母亲病逝的1986年。那是他工作后的第四个年头，原想生活已经安定，也有条件接父母到贵阳和他一起生活了，这里毕竟还是母亲的家乡。母亲很愿意回到自己的故乡，父亲也不愿意看到那个与他有深仇大恨的杜清明。正当一家人沉浸在对未来幸福生活的向往时，母亲突然被检查出肝癌晚期，这个坚强的母亲没有来得及享受儿子的孝顺就撒手人寰。

龙远江为母亲的安葬和杜清明进行了一场较量。记得他和父亲商量，准备把母亲安葬在龙家祖坟山。提出申请时，杜清明出面想阻拦，还在坐夜的那天来到现场当着乡亲们的面说，那里已经不属于龙家的祖坟山了。龙远江不信邪，毕竟不是"文革"时期他说了算的那个年代了，他当场立即进行了反驳：

"杜清明，你有什么权利不准我妈安葬在那里？现在那里虽然不属于私人的地盘了，但是也属于所有村民的。政府早就为我们龙家平反摘帽了，我妈也是符阳村堂堂正正的村民，为啥别人可以安葬在这里，我妈就不行？现在不是你为所欲为的年代了，你也不是啥子领导了，有什么权利说这种话？"

杜清明听到龙远江当着这么多人大声武气直呼其名对他说话，气得一时间说不出话来。好一会儿才憋出一句话："你敢！"

龙远江毫不犹豫地马上回答："你看我敢不敢！你阻挡试试看！"

还是已经当上村支书的李海清出面将杜清明劝了出去。

龙远江那一次是卯足了劲。如果杜清明胆敢阻拦，他一定和他抗争到底，以出多年心中的恶气。不知道李三爷是如何把杜清明劝住的，反正母亲如他爷俩所愿安葬进了龙家的祖坟山。

龙远江找到了爷爷祖母的坟头，这里早已不是乱石岗，坟头已经很多了。当年将母亲安葬后，父亲原本想将爷爷祖母的坟搬迁进龙家坟山的，龙远江觉得不必信那些，自己能够上大学改变命运，并不是靠什么祖坟山，而是靠国家的命运和个人的努力。如果没有改革开放，国家没有好的政策，祖坟山再好也是没有用的。况且爷爷祖母已经入土为安了，就不要再去打搅他们了。他对坟茔进行了大的修缮，把坟头用大青石垒起来，虽然没有立碑，但龙远江还是很容易地从众多的坟头中找到了爷爷祖母的坟。

龙远江将他在老街上买的祭奠用品拿了出来，两个坟头紧挨着，他在坟头前点上了蜡烛和青香，烧着了钱纸，然后跪在坟前给爷爷祖母磕头。一边磕一边说道："爷爷祖母，不孝孙儿来给你们上坟了。孙儿这些年虽然少有回来给你们当面磕头，但是每年过年和清明，爸爸和我都在那边给你们烧了纸的，朝着家乡的方向给你们磕了头。听说迫害你们的'杜刮毒'死了，今天我带着全家的心意回来看望你们，想给你们说说心里话。"说着，将口袋里面厚厚的一沓钱纸全部拿了出来，然后一摞一摞地将它们扯散放到火堆上。接着，龙远江心情沉重地又说："现在，孙儿碰到一件棘手的事情，想征求你们的意见。"他停了一会儿继续道："你们的曾孙女芳芳结交了一个男朋友，听她介绍后，我和你孙媳妇都认为这小伙子不错，同意他们结婚。最近才晓得他居然是那个"杜刮毒"的曾孙子。我还没有把这个消息告诉爸爸，怕他承受不住打击。我们想不同意吧，芳芳年龄也不小了，和那个叫杜春风的小伙子又情投意合，棒打鸳鸯似乎又太狠心了。同意吧，想到你们被杜清明迫害致死的命运，心里就过不了那道坎。小时候受'杜刮毒'的欺负我一辈子也忘不了，否则我也不会大学毕业后决意不回家乡。你们的深仇大恨我也不会忘记。芳芳是个好孩子，如果我们不同意，她是不会和那小伙儿结婚的。你们就给我拿个主意，如果不同意，你们就吹吹火苗子，如果同意，你们就让那火苗子笑一笑。"说着，龙远江又往火堆上放了好多的钱纸，火苗子一下燃得老高。一阵风吹过来，火苗子随风左右摇摆得厉害。龙远江问道："爷爷祖母，你们是不同意吗？"一阵风过后，火苗子发出"呵呵"的声音，似乎又在笑一样。龙远江又问道："你们同意吗？"没有人回答，只有那火苗子一会儿摇摆，一会儿"笑"的声音。龙远江自言自语道："爷爷祖母，你们也拿不定主意吧？毕竟时代也不同了。自从改革开放以来，整个社会都发生了翻天覆地的变化。爷爷，你当年去土匪窝做他们缴枪不杀的工作，国家给你平反了，说你是开明士绅，为共产党的事业做了贡献。国家后来也取消了阶级斗争，我和父亲都成为了劳动者的一员，我不仅考上了大学，成了大学的教授，我还在学校加入了中国共产党，和父亲一起生活得很幸福。如果你们在世看到这一切该多好啊！"过了好一阵，龙远江又自语道："我的好朋友杨长新劝我往前看，不要把仇恨一直装在心里，这样才会真正幸福。"他停了一会儿又说道："如果你们都拿不定主意，我就再想想吧。"

龙远江看钱纸烧得差不多了，站起身来。围着坟头转了两圈。这一转，他看出了一些名堂。两个坟头上的草长得还算茂盛，但周围的杂草却被拔得很干净，显然是有人打理过的，坟头的顶上还有插坟飘的痕迹。"是谁呢？"龙远江在心里揣测。莫非是李海清爷爷？龙远江摇了摇头："李海清爷爷已经90多岁了，他不可能来这里。但不是他又是谁呢？"龙远江实在想不出在家乡还有哪个能够为他干这个事情。想到此，他觉得也应该去看看李海清爷爷，这个一辈子把他当成侄儿的老人家一直想尽办法保护着他，否则龙家就真的断子绝孙了，哪还有他龙远江后来上大学的份。

钱纸全都燃尽了，龙远江再次磕了头："爷爷祖母，杜清明已经死了，从现在开始，我每年都要回来看望你们。"说完，朝着母亲的坟墓走去。

龙远江刚开始在贵州的那些年，母亲就叫他去看看她家的亲戚还有人没有。他遵照母亲的吩咐，去苟坝那个地方打听过。几家远房的亲戚虽然还在，但老辈人都走得差不多了，年轻的一辈也不了解过去的任何事，感情也很淡漠。那个硬要将母亲嫁给有残疾人的冯天才，早就不知去向。那些年交通和通讯都不发达，基本就与家乡失去了联系。既然家里没有人什么亲人了，母亲去世就只能安葬在这里了。

龙远江绕到前面以前龙家的祖坟，找到和爷爷祖母一样用大青石垒起的坟头，也给母亲点了蜡烛烧了纸磕了头，也说了和爷爷祖母同样的话，所不同的是，母亲当年如果没有受到杜清明的迫害，身体就不会那么差，也许也和父亲一样还健在。母亲年轻时吃的苦太多了，那一次躲过了流产，却没有躲过杜清明安排周连长监督她和爸爸去清理鱼塘的厄运。父亲不让妈妈下塘，说他一个人可以做完，可是周连长不同意，非要母亲下塘清淤泥。妈妈没有办法，只好照着他说的做。妈妈说，那时已经是深秋了，冰冷的淤泥刺得她肚子隐隐发痛。后来还是李海清爷爷知道了，报告给工作组，魏组长才派人把母亲解救出来。他大学毕业分配到贵阳工作时，母亲满心欢喜，还说要回家乡去祭奠他的外公外婆。没想到这一切还在准备当中，母亲就被查出了肝癌。龙远江总是觉得母亲是在生自己的时候就落下病根了，身体虚弱，消化不良都是那时候得的病，一想到这些他就心存内疚。记得母亲去世前的那些天，她还用骨瘦如柴的手拉着龙远江，断断续续地说了他外公外婆的很多往事，尤其是两个舅舅在国外，如果有可能，尽量想办法联系上。妈妈还说她这辈子的幸运就是碰到了他的父亲。想到自己不久于人世，母亲流下了不舍的眼泪，她告诉龙远江，最舍弃不下的就是他们父子俩，希望她走了以后，远江要好好对待父亲。一想到这里，龙远江的心里又燃起了对杜家的仇恨。

第二十三章 杨长新回老家

杨长新昨天将师父的丧事安排好了，一早又去师娘那里安排了一下，就带着小何回了趟老家。老太太回来已经一月有余了，他要回去看看。

杨长新的老家符关村，与符阳村是近邻。小何开车很快就到了。杨长新在村口下了车，叫小何先去家里，说自己要在村里转一转，因为他委托村里安排打路的事情，他要看看搞得咋样了。

杨长新的母亲是个乐善好施的人，儿子在贵州发展这么好，她就经常教育儿子不要忘了这片生养他的土地，多想着老家，这样才有福报。杨长新也想着要为老家办点事，但在外面见过世面的他懂得授人以鱼不如授人以渔的道理，所以母亲提出为村里修路时他毫不犹豫就答应了。前几年母亲答应了为他们家所在的生产队每家每户修连接到通往乡上的路，后来村委会主动上门找他希望将符关村里的路也按照这个标准帮助修一修。杨长新就让他们找母亲，说一切由他母亲说了算。

杨老太太过去就是个非常能干的人。杨长新10岁时父亲去世后，她就拉扯着他直到杨长新出门闯荡。儿子最懂母亲的心，刀子嘴豆腐心的母亲，最擅长的就是做好事。以前家里生活不富裕时，有要饭的来到家门口，她宁愿自己饿着也不会让要饭人空着手离去。母亲在贵阳待不住，时时刻刻都记挂着村里修路的事情。

又有好几年没有回家了，每到过年的时候，也正是企业繁忙的时候，所以这些年都是将母亲接到贵阳过年的，好在母亲身体还可以，所以老太太也依着他，两头跑。

杨长新走在这白加黑的村道上，心里很舒畅。秋天的田野，一派丰收的景象，田里到处是收割完谷子后留下的谷桩，偶尔还有一些田里的谷子等待着收割。有几个人在收割过的稻田里用农机具翻弄着土地，估计是想把谷桩翻进土里沤着，他们一边干活一边说着有趣的事儿。以前的柴山早已被改造成了一片连着一片的荔枝林，绿油油的林子里有人在忙着修枝，他们一阵一阵的笑声让田野充满了生气。杨长新也受着感染，想上前给他们打招呼，却一个都不认识。他暗自笑了一下，感觉自己就像有首唐诗里面描写的那样："少小离乡老大回，乡音未改鬓毛衰。儿童相见不相识，笑问客从何处来。"他脱下西装拿在手上，继续朝前走着。又走了好一阵才碰到一个背着背篓的中年男人。杨长新招呼道："老哥，这田里都用上机器了？"

那人抬头看了看杨长新问道："你是哪个村的？好久没有回来了吧？"

杨长新不解："这跟好久没有回来有啥子关系呢？"

"你知不知道现在我们这里栽秧打谷都用上了机械化，多数都是请专业人员来做这些事情。你看这些田里的谷子，都是收割机干的。我们都在排轮子，明天就该我们了。看了天气预报的，这几天的天气都好得很，正是打谷子的好天气！"那人的口气有些不屑。

杨长新有点惊奇："我们这里是丘陵地区，啥时候也用上了机器？那打谷机也能到田里来？"

那人笑了起来："说你外行了不是？以前我们村在农忙季节，外出打工都要放假回来栽秧打谷，后来就没得这些劳累事了，留在家里的老人小孩又做不动，请人也很难。所以就有人上门做这些生意，那些小型机器真是比牛还牛，随便好高的地方，机器都可以拿上去安装，犁田耙田、栽秧子打谷子都可以做，比喂牛请人干活强得多。"

杨长新也感到新鲜了："哦，怪不得这些年牛儿都没看到几条，庄稼还做得那么好。"

"这都是逼出来的。现在的年轻人出去了就没想着要回来，不这样也没办法。"那人摇了摇头说道。

"村子里的路修得咋样了？"杨长新转过话题。

说到路，那人笑眯了眼："你不是看到了吗？我们村的路其他村都羡慕得很。我们都感谢村里那个杨老太太，他养了个好儿子，在贵州发了财把全村的路都修好了。"

"他儿子不算啥子，要感谢你就感谢老太太，她是个菩萨心肠。"杨长新发自内心地说。

那人瞪着眼睛看着杨长新，似乎很不满意他的话："你晓得啥子哦，这世界上菩萨心肠的人多了，没有他儿子的钱，老太太也做不成这些事。"

杨长新没想到那人会这样说，又转了个话题："那村民们还满意吧？"

那人奇怪地瞅着杨长新，不明白他为啥问这个问题。想了想还是回答道："大多数人还是满意的，就是有少数人心不足。"

杨长新盯着问道："有啥子不足的？"

"你想啊，这新修的路把每个社都连起来了，可是有些人还说要把路连到每家每户大门口。你说是不是人心不足嘛。"那人摇摇头说。

"那老太太是啥意思呢？"

"老太太说要给儿子商量了再说。人家儿子那钱也不是风吹来的，找钱也不容易。路修得那么好了，还要叫人家出钱，真把人家当唐僧肉了！"那人鄙夷道。

正说着，小何带着一个人走了过来。那人老远就热情地大声道："长新，你回来了也不打个电话。要不是碰到小何，还不知道你回来了！"边说边就走到了杨长新的面前。看到那个中年人，招呼道："四哥，你也回来了？"

杨长新笑道："林支书，我是抽个空回来看看老娘，下午还要到隔壁村去。"

林支书，一个40多岁的中年男人，中偏上的个头，身材结实，黑黑的脸庞透着劳动的健康，国字脸上那双有神的大眼睛透着他的精明。杨长新是他很佩服的人。刚才他去了杨老太太的家，碰见小何，才知道杨长新回村了，十分高兴。于是真诚地说："听小何说了，你回来给你师父办丧事。中午不走，到我家去喝一杯。"

杨长新对小何说："干脆你回家给我老娘说，叫她安排午饭，把林支书和这位老哥请上，我们一边喝酒一边摆龙门阵。"说着又转过头对林支书道："刚才听这位老哥讲，村里人对这个路还有些意见。"

那个被称作四哥的人，立马摆摆手对林支书道："我真不知道他就是杨老太太当大老板的儿子，刚才完全是打胡乱说，你们都不要放在心上。"

杨长新看他紧张的样子，善意地笑了笑："你知道了我还听得到真话啊？没关系的。"

林支书接过话说："长新，看来你这大老板在这里还没有老太太的名气大，我们村的人没有一个不认识她的。"他又转而对那人说道："四哥，杨老板这人很随和，中午没什么事情，就照他的安排吧。你不是回来不走了，想搞点种植业吗？你给见过世面的杨老板说一说，说不定人家还能给你出出主意呢！去吧，机会难得。"

四哥抠了抠脑壳，不好意思道："恭敬不如从命。你们先去，等我把给家里买的东西放了就来。"说着，朝他们挥了挥手："回见!"说完便离开了。

三人朝杨家走去。

符关村杨长新的老家，是早年杨长新出道不久修的一栋三层别墅型洋房。杨长新发达后，有人给他们建议推倒了重新修，并设计成庭院风格的中式建筑。杨老太太不同意，说有那些钱不如做点好事积点德。杨长新也不同意，他倒不是母亲的那种想法，只是觉得修得再好，他也不可能再回到这里住了，平时就母亲喜欢回来住一住，他和家人很少回家，这房子也足够住了。所以就将这房子西式改中式，把楼房前的院坝扩大了不少，打理成了花园。

杨老太太早已在院子门口等着儿子了。每次儿子回家，都是搞突然袭击，这次也不例外。她始终不愿意去儿子的家里，那里再好也比不了她这个老家。虽然家里没有多余的人了，但是按照她的意思，儿子同意她把姨侄女一家接来屋里住。姐姐家以前困难，孩子又多，等把孩子抚养长大了，她自己却早早就走了。跟着她的这个姨侄女，家庭也困难，她把她们一家接来，一方面照顾她，一方面也扶持一下这个家庭，让在天之灵的姐姐也放心。姨侄女一家对她还算尽心，照顾她也周到，如今杨老太太八十多岁了，身板硬朗，耳聪目明，偶尔还喝点小酒。听说儿子回家了，赶紧安排午饭，自己就到院门外迎接儿子了。

杨长新看见母亲，急忙跑过去："老娘哎，你在院子里等我就行了，跑出来摔倒了咋个办嘛！"

杨老太太看到儿子，眼睛笑得眯成了一条缝："长新啊，你回来得正好，我找你还真有事情。"

"你安排就是了，儿子听你的。"杨长新知道母亲又要给他下任务了。

杨老太太拉着杨长新的手走进院子，在树荫下的石桌子前坐下了。她招呼林支书和小何坐下来。杨长新的表妹把早已泡好的三江佛心茶端了上来："杨老表，林支书，你们喝茶哈!"

林支书对杨老太太说："伯母，你不要听村上那些人乱说，大家对这个路都很满意，不要再给杨总增添麻烦了。"

杨老太太不高兴："我给长新说话，你不要插嘴。"

杨长新双手握住着母亲的手笑道："我都知道了。你不就是想把路给每家每户都连到大路上吗？你安排儿子就是了。"

杨老太太有点惊讶："你都知道了？哪个告诉你的？"

林支书回答："长新在路上碰到了张老四，他说的。"

"长新，恐怕全部连接要千把万吧？"杨老太太不知道儿子能不能办到，小心地问了一句。

杨长新说："老娘，只要是你安排的，我就是想尽办法都要办好，何况是给家乡人办好事。"

林支书搓着双手，神情有些不好意思："杨总，其实这个事情可以不必理会，你在修路上为村里投资累计起来有上亿元了，先是你们生产队，后来其他队里的人提出来扩大到全村，你毫不犹豫地答应了，现在个别人提出要连到家里，实在有些过分。我已经和每家每户在外务工人员联系了，让大家也出一点，绝大多数都响应了，村里正在集资搞这事情。"

杨老太太抢着说道："我要儿子这样做，是为了给他积德。他赚了钱就是要想着乡亲们。"

杨长新对林支书摆了摆手："林支书，你不要这样想。我们企业每年都要拿出一部分资金做公益事业，我把资金投到家乡也算是做公益嘛。再说我老娘一直就有一个心愿，要把这个路改造得大家都满意。我无论如何也要满足她的心愿。"他想了一会儿又说道："乡亲们能出多少就出多少，其余的我补足。再说，村上不是要发展其他项目吗？到时候用钱的地方还多。"

杨老太太爱抚地拍打着杨长新，脸上皱纹如菊花般灿烂："还是儿子懂老娘的心。你永远都不要忘记，你父亲去世后，乡里乡亲没少帮助我们孤儿寡母的，有了条件就要回报，积了德才有福报！"

林支书拉着杨老太太的手笑道："长新，你说得对。"继而又对杨母道："伯母，你现在是我们这一带的知名人士了，做了那么多好事，福报一定不仅会永远降在你儿孙身上，而且我们全村人都跟着沾光，你看这路修好了。我们这里的荔枝和真龙柚都好卖了，现在还有人来我们符关村洽谈观光农业，外出打工的好些都想回来了，要不了几年，也许这里也和城里差不多了。现在的农村户口可比城市户口值钱多了，好多城里人想到农村来建房造屋都成梦想了！"

杨长新高兴地说："是吗？那我更要加快投资！"

林支书说到符关村的未来，立刻就来了劲："当然是真的啊！我们三江历史文化厚重，去年脱贫后，县里已经作出了乡村振兴的规划，将我们这一片规划为鱼米之乡的示范片，正在鼓励我们按照规划招商引资。你知道的，我们这一片一直有农耕文化的传统，在全国普查中，我们村和隔壁符阳村都被列进了传统村落。我们就是想利用这块金字招牌，引进现代化农业，利用我们已经发展起来的荔枝和真龙柚，搞民俗观光旅游。下一步就是促使村民们将自家的房屋改造成仿古建筑，让家家户户都成为有接待条件的客栈，使他们不用外出打工就可赚钱。刚才我们在路上碰到的张四哥，就是个热心分子，他就准备回家来搞竹编，传承他家的竹编工艺。我们川南的竹子到处都是，肯定有市场。"

"这样的好事，你为啥子不早点告诉我呢？我长新集团下面也有搞旅游的。现在贵州的红色旅游搞得非常好，完全可以借鉴嘛！"杨长新也兴奋起来，"还有，隔壁的符阳村，听说以前还是古城池，我们可以联合起来，把三江的古文化充分挖掘出来一起搞。"杨长新又补充道。

林支书看杨长新和他想法一样，更来劲了："我这不是还没有来得及吗？想方案成熟后再来找你商量规划。"

杨长新想了一会儿说道："这样，我集团下面的旅游开发公司来搞这个事情，我找人给你规划，规划搞出来后你就做动员，我们要把符关村和符阳村搞成花园式的民俗村落。"杨长新脑海里想着刘芳芳，这个三江的后代却对三江一无所知，给她一个机会，让她认识三江，热爱三江，从而化解她心中的疑问。

"杨总，听了你这番话，我信心更足了。"从院门外跑来的张四哥，刚好听到了杨长新的这番话，他也挺激动的："你对家乡的人太好了，你说的一定没得错。"

杨长新哈哈大笑起来："建设家乡，人人有责嘛！"

"吃饭了！"杨长新的表姐大声招呼着。

"今天高兴，我们敞开喝！"杨长新招呼大家围坐在院里另一张桌子上。

"长新，今天我也高兴，也要陪你们喝两杯哈！"听杨老太太这一说，大家都笑了起来，连连说："要得，要得，我们都陪你喝两杯！"

笑声响彻整个山村。

第二十四章 拜望李三爷

　　龙远江从坟山下来，直接就去李三爷家了。符阳村，我魂牵梦绕生我养我的地方，我终于又回来了。尽管年轻气盛发誓不再回来，但我梦里无时无刻不牵挂的故土，我还是回来了！龙远江心里这样想着、激动着。行走在村里的大道上，往事情不自禁涌进脑海。在他的记忆中，那时符阳村的大道就是石板铺成的大路，没有水泥道路，更没有这么宽。秋高气爽，龙远江心情复杂。以前在梦里经常出现的故乡，现在实实在在地行走在这片土地上，没有想象的那样忐忑和仇恨，相反感到亲切。尤其是看到过去的柴山被改成了荔枝林，心情很舒畅。路上没有行人，龙远江走得很快，不一会儿就到了李三爷的家。

　　可是，龙远江站在门口不敢进去。这里紧挨着两栋楼房，一栋是彩色墙砖贴面的二层洋楼房，一栋是砖木混搭的中式二层院落。他环顾四周，觉得没有走错，记得赵二婆和李三爷是邻居，估计洋楼房那边是赵二婆家的，只是门窗紧闭，房门口院坝的青石板已长满了青苔，似乎很久没有人进出了。见中式院落的门开着，龙远江试着往里面大声喊道："李三爷在家吗？"

　　正当他犹豫进不进去时，从院门里出来一个50岁左右的女人。看见他便热情地问道："你找哪个？"

　　龙远江反问："李三爷是在这里住吗？"

　　那女人的手在围腰上搓着，转过头往院里大声喊道："三爷，来客了！"说着进到院里，迅速从正对的堂屋里扶出了一位老人。

　　龙远江一眼就认出了："李三爷，我看你来了。"

　　李三爷的背有些驼，听保姆喊他，挂着拐棍慢慢悠悠地从堂屋出来了。见院子站着一个陌生人便问道："你是哪个？"边说边走上前。

　　龙远江赶忙上前扶着，笑眯眯道："三爷爷，你好生看看我是哪个？"

李三爷转过身，正对着龙远江，眯缝着老眼看了好一阵，一拳打在龙远江的肩上，笑出声来："好你个龙娃子，你咋想起来看你三爷爷了？你爸呢？他来没有？他也有70多了吧？"

一连串的问，弄得龙远江不知道先回答哪个问题才好。他扶着李三爷，准备送他回屋去。李三爷却招呼道："李二，你去把椅子端出来，太阳那么好，我们就在这里晒太阳。自从那年你把你爸接出去以后，你是多久没有回来了？快给我说说这些年干啥去了，叫我好生记挂。"

叫李二的保姆很快就将椅子端了出来，还给李三爷的椅子铺上了厚厚的坐垫，接着又摆出了茶桌，泡上了茶。

龙远江扶着李三爷慢慢地坐下了，他也隔着茶桌坐在了李三爷的对面。一落座，话匣子就打开了："三爷，侄孙今天来给你检讨了。我爸早就想回来看你，是我拦着他不让回来的。你老人家对我家的大恩大德我们一辈子都没有忘。"

李三爷喝了一口茶，用手指着龙远江："我知道你心中有疙瘩。这疙瘩也只有你们下辈人来解开了。现在，杜清明也死了，你回去给你老子说一说，叫他回老家来看看，再不来就看不到你三爷爷了。再说，现在的符阳坝子可不比从前了。"

"是啊，比从前美多了！"龙远江感慨地说："我一路走来，看到原来的那些青杠林柴山，全部都栽上了荔枝，还有一大片真龙柚子。路也修得很好。"

"那是政府土地整改项目，把那些馒头山全部都改造了，林子周边都修成了石梯子，铺成了水泥路，比以前的泥巴路就好走多了。听我孙子说，还要招什么商，把这里搞成啥子观光农业园。"李三爷兴致勃勃地说。

"你孙子？"龙远江不解，他孙子不是在外面发展吗？

"李三爷的孙子现在是我们村的第一书记。"保姆李二在旁边补充道。

"哦，原来如此。"龙远江明白了。

李三爷对李二说："今天的午饭你做两个好菜，我要陪我侄孙好好喝两杯。"

"大兄弟不让你喝酒。"李二赶紧说道。

李三爷不满道："就你话多。等会李大毛回来了，他也会喝两杯的。赶紧进屋做饭。"

李二进屋做饭了。李三爷说："这是我远房侄孙女，她家境比较困难，你大兄弟就把她接到这里来照顾我，每月给她开工资。"

"我记得李大毛比我小不了多少，听说他在外面发展得很好，怎么回来当支书了？"龙远江不解。

"他在大学里不是学农的吗？一直在省城的农科院工作。这不是扶贫吗？他老子听说有政策可以到乡下来，就叫他给单位上申请一下，回到这里来扶一扶家乡，他就回来当了个啥子第一书记。我一会儿给他打手机，叫他回来。"李三爷解释道。

"哦，原来是这样。"龙远江对李三爷说道："我刚才给爷爷祖母上了坟，看到他们的坟打理得很干净，三爷爷，你知道是哪个做了这个好事情？我得好好感谢人家。"

李三爷白了龙远江一眼说："你就不用感谢了，是我叫李大毛做的。我和你爷爷是好兄弟，临终时要我关照你父亲。我可是把他当亲侄儿。你们都不在身边，我不得叫人好好给他打理打理啊？"

龙远江站起身来，走到李三爷跟前，蹲下身子握住他的手，眼睛有些湿润地说道："三爷爷，我一猜就是你老人家。"

李三爷在他的脑袋上拍了拍："孩子，我都是黄土埋到颈子的人了，我真希望你和你老子回到这里来啊！我心里有很多话，你们再不来，就只有带进棺材里了。"说着，李三爷揉了揉眼睛。

龙远江很愧疚地："三爷爷，是我做得不对。我不该这么久都不回来。"

李三爷叹了一口气："孩子啊，过去的就让它过去，这里毕竟是你的根，你纵有再大的仇恨，这世道变了，你也该放下了。看到你，我就想给你讲一讲过去你不知道的一些事情，说一说现在符阳坝子的变迁。杜家的后人也不是像杜清明那样的人了。"

龙远江不住地点头："三爷爷，我也这么想的，可就是心里还有些坎。你还不知道，我家姑娘竟然和杜家人好上了，你说这是不是作孽嘛！我这次回来，除了给爷爷祖母和妈妈上坟，就是来看你老人家。另外，我干爹去世后我一直没有去看他，这次一定要去祭拜。你给讲一讲，我遇到这些事情究竟该怎么办。这次走得匆忙，也没有给你买中药材。看到你身体还这么硬朗，我也就放心了。"

李三爷说："龙娃子，你那干爹你真得去好好看看，他在临终时都还记挂着你呢，想想你干爹，你还有啥子放不下的呢？以前有些话怕搞运动不好说，现在什么话都可以说了。你只要喜欢听，我就把那些老龙门阵给你摆一摆，至于你如何认识，我就管不着了。时代不同了，大家都应该换脑筋了。"

龙远江有些抽搐，连连说："好好好，我一定听你老的。"

正说着，院里进来一个五十多岁的人。龙远江一看，有些眼熟，但想不起是谁。

李三爷看到了，立即将手招了招："大毛，快过来，你龙家大哥回来了。"

李大毛热情上前握着龙远江的手："龙教授，欢迎你回乡观光。李二妹给我打电话，我马上就回来了。"

龙远江摆了摆手："你是科研所的研究员，就不要叫我教授了。叫大哥，我叫你兄弟。"回头又对李三爷说："三爷爷，你也不要叫大毛了，叫名字也好些嘛。"

不等李三爷开口，大毛说道："爷爷说改不了口，就随他叫吧。这样叫也好和村民们打成一片，你看我像不像个农民？"

龙远江打量着他，说真的，不知道他是个科研人员，一定会把他当成农民的。虽然身高一米七多，五十多的人了，一点也不显胖，皮肤黑黑的，和常年干农活的人没有两样。瘦瘦的脸庞上没有多少皱纹，不算大的眼睛不仅很有神，而且还透着精明。龙远江笑道："兄弟，你怎么从科研院跑回家当村支书了？"

李大毛大名李符阳，据说这名字是爷爷李海清给他取的。因为李大毛是长房长孙，李三爷大儿子的第一个孩子，说是怕儿子在外面工作了就忘记家乡了，所以就取了这么个名。李符阳笑笑说："我正好有个研究荔枝的项目，听说三江县政府在符阳村搞荔枝基地，我父亲一定要我回来，还说在哪里搞都是搞，不如回家乡来搞，把家乡的村民们搞富起来，也算是为家乡做贡献，所以我就申请了。没想到人家说现在的政策是要当第一书记才能来，这不就挂了个名。我哪懂支书那一套哇，就是按照县上的意思，连片栽种荔枝，提高质量和产量，让村民们致富。我呢，也将我的项目做起走，两不误。我也快退休了，干好这个事情，也了却爷爷为家乡做贡献的心愿。"

"这是个了不起的工程，也只有你这个研究员才能干了。再说，三爷爷就是以前的村支书，还不是现成的老师！"龙远江非常感慨地说道。

"我那一套都过时了，现在的支部书记是要带领村民脱贫致富过好日子！"李三爷慈爱地看着这两个孙辈笑道。

李符阳谦虚道："承蒙大哥的夸奖，我既然回来了就要在荔枝项目的研究上做出点名堂。"说完又真诚地说："这些年，感谢大哥给我爷爷寄了不少贵州的名贵药材，你看他身体还那么硬朗，跟你一直关心他很有关系，我们全家都感谢你！"

"兄弟，你这样说就太见外了。我们家能够有今天，是你爷爷关照的结果。过去的事情你不知道，我这辈子无论做什么，对你爷爷的恩都是报不完的。况且，我早把三爷爷当成我亲爷爷了。"龙远江发自内心地讲了这番话又说道："再说，我还没感谢你呢。我今天去了坟山，你把我家的坟打理得这么好，为我尽了孝，我真的非常感谢！"

李符阳哈哈大笑起来："算了，算了，我们兄弟之间就别谢来谢去的，大家都不谢了吧。这是爷爷交代的事情，他要求我们每年都要为龙家和林专家的坟墓进行打理，要不他老人家不高兴。"说着朝屋里喊了一声："二妹，饭做好没有。"

李二应道："摆好了，上桌吧。"

李符阳和龙远江一边一个扶着李三爷朝屋里走。

龙远江说："三爷爷答应我给我讲过去的事情，我得好好听一听。"

李符阳马上说："爷爷有午休的习惯。你要听他说，不如这几天就住在这里慢慢听他讲。他觉睡足了，精神就来了，一点也不糊涂。没有休息好，有时候就有些犯迷糊。"

龙远江想了想，也没有客气："也对，三爷爷90多岁的人了。我听你的，就住下来好好陪他老人家。"

李符阳也说："你在这里，我也正好出趟门。有你在，他就不会老是念着我了。"

"我们兄弟刚见面你要走，多遗憾啊！"龙远江不舍。

"我也不想走。这不是要招商吗？我已经约好了去会一会那些老板们，给他们做一做宣传，看他们能不能在这里来投资。"李符阳身不由己地说道。

二人将李三爷扶到堂屋桌子的上方坐了下来，两人分别坐在八仙桌的两侧。

龙远江一下想起了什么，掏出了手机，给杨长新打电话。电话通了，龙远江对着电话说道："兄弟，我这两天不回宾馆住了，就在我三爷爷家住，陪他老人家。还有，我问一下，你那边的事情什么时候办得完？办完了能不能来我老家符阳村来看看，他们正在招商，看你有没有兴趣来这里搞观光农业？"龙远江一口气把他要说的话都说了。电话打完了，他一边收起手机，一边说："兄弟，我有一个非常好的朋友，这次也回三江来了，他回来给他师父办丧事，他刚才答应，还有三天就可以来这边来看看。他可是个大老板，也有意为家乡做好事的。"

李符阳一听就来劲了："远江哥，太感谢你了。下午，我陪你去荔枝林看林专家，明天外出两天我抓紧时间尽快回来。来，我们今天好好喝两杯。"说着起身先给爷爷到了半杯，然后给龙远江斟了满满一杯。

两人沉浸在久别重逢的喜悦之中。

第二十五章 为林专家扫墓

中午休息了一会儿，李符阳准备和龙远江一起去荔枝林里看林专家的墓。

刚要出门，李二妹跑出来说："大毛兄弟，你爷爷也要去，叫你们等着他。"

李符阳对龙远江说："如果爷爷要去，我们就只有坐车去了。本来我想带你走路去的，这样我们边走边看，我还可以给你介绍介绍。"

"没关系，以后有的是时间。就怕三爷爷身体受不了。"龙远江有点担心。

正说着，李二妹扶着李海清出来了。李海清说："我也好久没有去荔枝林了，怪想林专家的。"

李符阳出去开车了，龙远江上前和李二妹一左一右地扶着李海清上了车。

从这里往荔枝林走，以往没有路的时候，要走四十多分钟，后来修了上山的水泥路，步行就只要二十多分钟了，现在乡村道路都修到家门口，所以上到山顶也就十来分钟了。

这一大片荔枝林有将近一百亩，隐天蔽日，让人进到林子里就感觉非常凉爽。

李符阳把车子一直开到山顶上林专家的坟前。

龙远江下车把李海清扶了出来交给了李二妹，快步走到林专家的坟前跪下了："干爹，儿子龙远江来看你了。这些年我一直心有芥蒂，没有回来给你扫墓，是我的不对，请你原谅我！"说着，对着墓碑磕了三个头。然后从车子的后备箱里拿出香和钱纸、蜡烛，依次点燃了起来。

李海清也走过来，对着墓碑道："林专家，我又来看你了。你走后不久，这土地又吃香了，我把这片林子交给和你一样有知识的青年人了，他们都按照你当年的想法，把这片林子当做宝贝，又把这林子扩大了将近一倍都不止了。现在全村栽了好多的荔枝树，他们通过网上卖荔枝，都把这里的荔枝卖到北京上海那些大城市了，带领着大家致富了，你就放心吧!”说着，擦了擦眼睛又道：“我老了，我们哥两就快见面了，以后我来这里陪着你，我们有的是时间摆龙门阵。”说着弯了弯腰，算是鞠躬了。

李符阳怕爷爷累着了，就把他扶到旁边的一块大石头上坐着。他也给林专家磕了三个头，他对龙远江说：“爷爷每年都要叫我们家人来扫墓，说他没有后人，一定不能让他在地下寒心。”

“是我这个干儿子没有做好，不过，从现在起，我每年都要来给他老人家上坟！我一想起他对我的恩情，我心里就痛。”龙远江说着说着就流下了泪水，他也想起了干爹和他的好多往事……

记得那一年刚上小学，龙远江放学回家，正碰上干爹从荔枝林回来。看见他背着背篼打猪草，很高兴地和他一起打猪草。这是妈妈给他的任务，叫他每次放学回家时顺便打点猪草回去。

干爹心疼地说：“打完猪草早点回家吧。”又问了他在学校里的情况。

在龙远江儿时的心中，干爹是个很了不起的人，上知天文下知地理，好像没有什么事情是他不知道的，他最喜欢和干爹说话，他好多的为什么都能在干爹那里得到答案。可这么能干的一个人，生活却不咋的，过得还不如他们家。他们家虽然穷，但好歹还有爸爸妈妈。干爹好像只有李三爷爷关心他。他们家也想关心他，每次做好吃的，爸爸妈妈都只能偷偷摸摸让他给干爹送去。爸爸妈妈还叫他少到干爹那里去，说不要给干爹找麻烦。最让人理解不了的是，爸爸妈妈要他不要当着别人的面叫他干爹。见干爹问他在学校的情况，他如实说道：“干爹。你不是说只要把学习搞好了，内心就可以强大起来吗？为啥我学习好了，班上那些人还是要欺负我呢？要不是爸爸妈妈要我不要在学校惹事，我早就跟他们打上了。我要咋个才能强大起来呢？”

记得干爹听完他的提问，一下抱住了他，脸上还流下了眼泪。他以为自己什么地方做错了惹得干爹不高兴，急忙抱着他说道：“干爹，你别哭，我再不说这样的话了。”

没想到干爹站了起来，也把他拉了起来，低头看着仰视他那双充满疑问的眼睛说道：“孩子，这个问题也许干爹也说不好，但是你一定要记住，知识就是力量，知识能够改变人的命运，只是时间还没有到来!”

龙远江似懂非懂地点了点头，又问道：“是不是我长大了命运就可以改变了？可是干爹都是大人了，还要等到啥时候呢？”

这哪里是一个刚上小学不久的孩子应该问的问题呢？只见干爹再次抱紧了他，对他说："孩子，干爹不是跟你讲过《丑小鸭与白天鹅》的故事吗？别看干爹是大人了，但是和你一样，还是丑小鸭，等我们都变成白天鹅了，我们的命运就会改变的。"

"真的吗？"龙远江天真地问道。想了一会儿又说道："干爹，那我以后还要努力，争取早点变成白天鹅！"

干爹将他抱了起来，亲了他一下说："真是个懂事的好孩子，我们都努力吧，争取早点变成白天鹅！"

看见远处有人过来了，龙远江赶紧从干爹身上梭了下来。

干爹也看到远处的人了，他说："天不早了，快回家吧！记住我说的话，时候到了，我们都会改变的。"

就是因为记住了干爹的这些话，龙远江在学校每次受到欺负时，总是用这席话来鼓励自己。因为自己的成绩好，尽管还是有人欺负他，但是那个姓朱的女老师很喜欢他，也护着他。他就在想，这也许就是干爹说的丑小鸭变白天鹅的过程吧？从此学习更加努力了。

他很喜欢往干爹住的地方跑，因为那里有很多的书，那些书是藏在干爹的床脚下的，只有李三爷爷知道，因为这是三爷爷在干爹城里的宿舍给他搬回来的。当时，吴正发要林健强把宿舍腾出来，说他不再是单位的人了，户口也要迁到农村去。

李三爷就问他："宿舍里的哪些东西需要搬回来，我好找人给你搬。"

林健强说："生活用品差不多都带了，就把书全部搬来就行了。"想了一会儿又说："那些书可能搬不来了。"

"为啥呢？"李海清不解。

林健强欲言又止，惹得李海清骂道："有话就说，有屁就放，你这人那点都好，就是做事优柔寡断。"

林健强这才悄悄说道："那些书里面，有些是禁书，但我认为的确实是好书。搬回来要惹麻烦。"

"怕啥？我亲自去搬，看哪个敢说啥，搬回来你就把那些书藏起来嘛。"

就这样，林健强一屋子的书在李海清的帮助下全都拿了回来。林健强非常感慨，这书的价值只有上过学的贫农李海清才晓得，也只有他才有这样的胆识。杜清明那时候虽然主宰着符阳大队，但他不懂，更不知道哪些书是封资修。看李海清那么卖力地搬回十多口袋的书，还嘲笑李海清，说是捡了些发火柴。李海清只能笑一笑。

龙远江隔三差五地就要悄悄找林健强借书，所以他干爹那里的书，随着年龄的增长，不管是文学的、历史地理或其他门类的书，他都基本看完了。你还别说，自从干爹跟他讲了知识改变命运的话以后，龙远江觉得在学校欺负他的人少了，而找他说话的人多了，都是来请教他问题的，朱老师也悄悄维护着他。

有一次，杜清明到学校来问龙远江的情况，朱老师就对杜清明说："龙远江这个娃娃傻傻的，一天到晚不咋个说话，有同学欺负他也不言语。"

杜清明听了很高兴："他敢乱说乱动，就把他开除出学校。"

还有一次是推荐到乡中学读初中，杜清明给村小的校长打了招呼，明确说了不让推荐龙远江。龙远江的父母急了，干爹林健强也急了。朱老师更急，她去找了县文教局的领导，领导告诉她，自从去年邓小平出来工作后，现在面临全行业的整顿，教育系统也不例外，现在升学是推荐和考试相结合，考上了才有资格升学，考不上即使推荐了也不行。

朱老师听了大喜过望，赶紧回来给李海清说了这个事情，要他帮着出个主意。

李海清叫她去找杜清明传达这个事情，如果杜清明反对，就照他说的话做。

杜清明听说升学的办法和以往的不同，心里盘算了一下就对朱老师说："学校不推荐龙远江，他就没有资格考试，反正不能让他升学，我们要让更多贫下中农的子女升学。"

朱老师急了说道："去年县里的作文比赛，龙远江得了一等奖，在县文教局都是挂了号的，如果人家问起他为啥没有参加考试，我咋个回答嘛。"

"你就说他家成分不好。有啥不好说的，照实说。"杜清明一点都不含糊。

朱老师还是不死心："要不这样，先还是让他考试。文教局的人说了，考试成绩学校与学校之间要考核的，他考了后我们再以政审不过关不让他去就是了嘛。我怕学校的成绩上不去，学校要受影响。"

杜清明想了一下，觉得政审的权利都在他这个公社书记手里，就算考了试能不能升学还是他说了算，就对朱老师说："要得嘛，就按你说的办。"

朱老师觉得李海清出的主意真不错，高兴地走了。

不用说，龙远江考得不错。李海清和朱老师又去找了文教局管招生的领导，问他知不知道龙远江这个人。

那个领导说："龙远江考了全县第一名，我当然知道啊！"

"那他是地主成分可不可以升学呢？"朱老师迫不及待地问道。

领导说："毛主席说出身不由己，重在自己的表现，只要他本人没有问题就可以。"

"我可以担保，龙娃子这娃娃没问题。可是…"李海清急着表了态又欲言又止。

领导有些奇怪地望着他们："可是什么？"

"可是没有名额了咋个办？"朱老师把李海清的话说出来了。

"咋回事呢？"领导不解。

"把名额都分给贫下中农的子女了。"李海清终于说出了来的目的，"看在龙远江考第一名的份上，领导能不能多分一个名额给我们公社，而且点名招。"

"这有什么，学习这样好的学生我们要多扶持。"领导感觉这不是个问题，就答应了。

就这样，龙远江升学到了荔湾中学。

可是两年初中毕业后的1975年，升高中就没有那么幸运了。由于有了前次的教训，这次杜清明就没有那么好说话了，理由还是那个理由，也没有人敢给龙远江说话了。谁要是帮着地主出身的龙远江说话，就要当作典型来批判。杜清明终于如愿以偿地没有让龙远江上高中了。虽然杜清明不重视文化，但不代表他就希望龙远江多读书。

龙远江知道这个消息以后，回到家里扑在爸爸妈妈怀里大哭了一场。龙国强和丁玉娟也没有办法，他们从公社的大喇叭里知道了目前的形势，知道这次即使是去找伯妈冯家梅的父亲也没有用。

龙国强说："儿子，我们这种情况上到初中已经不容易了，我们一路上都遇到不少的好人帮忙，你都要记在心里，有朝一日变成白天鹅那一天，一定要好好报答他们。"

丁玉娟也安慰道："儿子，坚强些。杜清明不让我们读书，我们就自学。去找你干爹，他会有办法教你的。"

一想到干爹，龙远江马上止住了眼泪。趁天黑，他悄悄跑到了干爹住的地方。他已经搬出李海清的院子了，单独住在了他刚来时的那个保管室。现在他是一个死老虎了，运动的主要对象都不是他了。自从杜清明当了县革委副主任兼公社书记后，他就搬出来了。李海清知道林健强一直想单独住。以前是为了保护他才搬到他家的。现在形势不一样了，他住在那里他不仅放心，还可以节约一个保管的工分。更重要的是万一人家要谈个对象啥的也方便些。其实这些年李海清一直想给林健强找个女人，等他有对象了，再给他搭建一个家。但林健强一直不同意，说不愿意让女人跟着他担风险，即使有的女人有意，他都坚决不从。

龙远江到了保管室前的坝子，隔着围墙就看见里屋亮着电灯，知道干爹在家，于是急冲冲地敲开了围墙的门。干爹刚给他开了门，他一下子就扑倒在干爹的怀里大哭起来。

林健强也没有马上劝他，让他哭了好一阵，才慢慢牵着他走进了屋子。没等龙远江说话，林健强就拿出了几本书对龙远江说："孩子，你看看，这是啥子？"

龙远江接过一看，原来是高中课本。不仅有语文、数学，还有物理化学、地理历史，甚至还有政治课本。他不明白，高中都上不成了，还买这些课本做啥呢？

林健强看他扑闪扑闪的大眼睛望着他，便说道："这些是我今天专门到县城的新华书店去买的。我已经听说你不能上高中了，我就在想，杜清明不让你读书，我们自己读不行吗？学校不教你，干爹教你，还有你自学不行吗？"

龙远江眼睛一亮："对呀，我咋个没想到呢？"

林健强给他擦了眼角的泪水继续说道："你已经长大了，应该知道，现行的农村教育体制，小学五年，初中两年，如果读高中还是两年。你回想一下，你在学校的学习，成绩好，难道不是你自己努力自学的功劳吗？在学校多数都是参加劳动，哪有自学的时间多呢？毛主席说过：坏事可以变成好事，好事也可以变成坏事。没让你读高中，看起来是坏事，但如果我们好好自学，说不定就成为好事了呢！"说完，他笑眯眯地摸着龙远江的头。

龙远江认真地说："干爹，你说得对，我一定不让你失望，让这个坏事变成好事。我还要成为白天鹅呢！"

看着龙远江那认真的劲，林健强轻松地笑了："来，我们说干就干，以后每隔一天，你就到我这里来，其余时间你就自学。我把课程表排起，我们一定要让学习成绩超过那些上高中的人。"

保管室里明亮的灯光，照着这一老一小埋头学习的身影。

时间到了1977年，形势朝着好的方向转化。这一年，国家恢复了高考制度。不过，龙远江一家人并没有觉得这个消息与他们家有什么关系，直到有一天晚上，林健强拿着一张报纸来到他们家，全家人才如梦初醒。

龙远江清楚地记得，干爹刚进他们家，就把龙远江拉到他的面前，激动地对他说："孩子，你敢不敢挑战？"

龙国强和丁玉娟奇怪地看着林健强，不约而同地问道："挑战？啥子挑战？"

林健强看他们不明白，不由得笑了起来，他扬起手中的报纸说道："这是今天的《人民日报》，上面登载了考大学的招生简章，我看了看，龙娃子可以去试一试。"

龙国强接过报纸，仔细地看着。

丁玉娟抑制不住内心的喜悦却有些不相信地问道："能行吗？"

林健强不假思索地分析道："我看行。你看哈，国家已经停止高考十来年了，'文革'中除了停课闹革命以外，后来所谓的开门办学，学生们都没有学到多少书本知识，而龙娃子一直在偷偷学习。我相信他。"接着又转向龙远江："这是一次成为白天鹅的机会，你敢不敢挑战啊？"

龙国强看完招生简章，担忧道："这是一个好事情，可是龙娃子只有初中的学历，他能考上吗？再说我们这样的家庭，即使成绩上去了，政审也是个问题。"

林健强见他们都信心不足，又说道："根据目前国家的形势发展，我都觉得自己有平反的那一天，何况你们呢？我觉得有希望。龙娃子虽然只有初中的学历，但是实际已经是高中水平了。再说，即使今年不行，我们明年接着再考，反正龙娃子的岁数还小，只要成绩上去了，总有云开日出的那一天。"

站在旁边，听着大人们说话的龙远江，一下子插话道："干爹，我听你的话，我要去参加高考。不管成不成，我也不放过变成白天鹅的机会。"

林健强慈爱地抱住他："孩子，好样的，干爹帮助你复习。"

就这样，十五岁的龙远江参加了第一次高考。可是，分数刚刚上体检线，公社的政审可想而知没有通过。杜清明也没有想到这个连高中门都没有进去过的龙远江，居然能考这么好的成绩。可是，生杀大权不是还掌握在他手里吗？他当然毫不犹豫地将他拿下了。

林健强怕龙远江一家泄气，又跑到他家去给他打气。他告诉龙远江："这次成绩不理想，政审没有通过，也许是好事情，就算是小试牛刀。干爹也认真分析了高考的试题，今年7月份还有一次高考，我们再去冲刺。"

龙远江没有灰心，通过这第一次高考，他反而增强了信心，正如干爹所说，自己的年龄还小，接着考，总有考上的那一天。于是，他也说道："干爹，我一定再接再厉，即使政审不过关，我也要证明自己能行，让那些卡我们脖子的人看看！"

龙国强和丁玉娟还是担心考也是白考，不过看着孩子信心满满，也给他打气。

丁玉娟说："孩子，你就好好跟着干爹认真复习，争取多考点分数。"

龙国强也说："从政策上看，没有卡出身不好的人报名，我相信政审总有一天会放宽的。机会都是给有准备的人，孩子，你就好好跟着干爹学习，不要辜负我们对你的希望！"

1978年的7月，龙远江再次走进了高考考场。这一次，他考出了比录取线高出六十多分的好成绩，而国家也取消了政审这一说，只要身体没有问题，自身没有劣迹就可以。

龙远江终于熬到了变成白天鹅的这一天。他按照林健强和父母的要求，填写了在重庆的师范院校，因为他也想当老师，更重要的是，师范院校是国家包伙食费，而且离家近，要不了多少路费，这一点对于他们家很重要。

可是在等待通知书的过程中，他也备受煎熬。看到很多人都得了录取通知书，他着急了。自己跑到县招生办去问，结果得知通知书早就发到公社去了。龙远江知道是怎么一回事了。于是，他独自一人跑去找了杜清明。这次，他再没了胆小，而是挺直了腰杆，理直气壮地去找。虽然发生了不愉快，但终得如愿。

想到这里，龙远江忍不住又对着墓碑说道："干爹，我知道你对脚下的这片土地有很深厚的感情，我也要像你一样，对这片生我养我的土地做点我应有的贡献。你放心吧！"

看着墓前的纸和蜡烛都燃得差不多了，他才起身去将李三爷爷扶起来，和李符阳一起走出了荔枝林。

第二十六章 龙泽厚回乡

这些天，龙远江就住在李三爷爷家。李三爷爷断断续续的故事，为龙远江勾勒出了龙家遥远的家事。

那是国民党在重庆期间，龙泽厚所在的部队奉命从前方转到了大后方重庆担任警卫任务。龙泽厚虽然20出头，但已经升为连长了，他代表连队多次申请上前线都没有得到批准，理由是保卫后方一样是抗日。那时的重庆经常遭日军的轰炸，可就是在这样的情况下，后方有些人依然还沉浸在麻木浮华的生活中。他看不惯部队里那些斩红吃黑的风气，不理解为啥子前方浴血奋战，后方依然灯红酒绿。正在他苦闷的时刻，老父亲来信一再催促，要他回去相亲。当初老父亲不同意他从学校里去参军，说龙家三代单传了，怕在他这一代绝后，一直不断地催他回家，所以龙泽厚回家了。老父亲已经给他看好了一户人家的女子，就等着他回来先看看人，然后才找人保媒。因为龙泽厚说过，他的女人他一定要先过目。父亲就这棵独苗，也不想委屈他，就答应了。谁知龙泽厚高头大马回家的那一天，在村口惊吓了一个姑娘。

当时那个姑娘端着一个装有衣物的木盆，正要去河边洗衣服，看到一匹马冲到面前，吓得蹲下了身子。

龙泽厚赶忙勒紧缰绳，那大马叫了一声便停下了。

龙泽厚正要下马看那个姑娘，哪知那姑娘一下子站了起来，一脸的怒气盯着他。

这时轮到龙泽厚惊讶了。只见那姑娘高挑的身材，虽然梳着一根长长的乌黑大辫子，但还是个学生打扮。只见她怒目圆睁，大大的眼睛很有灵气，椭圆的脸白里透红，皮肤粉嘟嘟的，穿着学生装，上身是一件月白色的中式衣裳，下面配着一条黑色的裙子，很合身地将她该凸该凹的地方现出来，晃得龙泽厚有些睁不开眼。龙泽厚也算见过世面的人了，但还没见过这样美的女孩。面对姑娘的怒目，他笑了，并温和地道歉："对不起，惊着你了！"

"对不起就完了？"姑娘虽然口气还那么硬，但脸上的表情明显缓和了下来。她也从来没见过这么帅气的小伙子。身材虽然修长，但显得结实，一看就是长期运动的健壮体格，皮肤微黑，但一身戎装骑在马上显得十分的英武，端正的五官上，那对有神的眼睛看着她严厉中带着温和，好看极了。这是谁家的小子？咋没见过呢？她想了一会儿问道："你是龙家小子吧？"还没等龙泽厚回话，她嗤嗤地笑道："你是回来相亲的吧？"

龙泽厚故意逗她："这种事情你都知道，你这么关心我啊？"

姑娘嘴一撇："你们龙家是大户人家，哪家姑娘要高攀不得意一下啊！"

龙泽厚大笑："那你呢？你想高攀不？"

姑娘眼一瞪："你都是有主的人了，高攀不起了！"

龙泽厚从马上跳下来，凑到她身旁，悄声说道："要是我愿意呢？"

姑娘有点吃惊，然后低下头，红着脸大声说道："别拿本姑娘开玩笑了！"说着端起地下的木盆就跑开了。

龙泽厚喜欢姑娘的泼辣，在她身后大声道："我是认真的！"

姑娘转过身回答："你敢来提亲，我就敢嫁！"说完头也不回地跑去河边。

龙泽厚高兴地甩了一下马鞭，对着她的背影大声道，"你就等着吧。"说完扬鞭策马，回家去了。

不用说，龙泽厚回到家，回绝了父亲给他相亲的事情，说要自己找。

对龙泽厚要自己找媳妇的事情，父亲说除非他留下来不回部队了，否则没得商量。

其实，龙泽厚这次回家也有了不回部队的打算，那个军队让他太失望了。但他还是想看看父亲后再做决定。如果父亲身体还好，他还想回到部队去。已经是连长的龙泽厚，上司有意还要提拔他一下。如果父亲身体不行了，他就只能留下来。想着他在村口碰见的那个挠得他心里痒痒的姑娘，他一口答应了父亲。

父亲没想到龙泽厚答应得如此之快，怕他变故，便请媒人回了先前要说的那门亲事。

父亲老了，身体消瘦得厉害，最近还有些咯血，吃了好多中药也不见效。龙家的人丁单薄，已经三代了一直是单传。传到龙泽厚父亲这一辈，还是如此。龙泽厚的母亲生了他以后就病恹恹的，在他十二岁那一年离父子俩而去。父亲纳过三房姨太太，可是肚子都不争气，两个先后去世，一个死活要离开。因为算命先生说他父亲的命硬，犯克妇人。所以龙泽厚的小妈无论如何哪怕净身出户也要离开龙家，从此龙老太爷再不敢提续弦的事情。

看着父亲老态龙钟的样子，龙泽厚也不忍提回部队的事情，只好接受继承家产的事实。他回家的第一件事就是陪父亲到离三江不远的重庆去医治，并且找上司说明了家里的情况。上司没有为难他，让他离开了所在的部队。他找部队的军医给父亲做了全面的检查，医生告诉他，父亲得的是肺痨，加之他平时操劳过度，命不久矣。听到这个消息，龙泽厚难过了很久，怪自己回来迟了。他在父亲面前强装笑颜，告诉他医生说回家静养，只要休息好就没有问题，心里想着尽快接手家业，让父亲好好休息，陪伴他走完最后的人生。

回到龙家老宅，他一边安排人将屋子简单地做了整修和打扫，一边想着怎样尽快把那个不知道姓名但已经走进心里的姑娘早一点娶回家，给父亲冲冲喜。

这一天，他又骑着带回家的那匹高头大马到河边去转悠，目的就是看她在不在河边洗衣服。那天的天气很好，虽然快入冬了，但阳光还是比较温暖。刚把马策到河边，就看到河边有几个女人，排着一字型在那里洗衣裳。他一眼就认出中间那个穿翠花薄棉衣的就是他要找的人，他朝马扬了一鞭，就跑到了那几个女人的后面，几个女人同时回过头，齐刷刷地看向他。中间那个姑娘看到是龙泽厚，咧开嘴笑了起来，那笑容啊像一朵盛开的鲜花，惹得龙泽厚的勇气大增，他的马缓缓靠近了姑娘，一弯腰一下将那姑娘提上马，还没等一同洗衣服的那几个女人回过神，龙泽厚的马已经跑了八帽子远了。

显然，姑娘从来没有经历过这样的事情，被龙泽厚提上马的一瞬间，她也吓了一跳。等她回过神来，身子已经在龙泽厚的怀里被拢得紧紧的。姑娘本能地挣扎着，可是越挣扎被拢得越紧，她干脆停了下来，转过脸对龙泽厚说："你要干什么？赶快放我下去。"

龙泽厚不假思索地回答道："我要娶你！"

"要娶我，你也要找媒人到我家去提亲嘛！这算什么啊？"姑娘噘着嘴咕噜道。

"我等不了了，我恨不得马上就把你娶回家！"龙泽厚直言不讳。

"不行，不行。没有你这样的，快放我下来，放我下来。"见龙泽厚没有停的意思，她威胁说："你不放我下来，我就跳下去了!"

马儿在河滩上又跑了一阵才停下来了。龙泽厚下了马，然后将姑娘抱了下来。动作猛了一些，姑娘一下跌到了龙泽厚的怀里。龙泽厚紧紧地抱住了姑娘。

姑娘开始挣扎着，龙泽厚没有松手，她才渐渐安静下来，不由自主地也抱紧了龙泽厚。

河滩上没有人，只有凉风吹着齐腰高的荒草。好一阵，龙泽厚抱紧姑娘的手放开了，但马上又捧住了姑娘的脸庞，对着她水汪汪大眼睛深情地说："虽然我还不知道你姓甚名谁，但我要娶你却是真心的，你愿意嫁给我吗?"

姑娘挣脱了他的拥抱，红着脸没好气地说道："我知道你是龙家少爷，我是贫家小户，可你也太欺负人了。我说了，只要你敢提亲，我就敢嫁你。你找媒人上门噻。"

龙泽厚笑了笑："都什么时候了，自由恋爱不行吗?找啥子媒人!"

姑娘的脸还绷着："我知道你是见多识广的人，可我们这里是乡村，没有明媒正娶，口水都会淹死你!"

龙泽厚想拉姑娘的手，被她甩开了。他还是笑眯眯地："请媒人还不简单吗?明天就叫我父亲找媒人去你家提亲。"

"是吗?"姑娘抬起头欢喜的问，心里的愿意全都挂在了脸上。

龙泽厚看在眼里，喜在心上，马上回答："说到做到。"

"那你就早一点去。今天这个事情，可能很快就要被那些快嘴巴传遍，我老汉儿也肯定着急。你要是早点来，我就骗他说我们早就相好了，他也就不会说什么了。"

"那你告诉我你的名字，家住什么地方吧。"龙泽厚说这话时，一脸正经。

姑娘看他那个样子，"噗"地笑出了声，然后红着脸低下了头。好一会儿才小声说道："我叫邱佳莹，家也在符阳坝子，离你家不远的邱家祠堂附近。我父亲叫邱德君。"说完，不好意思地转过了头。

龙泽厚走过去站在姑娘的前面，将她埋着的头又捧了起来，温柔地说道："佳莹，别怪我鲁莽。这次回家，是去是留我还真没有定。那天见到你，我就认定你是我这辈子的媳妇了。还没回家等我父亲留，我就决定不走了。是你留住了我的心，把我拴在这里了。只不过这些天我带父亲去重庆看病，医生说他老人家没几天日子了。原想和你婚前浪漫浪漫，现在我也等不及了。我想早一点把你娶回家，了却我父亲想看儿媳妇的最后心愿。"

邱佳莹显然没有想到这事还有一段背景。听了龙泽厚的话，这个善良泼辣的姑娘温柔了起来。她主动握住龙泽厚的手，并将它慢慢放了下来："龙少爷，真没想到你还是个孝子。我没意见，你明天就让媒人上门来吧。"其实，那天邱佳莹与龙泽厚不期而遇后，虽然有些唐突，但龙泽厚的话还是激起了她心中的涟漪。她也到了该出嫁的年龄了，只是那些个媒人介绍的她都不中意，不是老实巴交半天打不出一个响屁，就是精明过人得自私自利一毛不拔。龙泽厚给她的感觉不仅高大英武，而且带着一分儒雅，看着就舒服。她相信龙泽厚在外见过世面，肯定比她见过的那些土佬肥强。所以她很愿意与龙泽厚结交，只是没想到这么快。

龙泽厚听佳莹答应了，立即又抱住了她。并且在她的耳根前软软地说道："佳莹，你放心。我这辈子一定对你好。"说完这句话，又捧住佳莹的脸，将一个热热的吻贴了上去。

突如其来的吻让佳莹的头脑一片空白，可是这吻仿佛是早已的期待。经过短暂的不适应，佳莹心中涌起一股热流，烧得她浑身发烫，她勇敢地迎合龙家少爷的吻，如久旱的甘霖，滋润着这一对有情人。渐渐地，他们被河滩上吹佛的杂草抚摸着。

这一切，被刚刚赶到这里的杜清明尽收眼底。

第二十七章 龙泽厚结婚

"龙泽厚、邱佳莹，你们等着！我要让你们付出代价！我们走着瞧！"草丛里那双愤怒得可以喷出火的眼睛，是杜清明的。刚才，他也是在河边来找邱佳莹的。他亲眼目睹了龙泽厚在河边将邱佳莹拉上了马扬鞭而去，他一路小跑跟过来，还是晚了一步。那两个人在他的眼皮子底下拥抱亲嘴，还抱着倒在了草丛中。他很想冲过去把两人分开，并对龙泽厚说邱佳莹是他的，可是他不敢。龙家是他的东家，听父亲说龙泽厚这次回家就不走了，要接替他老子管家业了，一家人都靠着龙家吃饭，他得罪不起。再说，前段时间邱佳莹拒绝过他，他也不能自讨没趣。

杜清明比龙泽厚小一岁，都是二十出头的小伙子了，也该谈婚论嫁了。他父亲也找人给他说了几次亲，可他死活就是不同意，还发话说要自己找。说这话的时候，他就已经看上了邱佳莹。邱佳莹在城里读过书，家里就她一个独女子，父母一直宠爱。虽然说家境不怎么富裕，但是也还过得去。关键是邱佳莹长得很漂亮，是符阳坝子出了名的美人。杜清明家他是独子，下面还有两个妹妹，他想只要把邱佳莹搞定了，他父亲会依他的。杜清明以前看到邱佳莹的时候，她还是个小女孩。那天他赶场回家，正碰上邱佳莹从城里回来，要不是一起的人从旁介绍，他根本就没有把眼前的这个大美女和以前的小姑娘联系起来。从那以后，他就惦记上了人家，三天两头去她经常去的地方找她说话。杜清明自认为自己也长得一表人才，虽然没读几天书，但还认得几个字。家里虽然没有田土，但龙家的田土全权交给他父亲打理，吃饭不用拿钱，每年还给一定的钱，算起来他们家的生活在当地也是过得去，配邱家也还配得上。

这一年来，杜清明没少动脑筋接近邱佳莹，但邱佳莹对他总是爱理不理的，没想到这个龙泽厚一回来就撬了他的生意，把那个贱女人勾搭上了。本来这些天他觉得邱佳莹对他态度好一些了。他今天来河边，就是想把她引到青杠林去将生米煮成熟饭的。他已经看好了一片青杠林，是邱佳莹单独回家的一段路上，现在正是深秋，青杠林满是树叶，厚厚的青杠叶就是他理想中的温床。他想在邱佳莹回家的路上，和那几个女人分手之后路经那片青杠林时，出其不意地把她抱进青杠林去，现在看来彻底没戏了。他气恼地从草丛里站起来，心里骂着娘，想着如何出这口气。

河滩一别后，龙泽厚回到家就和父亲摊了牌："父亲大人，我已经看好一个姑娘了，你明天就可以找媒人去她家提亲了。"

父亲龙万成在堂屋外的走廊，躺在一张竹子做成的躺椅上，躺椅上垫着厚厚的棉被，身上也被裹得严严实实的。听到龙泽厚这话，闭着的眼睛马上睁开了："哪家的姑娘？"

"后山邱家的幺姑娘。"龙泽厚回答。

龙万成眯着眼睛想了一会儿，轻轻地点了一下头："嗯，这姑娘还可以。读过点书，家里有点田土，还算门当户对。"其实龙万成心里明白，自从去了重庆回来，他就知道来日无多了。儿子能够留下来并且赶紧按照他的心愿找媳妇，也可能就是了却他的心愿了。儿子不说，他也装着不知道。不过他还是挺高兴的，毕竟儿子最终还是听了他话继承家业，否则他真的是死不瞑目。

他马上叫杜管家来安排这个事情。杜管家叫杜昌平，就是杜清明的父亲。自从杜家把田土卖给龙家以后，龙万成念着老一辈的交情，就把杜家的长子杜昌平接过来当他的管家，代他打理他的家务和田土。杜家虽然儿子有几个，但龙万成认为只有这个老大为人善良，踏实肯干。本来已经不富裕的家，在杜家老太爷死后分家，被两个弟弟欺负，一点东西也没有分到。龙万成曾经问过他有什么委屈没有，杜昌平告诉他，父亲走后，他是长子，本应养着他们，但是自己没有能力养他们，就当自己表示一点意思。他自己靠打工也能够养活一家人。就是冲着这一点，龙万成觉得这个娃娃不贪财，可靠。原本就想帮助杜家的，就把他安排来当了管家。

龙万成也的确没有看错人，这杜昌平自从当了龙家的管家后，就把龙家当成了自己的家来管理。他虽然没读过几天书，但脑瓜子灵活，再加之以前一直协助父亲管理家务，打理田土经验丰富，所以将龙家管理得井井有条。

当然，龙万成也没有亏待他，拨了一处旧院落，给他安顿一家大小，还让他儿子杜清明与他儿子龙泽厚当伴读。杜昌平是个心怀感恩的人，更是尽心地替龙老爷管理着这个家。可惜儿子杜清明不争气，对读书不感兴趣，爬树掏鸟窝，下田抠黄鳝，下河摸鱼虾倒是一把好手。杜管家拿他儿子没办法，只好让龙老爷随他去。

龙泽厚回到这个家以后，龙老爷专门找了杜管家，说了自己来日无多的顾虑，要是他走了，希望以后还是要像他在世一样协助小少爷，管好这个家。

杜管家流着泪对龙老爷表示："老爷，你是我这一辈的大恩人。你怎么说，我就一定怎么做，你就放心吧。"

今天，龙老爷让他安排媒人去邱家提亲，他赶紧就出门找媒人去了。

回到他的家，已经是晚上九点多了。媳妇奇怪道："天都这么晚了才回来，干什么去了？"

"找王媒婆去了。"杜昌平回答后接着就把龙老爷交代的事情说了。

媳妇说："这个是好事，龙老爷身体不行了，你要抓紧把这个事情办好，让他老人家在有生之年也高兴高兴。"

"高兴过屁！自家儿子的媳妇都没着落，你还热心去帮别人做这些事情。"杜清明不知道什么时候进到堂屋，听到父母说这个话，气就不打一处来。

杜昌平看儿子神色不对，诧异道："你发啥疯？你大哥婆媳妇你该高兴才对。你要结婚老子晓得给你安排，你急啥？"

杜清明吼道："今天我就是迟了一步，要不然邱佳莹就是我的了！"

清明妈吃了一惊："儿子，你又犯啥子浑了？说啥子胡话呢？那邱佳莹能看上你？你做梦吧？"

杜清明不满意父母看不起他："我有我的办法，我不要你们给我找，我早晚给你们找个漂亮的媳妇回来，你们就等着吧！"

"你不准胡来哈！"杜昌平大声呵斥。

杜清明白了父母一眼，转身回自己屋里睡觉去了。

第二天一早，王媒婆按照杜管家的意思来到了邱家。邱家也是个大院子，川南建筑十木结构的二层楼房，只不过邱家上辈有四弟兄，这院子自然就分成了四家，中间大的分成了两家，左右两边各一家，邱佳莹家在右边。

王媒婆从大路上走到通往院坝的石梯上，就看到邱佳莹的母亲在扫院坝，她赶上前去拉着邱母喜滋滋道："大姐哎，我今天给你家办好事来了！快请我去家里，把你那当家的喊出来。"

邱母停住了扫地，不解地看着她："好事？莫非给我家莹莹提亲来了？"

王媒婆一拍大腿，笑道："正是，正是！"

邱母说："你是知道的，我们家是要上门的，不上门的不要哈！"

王媒婆仍然笑嘻嘻道："知道，知道，进屋说，进屋说！"说着，反客为主地拉着邱母进了屋。

邱佳莹刚刚从楼上下来，准备吃母亲放在堂屋饭桌上的早饭。听到声音，邱父也从里屋出来了。邱佳莹一看是王媒婆，心里就明白是咋回事了，她装着不知道地说："王大孃，你又来了！我说过哈，我不满意的一律不要哈！"

邱父怕得罪王媒婆，呵斥女儿对道："咋个对长辈说话呢？"转而对王媒婆说："这女子不懂事，别听她的。你吃饭没有？没吃将就吃吧。"

王媒婆也不客气："赶着给你们做好事，还真没吃。"她没有计较邱佳莹的话，反而说道："闺女，这次给你说的，你肯定满意！"

"哪家小子？"邱母邱父不约而同问道。

王媒婆故作神秘道："龙家小子龙泽厚。"

佳莹父亲以为自己听错了，凑到王媒婆旁边吃惊道："什么？龙家小子？他肯当上门女婿？"

王媒婆没有直接回答他的话，用手指点了一下他的头说道："真是死脑筋，你两家又没隔多远，两家成一家后，常来常往的，不跟上门差不多啊？再说，这龙家你是知道的，是我们符阳坝子第一富人家，龙家小子又是独子，相貌堂堂，出去当了兵成了连长回来继承家业，想高攀找我的多了去，我是看你家邱佳莹和那小子般配，这才来你家提亲的。如果你不同意就算了，后面排着队的还多着呢！"王媒婆故意这么说着，还从座位上站了起来。

看到王媒婆要走的样子，佳莹母亲拍了一下老头说："我看王大孃说得对，两家住得近，常来常往也和上门差不多。佳莹也不小了，高不成低不就的，一晃又长一岁了。"听得出来，佳莹母亲巴不得佳莹早点嫁出去，况且又是这么好的一门亲。

佳莹父亲没有直接答应，犹豫地说："不知道佳莹同意不。"他在女儿的婚事上碰过壁，谁叫他就一个独女呢？平时就惯坏了的。

话音未落，邱佳莹从楼上快步下来了，边走边说道："我同意，我同意。"邱佳莹站在了楼梯口听着父母与王媒婆的对话。她很满意龙泽厚说话算话，昨天在河边上从未有过的甜蜜至今还挠得她的心直跳。所以，听到父亲这样说，立马就下楼来了。

王媒婆抿着嘴偷笑。父亲的脸却有些挂不住："鬼女儿，你都不认识人家，就敢说同意。害不害羞啊？"

佳莹满不在乎："我早就认识他了。他虽然出身在富人家，却不是纨绔子弟。不像那个杜清明，家里没什么家产还养成了一身的坏习气，就像一个甩甩、混混。"

王媒婆看目的达到了，就忙着要回龙家报喜讯。她说："你们一家人都在这里，这事可就算答应了。我得去龙家回话了。"刚走到门口，又回来说道："忘了一件事情。这龙家老太爷身体有些不好，如果你们没啥的话，今天就是提亲，接下来我就按照上门、助襄、诺书、开庚、送期、送行嫁、启媒、正酒、回门安排日期了，好给老太爷冲冲喜！"

邱佳莹看父母表情有些不自在，赶紧向王媒婆挥挥手："知道了，知道了！"

王媒婆喜滋滋地走了。

佳莹父母不明就里，但看到女儿一脸满意的笑容也没说啥。邱父慈爱地拍了拍女儿的头，笑道："女孩子家家的，内敛矜持点嘛。"

邱母也说："原来说了那么多人家你都不同意，咋个这个龙家少爷你一说就同意了？"

佳莹也不隐瞒："我就是喜欢嘛。"

邱母笑了："只要你喜欢就行。"

王媒婆到龙家找到杜管家，将去邱家的情况说了。杜管家高兴地对王媒婆说："龙老太爷这些日子情况很不好，龙少爷的意思要尽快把喜事办了。你就辛苦点，最好安排在这个月就把这事搞定。"

"这个月？这个月还有二十来天，来得赢吗？"王媒婆还没有办过这么急的婚事。

杜管家从口袋里取出十块大洋递给她："要不怎么说辛苦你呢？事成之后老爷还有重谢。"

王媒婆答应道："好吧。我马上安排。"

其实这都是龙泽厚的意思，一切都在按照龙泽厚的安排顺利进行着。

正酒选在农历的十月初八。一大早，龙家浩浩荡荡的迎亲人马就出发了。由一顶四人大轿迎接新娘子。王媒婆坐着滑竿，还有众多旗锣轿伞的吹鼓手，两个提灯人，还有一个提着用红纸套了一圈的"妮妈肉"。还有若干抬礼品的人，队伍摆了半里多。

按风俗，新郎官也应该坐着滑竿，但是龙泽厚是个军人，他还是喜欢他的高头大马，所以他没有坐滑竿，而是仍然骑着他心爱的马。本来他是不愿意搞这些老套筒的，可是父亲说入乡随俗，一样都不能少，更不能委屈人家姑娘。龙泽厚懂父亲的心思，人丁少一直是老太爷的一块心病，当年他不顾父亲的反对执意去当兵，能够活着回来已经是烧高香了。平时龙家除了老太爷的生日也没有什么喜事可办，这次老太爷一定要把儿子的喜事办得风风光光，让他们龙家在乡里乡亲面前荣耀荣耀。所以儿子就依了他。

迎亲队伍一路吹吹打打来到邱家吃早饭。新郎龙泽厚也规规矩矩地吃着早饭，新娘邱佳莹也很听话地站在格筛里换下娘家的衣服，穿上接新娘送来的衣服，然后丢筷子，辞祖宗，上花轿离开娘家。只不过邱佳莹没有像其他新娘出嫁那样哭哭啼啼，而是笑盈盈地看着马上的龙泽厚，龙泽厚也充满爱意地看着她。

来看热闹的人也不少。佳莹父母也算在弟兄们面前扬眉吐气了一回，刚才从他们羡慕的眼光中邱父已经感受到了。谁说养女是赔钱的货？那天的助裹，龙家给的彩礼比邱家准备的嫁妆十倍还多，这让老两口感到以后的生活肯定比邱家其他几弟兄要过得幸福，心里一直压抑的那股气总算理顺了。

第二十八章 婚礼上的风波

婚礼进行得很顺利。花轿到了龙家，佳莹还不能下轿，她要等着新郎进屋换好拜堂的衣服出来。大院子的两边早已摆好了喜宴，摆了好几十桌。想到父亲可能只看得到这最后一次热闹了，龙泽厚不仅请了乡里乡亲，还请了好些他所在部队的弟兄伙。

一切准备妥当，司仪先生焚香秉烛，手抓白花花的大米边撒边念道："日吉时良，天地开张，新人到此，车马回乡。天上一朵紫云开，花轿扶出新人来。"

佳莹由男方委派的人扶出来，仿佛像做梦一样，感觉怪怪的。她终于又看到龙泽厚了，对着他莞尔一笑。两人双双在堂屋中间摆放的竹席上走线盘架，叫"踩斗"。然后开始先拜天地、高堂，再拜请参加婚礼的至亲老辈。

龙老太爷端坐在太师椅上，脸色虽然有些苍白，但精神还可以，他脸上露出慈爱的笑容，仿佛早就在等待着这一天，很享受地受着儿子儿媳的礼拜。他清楚儿子的心思，他也清楚自己的身体。不管怎么说，能够看到儿子的大婚已经是他最大的愿望了。当然，如果还能看到孙子的出生就更好了。他坐在椅子上刚想移动一下身子，不料猛烈地咳嗽起来，憋得他满脸通红。龙泽厚赶忙站起来轻轻地拍打着父亲的背，佳莹也起身用手中的帕子揩着老太爷嘴边的唾液。老太爷满意儿媳的举动，但又摇着头，他说不出话，抓着佳莹的手放在儿子的手上。幸好仪式差不多完了，只剩下新郎新娘向客人敬酒了。龙泽厚叫杜管家派人将老爷子送进里屋去休息，他和佳莹开始给客人敬酒。

佳莹幸福地依偎在龙泽厚的身边，挨桌敬酒。杜清明也来喝喜酒了，看着邱佳莹那像花一样的脸，嫉妒的心被酒精燃了起来。看杜清明抓起桌上的酒瓶起身像要闹事的样子，旁边的李海清赶紧拉着他坐下。杜清明把他的手一甩，吼道："干啥呀！"边说边朝龙泽厚敬酒的地方走去。

龙泽厚夫妇正在给他的弟兄伙敬酒。这两桌人都是龙泽厚连里的兵，他们听说连长老父亲因病重回家后不能回部队了，趁他结婚派了十多个代表来参加他的婚礼。此时的龙泽厚正端着酒杯给他们说："弟兄们，本来呢我很想跟大家一起回部队去打小日本，可是回到重庆以后就没有上过战场。你们知道，我父亲是不同意我去当兵的，家里只有我一个儿子，现在老父亲重病在身。有朝一日上战场，替我多杀几个小鬼子！来，我们把这碗酒喝了，兄弟情，战友情，都在这杯酒里了！"说完，与大家碰了杯，将酒一饮而尽。

杜清明赶上来，端着酒说："你们都是龙泽厚的兵，大家来评评理。都说朋友妻不可欺，可是龙泽厚回来没多久，就跟兄弟抢媳妇，你，你们说他算哪门子兄弟啊？！"

邱佳莹"啪"一下打落了杜清明的酒杯："杜老大，你胡说什么呀？再胡说，把你撵出去！"

龙泽厚显然没有料到杜清明说这番话，有点懵在那里。李海清赶上来，拉着杜清明的手："杜哥，你吃醉了，走，去那边休息一下。"说着拉着杜清明就要走，回转身对龙泽厚道："龙哥，他醉了，你别往心里去。"

龙泽厚哪里受过这样的窝囊气，尤其是当着他部队的弟兄伙，他上前一把抓住杜清明："姓杜的，你别不识好歹，要不是看在我们从小的玩伴上，我早就想揍你了！哪个抢你妻了？是你没本事人家看不起你吧？识相的赶紧滚，要不我今天就当着我这些兄弟打得你满地找牙！"

"对，对，对！敢说我大哥的坏话，打死他，打死他！"两桌穿军服的人全围过来了。

李海清拉着杜清明使劲朝外走。

看到这边有些不正常，杜管家赶紧过来看情况。一看是儿子在这里耍酒疯，上前就打了杜清明一巴掌："杜大，今天是少爷的喜事，你不帮忙就算了，还在这里耍酒疯，还不快滚！"说着和李海清一起拉着杜清明，力排人群冲了出来。杜管家对李海清说："海娃子，把你杜哥送回家，叔谢你了！"说完，又转了回来对龙泽厚道："少爷，杜大不懂事，冒犯了你，你看在我这张老脸上，原谅他吧。我给你赔不是了。"说着做作揖状。

龙泽厚本来没什么，主要是当着他部队的弟兄伙，觉得有失面子。既然杜管家陪了不是，面子也就算挽回来了。他挥了一下手："杜叔，不关你的事。"说完，招呼弟兄伙："大家继续喝，继续喝！"

邱佳莹生怕龙泽厚有什么误会，她那妩媚的眼睛悄悄地看着龙泽厚，龙泽厚仿佛知道她心里在想着什么，虽然没有看着她，但用没有端酒杯的手在她挽着他的手腕上轻轻拍了两下，她心安了，也觉得自己找对男人了。

宴散人空，终于到了洞房花烛夜了。佳莹静静地在喜庆的婚房里，坐在雕花大床上等待着龙泽厚的到来。

龙泽厚去了父亲的房间，他感觉父亲有些不对劲。刚才，父亲在床上拉着他的手，断断续续地向他交代着后事。他说能够看到看到他结婚，他死了也能闭上眼了。他给父亲开着玩笑，说他一定很努力，让父亲很快就看到孙子。父亲瘪着的嘴开心地笑起来，还说他也努力等着。父亲给他说了很多的话，叫他要善待杜家，说杜管家是个很实在的人，尽管他儿子杜清明有些混，但他们的祖先是一个地方过来的。还有李家，那个李海清是个可造之才，他们家能够关照就关照，因为李海清的父亲似乎也在吃鸦片，就怕李家也坏在这鸦片上。父亲最后千叮咛万嘱咐，要他发誓不要去碰鸦片那个东西，把龙家的家产再发展一下，多给龙家生几个接香火的。看到父亲很兴奋，几次想打断他的话让他好好休息，龙泽厚也不忍心，父亲一直到可能真的累了才让他回房休息，还让他好好对待媳妇。

回到新房，看到佳莹还在等他，龙泽厚歉意道："夜都这么深了，你就先睡吧。"

佳莹那好看的眉毛一挑说道："那怎么行？今天是我们的洞房花烛，新郎必须在。"说着，上前给龙泽厚宽衣。

龙泽厚顺势抱住了她，并在她耳边说道："我看父亲高兴就过去给他说说话，冷落你了。"

佳莹用手堵住他的嘴巴："泽厚，你不用说了，我懂。我们的好日子还长着呢，而父亲可能说走就走了，你做得对。"

多么通情达理的姑娘，龙泽厚把佳莹抱得更紧了，并且把她抱上了床。佳莹闭上眼睛尽情地享受。她迫不及待地给龙泽厚脱去了新郎官的衣服，捧住他的脸将她的吻送了上去。龙泽厚边吻着佳莹，也边脱去了她的新衣，一对新人就这样拥在了一起。

好一阵，两个人才气喘吁吁地停了下来。

佳莹满足地枕着龙泽厚的手腕，摸着他结实的胸脯。

龙泽厚用手将佳莹脸上的头发拂去，低头又吻了吻她的嘴唇，低声说道："今后这个家你就要多费心了。父亲希望早点抱孙子，我们一定要加快进度哟!"

佳莹不好意思地笑了: "你也要努力啊!"

"我们现在再努力一次吧!"龙泽厚说着一翻身压到了佳莹的身上……

屋外传来一阵鸡叫的声音。龙泽厚说,时间不早了,我们都睡了吧。

佳莹还没有睡意,她想起喜宴上的事情说道: "今天杜清明当着你兄弟伙说的事情,你不会当真吧?"

龙泽厚马上打断她: "我知道这里面的故事,今后我们都不要提这个人的名字。对待杜家的事情,杜叔是杜叔,他是他。"

"你知道?你知道什么?"佳莹有些不明白。

"我说了不要再说他的事情,尤其是现在,他是癞蛤蟆想吃天鹅肉,我不想浪费我们的宝贵时间。"龙泽厚不耐烦了。

佳莹乖乖地睡了,而龙泽厚却怎么也睡不着了。其实龙泽厚回到家乡,就听说了杜清明追邱佳莹的事情了。想到这个从小的玩伴,小时候不读书,光贪玩,老爹拿他没办法,龙泽厚就有些看不起他。自不量力追佳莹被拒也是情理之中,所以龙泽厚根本就没有将他放在眼里。倒是海清兄弟,这次回来看到长高了,也懂事了不少,说话文绉绉的,想必还在学校读书吧。杜叔一家都是很老实的,就只有杜清明一天到晚不务正业,好吃懒做。不知道为啥勤劳的杜叔儿子不像他呢?想着想着,他也迷迷糊糊地睡着了。

正当龙泽厚小两口洞房花烛卿卿我我、恩恩爱爱的时分,杜家的人也没有睡。杜管家忙完龙家的事情回到家已经很晚了,可是杜清明却还没有回家。杜管家问老伴: "杜大咋个还没有回来呢?他吃醉了,在人家的喜宴上闹事,我叫海娃子把他扶回来,他咋个又跑出去了?"

杜母说: "杜大回来大哭一场后又跑出去了,说是给你找儿媳妇去了!"

"他这又要做什么混账事啊?在符阳坝子,我们老两口的脸都叫他给丢尽了,一天到晚尽给我惹事情,我给他擦屁股擦得少啊?他这又要干什么?"杜管家一说到儿子就很生气。

正说着,杜清明回来了。杜管家没好气道: "你又跑到哪里鬼混去了?"

杜清明也没好气的回道: "你只晓得跟龙家当狗腿子,不把我放在眼里,今天还当着众人的面打我的耳光。你不是我的老汉,我不要你管!"

杜管家一听儿子这样说,气得拿起门角落的一根棍子就要打他: "你这没良心的东西,没有龙家照顾我们,我们一家就没有现在的日子。知恩图报,你懂不懂?"

杜母看老爷子来真格的了，赶忙拦住："夜深了，都睡觉去！有啥子话明天再说。"说着，夺下了杜管家手中的棍子。

杜母推着杜管家进了卧室。杜清明还在外面骂骂咧咧："你要搞清楚，我才是你的亲儿子，今后你老了还是要我来服伺你，你靠龙家靠得住吗？"

杜母从卧房出来呵斥道："你老汉累了，赶紧去睡觉。不过你老汉说的话你也好好想一想。想想我们从杜家分出来时有什么？要不是龙老爷照看着，我们一家人都不知道过成什么样子呢。"

杜清明还不服气："他们享清福，老汉儿成了老黄牛，你们都瞎了眼睛，还一直说他的好。他对你们好，为啥子他的家产没说分一半给你们，让你们也享享清福？"

"我看你是越说越混蛋了，哪里有不劳而获的？"杜管家不知道什么时候又出来了，听儿子越说越不靠谱，拿起棍子又要打人了："你个好吃懒做的，给我滚出去！"

眼看棍棒就要落在儿子身上，杜母又死劲拦住了杜管家，她叫杜清明快跑回屋。

杜家终于暂时安静了。

一阵急促的敲门声，将小两口从美梦中惊醒。佳莹一看，天已大亮了，想到新婚媳妇一早要起床给老人做早饭的习俗，佳莹赶紧起床开门。佣人赵妈说："少奶奶，不好了，老爷，老爷……"

"老爷怎么了？"佳莹看赵妈那个样子，心里有了不好的预兆。

"老爷走了！"赵妈说完这句话，长长的出了一口气。

"父亲怎么了？"龙泽厚也起床了。他来不及穿好衣服，立马飞出门去跑到父亲的卧室里。只见父亲紧闭着双眼，嘴角有一丝笑意，显得很安详。

虽然说有思想准备，但是父亲一旦去世了，龙泽厚还是忍不住伤感起来。他扑在父亲的身上，手摸着他的脸颊，哭得很伤心。

好半天，佳莹才把他扶起来："泽厚，父亲可能昨天就有预感了，他把啥子都给你交代清楚了，你也不要过分伤心了。你看他老人家走得多么安详，我们就不要打扰他了，让他安安静静地走吧！"

龙家刚办完喜事，紧接着又办丧事。符阳坝子的人都说，龙家老爷子有福气，像他那个身体能够坚持到儿媳妇进门了才走，实在是有福之人。

只有杜清明认为这是报应。

第二十九章 杜清明的婚事

杜管家一早就去忙龙老爷的丧事去了。昨晚上他和儿子吵架后，睡在床上仔细地想了一下，觉得儿子虽然不怎么争气，但也到结婚的年龄了。自己一天到晚忙着龙家的事情，对儿子也有些亏欠。于是，他对杜母说道："老婆子，我们也该给杜大说一门亲事了。"

杜母道："你一天到晚就想着报龙家的恩，自家的事情也要过问一下。杜大虽然不喜欢读书，但脑瓜子聪明，早点给他把媳妇娶了，也让他收收心，免得他到处乱跑。再说，以后我们老了，还是只有靠儿子，外人是靠不住的。"

夫妻二人达成了共识，这才放心地睡去。

杜清明昨晚睡得迟，一觉睡到日照三竿。看到堂屋桌上有稀饭烙饼，抓起来就开吃。杜母进屋来说："今早龙家来人说老太爷去世了，你爸叫你吃了饭去龙家帮忙。"

杜清明把脖子一扭："死了活该，我才不去触霉头。"

杜母看他还有气，就笑道："你爸说了，等忙完这一阵就给你说亲。"

杜清明还是不买账："他龙泽厚都能抢女人，我就不能啊？老妈，你就等着，我不要媒人说亲，一样给你娶一个漂亮媳妇回来。"

杜母一听就急了："鬼儿子，你又要干啥啊？不要做些事情来收不到口口，让人看笑话！"

杜清明喝了一碗稀饭，又拿起一块烙饼，边走边吃："老妈你就等着办好事吧！说着头也不回地出了门。"

杜清明自从在河边看到了龙泽厚和邱佳莹的那一幕，就在另打算盘了。他虽然很横，但知道横不过龙泽厚，只好暂时把心头之恨放在心里。他看中了邻村的一个姓马的姑娘，这姑娘与邱佳莹差不多，都属于美人胎子。他听说马家姑娘也正在谈人户，只是马家的彩礼要得高，不少人都望而却步。但马家也有些着急，怕姑娘大了嫁不出去。杜清明准备吸取教训，这次他一定要先下手为强，生米一定要煮成熟饭。他已经使了一些手段，博得了马姑娘的好感，只是还没有机会下手。今天他就是想去制造机会的。

今天赶场，他故意从马姑娘家过，见到马姑娘在自家院子里翻晒东西，就吹了一声口哨。

马姑娘抬头看了门外一眼，见是杜清明，莞尔一笑就到门口打招呼："杜大哥，你到哪里去？"

"今天赶场，你不去啊？"杜清明一本正经地回答。

马姑娘嘟起嘴："我倒是想去，我爸不让我出门。"

"那你想买什么啊？我给你买回来。"杜清明热心道。

"我没有钱，想买也没不成。"马姑娘低着头，手不停地搓着长辫梢。

"那我买点城里女人擦脸的膏膏来送你，怎么样？"杜清明喜从心来。

马姑娘抬起头拒绝道："要不得，要不得。我爸知道了要挨打。"

杜清明看得出，马姑娘虽然拒绝，但心里还是喜欢的，所以又说道："只是买回来我咋个拿给你啊？"

马姑娘立马说："我爸中午要睡觉，你在外面嘘口哨，我就出来。"

杜清明马上答应道："要得，要得。"

正说着，马姑娘的老汉儿出来了："马大闺儿，你给哪个说话？活路都没做完，你就开始偷懒了？"

马姑娘赶紧朝杜清明挥了挥手，跑到院子里去了。

杜清明也怕他父亲看见，匆匆跑了。

其实赶场就是个幌子，杜清明去城里买了一盒女人的雪花膏，还买了一个别头发的花式钢夹，很快就回来了。看看太阳还没当顶，他就先去了那片青杠林，这是他早就物色好想和邱佳莹神会的地方。和邱佳莹没有约会成，与马姑娘一定要成功。杜清明这样想着，心里也很激动。此刻，他觉得时间过得太慢了，恨不得马上就到中午。终于捱到太阳当顶了，他摸出布兜里的泡粑，这是他买的中午饭。他只吃了两个，剩下的他要给马姑娘留着。他出了青杠林，朝马姑娘家走去。

入冬了，收获了庄稼的农家人，有些人也开始了午休。马姑娘的老汉儿吃完饭，叫姑娘收拾碗筷，自己就回屋里休息了。他家两个姑娘，一个已经嫁出去了。儿子是在他40多岁才生下的，马姑娘母亲因为生儿子落下了病，前些年病逝了。马姑娘的家境并不富裕，有几亩地勉强可以糊口，天灾年生还得靠打点短工才可以过得去。他父亲看到儿子逐渐长大了，自己又没有什么本事找大钱，就想着在马姑娘的婚事上捞一笔，好给儿子结婚时花销。

杜清明按照马姑娘说的方法，在院外嘘起了口哨。嘘了好几声，才看到马姑娘出来了。

杜清明埋怨道："你咋个才出来嘛？"

马姑娘说："我把弟娃喊到隔壁玩耍去了才出来的。"

杜清明拉着马姑娘的手说："走，我带你去个好地方。"

马姑娘挣脱了他："别让人家看见了。"看他猴唧唧的样子问道："你要带我去那里？我不能走远了，一会儿老汉儿起床没看见我要着急的。"

杜清明哄她："没得好远。我把东西放在那里的，一会儿给你。"

马姑娘对杜清明还是很有好感的，除了他长得帅气以外，还觉得他很会说话，讨人喜欢。她对杜清明没有戒心，跟着他一前一后地走了。又走了好一会儿，马姑娘问道："咋还没有到呢？"

杜清明说："快了、快了！"

的确快了，已经走到青杠林边上了。杜清明一头钻进了青杠林，见马姑娘站在路边有些犹豫，就急了。他转身从布兜里拿出给马姑娘买的东西，连着做了几个过来的手势，马姑娘似乎看到远处有人朝这边走了过来，才不情愿地上了土坎，杜清明迫不及待地一拉，将马姑娘拉进了青杠林的深处。

在一处被青杠叶铺得很平的地方，杜清明拉着马姑娘坐了下来，拿出了给她买的雪花膏，拧开盖子，凑到马姑娘的鼻子边："香不香？"

马姑娘接过雪花膏，红着脸点头道："香，真香！"

"来，我给你擦在脸上。"杜清明不由分说，从瓶里抠了一小坨就往马姑娘脸上抹。马姑娘本能地将脸别过去："我自己来。"

杜清明又拿出花式钢夹，一把抱住了马姑娘，嘴巴凑到她的耳边："这个我必须亲自给你戴上。"

马姑娘哪里见过这样的阵势，本能地又扭起身要挣脱。

杜清明哪里肯放，抱得更紧了："我的小心肝，我想你都想得快疯了，就让我给你戴上吧！"

马姑娘见挣脱不开，索性就不再挣脱了。因为她感受到了从未感受过的快乐。杜清明凑在耳边喘着粗气的话语声，不仅没有引起她的反感，相反越来越来越受用。她也不由自主地闭上了眼睛迎合着他。

杜清明见时机成熟，将花式钢夹戴在马姑娘的头上后，就开始脱她的翠花夹袄。

马姑娘的嘴巴被杜清明亲着，浑身被烧得忘掉了一切。突然，马姑娘意识到了什么，马上睁开了眼睛："杜大哥，这不行，这不行！"说着，将半开的衣服拉住，想要站起身来。

眼看事情就要成功了，杜清明岂能半途而废。他一下将马姑娘扑倒在青杠叶上，继续着他的甜言蜜语："我的宝贝，你就依了我。我家出得起彩礼，你让我满意了，到时候一定让你老汉儿满意！"

马姑娘的嘴巴被他堵得说不出话来，只好将头不住地乱摆。眼看全身上下的衣裤都要被杜清明扒个干净，马姑娘一下子大哭起来："杜大哥，你不是好人！"

杜清明吓了一跳，看着身下的马姑娘哭成个泪人，干脆一不做二不休："对，你杜大哥的确不是什么好人，但你杜大哥就对你好。你今天要么顺了我，要么我就去给人家说你跟我钻过青杠林，看以后哪个还敢娶你！"说完，杜清明的眼睛里露出了凶光。

看着骑在自己身上的杜清明，马姑娘的心情很复杂。刚才一系列的举动令她陶醉，可是一旦跨越了最后防线，她的身子就不干净了。如果杜清明不要她，她这辈子要想嫁人就难了，更别说父亲要好多的彩礼。不依他吧，由不得她，依了他吧，她也不心甘。杜清明毕竟算是她喜欢的人，真正能够嫁给他也不错。于是她说："杜大哥，你是不是真正想娶我？如果是真的，你家得出大彩礼，这个你是知道的。"

杜清明没有马姑娘那么冷静，裤裆里的那家伙欲火正旺，结果被闪了一火，心里很不爽。于是他哄道："小乖乖，我家的底子你不是不知道，改天我就叫人上门提亲，你那点彩礼我们杜家出得起。"

马姑娘还要说什么，杜清明哪里还等得，一下又把马姑娘扑倒了，用嘴巴堵住了她的嘴，下身快速的动作着，一下攻破了防线。好长时间，杜清明才从马姑娘身上翻下来。他和马姑娘平躺在一起，马姑娘本能地将弄乱的衣服抓来遮着前胸，杜清明去挡着又给她撕开。杜清明看着马姑娘眼里流出了泪水，眼睛看着蓝蓝的天空，心里有一丝怜悯。他这下不担心了，很自然地将自己的手搭在马姑娘的乳房上搓揉着："别哭嘛，我一定对你好！"

马姑娘麻木了，面无表情地任由杜清明打整。过了一会儿，她带着哭腔说道："人都是你的了，你要赶快找人来提亲哈！"

杜清明答应得很快："要得，要得。我回去就给我老汉儿说。"一边说，一边又猴唧唧地趴在了马姑娘身上。这一次，马姑娘也抱紧了他，闭上眼睛，将嘴巴迎了上去。青杠林里一片欢乐。

杜清明回去后，不敢给他父母说青杠林的事情。他只想约马姑娘出来玩。

马姑娘回家好多天也不见杜家来提亲，心里有些着急。每一次她催问杜清明，他都没有一个明确的回答。杜清明后来有点躲着马姑娘，令马姑娘很伤心。直到有一天，马姑娘感觉有些不对，月经好久没有来了，身子老是犯困不说，还时不时打干呕。她有了不祥的预兆，但又不敢对人说。马父以为她劳累了，只是让她不要干活了，躺在床上休息一下。马姑娘知道拖下去不是办法，想着杜清明对她不仁，她也只有豁出去了。

她终于在杜清明经常出入的一条路上堵住了杜清明。杜清明以为马姑娘想他了，又要拉着她去青杠林。马姑娘没有多余的话，直截了当地说道："我肚子里有你的种了，你看怎么办吧？"

杜清明一惊，接下来就笑了："你是说我有儿子了？要当老汉儿了？"

马姑娘没想到她还能笑得出来，很生气："你说话算不算？"

杜清明说："算，咋个不算呢？只是我还不知道咋个给妈老汉儿开口。"说到这里，他灵机一动："你再等两天，我一定给你个交代。"说着又要拉马姑娘。

马姑娘这次是坚决地拒绝了他："等你有交代了再说吧！"说着转身往家里的方向跑了。

杜清明自从尝到了男女之事的甜蜜后，就对马姑娘念念不忘。这些天他几次跟父母说了想娶马姑娘的事情，父亲都说，马姑娘的父亲把她当牲口来卖，不愿意出大彩礼。今天听说马姑娘肚子里已经有他的种了，就眉头一皱，计上心来。他回家后估计父亲快回家的傍晚时分，一个人拿着一根竹条，跪在堂屋前。

杜母知道杜清明混，但还没见过这阵仗，问道："杜大，你这是做什么？"

杜清明装着可怜兮兮的样子低着头："老妈，我把人家姑娘的肚皮搞大了!"

"啥子呢?"杜母以为自己的耳朵出了问题。

杜清明又重复了一遍。

杜母急了,拿起竹条就打了他一下:"作孽啊!你老汉儿马上就回来了,看你咋个给他说。"

正说着,杜管家回来了,正好听到他老婆说的这话,也看到了杜清明跪在那里:"说啥子说,这是唱的哪出戏?"

杜母接过话:"你儿子干的好事,说把人家姑娘的肚子搞大了!"

杜管家也有些着急:"是哪家的姑娘?"

杜清明故意慢吞吞地说道:"我给你们说过的,就是马家的幺姑娘。"

杜管家明白了,一定是看他不同意,就故意去勾引人家。他很生气地夺过杜母手中的竹条,狠狠掺在杜清明的后背上:"你读书做活路不能干,给你说了马家姑娘惹不起,你偏要去惹,我们家哪里出得起大彩礼嘛!"

杜清明一听这话,知道事情有转机,便跪着走到杜管家坐的椅子前:"老汉儿,我跟你保证过的,一定给你娶个漂亮的媳妇。现在她人都是我的了,他们家也不敢熬价钱了,只要你找人上门说亲,她老汉儿保准同意。"

杜管家叹了口气:"杜大,你的聪明劲放在读书做正经事上多好啊!"他无奈地对杜母道:"也只好这样了。明天去找媒人吧!"说着,起身回房休息。看到两个女儿在房间里伸出脑袋看热闹,便吼道:"看什么看,别学你大哥没出息的样子!"

第二天,杜管家去马家,没有按照杜清明估吃霸休的办法,而是找少东家龙泽厚借了些钱,分文不少地给了马姑娘的老汉儿送去了彩礼。儿子不仁,当老子的不能不义,杜管家不能让别人说闲话。就这样,杜清明与马姑娘终于如愿以偿。

第三十章 李符阳招商

龙远江听了李海清断断续续讲的往事，将它们串联起来，基本知道了龙家与杜家恩怨的大致轮廓。这些父亲从来就没有跟他讲过。也难怪，爷爷被错杀时，父亲还不到十岁。哪会给一个小孩子讲他们的婚前之事呢？后来又发生了什么事？祖母邱佳莹是怎么死去的呢？爷爷为什么会被当做土匪内应被错杀呢？龙远江的脑海里还有很多的疑问要问李海清爷爷。

李符阳回来了。听龙远江说了这两天在家陪爷爷的收获。李符阳告诉他："爷爷自从过了九十岁生日以后，虽然有时候清醒有时候糊涂。但遥远的事情却记得十分清楚，只是不连贯。你也不要着急，老人家头脑里的东西你要有耐心，慢慢才能够挖出来。"

龙远江说："符阳老弟，我知道，也不着急。就是想尽快了解清楚一些以前的事情。"

李符阳想了一会说："你不就是想解开心里的疙瘩吗？我建议你见一见杜老太爷家的孙子杜荣光，他是三江县的常务副县长，分管农业这一块。我在这里工作，他对我支持很大，口碑也不错。他都当副县长了，想来你们应该有共同语言。"

"不行！"龙远江不假思索地拒绝。"不说这个事情了，先说说你招商的事情怎么样了？"

李符阳看龙远江急了，忙解释道："我先不介绍你的身份，请他到我这里来谈他最关心的招商。然后我在中间给你搭个桥，你看看他究竟是个什么样的人，心里不是有底了吗？"

龙远江想了想："谢谢你的好意，到时候再说吧。"他心里还是有些顾虑。

李符阳拉着龙远江在院子里的石桌边坐下问："你那朋友什么时候过这

边来?"

龙远江回答:"我给他打过电话了。说下午可以过来。"

李符阳说:"那就好,我就等着他了。前次来我们这里考察的那个老板把土地价压得太低了,我算了一下,农民基本没有搞头。我建议他搞土地入股分红,他又不干。我看他不是真心想在这里投资,所以生意没有谈成。我把希望寄托在你这位朋友身上了。"

龙远江立刻答应:"我这个朋友家乡情结重,相信不会让你失望的。"

李符阳说:"那就好。趁老太爷又睡了,我带你去龙家大院参观参观吧?"

龙远江立刻答应:"好啊!我原先想听完三爷爷讲完往事再去看的。"

于是,二人一前一后来到了龙家的大院子,看到了芳芳不久以前看到过的景象。

龙远江一进院门,就迫不及待地到处转悠,将院子里里外外看了个遍。

这个他一辈子都没有住进来的院子,在他爷爷平反以后,政府就把这个院子还给了龙家。后来他来接父亲离开符阳村去贵阳时和父亲商量,就把它捐给政府了。因为那时候他不想回到这里了,房子很破烂,也没有经济能力去修缮,不如交给政府。原以为一辈子都不可能回到这个伤心之地,谁知现在又回来了。杜清明一家住在这里的时候,他那时候太小,巴起手指姆都算得过来的几次来到这里,都是李海清带着他来求杜清明办事的。后来这里改成了学校,他经常偷偷摸摸在教室的窗外羡慕地看着里面的老师和学生,后来好不容易来到这里上课了,度过了人生一段美好的时光。他对这里太熟悉了。

龙远江看完了院子,对李符阳说:"以前后面那个大大的花园,里面有假山和小桥流水般的景。听我父亲说花园是爷爷按照祖母的意思打造的,是爷爷对祖母爱的见证。杜家住进来以后,说是地主资产阶级的东西,好些美景都被破坏了。我在这里读书时,最喜欢来这里捉蟋蟀玩。虽然都是些乱石头了,但感觉就像鲁迅先生《从百草园到三味书屋》中的百草园,我经常躲在乱草丛中自寻其乐。"

李符阳说:"我准备将这个地方恢复起来,作为我们符阳村观光农业的接待基地。"

龙远江点了点头:"好是好,可是要恢复不是一点点钱就够的。"

"所以我才着急招商嘛！"李符阳回答。

正说着，龙远江的手机响了，一看是杨长新打来的，他高兴道："长新，你什么时候过来？"

"我已经到符阳村的地界了，你在哪里？"杨长新在手机里问道。

"我给你发个定位，你沿着公路走，我在路边等你。"龙远江回答。他回头对李符阳说："我朋友到了，正好让他参观一下这个院子。"说着，和李符阳走到外面。这里与公路还有一条小路连着，他们走过去站在了路口边。

一会儿杨长新的车就到了。龙远江把刚下车的杨长新给李符阳做了介绍。李符阳热情地握住杨长新的手说："杨总，就盼你来了！"

杨长新客气道："李教授，辛苦你了！"

杨长新叫小何把车停在路边，跟在龙远江的后面朝龙家院子走去。一边走，李符阳一边介绍着村里的情况。

杨长新来到院子里转了一大圈，感慨道："这个院子真不错，不愧为龙家大院。"

李符阳急切地说道："杨总，我听龙教授说你有意回家乡投资，我带你到村里去转一转，看看能不能入你的法眼。"

杨长新说："李教授，你不必客气。其实这一带我非常熟悉，我老家就是隔壁符关村的。我今天一早就来了，沿着村里的道路转了一大圈。我看这边和我们那边都差不多，栽的水果都是荔枝、真龙柚为主。两个村的路都修得很好，全是水泥路面，有的还铺上了沥青。这个基础就很好，可以将两个村连起来开发。"

李符阳听了杨长新这一席话，觉得有希望，就问："那杨总希望怎么样来开发呢？"

龙远江怕杨长新摊子铺得太大，不容易见到效益，就打了个圆场："今天就不谈具体的吧。一会儿去李三爷爷家，我们坐下来好好交流。"

杨长新胸有成竹地说道："此事关系重大，肯定要好好交流。只不过我感觉这里基础虽然好，但始终还缺点什么，主要是人气不旺，如何想办法聚人气。"说着，他对小何道："你在公司就是负责这块的，我已和芳芳说过，她答应做我们旅游设计顾问的，不如你把她约上来这里好好考察一下提出一个可行方案来。"

龙远江一听杨长新打着芳芳的主意，有些不情愿："她一个黄毛丫头，懂什么。"其实他是不愿意芳芳过早到符阳村来。

李符阳不明就里："芳芳是谁？干什么的。"

"芳芳是龙教授的女儿，在上海一家公司专门负责旅游设计策划的。"小何在旁边补充道。

"那好啊，我们这里正是需要这样的人，请她早一点来吧。秋收一忙完，我们就可以全身心投入到这个事情上了，争取早点有个结果。"李符阳高兴地描绘着愿景。

杨长新知道龙远江的心理，但他有自己的想法："龙哥，你别小看这些年轻人哦，我相信芳芳和小何的能力，一定能够好好策划，把我们的家乡建设得很美好！"

其实龙远江心里很矛盾，既想女儿为家乡做点事情，又不想与杜家有什么瓜葛。听杨长新这么说，也就没有开腔了。

李符阳立即回应："那就请芳芳早点来，把方案拿出来就好办了。"

"采取什么样的合作模式比较好？"杨长新问。

"村民们都很现实，只要能够尽早让他们看得到钞票，他们就愿意干。大家都晓得，农业投资大，风险大，见效慢。先前有些投资人就是把土地价格压得很低让他们看不到希望才没有谈成。如果土地租金合理，村民们在自愿的基础上参加劳动获得合理的报酬，这样也许能成。"李符阳回答说。

"这是肯定的。如果我集团下的公司来干这个事情，我就希望能够让村民们富起来！"杨长新说。

"李教授，你就放心吧！我们杨总就是想回报家乡的，根本就没有想在这方面赚好多钱。"小何补充道。

李符阳说："那就好。刚才我给县政府的常务副县长杜荣光打了电话，我这方面是外行，只要不让农民吃亏就行。我们这一带都是三江县规划的晚熟荔枝基地，有些事情村上和镇上都作不了主，他具体分管农业，说得比我清楚，而且有权给政策，一步到位比较好。"看到龙远江诧异地看着他，又说道："我不暴露你的身份，就说你是杨总请来的顾问。"

杨长新不明就里地看了看他俩，一脸的疑问。

李符阳笑了笑，将杨长新拉到一旁，凑在他耳边小声地说着。

龙远江看杨长新笑了起来，走过去没好气道："你们两个凑在一起准没好事。杜荣光年轻时候我认识，人家是根正苗红的后代，比我岁数小。只不过那时候他是学校的红人，没把我们这些人放在眼里。可能我认识他，他不认识我。几十年过去了，我们就再也没有见过面了。"

杨长新转过头对他说："岁月是把杀猪刀，几十年了，都差不多成了老头子了。不一定认得出来。我觉得李教授这个办法好，我们都给你打掩护，你就好好观察观察你未来的亲家。即使认出来了，也没有关系嘛，不如趁早把有些话讲清楚。"

龙远江一脸马相："你们是把我的痛苦建立在你们的快乐之上吗？"

杨长新收起了笑脸，严肃道："龙哥，言重了！我和李教授都巴不得你从心里的阴影中走出来。"

"是啊！一个人心里总是装着仇恨是不会真正幸福的。毕竟时代不同了，我们都要学会放下。只有放下心头的包袱，才能轻装上阵追求未来的幸福。你是我们两人的哥子，哪有兄弟不为哥哥好的呢？"李教授也说出了心里话。

龙远江不吭声了，闷着头跟着他们机械地走着。

李教授一手拉着龙远江，一手拉着杨长新说："走，到我家去，估计杜县长快到了。"

看龙远江闷闷不乐的样子，杨长新说："龙哥，你要跨出这一步，我们必须帮你才行。你就相信我们吧。"他叫小何把车开走，自己和李符阳、龙远江一同步行。

刚走到李家，就看到门口停了一辆车，李符阳说："杜县长到了。"

进到院中，龙远江看到了那个叫杜荣光的男人，坐在石桌边喝茶，旁边还有一个年轻人，估计是他的秘书。

看见他们进来立即就站起身来，杜荣光迎着李符阳笑道："听说有尊贵的客人要来，我就赶紧跑来了。"他眼睛望着龙远江和杨长新："给我介绍介绍，二位怎么称呼啊？"

李符阳赶忙一一做介绍："这位是隔壁符关村的杨长新杨总，现在在贵州那边发财，这位是杨总请来当高参的龙教授。"

杜荣光看到龙远江，觉得这人有些面熟，却一时想不起在哪里见过。

一阵寒暄以后，他们都在石桌边坐了下来。

杜县长说："哦，我想起来了，符关村那边大大小小的村道就是你杨总出钱修的吧？你的名字我早就如雷贯耳了，只是好几次去贵阳拜望你，都不凑巧说你出远门了。今天真是有缘啊！"说着站起身来和杨总握了握手："认识你真高兴！"

杨长新也起身和他握手："幸会，幸会！"他心里明白，不是不凑巧，而是觉得为家乡做点事情用不着感谢。

"杨总比较低调，不喜欢把时间浪费在不必要的事情上。"龙远江对杜荣光心理上有些排斥，一想到他可能成为他的亲家，心里就不乐意，顶了杜县长一句。

杨长新听龙远江这么说，虽然说的是实话，但脸上有些挂不住，他笑着道："哪里哪里，实在是抱歉抱歉。"说完，用眼睛瞪了龙远江一眼。

李符阳怕出什么意外，赶紧转移话题："杜县长，刚才他们去看了我们村的荔枝林，对我们村的基础设施很满意，打算来这里与符关村连在一起打造观光农业，想听一听县里的规划和打算。"

杜县长激情洋溢地说："杨总，首先感谢你对家乡的关心和厚爱。符阳村和符关村这一带，是我们三江县好不容易争取到的全国晚熟荔枝之乡的核心地区，你们知道，'一骑红尘妃子笑，无人知是荔枝来'的荔枝，就是出自我们三江。三江县过去是省级贫困县，为了脱贫致富，县政府没少花功夫，投入了大量的项目资金，如今已经初见成效，去年全县已经实现脱贫摘帽了。但脱贫以后如何围绕中央提出的乡村振兴，让村民过上更加幸福的生活，我们正在结合实际进行探索。"

龙远江不满意杜荣光打官腔的话，就打断他："你就说具体点嘛。"

杜荣光正在兴头上，没有听出他的不满意，继续说道："中央已经出台了推动成渝地区双城经济圈建设的文件，我们三江县毗邻重庆，被省里定位为成渝双城经济区的桥头堡。所以县上规划三江作为重庆的后花园来打造，瞄准重庆这个大市场，除继续将晚熟荔枝基地和真龙柚子基地扩大规模以外，利用三江的农业发展优势打造鱼米之乡。具体就是大力生产优质的楠香米，恢复传统的稻田养鱼养虾。现在长江和赤水河已经禁渔了，但是我们还有许多的水库和鱼塘，水质很好，可以养出肉质很好的鱼和虾。符阳村和符关村的基础条件都不错，县里也将这两个地方作为乡村振兴的示范点来抓。不知道你们注意没有，这里的房子是不是和其他的村不一样？基本上都是川南特色的青色斜屋瓦顶，红白相间的墙体。当然，这些都是表面的东西，每年光卖荔枝也卖不了几个钱，关键是要让这些荔枝林、真龙柚子林进一步变成产业，让我们的田野变成花园，让更多的人来到这个地方观光体验，让村民们守着这片土地就能挣钱，让村民们早一点过上城里人一样的生活。"

说到这里，杜荣光停了一会儿，眼睛看着杨长新又说道："这些规划的实现，政府不能全部包办，也不符合社会主义的市场规律。如果杨总打算把你的产业向农业方面发展，你尽管提条件，我们根据你的投入一定给你最大的优惠，让大家都满意。"

李符阳生怕杨总不同意，接着说道："杨总，你看杜县长都说了，你也谈谈你的想法嘛。"

杨长新点了点头："说实话，我是想在家乡做点事情，但怎么做我这个搞建筑工程的的确是外行。杜县长刚才说的这些我听出来了，就是想把这里作为探索振兴乡村的点，这个目标我们是一致的。我也是从这里走出去的，知道村民们找钱不容易。但我还是那句话，我马上派人来考察一下，看看怎么振兴才能做到企业满意，村民满意！"

杜县长马上说："好啊，需要我们配合的，我们一定做好服务。"说着，对他的秘书说道："小胡，你通知县里的接待办，我们欢迎杨总一行来我们县考察。"

李符阳看杜县长在安排伙食，马上阻拦："杜县长，今天就不必了，我已经安排好了。你平时也难得回家一趟，不如就在我这里吃午饭。吃完了回去看望你家老爷子，我昨天碰见他，他还说你好久没回家了。"

杨长新也说："是啊，无功不受禄，以后项目做成功了，我们再喝单碗庆贺！"

杜荣光笑道："好吧，恭敬不如从命。就听你的了，就是不知道龙教授介不介意。"看龙教授不怎么说话，杜荣光怕冷落了他，故意这么说了一句。

龙远江勉强笑了一下，没有说话。

第三十一章 杜荣光讲家事

中午饭就摆在李符阳家院子里的石桌子上。李二妹做了川南特色的豆花腊肉，还有竹笋炖腊猪蹄。李符阳拿出了梅子酒，说是福宝大山里面的杨梅泡的，那酒玫红色，看上去十分诱人。杜荣光说："现在中午我们都不能喝酒了，我吃菜，你们喝酒。"

龙远江一听就不高兴："中央说的不能喝公款的酒，今天是李教授私人的酒，应该可以喝。"

李符阳也说道："就是。今天杨总回家乡，又准备在家乡投资，不喝酒说不过去。"

杜荣光勉为其难地说："那就少喝一点。"正说着，小胡走过来对他耳语了几句。他主动拿起酒杯说："下午的会议取消了，难得大家弟兄伙在一起喝酒，今天我就豁出去了。"他看了桌席上的人问道："符阳，你爷爷呢？请他一起出来吃吧。"

李符阳说："爷爷这些天有点累，李二妹说他早饭吃得迟，现在又睡了。"

龙远江心里明白李三爷爷是这些天给他讲往事累的。俗话说，说话费精神。90多岁的人了，说那么多的话哪有不累的。

小胡将各人面前的酒都斟满了。杜荣光端起酒杯对李符阳说："符阳，我反客为主先敬大家，先从远道而来的客人敬起走，从杨总和龙教授开始，然后我们兄弟再喝。"

"荣光，我也不叫你县长了，这样亲切些。我们弟兄之间不用客气。"李符阳诚恳地说。

杜荣光站了起来："杨总，龙教授，你们是三江的贵客，这杯酒感谢你们对三江新农村建设的支持！"

二人也站了起来，与杜荣光碰了杯。杨长新说："建设家乡，大家有责，杜县长不必客气。"说着大家一饮而尽。

李符阳用手势示意大家坐下："我们都不用站起来了，坐着就行。"

于是大家都坐着敬酒了。

杜荣光和李符阳喝了以后又说道："现在我走第二圈，一个一个地敬。"说着，仍从杨长新开始。第二个是龙远江，他端起酒杯，与坐在对面的龙远江道："龙教授，我看你很面熟，见到你有一种似曾相识的感觉。以前我们村也有一户姓龙的，后来他的后人考进大学，毕业后回家将老人接出去了就再没回来过。真巧，你也姓龙，说明我们有缘分。我敬你一杯，希望你这个顾问为符阳村和符关村的观光农业项目助推一把，争取合作成功！"说着与龙远江碰杯后将酒一口喝了下去。

龙远江心里别扭，端着酒杯回应道："杜县长，你是三江的父母官，希望你说到做到，不放空炮！"说完也把酒喝干了。

李符阳怕露馅，赶紧把话岔开："荣光，前些日子你爷爷去世，听说你儿子春风把女朋友带回家来了？"

杜荣光指着酒杯示意小胡倒酒，笑道："是啊！那姑娘叫刘芳芳，和我春风很相爱。我和他妈也很喜欢。只是遇到爷爷去世，我老汉儿非要搞那些个旧习俗，阻也阻止不了。只见了她一面，她就回家了。说是要不了多久就要来，到时候她来了，我一定请你们来我家做客。"

龙远江和杨长新对视了一下，没有吭声。

李符阳引导着杜荣光："我听说你家老爷爷是个怪人，和你都说不到一块，听说年轻时很能干。"

喝了几杯酒的杜荣光，话匣子就打开了："不怕给你们说，我家老爷爷还真是个传奇。听说我们祖上湖广填四川来到这里，曾经也在这片土地上辉煌过，不过后人不争气把家败了。到我老祖祖那一辈就剩下给人家打工的份儿了。也正是如此，我们杜家在解放的时候才成为贫雇农，老爷爷才得到了重用。从土改的积极分子到后来的大队干部，再到'文革'中的公社干部兼县革委副主任。当然，'文革'结束后他那样的人自然就回老家了。我家爷爷没什么文化，他也不重视文化，做事情看问题都很偏激。他经常得意地说，他这个大老粗经常都是领导那些有文化的。他不重视后代人学文化。到了我这一辈他仍然是这个观点，害得我大学也没考上，后来是考上了乡镇的招聘干部才出来的。时代不同了，到了春风这一代，我是无论如何也要让他好好学习的，这不，杜家这才有了第一个大学生。"

大家你一杯我一杯地相互敬着，一会儿一瓶梅子酒就喝完了。李符阳又开了第二瓶，接着又说道："你家老爷爷人缘真不好。以前我少有回来，这次回来后，好多人说到你老爷爷，都说他的不好。"

杜荣光也不想给老爷爷辩护："本来老爷爷已经去世，不应该去议论他。但是，我也经常在思考这个问题。"

"思考有结果吗？"杨长新也想听这个话题，于是问道。

"我认为还是没文化的结果。"杜荣光与杨长新碰了一下杯说道："一个有思想的人都是有文化的，而我那老爷爷就是没有思想的人，没有思想的人往往就会走极端，当了干部对什么方针政策理解片面。我知道很多人对我老爷爷做人做事的风格都看不惯，但他认为就应该这样做才是对的。过去我年轻还不懂得这些，后来明白了一些事情，就不愿意受他的影响，结果他就不满意我。我后来很少回家，一是因为工作的确很忙，二是一回去他总是用他那一套早就过时的所谓经验来教训我，我们祖孙俩一说话就要吵架。唉，他是老人了，我也不想这样，干脆就躲着他吧。"

龙远江坐在一旁，默默地听着。听到这里，他实在忍不住了说道："可能不光是理解片面那么简单吧？他一定是还干了许多缺德的事情吧？"

杨长新看着龙远江的脸涨得很红，担心事情捅破，连忙说："老人都这样，思想跟不上形势是自然的。"

杜荣光还沉浸在对爷爷的复杂感情之中，没有在意龙远江的话。他接着杨长新的话说："是啊，这就是他们那一代人的悲哀。他这一辈的确做过许多让现代人看来很不正确的事情，而他呢，始终认为自己没错，更不知道什么叫反思。原来我还和他争论，后来看也没必要和他争论。他和海清爷爷为了那片荔枝林斗得你死我活的，就是个例子。我感到他就是活在过去那个时代里，还是老思想看什么都不对。"

"荔枝林？"杨长新还没听说过。

"就是刚才我说的那片荔枝林。那片林子，有点历史了。"李符阳说。

龙远江是知道的。那片荔枝林是李三爷爷和干爹的心血，他从小就听说过。三江县有一个叫三块石村的地方有一株著名的荔枝母树，是一个在广东惠州府当官的三江人胡清晟，在乾隆二十年（约1755年）间离任时，运回了大红袍、绛纱囊、楠木叶荔枝树苗各一株，栽种在三江县三块石那个地方。据说他本意是想运回他的金银财宝，但又怕从广东到川南三江千里迢迢被盗贼抢夺，就买了三个大木桶，将金银藏在桶中，上覆泥土，泥土中栽上荔枝树，这才神不知鬼不觉地把金银财宝运回了老家，成为三江晚熟荔枝大红袍、绛纱囊、楠木叶的老祖宗，至今繁衍了成千上万株。当然，后来经后人的培育品种远不止这三个了。当年就是海清爷爷和干爹在那里运回了荔枝苗才发展了那片荔枝林。

"关于三江荔枝的传说就多了去了，以后我慢慢给你们介绍。"杜荣光说。

"你们知道为啥广东的荔枝到了三江就成了晚熟的呢？"李符阳自问自答道："其实三江的荔枝自公元前115年（元鼎二年）建县时就有了栽培的历史了，只不过本地的荔枝是酸的，直到广东荔枝出现以后，对本地的荔枝进行了嫁接和改良，加之三江在四川盆地南缘，境内有长江、赤水河、习水河、浦江等众多河流纵贯全县，构成了适宜荔枝生长的温暖潮湿的大水体，是川南长江河谷地带所有县里热量条件最好的一个县。三江属淮南亚热带湿润气候区，年平均温度18度左右，冷时平均最低7至8度，最高温可超过40度，所以温差较大，土壤成土母质以沙页岩为主，是荔枝生长的最佳环境。所以，三江的荔枝虽然从广东引进，但由于特殊的地理气候环境，造成了它比广东的晚熟，而且与广东荔枝的纯甜口感相比，有带一点果酸，更适合现代人的口味。"李符阳说起荔枝来如数家珍。

杜荣光笑了："符阳，你说起荔枝就没个完了。"

李符阳没有笑："不是，我是给杨总宣传一下三江荔枝的特色，增强他对投资的信心。虽然他是三江人，但不见得对荔枝有深刻的认识。"

杨长新也笑了："这倒是。我只知道杨贵妃吃的是三江荔枝，其它的就什么也不知道了。符阳，既然你对荔枝都那么了解了，那你在研究它的什么呢？"

李符阳耐心道："你听说过三江荔枝的大年小年吗？"

杨长新回答："听说过啊。说是荔枝头年的丰收了，第二年就歉收，下一年才又丰收。"

"我就是研究的这个。"李符阳回答。

"有结果了吗？"龙远江也感兴趣了。

"基本结果有了，还在进一步的实验。"

"是什么原因呢?"

"应该还是管理的原因。我们现在正在进一步做实验。"

大家七嘴八舌地议论着。

等荔枝的问题说得差不多了,李符阳又把议题引到了杜荣光身上:"算了,荔枝以后我慢慢跟你们说,我们还是听一听杜县长讲家事,这可是难得的机会。"

杜荣光叹了口气:"爷爷去世了,他的那个时代也算结束了。现在我心里内疚的是符阳村过去的杜家、李家、龙家,就只有龙家人远走他乡了。听符阳的爷爷讲,我爷爷做了好些对不起龙家的事情。我想有朝一日有机会碰到龙家的人,我一定当面代表爷爷向他们表示歉意。虽说有些时代因素,但他老人家为人处世实在太差劲。"杜荣光说这话的时候,不经意地瞟了龙远江一眼,继而看着李符阳:"听说你们家和龙家还有联系,要不然你牵个线搭个桥,让我们也会个面,化解一下两家的矛盾。"

龙远江没有想到杜荣光会说出这番话,头脑一下有点懵,想不出为啥杜荣光要讲出这番话,显得他大度还是他对那段历史有深刻的认识?

李符阳和杨长新也没预料到杜荣光会这样说,二人相互对视了一眼。

李符阳点头道:"是啊,他时不时地给我家老爷爷寄点药材。有机会我一定给你们牵线搭桥。"说这话时,他瞟了龙远江一眼,见他有些不自在。又说道:"时势造弄人啊!当前不是流行一句话,叫做时代的一粒尘埃,落在个人身上就是一座大山吗?还真是的,国家命运的动荡,落在每个人身上都是一座大山。要搬掉这座大山,除了社会进步以外,个人也得努力才行。那些个年代,谁不是跟着潮流走啊,时代在前进,我们都要向前看,这日子才过得舒坦。龙教授,我说得对不?"

没等龙远江回答,杨长新接着说道:"符阳说得深刻。我觉得也是这样。想想我们国家解放以后所走过的路,从土地改革到改革开放,在发展经济上走了不少的弯路,直到改革开放才走上了正轨,否则也没有经济发展、科技进步、人民生活幸福的今天。"

"还有那个阶级斗争,也害了不少人。"杜荣光也感慨道。

"那个龙家人和那个右派林健强也是你爷爷迫害的吧?"龙远江忍不住又冒了一句。

杜荣光盯着这个对他带有敌意的龙远江。李符阳见火药味很浓,生怕二人发生冲突，赶忙打圆场："过去的事情只有我爷爷才能说清楚，我们都不要去争论了。"

杨长新也说道："符阳说得对。我觉得个人的命运和国家的命运是联系在一起的。以前的事情不能孤立地看，应该看全面一点。"

正说着，李二妹扶着李三爷出来了。龙远江怕穿帮，借故去了卫生间。李三爷家真的称得上新农村的典型，中式建筑的卧室中每一间都有单独的卫生间，楼下的堂屋两边，都分别设计有公共的卫生间。李三爷的腿脚不方便，楼下有一间卧室也有专门适合老人设施的卫生间。龙远江上楼，进了他的那间卧室，想着刚才杜荣光的一席话，他感觉那些话是像专门说给他听似的。

李三爷也有些日子没有看到杜荣光了，他在桌子边坐了下来。

杜荣光起身拉着三爷的手说："三爷爷，你身体还是那么好，喝二两怎么样？"

李三爷笑了："二两不行了，来一两还是可以的。"说完，叫李二妹把酒倒上。看得出来，李三爷很喜欢这个杜荣光。

杜荣光将酒杯与李三爷的酒碰杯后说："三爷爷，现在这村子里就数你高寿了，你是我们村的宝贝，你可要多保重啊！你满百岁那天，我亲自来给你主持百岁酒！"说完，把酒喝干了。

李三爷笑得合不拢嘴，一脸灿烂的菊花："你小子就是嘴甜，我喜欢。你是你们杜家最明事理的人。"说着脑袋四处张望，似乎在找什么。

李符阳知道，他可能在找龙远江，就打岔道："爷爷，你少喝一点哈！"

李三爷抹了抹嘴巴，不满道："就你小子把我管得紧。"

正说着，小胡在杜荣光的耳朵边说了几句话。杜荣光站起来说道："不好意思，失陪了。县上来通知，要我赶到福宝去处理一起突发的林权纠纷。"他弯腰对李海清说："三爷爷，下次又来陪你喝单碗哈！"接着又对李符阳说道："符阳，拜托你的事情不要忘了。"最后，走到杨长江面前，握住他的手："我们一回生，二回熟，欢迎你回家乡投资，共同建设我们的家园。我就等着你的好消息了。还有，你代我向龙教授表示一下歉意，我就不等他了。"说完，带着小胡出了院门。

送走了杜荣光。杨长新感慨道："这杜县长不简单，看样子做事很干脆，我喜欢和这样的人打交道。"

李符阳也说道："是啊！要不我爷爷那么喜欢他。"

龙远江看见杜荣光出了门，自己从楼上下来了。

李三爷看见他，指了指院门，口中喃喃地说着什么。

杨长新打趣道："真是不是冤家不聚头啊！喂，见着亲家的感觉怎么样啊？"

李符阳也说："你看人家那个心胸，你再解不开心里的疙瘩，可就显得你太……太……太那个了。"

龙远江刚才也这么想着，但心里始终扭不过弯，没有吭声。

"对了，龙哥，刚才我给芳芳打了电话，告诉了她这里的情况，她说想马上过来。但要征求一下你的意见。你怎么想啊？"

"这个鬼丫头，这不是将老子的军吗？"说不同意吧，女儿和朋友都要得罪，说同意吧，心里还没想好。他犹豫着。

李符阳拍了他一下说，"这是公事，为了家乡建设，要把公事和私事分开来看。没啥子可犹豫的。否则，我都对你有意见了。"

龙远江只好说："好吧，公事都听你们的，私事容我再想想。"

"龙教授真是公私分明啊！"李符阳和杨长新不约而同地说。说完，大家都笑了起来。

第三十二章　杜荣光的心事

　　离开李三爷的家，杜荣光坐在接他的车子上，想着刚才的事情。其实他已经认出了龙远江，之所以没有马上点穿这个事情，是因为他知道杜家和龙家仇恨的渊源，怕点穿后大家都尴尬。刚才在酒桌上杜荣光已经看出来了，龙远江好像也认出他了，对他说话很冲，态度也很不友好。不过他虽然还不知道龙远江和他目前的关系，但在官场上打拼了多年的他，早已历练出了泰然处之的本事。他以为龙远江仅仅是出于对杜龙两家的恩怨，根本就没有想到背后还有儿女联姻之事。他之所以说了那么多的家事，就是想龙远江看在老人已去，时代变迁的份上，化解两家的矛盾。可是看龙远江的态度，还有些难。

　　杜荣光是杜家驹的幺儿，他前面有两个姐姐，杜清明一定要儿子生出孙子才让他不再生了。幸好第三胎是个儿子，要不然杜荣光的母亲不知道要生到何时才算完。杜清明对孙子稀奇得不得了。杜荣光从小就受到爷爷的溺爱，什么事情都惯着他。所以杜荣光小时候很调皮，是出了名的小霸王，没人敢惹他。就是这样一个不着调的人，"文革"结束后，国家恢复了高考制度，尤其是龙远江以一个初中生的身份考上了大学，突然就醒事了，就像变了一个人似的。不爱学习的他开始发奋学习了，虽然他后来没有考上大学，但参加了乡镇干部招聘的考试，也让他走到了今天，不比那些读过大学的人差到哪里去，甚至比有些大学生发展得还好。现在想起来，使他产生飞跃进步的，就是因为眼前这个龙远江。

　　因为爷爷惯着他，他从小就没想着要认真学习，按照爷爷说的，他认不到几个字，一样从贫协主席当到了公社书记。他父亲虽然没有爷爷那么风光，但后来也当上了村干部。自己那么聪明，有爷爷护着，以后无论是上大学还是去工作，还不是爷爷一句话的事情。

可是，时代变了，一切都变了。1978年，在中国历史上具有里程碑意义的一年。龙远江考上大学了，这个只有初中学历的人，在爷爷嘴巴里经常叫着狗崽子的人，居然就上大学去了。

尤其是那一天，他记得很清楚，爷爷一个人提着自己的铺盖卷，灰溜溜地回到家里。他赶忙迎上去撒娇，被爷爷一巴掌使劲拍在屁股上："给老子滚远点！"

从来没有见过爷爷这个样子的杜荣光，不由得"哇"的一声哭了出来。爷爷把铺盖卷用力往地上一扔，嘴巴里叫着"反了、反了！"抢起巴掌又要打他。他哪见过这阵仗，平日对他和蔼有加的爷爷，此时凶神恶煞，对着他咆哮。

祖母从里屋出来，一边护着他，一边呵斥着爷爷："老东西，你疯了？"

祖母，就是那个被杜清明搞得未婚先孕的马姑娘，这辈子嫁到杜家以后，就一心一意打理着杜家，几十年来，她深知自己男人是个啥德行，虽然劝不住也看不惯，但是有一点，就是对她好。有时候发起威来，杜清明都有些怕她。这不，刚才的一声呵斥，爷爷就停住了手脚，两眼盯着自己的孙子，使杜荣光感到害怕。正想转身扑到祖母的怀里，爷爷却上前一把抱住他大哭起来。

从来没见爷爷哭过的杜荣光，此时更是吓得大哭，爷孙俩哭到了一起。

祖母没有感到吃惊，这个被爷爷先斩后奏嫁到杜家的马姑娘，对爷爷是太了解了。只见她走到杜清明的身边，将孙子从他怀里拖出来，然后端了一根凳子放在他前面，对他说："你就哭吧，把你这辈子的眼泪都哭出来吧，哭出来了就好了。要我说你这老东西，有啥哭头？不就是叫你不工作了吗？不工作了还有工资拿，哪里有这样的好事，你还哭，还当着你孙子的面，好意思哭！"

嚎啕大哭的爷爷对杜荣光的刺激很大，虽然他想不到爷爷是因为失去权力而痛哭，但还是感受到了爷爷再不能护着他了，而以后的事情就只能靠自己了。尤其是龙远江考上了大学，对他的刺激更大。随着形势的发展，他真切地感受到，爷爷威风的时代一去不复返了。觉醒后的杜荣光，收敛了以前公子哥儿的脾气，埋头发奋学习，力图想像龙远江那样，考上大学，跳出农门。他一直认为龙远江不过就是一个初中生，他读了高中，一定会考上大学的。他连考了两年也没考上，正他当灰心气馁之时，县里面开始招考乡镇干部。那时的他，不再心高气傲，面对现实，他觉得只要跳出农门就好。有了高考的底子，这次杜荣光成功了。

当上了乡镇干部的杜荣光，对改革开放的形势有了自己的看法。他终于认识到爷爷对自己溺爱的荒唐，发誓自己的儿子一定要考上大学。爷爷总是怀念过去，老是说现在搞的是修正主义那一套，是走回头路。开始杜荣光还跟他讲一些道理，后来他一说，爷爷就要用自己的那一套来反驳他。他感到爷爷还生活在原来的世界里，跟他讲道理根本就行不通。比如面对改革开放的大好形势，他非说辛辛苦苦许多年，一夜回到解放前。后来人们的生活越来越好了，田里的庄稼也越长越好了，他还说这是长的资本主义的苗。见和爷爷说不清楚，杜荣光就不想说，更不想回家了。可是父亲杜家驹又批评他不尽孝道。尤其是担任了副县长以后，父亲还说他忘恩负义，其实冤枉他了。担任领导职务以后，虽然工作很忙，但他都尽量抽时间回家。但每次回家，爷爷总是对他的工作刨根问底。不和他说吧，他总是问，和他说一些县里发展的大事吧，说不到两句爷爷就要用他的观点开展批评，你不认真听还不行。本来想回老家轻松的，弄得他每次回家都心情紧张，不想和爷爷吵架，但也忍不住要说上几句。长此以往，不回老家老汉儿也不说他了。

随着时代的发展，在领导岗位上工作多年的杜荣光，终于认识到他与爷爷那一辈人的矛盾并不是简单的个人之间的矛盾，而是有历史的原因。他从小就听说过杜家和龙家的很多事情，按照他的观点，虽然有些个人因素，主要还是认为爷爷那代人缺乏文化造成的。他甚至想有机会能够化解两家的矛盾。今天终于逮着机会了，所以他在酒桌上故意谈了一些家事，为化解矛盾垫一点基础。听说龙远江还要住些日子，他想还有机会。

不过，他还不知道龙远江能否接受他，因为龙远江自从母亲去世安葬以后就几乎没在村里露过面了。看他今天对自己的态度，可能有点难。这也难怪，爷爷和龙远江那些不愉快，他也亲自看到过几次。印象最深是1978年10月的一天，杜清明已经不再兼任县委常委了，仍然回到公社当他的书记，那天杜荣光正好和爷爷在一起，看到一个怒气冲冲的年轻人进来，指着爷爷质问道："你为什么扣发我的通知书？"

爷爷抬头一看是龙远江，怒回道："你这地主崽子，还想读大学，做梦去吧！"

龙远江急了，拿起身边的一条凳子就要朝爷爷打来。

爷爷站起来吼道："反了，反了!"伸出手去挡向打来的凳子。

杜荣光那时已经是个刚入学的高中生了，从小到大没人敢这样待见过爷爷。为了保护爷爷不被挨打，他跑到龙远江的身后死死拉住他。

幸好外面的人听见叫声，赶紧跑进屋，拉住了龙远江。其中一个人说道："有啥子事情好好说嘛，打人就不对了。"

龙远江还在气头上："你问他干了啥子好事，我大学录取通知书为啥不给我?"

原来龙远江一直在家等他的通知书，眼看很多人的通知书都到了，他就着急了。因为他不相信自己考不上。去年12月他就参加过恢复高考后的第一次高考，当时成绩也不错，但是政审没有过关。今年国家在政审上放宽了，他感觉自己比去年考得还好，就不甘心地去了县招生办公室询问。招办的人说他考取了西南师范大学，通知早就发到公社去了。他想着一定是杜清明捣了鬼，所以直奔杜清明办公室而来。

一听说这个事情，其他的人都不开腔了，大家都知道杜家与龙家的渊源，肯定是被杜书记扣了。

杜清明自知理亏。当他看到龙远江的通知书，不假思索就扣了下来。现在看来扣不住了，但又不想在众多人面前失了脸面，于是没好气地说："通知书没在我这里，你先回家，我找人给你送到家里去。"

龙远江也冷静下来了，杜清明何时在人面前说过软话啊，要不是现在的形势变了，他杜清明今天也不会对他这么客气。虽然还指着杜清明，但他的口气也放低了："马上要开学了，今天当着众人的面，到今天晚上没有送来，我明天一早还要来找你的!"说完，转身走了。

杜荣光不明白爷爷为什么要扣龙远江的通知书。待一屋子的人散去以后，他问了爷爷。

爷爷说："这世道变了，牛鬼蛇神要翻天了。"爷爷咬牙切齿地说完这句话，情绪有些低落。他摸着杜荣光的头说："唉，这世道真的要变了吗?"

杜荣光对爷爷的话似懂非懂，他盯着爷爷，仿佛不认识他似的。他何时见过爷爷这般神情呢?不过他还有些佩服龙远江，仅仅上过初中，居然就能考上大学。他早就听学校的老师说过了，以后都要凭真本事考大学了，而不是像以前那样从下向上推荐了。所以从那个时候起，他也懂得了读书的重要，立志以后要考大学。

　　还有就是那一次爷爷想阻挡龙远江的母亲安葬在龙家祖坟的事情。那时他已经是个乡镇干部了，周末回家看望老人，正碰上龙远江回家办丧事。爷爷在去龙家祖坟的路上拦着不让队伍走那条路，非要人家走后山。杜荣光回家时，正赶上村里的一个人到他们家报信，说爷爷在山上跟龙家的人干起来了。

　　杜荣光一听，顾不得父亲着急，马上跑上山。正看着龙远江指着爷爷的鼻子大声嚷道："这坟山原本就是我们龙家的，凭什么不让我妈安葬在这里？"

　　爷爷也不示弱："什么龙家的？早就归公家了，你妈要在这里安葬，必须要公家批准。你问问大家，你经过生产队吗？"杜清明知道在场的人都不可能开腔，所以故意这么说。

　　正当他很得意，以为拿捏住龙远江了，龙远江反击道："杜清明，你早就靠边站了，还有什么权力来管这事？再说，这片坟山埋了不少其他姓氏的人了，其他人能来，我妈为啥不能来呢？今天你说破天，我也非要把我妈安葬在这里！"血气方刚的龙远江，说着就站到了杜清明的面前。

　　李三爷也赶来了。见此情景，他上前将两人拉开了："我说你们老的不像老的，小的也不像小的，龙娃子，不要闹了，把生产队的手续拿出来吧，让你妈安静一点！"

　　听李海清这样说了，杜清明的脸上挂不住："李海清！你还是那样是非不分护着龙家，早晚有一天这些地主老财的后人要爬到你头上！"说完气呼呼地走了。

　　杜荣光跟在爷爷的后面。他不明白爷爷退休都几年了，为什么还要去管这些事情。再说，现在不比从前，过去一言九鼎的爷爷，现在没人听他说话了，他为啥还这样呢？他曾经在李三爷面前流露过这样的情绪。李三爷告诉他："你爷爷脑瓜子虽然聪明，但是不读书不看报，听到广播里说的不如他的意，他还要骂人。他心里有恨，是个花岗岩脑壳。"

　　那时候年轻，对李三爷说的话还理解不深。后来自己也当领导了，又经历了爷爷很多事情，觉得李三爷说得有道理。爷爷不是也看不惯他吗？他除了每天喝点小酒，在家见哪个不如意就骂哪个。前些年，看到村里的年轻人都往外面打工去了，家里就剩些老头老太太和小孩子，他就骂那些年轻人忘恩负义，要钱不要家，看到土地荒芜，他就骂政府。总之村里的人都怕他，见他来，都远远地躲着。

也难怪龙远江还记恨着爷爷，他可听说过爷爷与龙家不少的故事。也许这里边有什么误会吧，龙远江是教授了，误会应该可以解开。再说，今天看来，龙远江与那个杨总的关系不一般，冲着这个，他能够把这个误会解开，让杨总投资到这里的新农村建设，他就是受点委屈也没啥。这样想着，杜荣光在车子的颠簸中酒意上来，慢慢地闭上了眼睛。

第三十三章　李海清的辉煌

　　李三爷家的院子里，李符阳、龙远江和杨长新还陪着李三爷在酒桌上一边喝酒，一边听李三爷讲那过去的事情。

　　李三爷见龙远江出来了，头脑似乎也清醒些。他指着龙远江："龙娃子，刚才那个人就是杜清明的孙子，我们三江县的副县长杜荣光，你认识没有？"

　　龙远江含糊其辞地应付着。

　　李符阳看爷爷的精神很好，便打岔道："爷爷，你跟我们说一说以前我们家和远江哥家，还有杜荣光家的故事嘛。"

　　李三爷刚刚睡了午觉，家里又来了这么多客人，精神比哪天都好，于是就答应道："好嘛，只要你们愿意听，我就讲。今天不讲那些事情，也讲讲你三爷爷的辉煌。杜清明一辈子和你三爷爷斗心眼，到头来还是我比他过得好。"

　　龙远江接过李三爷的话说："我知道，三爷爷最骄傲的就是围绕那片荔枝林，和杜清明斗智斗勇，最后不仅保护了林专家，还保护了符阳村那片最大的荔枝林。"龙远江因为上大学之前一直在符阳村，不像李符阳，随他爸出去工作在城市里长大，没有经历符阳村的那些往事。

　　说到干爹林专家，不仅龙远江佩服，村里的人都很佩服，别看他文绉绉的，但是田坎上的事情好像没有什么难得住他，大家都喜欢他。龙远江也是，他偷偷跑到干爹的家里，林专家教他学习数理化的知识。被爸爸发现后，不让他去。他开始以为是爸爸嫌弃人家是右派，后来知道爸爸是怕出身不好连累人家。以后他就瞒着爸爸，每次去的时候都谎称是去海清爷爷家。林专家也很喜欢龙远江，说他聪明，还鼓励他要好好学习，无论遇到什么困难都不要怕。还找书给他看。记得那本《钢铁是怎样炼成的》就是在干爹那里看到的。他被主人公保尔·柯察金感动，心里发誓要成为那样的人。在龙远江的心里，干爹林专家不仅农业方面的事情难不住他，而且知识渊博，形象高大。

李符阳催促着："爷爷，这段故事我好像知道一点点，你今天详细给我讲讲呗。说不定对我研究荔枝都有帮助。"

李三爷感慨道："那都是好久以前的事情了，说起来话就长了。你们想听，我就讲讲吧。"说着眯缝着眼睛，思绪回到了遥远的过去。

自从杜清明走了以后，他总是梦到龙泽厚和杜清明。一会儿是他们三个人在私塾馆打架的情景，一会儿是杜清明不肯听他老汉儿的话，硬要枪毙龙泽厚的情景。他还梦见了杜清明在"文革"中批斗魏组长的场景。魏组长流着眼泪，用悲哀的眼神望着他，想说什么也说不出来。那天李三爷正好进城办事看到了这一幕。记得李三爷回家时，正碰到杜清明往城里走，就跟他说了刚才看到魏组长的情况。没想到杜清明说："魏组长早就应该被揪出来了。她阶级立场一贯不坚定，是我举报的她，听说她虽然参加革命早，但也是地主家的子女，这种人就应该揪出来，游大街算是便宜她了！"看见杜清明那双充满了血丝的眼睛，李三爷惊醒了。

经历的事情多了，随便一说都是故事。可是要说这荔枝林的故事，那真是李海清这辈子的骄傲。李海清在农村也算是一个有文化的人，出身也很红，完全有机会成为国家干部的，可是他最终也没能走出村子，他知道这也完全拜杜清明所赐。其实魏组长第一次来符阳村搞肃反整风时，就有意识地想培养他，想抽调到他到县里去搞肃反甄别的政审工作。可是杜清明知道了魏组长的意图后，就跑到曾经在符阳村搞土改的吴队长那里，告了魏组长和李海清阶级立场不坚定的状。这个名叫吴正发的吴队长，当年就对杜清明敢闯敢干的精神很欣赏，所以就把提拔李海清的事情压下去了。其实李海清并没有一定要去县里的想法，只是想着自己今后如果有更多的话语权，就能对杜清明那些违反政策与良知的做法有所遏制。既然去不了，就安心在村里吧。不过，杜清明这样做是有野心的，他从这个事情上看到了机会。他去状告李海清时，趁机把自己推荐了出去。吴副主任叫他不要着急到县上去，说像他这样的人，当公社干部更适合些。自然灾害后，符阳大队因为饿死的人相对较少，机会来了，吴正发便推荐他到了荔湾公社当了副书记。据说是破格提拔。开始是不脱产，还兼着符阳大队的支部书记，后来就脱产当了书记，摇身一变就成了国家干部。

当上了公社干部的杜清明，因为兼着支部书记，本来他想着把民兵连长周严华提起来当队长，无奈周严华的名声太臭，前不久还发生了强奸妇女的事情。他原本是想学杜清明把自己看好的姑娘先斩后奏，将人家的清白姑娘拉到树林，等生米煮成熟饭后好嫁给他。可是时代不同了，人家姑娘不愿意，硬是要告他。杜清明为了保他，只得亲自出面做女方的工作，承诺只要她不告，一切都好说。如果同意嫁给周严华，他一定要周严华出大彩礼，而且风风光光地把她娶过去。

私下里，杜清明把周严华大骂了一顿，说他没有政治头脑。周严华唯唯诺诺，低着头规规矩矩地听他骂。

杜清明把周严华臭骂一顿后，对他说："我给女方的老汉儿说好了，你多准备点彩礼，热热闹闹把那姑娘赶快娶进门，消除影响。"

周严华一听叫他出彩礼就慌了："杜、杜、杜书记，我的家底你是知道的，我哪有什么彩礼，还，还多的。"

杜清明对周严华什么都满意，就是好吃懒做这点他改不了。看他那个没出息的样子，就没好气地说道："晓得你出不起，我帮你出大头，你也出一些，我把这个事给你摆平。"

一听杜清明要帮他，周严华鸡啄米似的不停作揖，就差没有跪下去了："杜大爷，不，不，杜书记，你真是我命中的贵人啊！这事要成了，我一辈子跟你当牛做马报你的恩！"

"算了，算了。先不说报恩，你就给我争气一点。李海清当上大队长了，以后有什么风吹草动的，你一定要来早点告诉我。李海清这个人你是知道的，做事情还行，就是头脑不清醒，我要给他把好方向。"

周严华唯唯诺诺道："杜书记，你放心，我一定照你的指示办。"

说实话，李海清没有那么大的野心，也知道杜清明对他是不放心的。所以，他重大的事情都把周严华叫来列席队委会，这一来二去的，周严华对他的监视也松懈了。杜清明也以为他识时务了，他也乐得干了些自己想干的事情。李海清后来也不想离开农村这个事了，想到龙泽厚托付他照顾龙家，他想要是自己走了，龙家的日子就真没法过了，从此李海清就专心专意留在符阳村干自己的事情。他想把家乡的土地按照自己的意愿来搞发展生产，可是只能悄悄进行。在那些年里，他不仅保护龙家，还成功保护了一个右派专家。

经历过不少政治运动的李海清，也明白了不少道理。运动一来，只要把村里的几个地主分子假装斗一斗，就算过关交差了。所以他曾经对龙国强说过，平时不要多说话，关键时刻将你妈邱佳莹拉出来斗一下，不要那么认真，他心里有数。所以，龙家后来的这些年过得相对平安。后来邱佳莹死了，就把龙国强小两口拉出来斗一下。

可是保护右派林专家，李海清还真的是费了一番脑筋。

李海清得知了林专家被打成右派的缘由，很为林专家不平。出于他和林专家对土地深厚的热爱，他一心想着保护他。林专家大名林健强，因为从小身体羸弱，父亲便给他起了这样一个名字。他的父亲在江浙一带做丝绸生意。他在学校时积极靠近党组织追求进步，解放后为了给父亲划清界限，又响应号召随学生团南下参加解放三江县。考虑到他曾经在学校学的是农商专业，县里便安排他在农业局上班。他一直为自己的追求感到自豪，并写信动员父亲积极投身到社会主义工商业的改造中。父亲也听了他的话，最早将自己的丝绸厂交出去公私合营。"大跃进"开始了，他也积极响应鼓足干劲，力争上游，多快好省地建设社会主义号召，每天仿佛都有使不完的干劲，积极投入火热的生活之中。可是后来发生的一些事情，让他有些不明白。有一天他下乡，看到县里派下去搞中心工作的人，一个劲地要强迫农民将黄豆往山崖上的石缝里点种，林专家很生气，说这样做是违反科学的，不仅浪费粮种，而且会导致颗粒无收的严重后果，就前去制止。旁边一个公社干部急得什么似的，跑过去把他吵了一顿，说是上面要求亩产要达到万斤以上，粮种必须要下足，每亩要下几百斤的种。他也知道那些稻种的秧苗全部下到田里长不出粮食来，田坎上要点那么多的黄豆种也不行，可是，这些种子粮又不准拿来吃，所以才想了这么个把粮种撒在石缝里的法子，叫他不要在自己负责的地盘上添乱。林专家虽然哭笑不得，但也觉得人家也是奉命行事，跟他说也无济于事。于是，趁去县里开会的机会，他准备向有关领导汇报后制止这些愚蠢的行为。

县里正在开会，分管农业的正是原来土改时期的吴队长、现在三江县人民委员会的吴副主任。他正在台上动员。只听他说，"我们报的每亩五千斤粮食产量，这次去专区开会才知道其他县已经上万斤了，你们说怎么办？"

林专家刚进会场，就听到这句话，气就不打一处来，他举手大声说道："尊敬的领导，我是农业局专门搞技术的林健强，从技术这个层面上讲，不要说一万斤，就是每亩五千斤也不可能。"

林专家的话音刚落，整个会场里的人眼睛全"刷"向了他。本来就很安静的会场这会儿更是静得落一颗针都听得见。

吴副主任被林专家呛得一句话也说不来，瘦削的脸上红一阵白一阵。过了好大一会儿，他用手颤抖地指着林专家吼道："简直是一派胡言，给我抓起来！"

会场上站起来两个穿制服的人，将林专家连拖带拽地拉了出去。

林专家就这样来到了符阳大队。

当时的吴副主任虽然气得脸发青，但也是他杀一儆百的好机会，所以就把林专家抓起来了。

林专家这一通话，打破了会场先前的压抑和寂静，参加会议的人全都松了口气，因为林专家既说出了他们的心里话，又为他们解了围。

送到符阳大队那一天，是李海清在村口那株大黄葛树下接到被两个民兵押着的林专家。穿着一身藏蓝色中山装的林专家，修长的身躯略显佝偻，还有有些疲惫，头发虽然有些乱，但眼睛特别有神。林专家的年龄看上去最多也就二十四五。他的五官生得很好，用现在的话讲就是颜值很高，再配上他那修长的身材，庄重整洁的衣着，简直就是现在说的男神。看着这个极像他心中那个电影明星王心刚的人，李海清无论如何也不能把他和坏人连在一起。

两个民兵将林专家交给他说："人就交给你了，要监督他好好改造。"

看那两个人走远了，李海清很自然地拿起放在地上的行李，对林专家说，"跟着我走吧。"

林专家一下将行李夺过去，连忙说："要不得，要不得。"

李海清忘了工作组魏组长的吩咐，又把装有洗脸盆之类的网兜夺了回去，说："这里没有人，我说要得就要得。"

林专家一直绷着的脸一下笑了："你这个人，现在人家看着我都像躲瘟神一样，你就不怕我连累你啊？"

李海清满不在乎地说："我听说你是个搞农业的专家，我佩服都来不及，还怕连累？我倒有些不明白，你说的那句老实话为什么就成了右派……"

没等他说完，林专家赶紧放下手里的铺盖卷，捂住他的嘴巴，四处张望了一下说："大哥，我不想连累你，这样的话以后再不要说了。"

李海清看他吓成那个样子，便说："要得嘛，你跟着我走吧。"李海清也不知道怎么的，他对眼前这个林专家有一种天然的好感,听说他对种田有研究，就更加敬重。冥冥中总觉得自己和他很熟悉。不过，既然魏组长吩咐他这人是来改造的，要注意和他划清界限，所以李海清就没说话了。不过走了一段路，李海清还是忍不住好奇："人家都叫你是专家，你究竟会做些啥子呢？"

林健强说："专家不敢当，我只是对土壤有些研究。"

李海清感兴趣道："土壤研究是啥意思？是不是哪块田土适合种啥子你都晓得？"

林健强说到土地就来劲了，一时忘了身份，自然就和李海清聊了起来："差不多就是这个意思吧。"

李海清一下就高兴起来："那你真就是个专家。等你安顿好了，我带你去一个地方，你看看适合种啥子值钱。"

林健强一边回答说听你安排，一边随李海清来到了两间茅草屋前。这两间茅草房一间是牛棚，一间是堆草料的地方，里面有一张用木头搭的简易床，可能是喂牛人临时休息的。李海清捂住鼻子，跑上跑下将两间房子前前后后看了一番，自言自语说道："这个地方咋个能住人哦，住久了不得病才怪。"他拉着林专家的手说："走，我带你去另外的地方。"

林专家看到这里又脏又破，心里虽然不愿意，但是命运操纵在别人手里，不愿意也没办法。没想到李海清叫他去另外的地方，也没有客气，跟着他就走了。

李海清带着他到了一个有宽大晒坝边缘的地方，坝子边有一排屋，李海清从腰包里掏出钥匙，打开靠边的那一间，招呼林专家进去。

林专家进去后发现这间屋是个保管室，里面有好些用苇席做成的囤包堆着粮食，靠门的墙边放着一张比较干净的床。林专家一看就喜欢上这里了，但心里有些忐忑，不安地问："可以住这里吗？"

李海清一时又忘记了魏组长的话，大咧咧地说："怎么不可以，这是我的地方，你尽管住下来。我给魏组长说一声就行了。"说着，就帮着林专家收拾。他说："等会儿我给你送点饭来，今天就这么对付。明天我找几个人在外面给你搭个棚子打个小灶，你准备点锅碗瓢盆，就在这里安营扎寨了。"看看收拾得差不多了，他叫林专家早点休息，关上门便走了。

李海清回到大队部，魏组长还在开会。

等开会的人走了，魏组长问他："你把那个右派安排到牛棚去了？"李海清说："那个牛棚根本就不能住人，我把他安排到保管室去了，正好给我做个伴。"

魏组长一听就急了起来："我说你咋个没一点政治意识哦？他是来改造的，又不是来享福的，你把他安排得舒舒服服的，我们都得挨批评。"

李海清说："右派也是人嘛，人家细皮嫩肉的，咋个遭得住那些像蚱蜢一样又长又大的牛蚊子咬嘛。上边检查你就说那个地方太清静了，不利于监督，他和我住在保管室，我好代表贫下中农监督他。"

魏组长听他这样说，也有些同情，一时竟没有接上话来。魏组长是个高中生，临解放前她就是三江中学的一个进步学生，参加过保卫解放三江县城，迎接解放军进城和平解放三江的工作。解放后参加土改，土改结束后安排去党校学习，回来后就参加了工作。这次来符阳村搞整风，她很看重李海清，觉得这个小伙子是个当农村干部的料。不过那天委婉问他想不想当干部时，李海清遭遇杜清明压制他的那件事情后，就说不想当干部了，想到外面的世界去看看。因为长大成人的李海清，还没出过县城。听他那么维护这个叫林专家的右派，魏组长眉头一皱，计上心来，就说："你要想护着这个人，除非一辈子看着他，否则你一走人家又把他撵到牛棚去了。"

李海清直直地盯着魏组长说，"亏你也是读过书的，人家好歹是个学农业的专科生，我还指望他为土地多做点贡献呢！"

魏组长心里一乐，说："你这想法不错，可是只有当了大队长，你这些想法才能实现。"

"真的吗？"这句话似乎打动了李海清。

魏组长说，"当然是真的。你想啊，我也快回县里去了。你拿林专家当个宝，人家拿他当根草，你说他会怎样？你当了大队长，在你一亩三分地上还不是你说了算。"

李海清想了想，觉得有道理，便说："那好吧，我答应你。"

不过魏组长也给李海清打招呼："现在到处都在抓右派，说话都小心一点，不要被人抓小辫子。杜清明现在既是大队长，但还担任着支部书记，他这个人你是知道的。否则，不要说保护别人，连自己也保护不了。林专家就是说话不注意才被打成右派的。"

李海清眼睛眨巴了几下，一时有些不明白，再说自己是贫农出身，他怕哪个？

不过，魏组长结束工作组工作时，也将李海清推到了大队长的岗位上。从此，李海清就守着符阳大队的土地和村民，一直干到了他不再当村干部为止。

第三十四章 荔枝林的故事

李海清庆幸自己这辈子遇到了林专家，否则他觉得这辈子老是和杜清明这样的人斗心眼，就活得没有意义了。要说这也算是命中注定吧，李海清一家在新中国成立前几年，还是个有几百亩土地的地主。临解放时，父亲因为抽鸦片烟，把从爷爷手里接过来的土地都卖得差不多了。就在一家老小都痛恨父亲败光家产时，解放后的土改却得了个贫农的好成分。那些买了他们家土地的人家却没那么幸运，一个个都成了大小不等的地主。买土地的那些人原本想在土地上好好经营，让自己的孩子也去上个学，彻底改变以前的贫穷，现在全成了泡影。倒是李海清，书读在了前面，等到家里供不起他读书时，他却成了村里一个成分好又有文化的人。虽然那时他只有十多岁，文化也相当于初中，却是村里难得的知识分子，写写算算的差事都少不了他，加之他的思维方式与杜清明不一样，弄得杜清明既恨他又离不开他，他也利用这点优势保护着他该保护的人。李海清对土地有一种天然的敬畏感，他相信自己继承家业后，肯定比吃鸦片烟的父亲经营得好。继承家业的美梦破产后，他发誓要一切从头再来。

那一天他记得很清楚，他坐在失而复得的土地上久久不肯离开，看着田里稻谷随风翻着金色的波浪，他陶醉了。天已很晚了，他看到王大狗和他一样坐在土边上不肯起来，便招呼他一起回家。

王大狗比他大几岁，长得却和他一样高，是村里真真实实的贫雇农。王大狗说："李三儿，你先走，我还要坐一会儿，这辈子从来没想到自己还能有土地，我家的土地我还没看够呢。"是啊，自己的土地谁看得够呢？

自从李海清答应留下来当大队长以后，魏组长也就再没管过李海清如何改造林专家的事了。倒是杜清明严厉地批评过他，说他同情右派，再不改正就要向公社反映抓他的典型，非要将林专家赶到牛棚里。

魏组长也说不能让林专家住在保管室，那里毕竟是仓库重地，以后上面的人来检查不好交代。

李海清明白魏组长是关心他。正好他当大队长以后就不能兼保管员了，所以就干脆趁势把林专家安排到自家院里的一间屋子，还美其名曰说是加强对林专家的监督。

魏组长如此重视李海清其实也有她的私心。她回城里后不久就提拔为农业局的副局长，分管农业生产这一块。这些年她也看出来了，农村的中心工作多，动不动就是抓典型，她不在农村多培养几个像李海清这样脑壳灵光的人，工作就会事倍功半，费力不讨好。

林专家每天与李海清朝夕相处，不明白李海清为什么对他这样好。直到有一天，李海清叫他一起去看那一片带斜坡的山地，他才明白了。两人才真正敞开了心扉。

那一片地就是李海清早就想带林健强来看的那片山地，也就是后来全县有名气的符阳荔枝林。这片地很早以前是柴山，解放前几年这块地是李海清家的，李海清爷爷那时就找风水先生看了这块地，据说是个聚宝盆。爷爷打算把这里打造成花果山，不料还没来得及便撒手人寰，就把这个任务交给了李海清的父亲，结局可想而知。父亲不但没有实现爷爷的遗愿，反而低价将它卖了出去。土改时，这块土地又回到了李海清的家。有一年山里遭雷击起山火，过了几年这里便成了杂草丛生的地方。人民公社时自然就成了集体土地。李海清一心想在爷爷说的这块宝地上干出点名堂。可究竟干什么，他也没有底。今天他和林专家来这里，就是想听听他的建议。

山上基本没有路，二人一钻进去，杂草就淹没了他们。幸好已经是深秋季节，草已开始枯黄，失去了劲拔的力量，他们才借助砍刀围着这片山地走了一圈。那天的天气真好，天高云淡，秋阳西斜，那些沐浴在阳光里的灌木叶，闪烁着五光十色的妖艳，随风飘舞，发出哗哗的声音。

林专家不由得赞叹着它的美丽。

李海清说："林专家，我带你到这里来可不是为了欣赏风光的哈，你要认真地给我看看，究竟栽啥子才值钱。"

林专家和李海清在这块地上转了半天，他对李海清说，"你爷爷说得没错，这块地方的确是块宝地，前有长江大河，后有水库，既有阳光照射，又有水湿汽的滋润。"

李海清马上打断他的话，"你就不要说种粮食哈，就说栽点果树之类，一劳永逸，既好管理，又能卖几个钱的。"

林专家睁大眼睛看着他，仿佛不认识李海清似的："现在都人民公社化了，以粮为纲，你不种粮食不怕挨批啊？"

李海清不屑道："我不管这些，我爷爷既然说了这里是宝地，我就一定要把它变成金宝卵。"林专家被李海清对土地的痴情感动了，他动情地说："李队长，你既然这么说了，我过几天带着仪器来搞一下土壤分析，再给你提出建议。不过……"林专家说到这里有点犹豫。

李海清不耐烦地说："有话就说，有屁就放，我不喜欢弯弯绕。"

林专家小心翼翼说："你这样做，不怕遭抓典型啊？"

李海清不假思索地回答："这些事情你不要操心，尽管干就是了。"于是林专家重操旧业，悄悄搞起了研究。经过一段时间的忙碌，林专家得出了结论，这里可以种三江县最有名气的荔枝，而且也许是最晚熟的荔枝了，也就是说是最值钱的。林专家将他的分析说给了李海清听。

李海清立即就决定栽荔枝，专门派人去三江最有名的三块石百年荔枝母本园联系苗子。派去的人不懂，回来说荔枝的种类很多，有名气就有十二个品种：带绿、桂味、妃子笑、铊堤、糯米糍、良姜泡、大红袍、荷包、楠木叶、佛顶珠、乌泡、绛纱囊，不知道买哪种更合适。

李海清征求林专家的意见。

林专家毫不犹豫地推荐了妃子笑和大红袍。

李海清问："为什么？"

林专家解释说，"据我对荔枝的研究和认识，妃子笑不仅果子优良，而且很出名。那首千古名句'一骑红尘妃子笑，无人知是荔枝来'早已深入人心。大红袍荔枝颜色鲜艳品相好，产量也高，而且它的树冠高大，树枝弯弯曲曲，婀娜多姿，非常漂亮。"

李海清第二天就和林专家专程去买荔枝苗。那时的交通不便，他们走了半天的路程才到了被传得很神的荔枝母树前。不愧是母树，虽经百年沧桑，但巨大的树冠依然郁郁葱葱，需三四人合抱的树干似乎是多根荔枝树扭在一起的合成，然后再分出一根根弯弯扭扭的树枝，看上去既有岁月雕刻的刚劲，又有婀娜多姿的妩媚。关于荔枝林的传说有很多，还有一个说的是曾有一个叫陆世疆的三江人，清朝康熙年间做官时从两广运回荔枝树，栽在三块石一处叫猪圈门的地方，并立下遗嘱说荔枝树和栽荔枝的这片地都归他女儿所有。他还告诉女儿，如果今后遭到不测风云，穷得无路可走时，就把荔枝挖起来，移栽到别的地方，就能够转危为安。果然，陆世碹死后，他女儿遭遇不幸，穷得连饭都吃不上了，想起父亲说过的话，就与丈夫一起去移栽荔枝树，当他们把荔枝树挖起来以后，发现下面有一个大瓦缸，里面装满了银元宝。陆家女儿把这棵救苦救难的荔枝树移栽到三块石这个地方。后人就把这株荔枝树取名为三块石荔枝。它是如今三江最珍贵的引种荔枝树之一，它的子孙几百年来在三江这块土地上不知道繁衍了多少。

他们围着这棵荔枝母树转了好大一阵，才看到一个人从远处走来。

那人听说要买荔枝苗很惊讶，说现在大家都忙着大炼钢铁，你们怎么还想着栽荔枝？

李海清说："荔枝苗是我私人买的。"

那人咕噜说你们的胆子可真大，一边说一边将他们领到了荔枝苗圃。

苗圃很大，估计有好几十亩，可是眼前看到的就是一片杂草。

李海清问："荔枝苗呢？"那人下到土里，拨开了杂草，才看到了藏在草丛中的苗子。

林专家看到那些长得可怜兮兮的荔枝苗，心疼地说："太可惜了。"

李海清问："多少钱一根？"那人又说反正没人管了，你们尽管挖，要多少挖多少。林专家惊喜道："真的吗？"

那人不屑道："这里的事情我做主，只要不叫我出运输费就行。"

李海清立即笑道："行，行，一切听你的。"

就这样，李海清陪着那人吃了一顿单碗，就把荔枝苗拉回来了。

栽荔枝前，李海清按照刀耕火种的方式将杂草烧了。栽荔枝那天，李海清只叫了王大狗兄弟俩和几个少数信得过的人。

林专家指导大家按照宽窄前后7.2米左右的距离来栽。那些荔枝苗，一株株营养不良，被风吹得东摇西摆。林专家对李海清说等苗子栽活后要赶紧施肥，否则长不好。又说这么高的山，路也不好走，需要的肥多，到哪里去弄啊？

李海清诡秘地笑了笑说："这个你不管，反正到时候有肥料就是了。"接着又跟来栽荔枝的人打招呼，不要对外说在这里栽荔枝苗的事情。

王大狗说："李大哥，你说了就是，我们听你的。"

李海清说："我比你岁数小，你叫我哥，不折我的寿啊？"

王大狗的兄弟说："你是大队长，叫你哥是尊重你，不是岁数大小的问题。"王大狗赶紧说："就是就是。"

李海清眯着眼睛想了一下，很受用的样子，就默认了。

林专家岔开话题说："荔枝没长大以前，可以套种一些农作物，可以种点豆类，要不太浪费土地了。"

李海清说："林专家，这个权利交给你，你说种啥就种啥。"

林专家有时不得不佩服李海清，他有自己的小聪明。入冬后的一天，林专家踩着泥泞的山路去荔枝林，老远就闻到一股很臭的味道，定睛一看，山坡上一路都有许多竹箢，臭味就是从竹箢里发出来的。原来里面全是半干的人畜粪。

李海清站在一块大石包上，笑眯眯地说："林专家，肥料不够就说哈，你只要把这些苗子给我弄得壮壮的，你需要多少肥我就给你弄多少。"原来，李海清派人去城里收粪料，收回来后倒在粪池里，将那些粪渣捞起来晾干装在竹箢里，然后叫王大狗兄弟俩运到这里来。李海清还告诉他，只要他把这片荔枝林搞成功了，就算他改造好了。

自从他被下放到这里改造后，婉转得到老家的一些消息，父亲因他的问题受到株连，原本评为小商成分的父亲，一下就成了大资本家，小弟因为出国留学至今未归，又被扣上莫须有的罪名。父亲经受不住这样的沉重打击，和母亲一起在家里双双自尽。本来已经谈婚论嫁的女朋友，准备到三江来陪他白头偕老的，现在也不敢来了。林专家虽然去死的心都有了，可是遇到了这个李海清，他觉得看到了一丝希望。现在李海清将这片荔枝林交给他，他也想在这里种植他的希望。毕竟东方不亮西方亮，他对土地是有感情的，能让他将所学知识在这片土地上发光发热，已经是生活对他最大的恩惠了。于是，他一天到晚都在这片林子里打发时光。

李海清对林专家的表现很满意，才几个月的工夫，荔枝苗绿油油的显得很健壮，和刚栽下去的那会儿完全是两回事。而且点下去的黄豆也长势良好，丰收是不成问题的。

荔枝林在林专家的精心培育下，苗子长得很快，间种的黄豆也获得了丰收。李海清和林专家商量，黄豆除了拿些给敬老院，其余的就储存起来，以备粮荒之用。在林专家的心里，他总觉得现在的一些做法会导致粮荒。

杜清明带着队伍出去砍树大炼钢铁，终于从周严华的嘴巴里知道了李海清搞荔枝林的事情，他气急败坏地赶回符阳村兴师问罪。他怕公社一把手知道了这个事情，他这个支部书记要承担责任。可是大炼钢铁的任务重，他又被派到其他乡支援去了。他叫周严华先带话给李海清，叫他把荔枝树砍了种粮食。

周严华回去告诉了李海清。李海清知道这个事情纸包不住火，就答应道："可以砍，你们派人来把它砍了就是。"

"可是哪里有人呢？劳动力都抽出去砍树子大炼钢铁去了。"

周严华看杜清明的指示得不到落实，急的又跑去向杜清明汇报了。这一来二去的又耽误了不少时间。

林专家不愿意看到的事情终于发生了。大炼钢铁后的粮食大饥荒不可避免地到来了。好在符阳村储存了几年的黄豆，在关键的时刻发挥了作用，按人口平均分配，每家每户每天一小盅。李海清领导的符阳大队在全县死的人最少。当然，这个功劳自然落在了支部书记杜清明的身上。县里的吴副主任表扬他远见卓识，带领符阳村的村民们大战饥荒，度过了困难的日子，在全县做出了表率。为此，杜清明被提拔为不脱产的公社副书记。这是他没有想到的，也因此对李海清有了新的认识，荔枝林也暂时得以保留了。

20世纪的60年代初期，生产慢慢恢复了，生活开始了好转，荔枝林也开始成林了。看着自己亲手培育的荔枝林就要出成果了，林专家心里非常高兴，建议修一条山路通往荔枝林。

李海清不同意，他说现在政府不主张搞副业，说你是搞资本主义。

林专家通过荔枝林的遭遇，对李海清佩服得不得了，不知道他什么时候变成了政治家，能够预测政治风向上的事情。

其实李海清哪里知道什么政治，只不过这些年经历的事情，让他也学乖了不少。大饥荒过后，除了杜清明得到了提升，李海清也受到县里的表扬，说在杜清明和他的领导下，大队在粮尽食缺的情况下，还培育了人工繁殖小球藻和菌类，救了一些人的性命。其实李海清知道，这些都是林专家的功劳，他哪懂这些呀。

魏局长也知道李海清的背后是林专家，但她只能把功劳算在杜清明和李海清的身上。恢复发展生产期间，作为全县第一个女农业局长的她，就想着把符阳大队作为全县的先进来推广。她知道李海清的那片荔枝林开始挂果了，从李海清送给她的荔枝看，色泽鲜艳，皮薄肉厚果汁多，酸甜适中，完全是精心培育才能结出的果子。她还想着适当的时候将林专家解放出来在全县推广他这些年研究荔枝的成果。多年的农村工作告诉她，除了粮食生产以外，还应该搞些副业生产，多栽经济作物，才能增加农民的收入。可是还没等她操作这个事情，转眼到了这年的秋季，上面又来了新的精神。魏局长看到文件倒抽了一口冷气，她那些发展生产的想法似乎与文件精神大相径庭，当前要抓的是阶级斗争，自己还操心农业生产。

在"四清"运动中，李海清被人举报私自搞副业生产，有走资本主义道路的倾向。举报信被吴正发批到魏局长那里，要求她立即查处。

魏局长不敢怠慢，第二天一大早，就急急忙忙骑着自行车跑了近两小时，把正在吃早饭的李海清和林专家堵在家里了。

李海清看魏局长来得这么早，又没带其他人，就知道有大事。李海清一边叫老婆拿碗筷，一边招呼魏局长坐下吃饭。

魏局长也不客气，走到堂屋的桌子边，看了桌上的下饭菜，说你这伙食不错嘛，还有花生米和盐蛋。一边说一边就端起李海清老婆给她的稀饭，拿起筷子搛起桌上的一个麦粑就吃起来。

李海清看魏局长吃得差不多了，就说："今天大驾光临，是有要紧的事吧？又是为荔枝林的事情？"

魏局长不想兜圈子，直言道："你猜对了，就是为那片林子。现在要搞'四清'运动，可能又要派工作组下来，我下来还好，如果是其他人就不好说了。我想听你准备如何处理荔枝林。"

李海清似乎早有准备，不紧不慢地说，"我知道有人举报我，说我发展副业是不抓政治，思路有问题。有问题你们就来查嘛，这两年荔枝开始结果了，收入都全部用于敬老院那些孤寡老人，这些开支都是有账可查的。我还想以后收入有节余了，就贴补那些困难人家的农税提留。如果把荔枝林毁了，你就给我指条路，以后我队里那些'五保'老人的饭碗问题如何解决？还是像其他地方那样每家每户搞摊派？"

魏局长一听李海清这么说心里就有底了，她转而对林专家说："走，你带路，我去荔枝林看看。"

林专家看了李海清一眼，见他微微点了一下头，就带着魏局长出门了。

本来李海清也准备去的，魏局长拦住说你忙你的，有林专家带路就行了。正好李海清要去下队检查各生产队社员出工情况，也就没有去。

魏局长不要李海清去的真正原因，是想和林专家摆摆龙门阵。一路上。

魏局长打破沉默："林专家，你到这里来有几年了吧？"

林专家说："魏局长，你叫我专家真不敢当。我到这里已经五年零三个月了。"

魏局长听他记得那么清楚，知道他心里有委屈和不甘，于是又说："你看这么多年了，我对你也关心不够。"

林专家受宠若惊地说："魏局长，你对我够关心的了，当初要不是你把我放到李队长这里，我真不知道自己的生活该如何过下去。你不知道，当时我死的心都有了，这边我没有一个亲人。到了符阳大队，李队长一家把我当亲人一样。"

魏局长点了点头："这倒是。这个李海清，有知识有文化，鬼点子多，是农村不可多得的人才，跟着他，你会有用武之地的。"

说到这里，林专家激动地说："我已经体会到了，这些年符阳大队无论粮食还是其他生产，李队长都征求我的意见，我也把这里当成试验基地，想争取搞出点名堂。"

魏局长叹了口气说："不过，你这些想法虽然好，心里有数就行了。"

林专家知道魏局长关心他，心里很感动。

魏局长问他："听李队长说那片荔枝林的土壤是最适合栽荔枝的？是这样吗？"

林专家说："我对三江县的地理情况原来不是很了解，这些年专门进行了一些研究。你知道为啥四川只有三江才产荔枝吗？就是因为这里是四川盆地纬度较低的地方，属亚热带中的温带气候，使得两广的荔枝也能在这里生长。而且由于它独特的小区气候，使得这里的荔枝晚熟，味道酸中带甜，比两广的荔枝口感好，经济价值高。"

"是吗？"魏局长感到惊奇。她鼓励道："林专家，我真羡慕你。你虽然戴着帽子，但还可以干自己喜欢的事情。我支持你，以后有什么困难和问题你就和李队长说，我尽量帮你解决。"

说话间，二人走到了山脚下，顺着羊肠小道似的坡道往上爬。魏局长说："荔枝林都搞起了，为啥不正儿八经地修条路呢？"

林专家解释说："李队长不同意。我原来也和你的想法一样。自从经历了三年的自然灾害，我才明白了他这样做的道理。当时如果这里有路的话，这片林子早就保不住了。现在我对李队长是绝对的信任，我只管按他的要求，搞我的研究。"

魏局长想到马上要开始的"四清"运动，也就不说话了。走了很长一段时间窄窄的山道，才算正式进了荔枝林。

林专家带着魏局长一边看一边介绍。

魏局长越看越高兴，才几年的功夫，荔枝就封林了，看得出今年的荔枝一定是个丰收年。魏局长感叹道："这片林子长得真不错，完全可以成为示范园。"

林专家说，"我和李队长没有想过什么示范园的事情，这年头干点自己喜欢的事情比啥都重要。荔枝林要保存下去，还是不要宣传为好。"魏局长不住地点点头。

魏局长回到县城，立即按照李海清的思路向吴副县长作了汇报。他听魏局长说符阳大队的五保老人多，村里专门给敬老院划了土地，种了一些经济作物，用于敬老院的开支，否则敬老院的开支就要摊到每家每户去，可能会引起社员的不满。

魏局长回避了荔枝林的事情，巧妙地回应了吴副主任关心的事。

果然，吴副主任听了魏局长的汇报，没说什么。只是告诫她，只能仅限于敬老院的土地，不能扩张，否则要一查到底。

魏局长自然点头称是。魏局长正要告别，吴副主任又问道："那个叫林健强的还在符阳大队吧?"

魏局长心里立即紧张起来。

吴副主任又问："在那里表现如何啊?"

魏局长说："他在工地上改造，听说表现还可以，就是不怎么说话，一天到晚就知道埋头干活。"

吴副主任说："他要是还不吸取教训打胡乱说，就不是戴帽子的问题了，你给我盯紧点。"

魏局长连忙说："吴主任，你放心，我一直盯着的。"从吴副主任的办公室出来，魏局长松了一口气，心想要不是李海清拦着不宣传荔枝林，估计她今天也要被吴副主任抓典型了。不久，魏局长也被派到符阳村来搞"四清"工作了。

第三十五章 荔枝林的命运

　　转眼到了1966年的上半年，"四清"工作接近尾声。抽到外地搞中心工作的吴正发回到自己的办公室，看到堆积如山的文件资料，顺便拿起了一封群众来信，没想到又是举报符阳大队李海清的，说他在"四清"工作中包庇地富反坏右分子，不抓粮食生产搞副业，特别提到了那片荔枝林。这让他又想起了林健强。他立即打电话给荔湾公社书记杜清明，批评他工作不得力，自己管辖的地方居然仍然还有资本主义的尾巴，必须立即割掉。然后又叫人通知魏局长到他办公室来。他怀疑魏局长包庇那个右派。

　　快到中午下班时间魏局长赶来了。她还在符阳大队，仍然当工作组组长，接到通知时，她正组织人马在田里洒肥，落实同社员同吃同住同劳动。三江是农业大县，这些年为了粮食增产，她也在摸索经验。她发现自从土地入集体以后，农民干农活没有土改时那样热情高涨了，队长们每天虽然催着社员干活，但是偷奸耍滑的人不少，反正出一天工的工分是定死了的，干多干少也是一样。久而久之没有多少人真正想把自己的力气洒在土地上。还有那些干部们不干活也要拿工分，引起社员的不满，但也只有敢怒不敢言。

　　魏局长也反思过这个问题，这一反思不得了，把她吓了一跳：土改时，土地是自己的，农民当然肯花心血在自己的土地上。现在土地不是自己的了，都是吃大锅饭，哪个还像以前一样肯下力气种庄稼呢？反思的结论是否定"大跃进"，这还了得！有没有啥子办法，既可以调动农民的积极性，又可以不否定"大跃进"呢？她小心翼翼地和李海清探讨这个问题。李海清告诉她，可以把土地划为生产小组，开展劳动竞赛，给各个小组定生产指标，超出的部分用于奖励小组的人。她觉得有道理，想趁在符阳大队搞"四清"的机会，将这个方法细化后试一下。听吴正发找她，心里猜想是不是这个事情要挨批评。

　　吴副主任把举报信递给魏局长。一看是李海清和荔枝林的事情，魏局长放下去的心又悬了起来。吴副主任接了个电话，听他对着电话说："你们把人稳住，我马上就回到公社。"接完电话他说："老魏，本来想和你一起去符阳大队的，看来去不成了。你和杜清明书记替我去看看，要提醒李队长，不要在大是大非面前昏了头。林健强这个右派一定要好好改造，否则没有他的好果子吃。"

魏局长一边答应一边说："你放心吧，我一定马上就去传达你的指示。"

李海清开会后回到家，看到魏局长在等他。见天色已晚，便叫老婆弄点下酒菜，说要陪魏局长喝酒。

魏局长原来是不喝酒的，自从来农村搞工作队以后，感到一点酒不喝，话就谈不拢，虽说她是个女同志，但不喝一点也不好接近社员，于是也试着喝一点，结果没想到自己还是可以喝酒的。尤其是当了农牧局的局长以后，她体会到在农村喝酒也是工作，不喝还真不行，性格也变得比以前豪爽多了。这不，三杯酒下肚，话匣子就打开了。魏局长把吴正发的意思说了，问他咋个对待这个事情。

李海清剥了颗花生丢在嘴里说道："我把队里那个告状的人抛出来了，你知道不？就是那个副队长周严华。免得他老是盯着林专家。"

魏局长又问："林专家的事情已经反映到县里去了，你要考虑能否过关。只有你过关了，他才有希望。"

李海清端起酒杯说："魏局长你放心，我心里有数。很多人对林专家也蛮同情的，我要让你和大家都能交差。再说，那片荔枝林如果被毁了，就要得罪全大队的人，哪个愿意在自己的工分里扣钱呢？"

魏局长说："我要赶快把荔枝林的事情，特别是对林专家劳动改造的情况向吴副主任汇报，由我们工作队去说效果要好些。"

天已经漆黑了，魏局长回到了赵二嬢家，她要想一想咋个向吴正发交差。

过了几天，魏局长去县人委会办公室，想打听一下吴副主任的消息。没想到平时井然有序的县人委会办公室，人来人往显得有些热闹。魏局长看到一些陌生人进进出出，就向秘书们打听。

一个秘书对她摆了摆手说："你别打听了，听说他已被打成走资派，当地的贫下中农把他抓去斗争了。"

魏局长一脸惊讶，赶紧离开了县人委办公室。

那片荔枝林的事情就这样被搁了下来。

没几天魏局长也被揪了出来。

那天正赶上李海清进城找魏局长办事。看到魏局长被一群人推拉着进到一个会场，便跟着一起进去了。她低头站在会场的台上，一头干练的短发被抓得乱糟糟的，让人心疼。

李海清耐心地坐在会场的最后一排等候着，像一坨铅一样沉默。

批斗会结束后，三个造反派押着魏局长朝门外走去，李海清上前问："你们要把她带到哪里去啊？"

其中一个人不耐烦地说还能到哪里，找个地方劳动改造去。

李海清灵机一动："我看不如弄到符阳大队去吧，我们那里在修路，正缺人手。"另一个上前拽了李海清一下，蛮横地大声说："你这个老头儿干啥的？你知道她是哪个吗？就敢在这里拦截人。"

李海清看那人不是一个善茬，也没好气地说："我是哪个？你打听打听，你大爷我是堂堂正正的贫农一个，符阳大队的大队长。"

那人看李海清雄起了，就软了下来。

旁边那个揪住魏局长胳膊的人打着圆场说："张队长，我看这样也好，反正我们还没落实地点，把她关起来还要派人看守。"

那个叫张队长的人用手撑住下巴，想了一会说："那好吧。"他转向李海清说："你这个贫农同志，人就交给你了。不过你一定要把她看住，否则拿你是问。"

李海清笑嘻嘻地说："你们放心，我坚决照办。"

刚才还热闹的会场，人一会儿全走了，就剩下魏局长和李海清两人了。

魏局长头发乱蓬蓬的，衣服的钮扣也不整齐。她对李海清说："你刚才很冒险呢，我都替你捏把汗。"

李海清还是那样的不屑："我的成分好，我不怕。"接着他笑嘻嘻地开着玩笑："现在你是归我管的人了，你得听我的话。"

魏局长也笑了："我听你的，我一定像林专家那样听你的话。"

李海清叹了口气说："这年头一会儿好人，一会儿坏人，真是看不透。"他关心地对魏局长说："你先回家安排一下，一会儿我来接你，我们一起回符阳去。"

魏局长就这样来到了符阳大队。

李海清安排她与林专家一起参加劳动，每天就与林专家一起琢磨科学种田和划分生产小组的事情。

转眼到了1971年。全国性的农业学大寨本来早已经开展了，可是三江县要迟一些。吴正发反戈一击有功，被结合进了县革委的领导班子，当了革委会副主任兼任农业生产组组长，杜清明也因为所在的符阳大队粮食生产成绩突出，作为农业学大寨的典型被拉进了革委会。由于受武斗的影响，农村开始出现饥荒。吴正发想借学大寨的机会尽快显示他的领导才能。他听说魏局长在"文革"中一直在符阳大队，那里的粮食生产很不错，便想把她叫回来给他当助手。想到过去的一些事情，他一个人去了符阳大队。他除了把魏局长叫回来以外，还想去看看那个叫李海清的队长，听说和杜清明是发小，有点鬼才。

吴正发骑着自行车，一路走一路看。正是稻谷扬花的季节，可一路上的田野，看见秧苗长得并不好。田里似乎没有被薅过，稗草与秧苗一样高，有的稗草好像还比秧苗长得更壮一些。吴正发眉头皱了起来，这个样子还怎么体现无产阶级专政下的大好形势哦。再走了一段路，田野的风景渐渐好了起来，绿油油的秧苗像厚厚的地毯一般，随风翻着大海一样的波浪。这还不算，就连那田坎上也种上了庄稼，远远望去就像一堵绿色的墙一样，走近一看，原来是高粱和玉米。吴正发的心情高兴起来了："这才像农业学大寨的样子嘛。"他正猜想这是不是到了符阳大队的地界，一眼就看到了林健强和魏局长正带着一些人在田里薅秧。他把自行车停在路边，跟着凑了上去。

魏局长看到他："吴主任，你怎么到这里来了？"一边说一边从水田里走了上来。

吴正发笑道："一进这符阳大队，就看到丰收在望的景象，还有那远看是堵墙，近看是高粱的美景。是你的功劳吧？"

魏局长也笑道："我哪有这本事，都是跟人家林专家……不，林健强当学生。"

吴正发一下收敛了笑容："就是那个右派分子吧？"

魏局长一看吴正发的脸色不对，也收起了她的哈哈说，"都这么些年了，你就多记点人家的好处吧。"

吴正发见话不投机，就说："我今天是专门来请你的。"

"请我？"魏局长有点吃惊。吴正发是个刚愎自用的人，何时见他请过哪个？

吴正发见她不相信，便把县里对她的安排和他的想法说了。魏局长开始不愿意，吴正发便软硬兼施地说："你躲在这里就万事大吉了吗？你包庇李海清的荔枝林我还没给你算账。现在机会来了，上级号召农业学大寨，正需要你这远看一堵墙，近看是高粱的典型。这要成了先进，还有啥子不好说的呢？何去何从你就看着办吧。"

魏局长对吴正发太了解了，翻手为云也可以覆手为雨，只好说那恭敬不如从命吧。

吴正发看魏局长答应了又说："你带我去李海清的荔枝林看看，这片林子的名气很大，争论也很大。"

魏局长不想让他去，又不好拒绝。于是以退为进地说荔枝林离这里有点远，还有那里的路也不好走，太阳也快落山了。

吴正发说那就快点走嘛。

魏局长没法，只好领着吴正发走了。

魏局长没有自行车，两人走得就比较慢了，快到荔枝林的山脚下，天完全黑下来了。

吴正发坚持要去看一眼，魏局长只好在前面带路。没有星星，也没有月亮，路也的确不好走。

吴正发深一脚浅一脚还差点摔了一跤，不由得骂了一句："什么破地方！"就再也不敢往前走了。他对魏局长说："算了，明天再来看。"

于是魏局长把他带到李海清派饭的地方。她在路上就叫人去给李海清报了信，报信人回话说把饭派在了王大狗家。如今的王大狗是一小队的队长，派在他那里也说得过去。平时来人李海清基本上都是自掏腰包，把饭派在自己家，用他的话说就是不给社员添麻烦。李海清今天这样做是怕吴正发看到林专家住在他那里，说不定又会惹出什么麻烦来。见二人回来了，李海清招呼道："吴主任是稀客啊，今天是什么风把你吹来了啊？"

吴正发看着李海清那张紧绷绷的脸笑道："是你那荔枝林的妖风。"

魏局长怕起冲突，赶紧打圆场："吴主任跟你开玩笑！"

李海清的脸稍有缓和，招呼王大狗把做好的豆花腊肉端上来，将早已准备好的三江老白干打开。

吴正发也没客气，坐在上席方位上，加上王大狗，四人开始喝起了单碗。

正喝得高兴，杜清明跑了进来，开门见山说道："吴主任，听说你到我老家来了，我就赶来陪你，紧赶慢赶还是没有赶上。本来想来陪你喝单碗的，县革委办公室听说我要来找你，就叫我把吉普车开来，说今晚我们都要去参加紧急会议，吉普车已经在马路边等着了。"

杜清明自从进了革委会就没再当符阳大队的支部书记了，不脱产也转为了全脱产，还兼着荔湾公社的党委书记。听说吴正发去了符阳村，就从县里直接来了。按理现在他和吴正发都是县革委副主任，是平起平坐的人了，通知吴正发回县上开会找个人就行了。可是杜清明感觉吴正发有些看不起他，不仅对他说话不客气，而且没有原来那般关心他了。毕竟是他的老领导，而且自己一路能够走到现在，跟他的提携是分不开的。符阳大队又是自己的老地方，所以，不管吴正发对他啥子态度，他都不露声色，小心翼翼地对待着吴正发。

吴正发知道县革委就一台吉普车，平时都是保证一把手马主任用，不是重大事情车子是不会来接他的。看来荔枝林又看不成了，他急忙站了起来，跟杜清明说，"下次看荔枝林你一定来陪我。"他嘱咐魏局长明天上午必须到他那里报到。根据他的经验，可能又会发生些什么。

211

第三十六章 符阳村当典型

吴正发和杜清明忙天火地赶到县革委，才知道原来是省上召开了农业学大寨的大会，要求各个地区和县要连夜传达。马主任晚上才回到县里，马上就召开会议研究部署。吴正发和杜清明赶到会场时，会议正开得热烈。马主任看吴正发和杜清明到了，就点着他们："你这个分管农业的副主任，谈谈你的意见。杜主任也是公社书记起来的，对农业也不陌生，都谈谈自己的意见。"

吴正发在路上已经向杜清明了解了会议的内容，一路上都在思考。见马主任点着他就说："我建议马上搞几个点出来指导全县的农业学大寨，一个是符阳大队作为粮食种满种尽的点。符阳大队的庄稼我去看了，真是田边土角，房前屋后都种上了粮食，间种套种的文章都做得好。我们要把'远看是堵墙，近看是高粱'的口号响亮地喊到全省去。二是把城郊大队的百亩大田开垦作为一个点，我们不是要搞农业机械化吗？如果不把小块的田改为大块的田，机械化怎么能实现啊？"

马主任肯定了吴正发的思路，接着说，"符阳大队就是杜主任的老家，这说明杜主任以前在那里的工作基础不差嘛，人熟地熟，我看我们班子的分工做一些调整，农业生产这一块就由杜清明主任来分管，吴主任呢作为常务主任，除了日常事务以外，就分管工业这一块。"

吴正发没有思想准备，不满地盯了杜清明一眼，心想肯定是他在马主任面前做了小动作。但他也没办法，只好先服从了再说。

会议一直开到凌晨。

符阳大队"远看是堵墙，近看是高粱"在全省就这样都叫出名了，谁说抓阶级斗争不能促粮食生产啊，符阳大队就是大抓了阶级斗争，狠割了资本主义的尾巴，才把粮食生产搞上去的。省里派了专人来看了实际的效果，最后确定在这里召开全省的农业学大寨现场会。魏局长虽然不同意县里这样的做法，但杜清明威胁她说又有人举报荔枝林的事情了，荔枝林是典型的资本主义尾巴，如果她不听话，他就要把荔枝林和林健强一起作为反面典型揪出来。

魏局长权衡了利弊，对气得不行的李海清说："官大一级压死人，我看你就忍了。只要保住那片林子，忍一忍还是值得的。"

李海清也只好认了。只是他坚决不去介绍什么经验，明明是李海清带领全队的社员，暗地里开展了生产小组大竞赛，在林专家指导下科学管理才干出来的成绩，硬要说成是抓阶级斗争抓出来的，要他去说谎他办不到。

这正中杜清明的下怀，他也正想在上级领导面前表现一番。别看杜清明文化水平不高，但嘴上功夫是练出来了的，仗着他对符阳大队的熟悉，每次都能投其所好，看人下菜地胡说一通。这次省上召开的现场会，马主任怕他岔起嘴巴乱说，不能把县革委的作用说够，就要秘书给他写个稿子，到时候照着念一念。

符阳大队何时这么热闹过，那一天省市县分管农业的领导来了一两百人，全都站在路边听杜清明汇报。开始一切都按照马主任的思路进行着，谁知杜清明拿着那个秘书写的稿子，在说到全县粮食总产一亿多斤的时候，说得很不顺畅，磕磕绊绊地念了半天也没念清楚，急得他一脸的汗。马主任走到他面前一看，原来是秘书写的阿拉伯数字，位数多了，杜清明念不好。

看到与会的同志们都笑了起来，马主任立马接过杜清明的话头，对大家介绍了全县农业生产的情况。接着在介绍符阳大队的经验时，马主任小声对杜清明说，"你就别照稿子念了，敞开说吧。"

稿子拿开了，杜清明又恢复了口若悬河的功夫。

这个小插曲虽然没有影响现场会的效果，可是从此之后，在场的各级领导都知道了杜清明肚子里有几两墨水了。

后来杜清明一直对荔枝林耿耿于怀，想要砍掉但都没有成功。

再后来的事情可想而知，大家都去揭批"四人帮"了。在清理"三种人"中，杜清明惶惶不可终日，被划了进"三种人"，彻底终止了他的政治生命。特别是十一届三中全会以后，各行各业都在拨乱反正，农村也不例外。魏局长官复原职，后来又接着当选为副县长，成为三江县第一个女副县长，仍然干她的老本行，分管农业生产。

随着形势的不断好转，那片荔枝林的命运也跟着起了翻天覆地的变化。魏局长当上副县长以后，首先就想到要把那片林子作为榜样，然后在全县推广符阳村以生产小组为单位大搞生产竞赛的成功经验，超额完成任务的，超多少奖多少。交够集体的，剩下的都是自己的，只不过生产小组还是一个以小集体的形式出现。别说，这方法非常有效，使三江的粮食生产在全专区一直处于领先地位。社员们在搞好粮食增收的基础上，再搞好牧副渔。

她太了解农村了，虽然后来实行了包产到户，农村不缺粮食了，但还缺钱用，所谓"肚皮饱，包包空"的现象严重存在。要解决这个问题，目前只有让大家大搞农副产业。可是现在很多人不敢搞，怕挨批。为了打消这些顾虑，魏副县长同已经平反担任了农牧局局长的林专家商量，两人决定去做李海清的工作，把荔枝林作为先进的典型树起来。林专家打前站，先去了李海清的家，得知李海清在荔枝林，就直接就去了那里。

李海清看到了形势的变化，向魏副县长争取了专项资金，终于结束了上山无路的状况，修了一条长长的上坡路。

正是荔枝开花的季节，林专家到了那里，看见李海清带着几个人正在疏果，忍不住参与进去。李海清看见他，对大家说："这才是真正的老师，我都是他的徒弟。林专家来了，这里就交给他了，你们大家都跟着他好好学吧。"

林专家一到这个地方，就有一种说不出的亲切感，他熟练地掰下一根枝丫，一边跟大家示范，一边跟大家讲解。把自己来做什么都搞忘了。

直到吃午饭的时间了，李海清来叫他，他才想起今天为什么来的事情。

李海清说："林专家，如今你也成了大忙人，今天是无事不登三宝殿吧？"

林专家笑道："真是什么事情都瞒不过你，我奉魏副县长的命，来和你谈谈荔枝林的事情。"

李海清笑道："荔枝林有什么事啊？是你们在打它的主意吧？"

林专家故意轻描淡写地说："也不是，就是想把荔枝林推出去，让大家来参观学习。"

李海清故作神秘地问："有什么好处吗？"

林专家不解："你想要什么好处啊？"

李海清神秘地笑道："也没什么，就是想拨点钱，把我们村的路修一修，以后人家来参观也方便一点。要致富，先修路嘛。"

林专家听他这么一说，就放心了。他说："我和魏副县长还担心你不同意呢，你说的这些要求应该都没问题。"

李海清听他这么说不乐意了："我也不是油盐不进的人，我知道现在社员们虽然能够吃饱了，但是包里没钱，离富裕的生活还早呢！就是要多找点来钱的途径，让农村人的腰包鼓起来。你们都想到了，为什么我要拉后腿呢？支持！"

就这样，那片荔枝林成了享誉县内外的先进典型了，就连省里也来召开了现场会，李海清也成了知名人士。

以荔枝林为代表的一批先进典型被推出来了，三江县掀起了开发农业的热潮，荔枝林效应正在扩大，开发农业一时成为农民致富的门道，三江也由此成了国家认定的长江中下游水果经济带，而且还被确定为全国的晚熟荔枝基地。

按照林专家的设想，要让三江更多的地方都有这样的荔枝林，让三江的荔枝拥有更大的市场，卖到更多的地方去，让荔枝成为造福农村的摇钱树。他甚至想把荔枝栽到县城里去，让三江成为名副其实的荔城。

可是好景不长，南下的打工潮吸引了农村大量的劳动力，尤其是年轻人，曾经为了田边土角一点点利益都要大打出手的村民们，如今弃良田熟土而去，大都跑到外面淘金了。

李海清的儿子也是那时南下打工离家出去的。跟土地打了一辈子交道的李海清，看着大片荒芜的土地，心疼得不得了。

那天，林专家又来到荔枝林，看着李海清精心呵护正在开花的荔枝树，抚摸着遒劲的树干，忧心忡忡地说："你一定要把荔枝林看护好，我相信总有一天情况会改变的，只有把我们的乡村建设美丽了，农村才有希望。"

李海清当时还不完全明白林专家说的话，看着林专家消瘦的身躯，他心疼地说："你呀，为了在全县实现你金山银山的工程，病都累起了。不如趁现在好好休息一下吧。"

林专家摆摆手说，"我累点没啥，看着一个个农业示范园建成了，我就高兴了。我现在还不能休息，我要把那些树林，想办法让一些懂技术会管理的人来承包，而不是像现在有些地方做的那样，分到各家各户去任其自生自灭。"他把自己的想法告诉了魏副县长，魏副县长也在为农村逐渐荒芜的土地发愁，林专家的建议正合她意。两个专业对口且都对土地感情极深的人，制定出了保护荔枝林的方案。

符阳村的那片荔枝林，李海清当仁不让地竞标成功，他向林专家表示，一定按照他的要求，把荔枝林守护好，让它继续发挥带头致富的作用。

为了那些林子，林专家不停地奔波在三江农村的田间地头，生活也不规律，饥一顿饱一顿的，导致他不幸得了胃癌。

第三十七章 林专家的心事

对于林健强废寝忘食地工作，李海清曾经半开玩笑半认真地对他说："你现在是自由身，已有了一官半职，以前我说给你找个女人，你说不要耽误人家跟着你受罪，现在条件好了不好好地找个女人过日子，还亡命地操心这田间地头的事情，究竟图啥子呢？"

没想到林健强竟然说道："我现在什么事情都不想，就想把自己这些年在符阳村实践总结出来的一些东西推广到全县去，让农村变得富裕起来。"

李海清有些吃惊，没想到这个曾受压制的人竟然还有这样的胸怀。于是他试探地问道："你岁数也不小了，还不抓紧安排自己的生活，那些年受的冤枉不是白受了吗？"

哪知道林健强又说道："我再不抓紧干点自己想干的事情，我那些冤枉不是白受了吗？"

自认为很了解林健强的李海清，此时就像不认识一样看着他。

李海清还记得，当时林健强看着他奇怪的表情，还笑道："怎么，不认识了？其实我说的都是心里话。我都是50多岁的人了，像我这样专门学过农业又在农村待过很长时间的人，在三江县没有几个，我就想发挥自己的专长干点事情。"

李海清听他这样说，继续问道："难道你对过去受到的冤屈就没有仇恨和埋怨吗？"

林健强说："其实这个问题我早就思考过了，仇恨和埋怨有用吗？一个人如果总是生活在仇恨和不满的情绪里，哪里还有希望可言呢？"

李海清由衷地佩服林健强。

没想到这个事情没有过多久，林专家就住进了医院。李海清听说后第一时间赶到医院去探视林专家。

林专家躺在病床上好多天了，看见他进到病房，脸上露出了吃力的笑容。

还没等他到跟前，一只瘦骨嶙峋的手就伸出来了。可能是吃不进东西，林专家显得有气无力，说话很费劲。

李海清看着他越来越消瘦的脸，赶紧按住他正要起来迎他的身体说："你别起来。"说着就坐在了病床上。

林专家紧紧拉着李海清的手，张了张嘴巴，却没说出话来。

旁边的护理人员告诉他，魏县长安排了县里最好的医生给林专家看病，他也是魏县长安排来照顾林专家的。他还凑到李海清耳朵前小声说，医生说林专家的病发现得太迟了，癌细胞已经扩散了。

李海清听到这里难过得说不出话来，摆摆手，不让他再说下去了。他怪自己没有坚持让林专家早点去医院看病。那次他们深入交心谈话时，他就看到林专家很瘦，说陪他去医院检查一下，可是林专家说等忙完了开发农业的项目承包工作后再去，他也就没有坚持了。如果他当时再坚持一下呢？也许……

看着林专家紧闭着双眼，知道他疼痛得厉害，就在他的手背上拍了拍说："林专家，你有什么话就给我说，我就在这里陪着你，一直到你好起来我再陪你去看荔枝林。今年荔枝又是大丰收，人家都知道我们的荔枝是绿色环保的，争着来预订，价格比去年又多了几块钱一斤。照这样下去，你说的栽荔枝也能致富就要实现了。前些年你指导我们村的人栽的荔枝都开始开花结果了，大家都念叨你的好呢，说你是我们的贵人。"

林专家睁开了眼睛，断断续续地说："李支书，我知道自己快不行了，有些话我早就想对你说了。别看现在的土地没有多少人种了，但是早晚有一天会有人抢着要土地的，我始终相信，只有农民富起来了，国家才能真正富起来。土地永远都是宝贵的。我相信你那片荔枝林今后还会给符阳村带来更大的福音。"

李海清看他说话太吃力了，额头上都冒出了汗珠，就抽了一张纸巾给他擦了擦，叫他别说话了。

林专家歇了一会又说："我要说，再不说就怕没机会了。"

李海清的喉咙好像被堵住了，眼泪也不争气地流了下来。他这辈子似乎没流过泪，今天却控制不住地流出来了。他赶紧用衣袖擦去了泪水说："那你就慢慢说，我不走，你也别着急。"

李海清端来一杯温水，林专家喝了一口，待使劲吞下去后又说："我走了以后，你要把我安放在荔枝林里。你和魏县长是我在三江的亲人，我心里怎么想的你们是知道的。"

李海清哽咽着说："我懂我懂，你就放心吧。"

林专家睁了一会儿眼睛继续说道："我那干儿子心里有结，我走以后不要告诉他。等他回来的那一天，你告诉他，干爹希望他把包袱放下，个人的恩怨是和时代联系在一起的，希望他把眼光放长远一点。"

龙远江考上大学后，每次放假都回来看林健强，还说要为他养老送终。后来去了贵州，就少有回来了，只是偶尔给他来封信，还说等他退了休，接他去贵州。虽然他肯定是不去贵州的，但龙娃子有那份心，他也知足了。他又断断续续地对李海清交代着："现在远江参加工作了，学校工作忙，我走了以后不要通知他回来为好。"说着，从枕头下面慢慢摸出一封信递到李海清手中说，"等他回来的那一天，如果他心里还有结，你把这封信交给他。"

该说的话都说了，那天晚上，林专家就走了。他的眼睛闭得很紧，神态安详，也许他真的放心了吧。

形势的发展正如林专家的预测那样，几年后土地又开始吃香了。许多在外面打工赚了钱的人都纷纷回到家乡，有的搞农业项目开发，有的圈地栽花种草搞农家乐，不管做什么都是通过土地来发财。有不少人也看上了李海清那片荔枝林，出高价想把林子承包过去连同后面的水库一并开发。可是李海清看不惯他们。

杜清明虽然被清退回家了，但还领着一份退休工资。不管怎么样，比起李海清来，他认为自己还是比李海清强，依然自得。

李海清当了符阳村的支部书记后，杜清明还是像以前那样对他指指点点。李海清虽然不理会他，但也没有跟他过不去。

村里人很多还是怕杜清明，他感到很得意。尤其是他孙子当上副县长以后，他更是认为他杜家的祖坟还是冒青烟的，只不过孙子越来越不听他的话。

李海清讲完这段往事，就叫李二妹去拿他床头上那个精致的木盒子。

盒子拿来了，李海清摸出身上的钥匙，交给李符阳。符阳小心翼翼地将盒子打开。

龙远江和杨长新凑了过去。盒子里装着一些证书和奖章之类的东西，想必这就是李三爷爷收藏一生的辉煌吧。龙远江这样想着，看到证书的最下面还压着一个信封。

李符阳将信封拿出来，交到了爷爷的手上。

信封原本是白色的，也许是年月久了，有些泛黄。李三爷接过信封，从里面抽出一封信，递到了龙远江的手中："龙娃子，你好好看看吧。你干爹不是三江人，但是他热爱三江一点也不比三江人差，这可不是一般人能做到的，他没有记住这块土地给他的苦难，记住的都是这块土地上的人给他的温暖啊！要不是看到你心里那块伤疤还有些大，我也不想把这封信给你。我以为你已经是教授了，早把什么都看开了。"

龙远江接信的手有些微微发抖，他庄重地接过信展开，干爹熟悉的笔迹就呈现在他的眼前，他小声地读了起来。

远江，我的好儿子！当你收到这封信时，我们早已阴阳两隔了。是我不让你三爷爷告诉你我走的消息，你别怪他。上次见你时，感觉你心里有疙瘩，对生你养你的这片土地有一种毅然决然离开的心结，就想到给你留下这些文字，在你成长以后心结都还未打开时再看这封信。

这封迟到的信也是我对自己人生的一个总结和看法。

干爹这一生虽然坎坷，但也不后悔。因为一路走来，遇到了像你三爷爷那样的很多好人，他们是维系社会的栋梁，因为有了他们的善良和睿智，世界才不失温暖和大爱。我是幸运的也是不幸的，幸运是因为参加革命来到了你的家乡，即使是在最艰难的岁月里我也做了自己想做的事情，对你的培养也是我一直的骄傲。不幸是因为自己说了真话反而遭到了迫害。我也曾经对此想不通，直到我被解放出来，国家给我平了反，还让我担任了重要的工作，我才反思到很多东西不完全是个人的因素，而是我们这个社会在一段时期的因素，个人与社会的命运总是联系在一起的。国家已经拨乱反正，一切都好起来了。我们应该继续幸福地奋斗。《丑小鸭与白天鹅》的故事一直是激励你进步成长的动力，你用自己的实际行动诠释了一个人的成长不仅要靠自己的努力，还要靠社会的进步。过去的一切都过去了，未来还要靠大家朝着宏伟的蓝图去共同创造，相信随着社会的不断进步，你心中的迷茫会有答案的。

三江的符阳村，是生你养你的地方，纵然你心中有再多的不愿意，也不应该抛弃这片土地，我也不相信你能够割舍下这片土地，因为这里有你的根。有朝一日如果你能够回到这里，我希望你能够对这片土地做点有益的事情。这是干爹对你最后的希望。

龙远江读信的声音越来越小，读到最后几乎读不下去了，他哽咽着。

符阳拍了拍龙远江的肩膀："远江哥，你干爹真是了不起啊！"

杨长新也说道："不愧是一个老知识分子，胸怀宽广，目光远大，是我辈学习的榜样。"

龙远江何尝不知道国家这些道理呢？他也是个党员，早已明白过去所走的弯路和出现的失误都是国家在前进道路上的探索中发生的，心中已不再迷茫。可是一想到要成为亲家的杜家，不愉快的往事就一幕幕出现在脑海里。于是他对大家说："道理我都懂，可是我就是感到别扭，不能接受……"

看到龙远江难受的样子，李符阳转移了话题："远江哥，你需要时间来思考。我们还是先来说说爷爷荔枝林的故事。"说着李符阳转向李三爷说道："爷爷，你真了不起。都说前人栽树后人乘凉，符阳村就是靠着这片荔枝林出名的，要是没有这片荔枝林，符阳村的发展就没有支撑了。"

龙远江点头道："符阳，你的心思我知道。我这次回来除了看望三爷爷和那些恩人外，就是来寻求答案和帮助的，我一定认真思考。刚才三爷爷讲荔枝林的故事，我过去只知道这个故事的皮毛，没想到还有那么多的内涵。三爷爷是时代的英雄，当年那么困难的境遇，不仅竭力保护我们一家，保护其他人，还保护了符阳村的未来，你不仅是我们家的恩人，也是大家的恩人啊！只是干爹死得太可惜了！"龙远江说的是实话，他为没有做到为干爹送终感到遗憾和愧疚："我一辈子都忘不了干爹。"

杨长新意犹未尽地追问："三爷爷，那些人后来的结局怎么样了？"

李海清看他们的表情，一个个好像还没有听够似的，就接着说："都说好人命不长，祸害得千年。我看那些祸害最后都没有好下场。倒是好人虽然死了，但人们都还记得他们。就说龙娃子的祖祖吧，虽然被冤枉了，但政府后来还是给他平了反，老辈人都还记得他家以前乐善好施，做过很多好事。龙娃子的干爹林专家也走了好多年了，大家一看到那片荔枝林，就想起他来。""干爹永远活在村里人，不，是活在全县人民的心里。"龙远江由衷地说道。

"有的人死了，但他还活着，有的人活着，但早已经死了。"李符阳也发表着感慨。

"我想知道那个帮凶周严华周阎王后来怎么样了。"杨长新着急地等待着下文。

"他做了那么多的刮毒事，下场会好吗？"李符阳恨恨地说。听说他后来犯了罪，死在监狱里了。

第三十八章 惊心动魄的生产

李海清闭着双眼,他感觉自己身体一天不如一天了,想着与龙泽厚相聚的那一天,他一定要亲口告诉他,龙娃子已经是大学教授了,自己对得起他了。他经常梦见林健强,却很少梦见龙泽厚。是因为龙泽厚对托付他的事情放心吗?他不知道。有限的几次梦到龙泽厚,也总是笑眯眯的。有一次梦见龙泽厚拉着邱佳莹的手,不停地说着话,但李海清一句也没听清楚,龙国强还给他鞠了个躬。他赶紧上前说道:"龙哥,要不得,要不得。"他正想拉着龙泽厚的手,他二人却衣袂飘飘地飞走了,急得他大声喊道:"龙哥,龙哥!"一下就惊醒了。后来,他悄悄把这个梦告诉过龙国强。

龙国强抠了抠脑壳想了一会儿说:"可能是我爸感谢你吧。"

丁玉娟也在旁边说道:"李叔,你是我们家的大恩人,没有你,就没有我们一家人。"

李海清不以为然地摇了摇头:"李叔惭愧啊!差点连龙娃子都没保住。要是龙娃子出问题,黄泉路上我都没办法向龙哥交代!"李海清想起丁玉娟生龙远江那一次真的很危险。杜清明为了不让丁玉娟生下龙远江,想了好多法子。让两口子去挖鱼塘没有流产。后来又不准丁玉娟休息,一直到丁玉娟临盆快要生产了也不准假。魏组长干预过几次,杜清明表面答应了,背着魏组长照样作恶,我行我素。还警告李海清不准告状。记得那天杜清明把龙国强支到水库工地上去了,队上安排妇女去挖红薯,丁玉娟说她肚子痛,想到医院去检查一下,李海清背着杜清明就同意了。

结果丁玉娟刚走,杜清明就来了。一看丁玉娟不在就查问去哪里了。李海清估计丁玉娟是要生了,就扯拐说:"她东西掉在家里了,回去拿背篼去了。"

杜清明立马叫上周严华跟去了。周严华知道杜清明想把丁玉娟嫁给残疾侄儿还没有死心，便和杜清明一起追了上去。可是他们追到家里也没有见到丁玉娟。杜清明也算着丁玉娟要生了，就和周严华一起朝卫生院跑。他们要在半路上把丁玉娟截住，要不然到了卫生院碰到那个邬医生就麻烦了。

李海清看杜清明走了，想了一下感觉不对，便叫上王主任，一起往卫生院方向跑。过了那棵大黄葛树，穿过那片青杠林时，就听见林子里传来"救命"的呼救声。二人赶紧跑进柴山地，看见丁玉娟抱着肚子，满头大汗痛苦地呻吟着。

李海清从没有见过这阵仗，一时就慌了。想着媳妇生孩子都有邬医生在照顾，赶忙对王主任说道："你在这里守着，我去请邬医生。"快到卫生院门口，就与杜清明汇合了。

杜清明一看见他就明白了，一定是丁玉娟要生了，李海清来请医生的。于是就拦住他："李海清！看我今天咋个收拾你！"说着就叫周严华死死拉住李海清，还把周严华腰上拴着的一根棕绳解了下来，准备把李海清捆住。

李海清急了："忘恩负义的东西，你就不怕我到工作组那里揭发你干的那些好事吗？人家娃儿都要生出来了，还不放过人家，你，你真是刮毒啊！"

杜清明看到一向稳重的李海清急得那个样子，反而笑了："你去告啊，你揭发我你也脱不了爪爪，你帮着地主分子欺骗贫下中农更是立场问题。老子把你抓起来送到公安局，看哪个脱不了爪爪！"

李海清使劲挣扎着，看挣脱不开就大声喊道："救命啊！杜清明冤枉好人了！"

杜清明怕李海清这一喊，引来过路的人把事情闹大了，就叫周严华在路边扯点草把李海清的嘴巴堵上："你把丁玉娟交出来，不交出来我就要治你个包庇地主分子的罪！"

正当三人拉扯得不可开交时，邬医生背着药箱从卫生院出来了。见此情景，她大声吼道："杜清明，光天化日之下你绑人家李队长干什么？"说着，上前将李海清嘴里的杂草给扯了，还准备把捆他的绳子解开。

李海清顾不得嘴里还有泥沙就说道："邬医生，丁玉娟要生了，在青杠林里，你快去吧！迟了怕要出人命了！"

"啥？"邬医生一听就急了，转而向着杜清明和周严华："我说你们还是不是人啊！？我就说这丁玉娟好长时间没有到卫生院来了，算来她预产期就在这些天，我正准备去看看，你们倒好，把人逼成这样还不放过，那好歹是两条人命！"看杜清明那对牛鼓眼盯着她，又说道："我不跟你们说了，丁玉娟那胎位一直有点不正，就怕难产有啥子危险，我走了，真是作孽啊！"说完急急忙忙就跑了。

留下三个大男人在那里你望着我，我望着你。好半天，周严华才指着李海清问杜清明："还捆他不？"

杜清明大手一挥吼道："还捆个屁！"继而指着李海清的鼻子骂道："你早晚要犯错误，到时候别怪我不认你这个兄弟！"说完气鼓鼓地走了。

李海清没说话，朝着杜清明相反的方向走去。他已经不焦虑了，邬医生去了，他也就放心了。

周严华赶紧朝杜清明追去。

邬医生赶到青杠林，就看见王主任正在那里束手无策地安慰呻吟不已的丁玉娟。只听丁玉娟哭喊着说道："王主任，你使劲压我的肚子吧，我死了不要紧，只要把孩子保住就行了。！"

王主任安慰道："不要打胡乱说了，邬医生马上就会来的。你一定要挺住啊！"

邬医生接生无数，还从来没有到这样的地方来迎接新生儿。她也有些慌，赶忙大声道："我来了，我来了！"

王主任看到邬医生三步并成两步走，立即像见了救星似的："小丁，邬医生来了，你有救了。"说着，赶快给邬医生让出地方。

此时的丁玉娟，漂亮的脸蛋卡白，被疼痛扭曲得尽是汗水。看见邬医生来了，勉强挤出一点笑容，刚想说什么却又被一阵剧痛扭歪了脸。

邬医生蹲下身子，放下背着的药箱，马上将她已经松了半截的裤子扯下来看了一下说："宫口已经开了，这里离卫生院有一段距离，不能走了，看来只有在这里接生了。"说完，又到处摸了摸说："小丁，你别紧张哈，生孩子哪有不痛的，你要忍一忍。"

丁玉娟立马点了点头："邬医生，你来了我就不怕了。"

邬医生对王主任说："这小丁还真是有福气，几个月前跟她检查的时候，发现胎位有点不正，我叫她多活动。今天来看，胎位基本正常了，要不然在这里生多危险啊！在这样的地方接生我还是第一次，一会儿我叫她使劲的时候，你来帮一下。"说着苦笑了。

王主任听说丁玉娟的胎位正了，也放心地说道："你尽管吩咐，我照着你说的话做就是了。"

丁玉娟的阵痛又开始了，邬医生又看了宫口："王主任，一会儿我喊小丁使劲，你就把她的身子稳住。"

"好！"王主任在邬医生来之前，弄了好多的青杠叶。虽然青杠叶上面经常有"八角丁"虫，但王主任也顾不了那么多，她只想让丁玉娟躺在上面稍微舒适一些。她问道："你碰到李海清没有？"

邬医生一听就生气，把李海清被捆在路上的事情说了，接着又说道："我看小丁几个月没有到卫生院来了，估计又是那杜刮毒使的坏，想到小丁生孩子就在这几天，所以我就来了，没想到会是这样。"

丁玉娟痛得有些迷糊了，想开口说些感谢的话，一阵更大的剧痛又开始了。

邬医生一看，就大声喊道："小丁使劲！"

随着这一声喊，王主任赶紧蹲在丁玉娟的上头，两只手压住她的双臂。

邬医生又喊道："深呼吸，使劲！"

随着邬医生有节奏的指挥，丁玉娟一次又一次地使着劲，娃娃的头出来了。邬医生再一次指挥道："再使点劲，马上就好了。"

此时的丁玉娟，虽然身子有些发冷，汗水却不住地往外冒。她的头很晕，但还是随着邬医生的口令使着劲。随着邬医生再一次喊"使劲"，她再一次使出了浑身的劲，只听"哗"的一声，她感到了一阵轻松。但随着腹部减压，血压骤然下降，人却昏过去了。

邬医生一边把娃娃接住做处理，一边对王主任说："把我的衣服给她盖上，我们要赶快离开这里，已经入秋了，天气下凉了，小丁很虚弱，感冒了就麻烦了。"

正说着，就听一阵呼喊："玉娟，玉娟！我来了！"冲进青杠林的龙国强，看到邬医生手里托着的小孩，高兴道："这是我的娃儿吧？"

邬医生没等他高兴，就命令道："把你的衣服脱下来把孩子包住，赶快去找个门板什么的东西，把你媳妇抬到卫生院去，晚了就要出问题了！"

龙国强看了一眼紧闭双眼的丁玉娟，将身上的衣服脱来只剩下一个背心，就跑出去了。刚才是李三叔跑来告诉他丁玉娟在这里的。

他飞跑着回到家里，卸下一扇门板，然后将床上的铺盖全部抱走，肩上扛着门板，一手卷着铺盖，飞快地又回到青杠林里。

邬医生看到气喘吁吁的龙国强，赞许地安排道："棉被铺一床在门板上，把小丁抱上去，再给她盖上一床。我抱着娃娃，你和王主任抬着小丁，我看小丁昏迷了，我们赶快走。"说完一只手抱着已经用衣服包好的娃娃，一只手将药箱跨在肩上，走在前头。

龙国强抬着门板上的丁玉娟走在后面，王主任走在前头，一出青杠林就看到了李海清。

李海清刚才去找了水库工地上的龙国强后，又去了杜清明那里。魏组长已经回县里去了，没有人压得住杜清明，怕又出什么意外。他知道杜清明是个吃软不吃硬的人，为着今后的相处，他还必须去他那里一趟。在大队部那间办公室兼保管室里，杜清明正在骂着周严华："我就说那个大肚子女人不可能跑得那么快，你还非朝着她家里跑。"

周严华小心翼翼地说："我还不是着急吗？都怪那个李海清，要不是他，那女人即使生下娃儿，没人管她，也得冷死。"

杜清明见李海清进门来，劈头盖脸就是一顿骂："李海清，你还敢来！你知道你今天的行为是什么吗？给地主分子打掩护，让他们的狗崽子出生！"

李海清看他气得很，反而笑了起来："杜支书，你真是冤枉我了，你得感谢我。"

"感谢你？你在说梦话吧？要不是你坏事，那女人有救吗？"周严华帮着腔。

李海清瞪了他一眼，对着气哼哼的杜清明道："一个人在气头上难免要做错事。你想想，今天要是丁玉娟真的死了，龙国强也会拼命地跟你闹。就算你可以把他关起来，但还不至于把他弄死吧？这一死一闹，对你杜支书的影响和威信的打击有好大？你心里应该有个数吧？"见杜清明没吭声，又说道："再说，一个人把事情做绝了不好！"

杜清明头一扭回答道："我怕啥子？倒是你，一贯帮着龙家说话，还把个右派分子当成个金宝卵，看我这次不收拾你，开你的斗争会！"

李海清不紧不慢道："我们都是知根知底的人，低头不见抬头见。我跟你留着面子，哪天把我惹毛了，我也不认黄了，开斗争会的时候，我也把那些见不得人的事情端出来让大家评一评！"

杜清明天不怕地不怕，就怕李海清说实话。他对李海清又恨又怕，早就想换掉他文书兼会计的职务，可是大字不识的人太多，识文断字的人又太少，关键时刻还能给他出不少的好主意。按李海清的话说是顾全大局，换一个人怕对他没有这些用处。再说李海清好歹是发小，除了帮着龙家人和那个林健强外，其他的事情好多都给他兜着。他也知道李海清手里有他的把柄，所以一直就不敢换人。听李海清这样说了，口气就软了下来："兄弟，你这人哪点都好，就是立场不坚定这点不好。再说，我也不是为我个人……"

没等他说完，李海清抢白道："是不是为个人你心里明白，你就不要在我面前唱高调了，你心里那点小九九我还不知道？我婆娘给你看好了一个女人，长相稍微丑点，但四肢健全，配你那个侄儿完全不失格。我给人家说了是你侄儿，就看你的了。"

杜清明听李海清这一说，知道他做得出来，立即笑道："既然兄弟关心我侄儿，我就不多说了。不过以后说话做事都要站稳立场。"

"这个不用你教，共产党给我们带来了好生活，我一定不做对不起党的事情。"李海清理直气壮地说完，又指着周严华教训道："你整天跟着杜支书学点好，不要尽给他出些馊主意，多做坏事要遭报应的，你知道人家在背后说你是啥子吗？"

"我知道，说我是杜支书的狗腿子！"周严华一本正经地回答，

李海清笑道："知道就好！"说完这句话，他转身走了。听见杜清明骂他："憨包，这不是骂我们吗？"李海清笑了，发自内心地笑。

李海清直接到了青杠林，在外面等着邬医生。看他们出来了，他先凑到邬医生前，用手摸了摸包着的小娃娃："这小脸蛋，跟他爸爸一个样。"末了又问道："没啥子问题吧？"

"大人的营养不良，娃儿重量不够，以后加强营养问题不大，就是小丁昏过去了，估计是在这里温度太低受了凉。我赶紧把她送到卫生院去，怕以后留下后遗症。"邬医生担忧地对李海清说。

李海清往前跑了几步，接过王主任抬着的门板，两人一边抬一个角往前走。

卫生院没有专门的床位，邬医生只好将检查病人的一张床临时让丁玉娟躺下。她把小娃娃放在一个纸盒里，拿了些医用的纱布垫着，又拿了件大人的衣服盖上。然后去拿了些药，要龙国强将丁玉娟扶着把药喂了。做完这些，她招呼李海清和王主任到外面商量："我这里不是长久之地，条件不允许。现在要想办法把小丁送到县医院去，那里条件好些，对产妇的恢复和治疗有

好处。"

李海清说："龙家的情况你们都很清楚，送医院本来是好，但花销大，他们可能没有那个钱。再说，医院离我们这里有点远，我怕又出什么事情我也没办法了。"

王主任也说："就是，今天这个事情已经把杜支书得罪了，我就怕离我们远了出问题，在我们身边要好些。"

邬医生想了想："这样吧，要不还是送回家。这两天我辛苦一下，每天去看一下，该吃啥子药我就开一点给她吃。"

李海清双手作揖道："邬医生，难怪你人缘好，你真是个大好人啊！"

三人商量好了，回到邬医生的工作室，邬医生对龙国强道："我开些药，你拿回去按时给小丁服。明天起，我每天下午来你家一趟。"

李海清要龙国强赶紧把衣服穿上："你不要感冒了。你再生病，这个家就麻烦了。"看龙国强把衣服穿上了，又说道："你快感谢邬医生和王主任，今天要不是她们，你就见不着他们娘俩了！"

此时的龙国强既兴奋又激动，不知道说什么好，赶紧跪下给她们磕头："邬医生、王主任、李三叔，你们就是我们家的大恩人，我一辈子也忘不了你们。"说完又磕了三个头。

邬医生赶紧把他拉起来："哎呀，磕啥子头哦，这不是我们医生应该的吗，别客气了。"

李海清拦住她："邬医生，你受得起这个礼，你就让他磕吧。国强，我希望你不要辜负大家，再苦再难，好好给我把日子过下去！"

龙国强起身道："三叔，我一定记住你的话。"

服了邬医生的药，丁玉娟醒了过来，看着一屋子的人，她想起来看看孩子。邬医生立即按住了她："你不能起来，回去后一定要卧床休息。我都跟你男人说了，你身子太弱，要他好好照顾你。"说着，把放在纸盒里的孩子抱到她跟前，顺手拿了一顶医生戴的帽子交给龙国强，要他给丁玉娟戴上，并说道："你们都来看看，这小子这会儿睡得多香。"

大家这才想起还没有问这小娃娃是男是女。

听邬医生说是小子，李海清感慨道："龙家有后了。"

龙国强给丁玉娟戴好帽子，捂着她的手扑到她耳边小声道："娟，辛苦你了。"

丁玉娟流下了泪水，也悄悄说道："不管吃多大的苦，我们也要把他抚养成人！"

"哎呀，悄悄话留到家里去说哈，趁现在天还没下雨，赶快把小丁抬回家去。"邬医生说着又嘱咐了些产妇坐月子的一些注意事项，找来了医院的一副简易担架。大家七手八脚就把丁玉娟放到了担架上。

李海清出门一会，找了个年轻力壮的人进来，要他和龙国强抬担架，王主任抱婴儿，自己扛着门板，谢了邬医生就往回走了。

邬医生又拿了一个塑料奶瓶和一小包葡萄糖交给丁玉娟："这个东西你拿着，一会儿娃娃哭，就把这个化点水给他喝，等奶水来了要让娃娃死劲的吸，要把奶嘴吸通了奶水才能出来。"

丁玉娟点了点头："邬医生，你想的太周到了！"

邬医生打断她："你是我的病人，这是我的职责。"说完催着他们快走，目送他们一行出了卫生院，她叹了口气，才转过身忙她的事情去了。

第三十九章 众人出手相助

回到家里，早已过了吃午饭的点，丁玉娟要龙国强留他们吃饭。李海清将门板归了位，然后对王主任和帮忙的那位年轻人说道："我们都回去吃。"又对龙国强说："你要有这心，留着娃娃满月时我们来祝贺一下。今天就不吃了，缺什么跟三叔说一声，一会我叫三婶送来。"说着领着人走出门。

王主任出门时对龙国强吩咐道："赶快给玉娟煮两个开水蛋，补充营养，玉娟有啥子事情赶快跟我说一下。"

龙国强一一感谢着，将他们送出了门。

茅草屋里就剩下他们二人了，不，现在是三口之家了。龙国强感到对这个家的责任更重了。他赶快从床底下的一个竹篼里拿出鸡蛋来，到外面的灶房烧起了火。一会儿，飘着醪糟香味的开水蛋就煮好了。没有红糖，只有陈大哥送来的蜂糖。龙国强等开水蛋冷了一会儿才将蜂糖放了进去。这是陈大哥告诉他的，水太烫了，蜂糖的营养就没有了。他将开水蛋端到玉娟的面前。看见丁玉娟目不转睛地盯着放在身边的娃娃看，眼睛还流着汪汪的泪，心疼道："邬医生说了，月子里的女人不能哭，我扶你起来，赶快把开水蛋吃了。"

丁玉娟笑了："国强，我这是高兴啊！我们不是给他起了名吗？男的叫远江，女的叫远红。以后我们的孩子就叫远江了，小名龙娃子，怎么样？"

"这小名好，叫起来响亮。等空了，我要到爸爸妈妈的坟前去告诉他们，我们龙家有后了，我龙国强没有辜负他们的希望。玉娟，我还得感谢你，要不是你肯委屈嫁给我，我哪有今天的幸福。"说着，把孩子挪到床的另一面，将丁玉娟扶了起来。

丁玉娟接过龙国强递过来的碗说道："一会儿你去捉一只鸡来杀了，趁我坐月子，我们都好好补充一下营养。你放心，我喂的鸡足够我坐月子的。

等我出了月子，我还要对着贵州那个方向给远江的外公外婆磕头，让他们也知道我有一个温暖的家了。国强，你说感谢我，我也得感谢你，是你给了我这个温暖的家。"

龙国强趁丁玉娟吃开水蛋之机，抱起了自己的儿子，喜上眉梢地仔细看起来，自言自语道："龙娃子的眼睛像你，眉毛像我，浓眉大眼，脸蛋像你，嘴巴像我。"

丁玉娟看他边走边拍打着孩子，陶醉在初为人父的幸福之中，也不由得笑了起来："看你这抱孩子的样子就像是无师自通，蛮像当爸爸的样子。"说着把空碗递给他："你也饿了半天了，自己煮点东西吃。邬医生说了，我有风寒，暂时还不能吃鸡。下午有空了去弄点紫苏和治感冒的草药，等奶下来了，就煎水来喝。"

小两口你一言我一语地交谈着，茅草房里透出浓浓的爱意。

龙国强将锅里剩的那一点冷饭，和着好些切好的萝卜秧炒在一起就成了中午饭。

吃完饭，看丁玉娟和龙娃子睡得香，他正要出门，看到一个人探头探脑在竹篱笆前张望着。看到龙国强出来了，就推开竹篱笆的门，将手里的东西递给了龙国强："我听海清说你当父亲了，给你送点东西来。你小子可真幸福，我看一眼孩子就走。"说着，警惕地环顾了一下四周。

原来是林健强，这个和自己差不多一样命运的人，自己都不是自由身，还跑来关心他，龙国强有些感动。他接过林健强手中的礼物，一看是一小瓶白糖和一小瓶猪油，他立即感动了："林哥，这年头这么珍贵的东西你都舍不得吃，竟然还送给我，叫我怎么感谢你呢？"

林健强看了他一眼："哎呀，都什么时候了，你还啰里啰嗦的，快去抱出来我看看（农村风俗，产妇房里不能进生人）。"

龙国强赶紧跑进屋，将手里的东西放下，就去里屋抱小孩。丁玉娟还在睡，她真是累狠了，竟然没有听见两个男人的声音。

林健强看见龙国强抱出了孩子，眼睛一亮就凑到跟前，看到龙娃子还住熟睡中，忍不住想用手摸摸脸，但想到怕有啥子忌讳，赶紧将手缩了回来说道："这小脸蛋真乖啊！"说着又问道："我私下里可不可以收他做干儿子啊？"

龙国强没想到他会这样说，眼睛直直地盯着他，好半天没有出声。

林健强以为他不同意，兴奋的脸马上就冷下来了："不同意就算了。像我这样的人是不配有儿子的。"

"不，我同意！我们都是一根藤上的苦瓜，你对我和玉娟那么好，我高兴还来不及呢。"龙国强想起林健强平时的好，一身的学问和本领，立即就答应了。

林健强高兴起来："那让我抱一抱干儿子好不好？"说着接过龙国强手中的孩子。

可能是不会抱吧，把小家伙弄得大哭起来，吓得林健强赶快把孩子还给龙国强："哎，这小家伙还不认我这干爹呢！"

"国强，孩子哭了，你赶快倒点葡萄糖水放在奶瓶里，我来喂他。"丁玉娟醒了，吩咐着龙国强。

林健强说："你去忙吧，我走了。用得着我的地方就言语一声，干爹也想为他尽点力呢！"

"按照风俗，你得吃了醪糟蛋才能走。你坐一下，我去做，吃完再走嘛。"龙国强挽留道。

"不了，杜清明叫我去水库的工地修工具，去迟了怕有麻烦，我这是偷偷来的，叫他的人看见了可不得了。以后有机会我再来看干儿子。"林健强婉言道，边说边以最快的速度出了竹篱笆的门。

"国强，是哪个来了？请人家进来坐嘛。"丁玉娟问道。

龙国强将还在哭的孩子递到她怀里，一边冲开水，一边把林健强来的意思说了，怕玉娟生气就说道："他也不容易，我不想让他失望。"

丁玉娟理解道："林健强这个人不错，我听说生活困难时，要不是他，我们这里饿死的人就多了。他还暗中帮着李三叔管理生产。这样的人当我们龙娃子的干爹，我是愿意的。只是不要让外人知道了。"

龙国强将倒进奶瓶里的葡萄糖水递给丁玉娟："你喂龙娃子哈，我出去找草药去了。"说完，把门反锁着出去了。刚出去不远，碰到周严华来了，他警惕地问道："周连长，你要到哪里去啊？"

周严华看他挎了竹篮出去，不怀好意地笑了笑："走哪里去，还不是为你跑腿。杜支书说了，你明天要继续出工，不能因为婆娘生娃儿就偷懒。"

龙国强脸色铁青地回答："知道了，不会耽搁做工的。"看他还要过去，又问道："你究竟要到哪里去呢？"

"大路朝天，各走半边，你管得着吗？"说着把拦着他的龙国强的手甩开："老子在这里走一走不行吗？"

龙国强看拦不住他，便有意无意说道："我家没有人，玉娟和娃儿都还在医院，我要去看她们。"说完，装着很急的样子往前走了。

周严华听他这一说，也不朝前走了，自讨没趣地说道："我也没什么事情，杜支书的通知送到了，我要回去交差了。"其实，他就是想趁龙国强没在家时去占丁玉娟的便宜。既然没有在家，去也没有用，转身也走了。

等龙国强把草药找回家，天色已晚了。推开竹篱笆门，他看到一个人影在茅草屋的门口，好像在放什么东西。他以为又是那个周严华，便大吼了一声："是哪个？"

那人一听，便出声道："国强回来了？"

一听是陈大哥的声音，惊喜道："陈大哥，你咋知道玉娟生了？"说着，赶紧上前开门。

陈嘉川也很惊喜："弟妹生了？我是来给弟妹送东西的。快，我看看，是侄女还是侄儿啊？"

屋里的丁玉娟也听见他们的声音了，她邀请道："陈大哥，你快进来看看你侄儿。"说着，划了火柴，点亮了床头前的煤油灯。

陈嘉川也没有客气，一脚就踏进了里屋。

龙国强抱起小孩递给陈嘉川："你好好看看，这孩子都是托你们这些好心人的福才出世的。"

陈嘉川搓了搓手，很不习惯地接过孩子。待龙国强把煤油灯端到跟前，他仔细地端详着问道："取名没有？"

"取了，大名龙远江，小名龙娃子。"丁玉娟回答道。可能是吃了醪糟蛋，又经过一下午的休息，丁玉娟的精神好多了。

陈嘉川喜悦道："这孩子命大福大，天庭饱满，五官也生得端正，以后你们都会享他福的。"说着，把孩子递给了在床上的丁玉娟："弟妹，月子里你一定要好好调养。我估计你就是这段时间生产，所以今天来看看。这次我带了红糖，冯家梅说坐月子要吃红糖。蜂糖也带了一些，还有不少野味，有些还是新鲜的。国强，你好好照顾玉娟，多弄点营养补补身子。"

龙国强心里一热道："陈大哥，你想得太周到了。"

丁玉娟也说道："是啊，我们都不知道咋个感谢你才好。"

陈嘉川摆了摆手："你们咋个还跟我客气呢？这是我当伯伯应该的，过几天我和冯家梅一起又来看你。"

丁玉娟答应道："欢迎欢迎，你和冯大姐一定要来。"说着又吩咐道："国强，快去煮开水蛋。陈大哥上次答应了的，孩子生下后你要吃红蛋的。"

陈嘉川笑了："好好好，这次一定要吃了才走。"说着和龙国强跨出了里屋。看着龙国强忙碌的样子，他又关心道："玉娟生龙娃子还顺利吧？"

龙国强说："还算顺利。"说着就把玉娟生孩子的过程详细地说了。

陈嘉川愤怒道："这个杜清明比范站长可恶多了，真是名副其实的'刮毒'。幸好有海清叔护着你们，要不是真要出大事。"

龙国强的醪糟开水蛋煮好了，他端到屋里，放在平时他们吃饭的一张小方桌上，招呼道："陈大哥，你看看我的手艺如何。"说着又把煤油灯端过来放在小桌上。

看着陈嘉川吃着醪糟蛋，他又给丁玉娟端了一碗说道："玉娟，明天我要去出工。我早点起床给你做好吃的，把前次捡来的煤炭炉子生好火，冷了你就自己热一热。"

"这怎么行呢？我听母亲说，坐月子是不能下床的。请两天假嘛，难道工分比孩子重要？"陈嘉川不解地问。

龙国强就把周严华的话转述了，并说了自己的顾虑："我怕他偷着来这里骚扰玉娟，出门时还得把房门锁上。"

"邬医生来了怎么办呢？"丁玉娟问道。

"邬医生来了，你就把钥匙从门缝里递给她。"龙国强很无奈地说道。

"不行！弟妹这两天最好不要下床。要不这样，我叫冯家梅来看护几天。她早就吵着要来了。就让她早点来。她在这里你就尽管放心，只要周严华敢来，一定会吓得他屁滚尿流。"

"不用不用，我也没有那么娇气，就照国强说的做吧。我们早就防到这一天的，平时烧火时，积攒了好多的木炭，我自己可以的。"

"不要说了，这次就听大哥的。"陈嘉川不容置疑地说道："要是再出什么事情就没有那么幸运了。邬医生都说了，弟妹的身子虚弱，必须要好好调养。"他已经吃完了醪糟蛋，赞许道："手艺不错，有进步。"说完就准备走了。

龙国强送陈嘉川出了院子门才回屋给丁玉娟熬草药。

陈嘉川回去就和冯家梅说了这个事情的经过，冯家梅开始真不相信。后来陈嘉川给她说了龙家的前三后四，她才相信了，并说这个抱不平她打定了。

第二天，冯家梅从家里拿了好多的营养品来到了龙国强的家，见到了还在襁褓里瘦瘦的龙娃子。她心疼地说："玉娟，龙娃子皮包骨头的，太缺乏营养了，你要好好补一补，让奶水充足一点，才能好好喂他。"说着，将拿来的麦乳精打开，冲了一大杯，递给丁玉娟。

玉娟很感动："家梅姐，真不好意思，让你来伺候我。"

"这有啥，我们姊妹一样的情，你客气啥？以后我有这一天，你也来伺候我嘛。"冯家梅大咧咧地笑道。

"那是肯定的，我一定去！"丁玉娟喜滋滋地回答道。看龙娃子睁开了眼睛，就将他抱了起来，准备喂他的奶。

冯家梅马上抱过来："小宝贝，伯妈看看小乖乖。"说着，煞有介事地拍打着龙娃子的小屁股，走到了屋门口。她不经意地看了屋外一眼，看到一个人的背影拐到了厨房，不由得大声吼道："屋外是啥子人，赶快滚出来。"

看藏不住，躲在厨房的周严华只好走出来，见是一个不认识的美女，不由得吃了一惊："你是哪个？我咋个不认识你？"

冯家梅看这个人形象猥琐，猜想他就是周严华，气不打一处来："我是哪个你管的着吗？我要你认识啊？倒是我想问你，你鬼鬼祟祟地到这里来做什么？"

看到这个咄咄逼人的美女，周严华有点心虚。本来他想趁龙国强没在家，来这里找丁玉娟的麻烦，乘机达到占有她的目的。当他兴致勃勃地来到这里，看见门开着，窃喜着就要跨进去时，听到屋里有人说话的声音，正打算悄悄走掉时，看见一个人朝门口过来，赶忙闪到了厨房，没想到还是被看见了，只好硬着头皮应道："我是队里的干部，来这里自然是有事情。倒是你，身份不明，到这里来做啥子？"

冯家梅看他衣冠不整的样子，不由得从鼻子里"哼"了一声道："我来走亲戚，你管得着吗？我身份不明？你真是狗眼看人低，你到县城去打听打听，我父亲冯大成，老红军，武装部的部长。我本人冯家梅，在县人委机关工作。你还要了解啥子？我全告诉你！"

一听这女人这么大的来头，知道这样下去自己要倒霉，周严华怂了，低着头就想溜。

听到冯家梅和周严华的对话，丁玉娟忍不住抿着嘴笑了。她从床上起来，走到冯家梅的身边，将龙娃子接过手来。

冯家梅见周严华要溜，大喊了一声："站住！我在这里等的就是你，你还敢跑？"

"你等我？"周严华有点意外，上下打量着冯家梅，脸上露出了坏笑："你等我做啥？是不是……"说着说着就凑到冯家梅的面前。

"啪"的一声，冯家梅一个巴掌打在了周严华的脸上："姑奶奶今天在这里，就是等着教训你！"

周严华显然没有料到这一招，捂住脸指着冯家梅："你…你敢帮着地主分子，打贫下中农，我要到派出所去告你！"

"贫下中农？你这个没有人性的东西，也配当贫下中农？你去告吧，我家还是贫雇农呢！"冯家梅指着周严华："我警告你，你要再来欺负我弟妹，我一定打断你的狗腿！看你还敢来不来。"说着，抢起拳头就要打周严华。

周严华吓得连滚带爬跑出院子，门前还摔了个仰翻叉。

"哈哈哈！"丁玉娟太解气了："家梅姐，你太厉害了！"

冯家梅也笑道："对付他这样的人就要这样！"

后来，听说周严华到杜清明面前添油加醋地说了这个事情，杜清明怕有诈，也到武装部去了解了一下，当得知冯部长家的确有一个厉害的女儿，才对周严华说道："暂时不要去惹那个姑奶奶，等抓住她把柄，连她老子一起拿下！"

龙国强听说此事后，心情和丁玉娟一样的晴朗。他们家很久没有这么愉快的事情了。

陈嘉川虽然觉得很解恨，但觉得冯家梅太冒失了，怕人家抓她的小辫子。

冯家梅才没有当回事呢！

龙国强听陈大哥讲过他和冯家梅传奇的恋爱过程，对冯家梅今天的举动一点也不奇怪，他对冯家梅一直很是敬佩。

自从陈嘉川的婚事被范站长搅局以后，他就一直在深山老林的护林点工作，他因祸得福地躲过了反右和自然灾害时期，直到范站长因贪污问题被免职，才被人提起来，在林场先当了生产股的股长，后来被提拔当了场长。因为他当过兵，兵役局抽调他去县里训练民兵。兵役局的局长是个老红军，有一天去训练场检查训练的情况，看到陈嘉川军姿标准，形象威武，很是喜欢。当场把他叫出来与他比武射击，每人打十发步枪子弹，冯局长打了个满贯，陈嘉川比他少了两环。冯局长连连说不错、不错。队伍里也响起了热烈的掌声，掌声中夹杂了一个女生尖叫的叫好声。冯局长顺着一看，原来是他女儿冯家梅。刚才还满脸笑容的冯局长，一下严肃起来，用他那特有外地口音训斥道："你怎么到这里来了？这里是训练场，外人是不能进的。"

一般人遇到这种情况，当着这么多人肯定很羞涩地就走了，没想到她一点也不害怕，反而从队伍的侧边走了出来反问道："外人？我是外人吗？我可是到这里来找你的。"

别看冯局长高大威武的样子，可就是拿他女儿没办法。女儿是他的掌上明珠，已经到谈婚论嫁的年龄了，对别人跟她介绍的对象不屑一顾，非要自己找，可找来找去，到现在也没着落。他不想她在这里让自己下不来台，于是说，"你回家去吧，我一会儿就来。"

众目睽睽下，女儿特别不给面子："不，我就在这里看训练。"冯局长没法，只好转过身子，向大家喊着口令。

陈嘉川看着这女子，觉得有意思。那女子打扮得精致，高挑的身材穿着一袭长裙，显得很突出。你说他妖娆吧，眉眼间却透着一股与她父亲一样的英气，都是国字脸，高鼻梁，浓眉大眼。你说她英武吧，她那一袭长裙透着她女儿般的柔情。他看着她，她也看着他。陈嘉川一下红脸马上转过身去，配合着冯局长的口令，机械地做着训练的动作，再也不敢到处张望了。

训练快要结束时，冯局长把陈嘉川叫到兵役局的办公室，问他训练完以后有什么打算。陈嘉川如实地告诉他，自己没有什么打算，要说打算就是回到林场好好工作。

冯局长看他很实在，便说："其实你的情况我都了解了，家庭出生好，又当过军人，父母都是本分之人。听说工作上有人为难过你，你也不记人家的仇，难得的好人品，以前有过的女朋友也被棒打鸳鸯了。我就想问问你对我女儿的印象如何？"

"你女儿？"陈嘉川大吃一惊。

"怎么？不认识？哪天你们不是在训练场见过吗？"冯局长问道。

"不，不是。"这个事情太突然，陈嘉川不知道如何回答。其实，那天陈嘉川对冯家梅是有好感的，可是这可能吗？

冯政委似乎看出了陈嘉川的心思，和蔼地笑道："我这个女儿啊，被我们老两口宠坏了。那天回家后，老在我面前说你的好话，我听出她的意思了，是想和你交朋友。以前无论哪个对她说到个人问题，她是很反感的。我了解了一下你本人的情况。如果你有意交往，我也不反对，但你不愿意的话，我女儿来找你，你就干脆地早点拒绝她，她性格直爽，认准的事情是不容易回头的。"局长本来不想管女儿的事情，可是女儿好不容易看中一个人，又怕她感情不顺受到打击，所以想摸摸底。

冯局长直截了当的话说得陈嘉川心里怦怦直跳，局长的女儿，那不是天上飞的天鹅吗？他哪里敢去想呢？不过，局长既然说了这个事情，他倒想去挑战一下，那姑娘他是真喜欢。

冯局长看他低着头好半天没有说话，就说道："这个问题你不忙回答我，回去好好想一想再说……"

"不用了，我愿意交往。"陈嘉川抬起头看着冯局长，很干脆地回答道。

冯局长笑了，他相信自己喜欢的人一定没错。

陈嘉川喜滋滋地从办公室出来，一下碰到了冯家梅，表情立刻紧张起来，都不知道怎么打招呼了，傻傻地看着人家。倒是冯家梅，看他表情怪怪的便招呼道："陈队长，听说你们训练结束了，要回去了吗？"

陈嘉川开始低着头，不敢看她的脸，后来想到自己不应该这样，就抬起头大胆地看着她。今天冯家梅没穿裙子，上身是一件白衬衣，扎在一条蓝色的裤子里，显得很干练，这是他喜欢的样子。他故作镇定地回答："对，明天就要回去了。"

看他有些紧张，冯家梅笑道："听说福宝里面的风光很美，我想进去看看，能不能带我去呢？"

陈嘉川不假思索道："可以啊！你啥时候有时间呢？"想了一会又说道："就是路很远，还不好走。"

"我不怕。我就喜欢到人少的地方去。"见陈嘉川没有拒绝，冯家梅心里很高兴。她不知道父亲已经和陈嘉川说了自己的心事，只是想趁这个机会进一步了解他。

陈嘉川回家后对父母说了这个事情，满以为父母会支持他，结果母亲坚决反对，父亲没有明确表示反对，但很策略地说了一句："人家是老红军的后代，我们家就是一般的百姓，她要嫁到我们家来，贫家小户的生活她能习惯吗?"

母亲说得很直接："他父亲是当官的,我们两家门不当户不对,她又是个大小姐,怕是伺候不了她。"

陈嘉川可没想那么多,反驳道:"现在是新社会了,都讲平等了。冯局长也说了,他也是农民的儿子,从这个意义上说,他和我们也是劳动人民的关系,是平等的。"

陈嘉川的弟妹们对他可是支持的,说希望他早点把嫂子娶回家。

那天晚上,陈嘉川主动约了冯家梅看电影。

他们看的是《白毛女》。冯家梅眼睛都看红了,出了电影院她告诉陈嘉川:"这部电影我看了好几遍了,每看一次,我都感到作为新中国妇女的我很幸福。我爸爸是山西人,当年就是家里太穷才出来革命的。"

陈嘉川很小心地回应道:"穷人翻身得新中国成立以后,有的人身居高位了,有的人还是发展一般般,会造成新的不平等。"

冯家梅一听这话,急了起来:"我说你这人脑瓜子还很陈旧。新社会不管做什么都是革命的分工不同,没有职位的高低贵贱之分。"

陈嘉川听到这话就窃喜道:"对,你说得很对。"因为明天就要回山里了,他和冯家梅约定,一旦定了进山的时间,就给林场打电话找他,他会到进山的路上迎接她,热烈欢迎她的到来。

看着陈嘉川热情洋溢的样子,冯家梅也很高兴。

第四十章　观赏福宝风光

　　冯家梅从父亲的嘴里知道陈嘉川的态度后，既高兴又担忧。高兴的是她知道了陈嘉川的心意，担忧的是怕他知难而退。所以，她向单位上请了假，很快安排了进山的日程。

　　冯家梅没想到她在福宝镇一下车就看到陈嘉川了："咦，你怎么到镇上来了？"

　　陈嘉川眉眼间都是笑的回答道："我想让你看看福宝古镇。"

　　"古镇有啥看的？"福宝镇她以前来过，那些房子破破烂烂的，给她的印象不好。

　　陈嘉川将冯家梅拉下车，走了一段路，又左右看看没有人了，才神秘兮兮地说："外行看热闹，内行看门道，我以前也跟你一样的看法。福宝林场接收过一个右派分子，人家可是清华大学毕业专门研究古建筑的专家。和我一样的姓，我叫他大叔。我观察他的确是很有知识的，人又不讨厌，我经常以让他到艰苦的地方改造为由，悄悄带他到古镇和深山里去，记得他第一次来到这个地方，就像见了宝贝似的。说福宝古镇是什么山地建筑的经典，他要好好研究一下这个地方。"

　　冯家梅看他那个样子，不由得笑了："你这样说，就不怕我去告发你呀，说你包庇右派分子。"

　　陈嘉川一脸的认真："我看人很准的，你不是那样的人。"

　　冯家梅盯着陈嘉川，心里感动起来。这个男人，和他没接触过几次，竟然对她这么信任。她不由得挽着陈嘉川的手腕："既然你说得那么好，我们就去看看。"

　　陈嘉川有些不习惯，不由自主地又看看左右，本能地想抽出被挽着的手。

　　冯家梅才不管这些，死死拉住他的胳膊："你个老封建，这里没有认识你的人。就算认识又怎么了，你情我愿的，没什么。"说着，拉着陈嘉川走进了福宝镇。

进镇的口子是一个五六步的石梯子，他们下了石梯子，正式进入了老街。陈嘉川指着大青石铺就的街道说："我们站的这个地方，实际上是一个桥，叫回龙桥，这条街也叫回龙街。"

冯家梅看着两边的房子说："你不说的话，根本就看不出是桥。"

他们通过回龙街，转弯过去，进入了狭长的街道，这才是真正意义上的福宝古镇街道。

冯家梅仔细观察了一下，见这古街宽不过七八米，和她看到过其他古镇也没啥区别，都是大青石铺就，甚至铺的格式都差不多，中间横两边竖的规则，横着的大青石下面是流水的沟，竖的下面是垒起的条石，为的是搭横着的青石板。有所不同的是，这条街，走一段路就要上一个石阶梯，石阶梯长短不一。

当冯家梅说了自己的感受，陈嘉川高兴道："你可是说到点子上了。我就给你普及一下这里面的知识吧。这就是山地建筑的特点。这个古镇和其他古镇所不同的地方就是依山而建，山窄的地方街道就窄，山宽的地方街道就修得宽，既然是依山而建，当然就有石阶梯。"说着他们踏上了由几级台阶组成的长长石阶梯。陈嘉川指着刚上到石阶梯上，地下两边各自一个小小的圆石坑问道："你猜猜，这个东西是做什么的？"

冯家梅看着两个石坑，有点像石门墩，可是房子也不可能这样横街修啊！她试着回答道："该不是门墩吧？"

"聪明！"陈嘉川夸奖道。当冯家梅提出疑问时，陈嘉川解释道："这座古镇据说是起于明代，但真正兴起是清朝'湖广填四川'的移民政策。这条老街说得上名字的'三宫''八庙'有三十多处，看得出当年福宝镇是多么的繁荣。这里背靠大山，繁荣了，难免就有土匪出没。这里的门墩就是为了防止土匪进入的。这上面的街相对宽敞，是富人集居的地方，所以就有了这么个东西。"

真的，上到这高处后，街道有宽有窄，宽的可达十多米。冯家梅东张西望，发现这里的房子都是木榫穿逗的木板房结构，夹竹泥墙相隔，都是一般高的小青瓦房，不由得说："这山嘎嘎里的福宝镇，还真不简单呢。"

"不简单还不止这些，别看这些房子与街面是一样的，但全部都是楼房。"

陈嘉川看冯家梅很感兴趣，就不停地介绍："只不过你看到的楼房都是往上走，这里的楼房是往下走的。"

"真的吗?"冯家梅半信半疑地看着陈嘉川。

今天不是福宝的赶场天，街上来往的人也不是很多。陈嘉川走到一户开着大门的人家，对站在门外的人说了什么，回头向冯家梅招了招手，带着她进了这户人家。大堂屋的侧边有一很深的巷道，巷道的旁边分别有几扇门，可能就是卧室之类。巷道的尽头也是一间屋子，只不过这后面的屋子临河边，主人在这里摆放着一些休闲的桌椅。冯家梅好奇地观赏着，感觉这里是一家人乘凉的好地方。在这屋的侧边真的发现有一往下去的楼梯。

楼梯有些窄，陈嘉川上前拉着冯家梅的手，走在前面。走了两步又回过头站住，叫冯家梅慢点走。下到最后一层，就到了河边。冯家梅回头数了数，一共是五层。惊奇道："真是想不到啊!"

"这就是山地建筑的空中交响曲。等会儿我带你到火神庙那高处去看看这五层楼的外观，你一定会喜欢的。"陈嘉川得意地说道。

冯家梅打开最底层那间房屋的门走了出去，清澈的河水环绕着这座古镇，不由得赞叹道："这里的景色真美。"

陈嘉川跟着出了门继续说道："这条河叫大漕河。你看，河边上有些石墩，是生活在这里的人们用来洗衣和洗菜淘米的地方。古人建造镇真是会选地方，你看这条河从山里流出来，流到顺江那个地方的两河口与先滩那边的小槽河汇合，再流向江津县的白沙入长江。这里是贵州和四川的交界，山货从福宝运出去，外面的东西也从这里运到山里，所以福宝历来就是一个物资集散地，过去的热闹我们现在是无法想象的。"陈嘉川说到这里，从向往变成了沉重。

冯家梅看他一脸沉思的样子，故意凑到他跟前小声道："这都是那个右派分子告诉你的吧?"

陈嘉川笑道："是啊!他不仅给我讲了很多福宝镇的故事，还给我讲了许多森林方面的知识，更有趣的是，有一次他被罚到山里扛木头，我就拉他陪我转山，他还给各处好看的景点取了些有趣的名字。说以后如果要想搞旅游，这些名字就用得上了。你这次来，我就带着你去去转转，看看他取的那些名字好不好。"

"这个人肯定很有趣吧，自己都这样了，还有心思做这些。你不怕别人说你包庇坏人吗？"冯家梅感慨地问。

"人家不过就是给那些撤古建筑的人提了点意见，就被有些别有用心的人扣上阻挡新中国建设的大帽子被打成右派的。人家可是满肚子的学问，如果这样的人都是坏人的话，我也宁可做这样的坏人。"一向做事说话都很谨慎的陈嘉川，不知道为什么在冯家梅面前一点不谨慎。

见陈嘉川对她很信任，冯家梅也有些感动，但她想逗他："你再这样说，我回去就向你单位反映，把你也打成右派分子！"话还没有说完，自己倒先笑了起来。

陈嘉川情不自禁道："如果你不介意自己是右派分子的老婆，你就去反映吧。"陈嘉川得意地说完这话，一下感觉不对头，不由得红着脸低下了头。

冯家梅也不由得红了脸，将挽着陈嘉川的手抽出来，锤着他的胸膛："谁是右派分子的老婆，你说清楚，你给我说清楚！"

"对不起，对不起！"陈嘉川握住了冯家梅的手，将它放在自己的胸前诚恳地说道："家梅，真的对不起，也不知道为啥，在你面前我啥子话都敢说，也没有考虑你的感受。"

冯家梅看他很认真地认错，不由得又笑起来，她仰着脸，近距离地盯着他的眼睛："我喜欢。"说着在他脸上轻轻地吻了一下，抽出被握住的手，就跑到屋里了。

陈嘉川愣了一下，反应过来，也跑进了屋。将正要上楼梯的冯家梅拉了下来，抱进怀里，吻住了她的唇。

冯家梅被这意想不到的吻愣住了，她没有想到，自己的爱情来得这么快，快得自己都无法想象。她紧紧地抱住了陈嘉川，感受到他身体幸福的颤抖，迎合着他火热滚烫的吻。

好一阵，陈嘉川才停了下来，他盯着冯家梅的眼睛，喃喃地问道："家梅，这是真的吗？我怎么觉得自己像在做梦呢？"

冯家梅靠在他的胸膛上，轻言软语道："嘉川，一切都是真的，我愿意做你那个右派老婆！"

陈嘉川把冯家梅抱得更紧了："家梅，这一辈子我一定好好爱你，绝不让你受委屈！"

冯家梅抬起头轻轻道："别说话。"说完吻住了陈嘉川。

一切都是多余的，两个情投意合的年轻人就这样在美丽的大槽河边——

这个陌生的环境里定下了自己的终生。

过了好久，他们才手牵手地上了楼。房主人很不理解："下边很好玩吗？你们这么下去这么久？"

两个人红着脸相视一笑，不约而同道："很好玩，一辈子都忘不掉。"

房主看他两个的表情，似乎也明白了什么。笑着朝他们招招手。

陈嘉川谢了房主，拉着冯家梅继续参观古镇。他兴致勃勃一会儿指向竖着的木栏杆的窗户说"这个地方以前是卖布匹的门市"，一会儿指着门额上有福禄寿喜雕刻的地方说"这里以前是做钱庄生意的"。一会儿来到一个二层楼前，指着二楼漆着红色波浪弧形的楼沿问："你猜这个楼是做什么的？"

冯家梅看着这个楼和其他的楼不一样，而且带脂粉的颜色，想起在那部电影上见到过，就试探道："是小姐的绣楼吧？"

陈嘉川高兴地竖起大拇指："聪明。"接着解释道："据说是过去小姐们抛绣球的地方。"说着调皮地一笑："要不要上去找找感觉？"

冯家梅也笑着回应道："美得你。这个古镇有点大，还有好多地方都没看，等会儿还要进山去。"

陈嘉川抬头看了看天色，今天的天气虽然很好，但家梅到福宝时已经是快十点，现在太阳快当顶了，要不加快进度还真还来不赢。于是，他说："好吧，三宫八庙就不去看了吧，那些都是移民们修的会馆之类，以后有时间再去。还有两个地方必须去，一个是火神庙，一个是惜字亭。"说着，拉着冯家梅走过一处宽阔的街道，然后又下到石梯子的街，又上到一处又陡峭又狭长的石梯，才到了山顶上的火神庙。

冯家梅看到庙子里也没供什么菩萨就嚷道："到这个烂庙子来有啥看头？"

陈嘉川不紧不慢地说道："别着急，请慢慢转身看。"

冯家梅按照陈嘉川的示意转过身，一下看到了一幅美丽的图画。火神庙是福宝镇的最高点，站在这里可以俯瞰福宝镇的全貌。金色的阳光映衬着白色的墙面，黑色的小青瓦，随着山形的变化，高高矮矮，错落有致，组成了一幅特殊的民居图画，彰显了川南山体建筑特有的美。家梅不由得惊叫起来，她赶忙从背包里拿出相机："真是太美了，赶快照下来。"她一口气从不同的角度照了好几张。

陈嘉川看她的兴致很高，也非常兴奋："不虚此行吧？"

冯家梅照完相，又看看天色说："这里到处都是美景，留点遗憾下次来吧。我们赶快去看惜字亭。"说着和陈嘉川从火神庙下来了。惜字亭在一条支街的尽头，冯家梅以为真的是什么亭子之类的东西。结果走近一看，是一座塔。只不过这个塔比她在三江的长江边看到的那座白塔小了很多，加上塔的基座，也就是一人多高。这座塔的外观石头风化很严重，上面刻的字已经模糊了。于是说道："这明明是一座塔嘛，为啥叫亭呢？这个东西是做啥的呀？"

陈嘉川耐心地解释："这是一个专门烧字纸的地方，表示古人对文化的尊重。"

冯家梅哦了一声问道："那是不是说福宝这个地方读书人很多啊？"

陈嘉川指着塔说："是啊！据说以前这个地方叫佛宝，信佛的人多，也注重文化。读书人有讲究，将那些写有字的废纸都要拿到这惜字亭来烧，以示对文化的尊重。更重要的是，很多不识字的人捡到字纸也恭恭敬敬地来这里烧掉。我见过的，全镇人都尊崇文化。"

"我还是第一次听说这个事情，真有意思。"冯家梅说着，又围着惜字亭转了两圈，照了几张照片。

陈嘉川看她舍不得走，劝道："山里面好看的风景多着呢。走，我带你去吃福宝的特产。"

听说有好吃的，冯家梅依依不舍地跟着陈嘉川走了。

陈嘉川带着冯家梅走进了一家小酒馆。小酒馆只有六张八仙桌，摆设也是那种老样式，木制的转角柜台，转角处放着一个酒坛子，用一个风干了的柚子当盖子盖在酒坛上。柜台后面是货架，摆放着各种酒的样品。冯家梅看了一下，有泸州老窖，有酸梅酒，还有郎酒等。今天不是赶场天，酒馆没有人。陈嘉川一进门就大声喊道："老板，吃饭！"

随着这一声吼，从里面出来一个拴着白色围腰的女人。女人个子不高，稍微有点胖，一张笑眯眯的脸对着二人道："原来是陈队长啊！你好久没有到我这小酒馆来照顾我了！今天是什么风把你吹来了啊？"说着，又打量了一下冯家梅："这姑娘倒有些眼生，该不是你的女朋友吧？"还没有等二人回答，就用抹布擦着靠外面的一张桌子招呼道："来这边坐吧，饭菜一会儿就到。"陈嘉川在护林员中是个领头的，福宝这个地方的人都叫他陈队长。老板说着用眼睛看着陈嘉川，明知故问："还是老三样？"

陈嘉川说："加一个冷水鱼和羊肉丝吧。另外，你找人再给买二十块豆腐干，我等会带着进山去。"

女老板答应一声"好嘞"，就进去准备了。

冯家梅说："看样子你是常到这个地方来啊！"

陈嘉川笑道："这个老板是个寡妇，带着两个小孩过日子不容易，林场职工都喜欢来这里喝酒。她这里的下酒菜做得真好吃，尤其是她的羊肉丝，本地的黑山羊，炒的是那叫一个鲜嫩，保证你吃了还想吃下回。"

正说着，老板端着菜出来了，这次她对着冯家梅道："姑娘，你是第一次来我这个店，你好好尝尝我的手艺，喜欢吃下次又来。你找着陈队长啊，还真找对了。人家都说他是成才子弟，不抽烟，不喝酒，只晓得对家里人好。我们这里好多人家都想把自家女子说给他，他还看不上呢！"

"刘嫂，你赶紧把饭端上来，我们吃了还要进山去。"说着，陈嘉川给冯家梅夹了一大箸福宝豆腐干在她的碗里，笑道："你别听刘嫂的。来，你尝尝这个，这可是福宝的特产哦！"

冯家梅将豆腐干挟到嘴里嚼了嚼，立即说道："好吃，好吃。"

"怎么个好吃法？"陈嘉川笑眯眯地看着她问。

"我吃过的豆腐干，不是太干嚼起来费劲，就是太软吃起来没有味道，这个豆腐干不干不软，不咸不淡，嚼起来味道刚刚好。"冯家梅的嘴巴里还在细细品味着。

"这是我们福宝的祖传秘籍配方，用木炭火精心烤制的，你在其他地方根本就吃不到。"刘嫂端着一盆热腾腾的干饭出来接过话说道，"你喜欢吃，以后叫陈队长给你买。"说着瞟了一眼陈嘉川。

陈嘉川示意她离开，她把饭钵放在桌上就走了。

陈嘉川继续介绍道："这福宝好吃的还多。"

"还有些啥啊？"冯家梅边吃边问。

"除了这个冷水鱼和豆腐干外，还有琴蛙和山里的野味，还有酥饼和梅子酒。总之多了去了，以后我们慢慢品尝。"陈嘉川掰着手指数着说。

见他光说不吃，冯家梅拿起碗给他舀了一碗饭："快吃吧，我们还要赶路呢！"

二人吃完饭，刘嫂叫人买的豆腐干也到了，他们收拾好东西，向刘嫂告别。

刘嫂有些依依不舍："看到你们男才女貌的真让人羡慕，希望早点吃到你们的喜糖，欢迎你们以后经常来哈！"说着，还给陈嘉川做了一个加油的手势。

二人出了小酒馆，冯家梅看着陈嘉川问道："我们有刘嫂说的那么早吗？"

陈嘉川停下脚步，热辣辣的眼神看着她，急切地说道："我心里的期望，比她还早。"

听他这样说，一向泼辣的冯家梅不由得红了脸："你对我还不完全了解，就敢说这样的话。"

陈嘉川不假思索地回答："过去的时光只为等待你这一刻，就看你怎么指挥了！"

听着他文绉绉的话语，冯家梅不由得又笑了起来："没看出来，你还说得出这样的话来。那我回答不愿意呢？"

"那我就等，等到海枯石烂，等到地老天荒。"陈嘉川做起一本正经的样子。

冯家梅情不自禁在他鼻子上刮了一下道："看你那么诚恳，那么的可怜，你想怎么样就怎么样吧。"说完咯咯地笑着就想跑。

陈嘉川哪里舍得，一把抓住她："这辈子遇到我就跑不出我的手掌心了。"

冯家梅环顾四周："别闹了，这里是街上。"

陈嘉川把冯家梅死死逮住："我知道这是在街上，我就是要让这座古镇为我作证，我陈嘉川是世界上最幸福的人了！"说着，用另一只手做成喇叭状大声道："福宝古镇，我喜欢你！"

他的声音，引出街沿坎上的人朝他们看。陈嘉川朝那些熟悉的面孔挥挥手，拉着冯家梅一溜烟跑出了古镇。

第四十一章 甜蜜的旅游

　　冯家梅在福宝的深山老林转了不少地方，一路上总是听他讲福宝的传奇，还说这里的一山一水都是有故事的。这两天陈嘉川带着她又去了好多风景优美的地方，其中就有陈嘉川曾经和龙国强住的地方，现在被那个右派分子取名为"小桥流水"的景点，还有什么金银窝、黑水滩、石老妈、忘忧谷、佛经岩、天堂瀑布、平滩映月、琴蛙湖等等。至今想起来，还有那么几处永远都没有忘。

　　首先是山溪两边开满火一样的花，惊得冯家梅不住地感叹："太美了，真是人间仙境！"

　　陈嘉川很得意："美吧？你知道我为什么在这个时候带你来这里吧？现在外面的桃花谢了，李花也没有了，这里的杜鹃花却正开得旺盛。山里面每到四月底五月初，河溪沟的两边就会开满火一样的杜鹃花。这里当然也是人间仙境，要不咋个叫天堂坝呢？"

　　冯家梅忍不住从小路上下到了河溪，摘了几支杜鹃花，拿在手上仔细观赏着："这花是单瓣的，天堂坝的杜鹃就这样的颜色吗？"

　　"不，这里野生的杜鹃还有几种，主要有红色、紫色、白色，只不过那后面说的两种颜色的都长在山上，只有红杜鹃是长在溪边的。"陈嘉川解释道。

　　"山里的溪水也很有特色，你看这溪沟里怪石好多，有大有小，溪水绕着红色的石头流向远方，发出'哗哗'的声音，像唱歌一样。"冯家梅赞美道。

　　"是啊！有人问我一个人在山里寂不寂寞，我就说不寂寞。你看每天都有溪水为你唱歌，山林为你伴舞，呼吸着新鲜甜美的空气。高兴了，还可以对着大山吼上几声，让你的声音回荡在山里，哪里还寂寞呢？你也试一试大喊几声的畅快吧！"陈嘉川热情地邀请道。

　　冯家梅也不扭捏，立即就大喊起来："天堂坝，我爱你！"果然，这声音跌宕起伏地在空旷的山里回荡了好久才停止了，喜得冯家梅像个小孩子一样拍手称赞："真好玩，真好玩!"

陈嘉川调皮地笑道："我怎么听着像是喊陈嘉川，我爱你呢?"

冯家梅用手打在了陈嘉川的身上："真是脸皮厚! 说真的，你告诉我，这山里的石头和土壤怎么都是红颜色的呢?"

陈嘉川一把将她的手攥住，如数家珍道："我们这里属于丹霞地貌，当然就是红色的啊! 这个地方小地名就叫红岩沟，你说红不红? 据说很多万年以前，这里还是一片海，后来海底升高了，慢慢就长成这个样子了。"见冯家梅有些不相信的神态，又接着说："你不相信啊? 山里人开出来铺路的红色石头，你偶尔会发现有些藏在里面的水波纹，凹凸不平，真有点艺术品的味道。我都珍藏了一块，到时候送给你，让你看看我对你的心比这红石头还红，比这杜鹃花还火。"说着，从冯家梅手里拿着的杜鹃花摘下一朵，给冯家梅插在了头发上。

冯家梅有些娇羞，轻轻地推了陈嘉川一把："去你的!"说完，又"咯咯咯"地笑起来。

正欢快着，一群蜜蜂飞到了火红的杜鹃花上，引得冯家梅又是一阵惊喜。二人就这样一边玩一边游。

冯家梅印象深刻的还有黑水滩，那个景点完全在原始森林里面，那天，他们足足走了半天的路程才到。清清的山水从高山上流下来，流在平坦的河床上，河底漆黑，河水却清亮无比。记得那天冯家梅一看到黑水滩，顾不得脸上被树枝杂草划得火烧一样的疼，将脚上的鞋子往前一甩，就兴奋地一脚踏了进去。

陈嘉川提醒她："小心脚下的天星窝!"话还没有说完，冯家梅的身子一歪就要倒下去。陈嘉川顾不得脱鞋子，三步并成两步跳进去赶紧把她抱了起来。

冯家梅倒在他的还在怀里咯咯地笑，惹得陈嘉川俯身吻住了她，笑声才停住了。

空旷的山野，回荡着银铃般的笑声。冯家梅静静地闭着眼睛，享受着这宁静中的温馨。是啊，这里只有蓝蓝的天空和森林里天籁般的鸟鸣声，还有偶尔的那么一声响，是竹子笋壳掉下的声音，陈嘉川告诉过她，那是生命的声音。她喜欢这样的宁静。她不由自主地搂着陈嘉川，尽情享受着热烈的爱。

他们去了与贵州交界的石老妈景点。那是一根擎天石柱，远远望去就像一个女人孤零零地不知守望了多少年，盼着儿子归来。陈嘉川告诉她，相传这里山南山北的一对男女青年，一见钟情结为夫妻，生下一对双胞胎，过着幸福的生活。可是好景不长，丈夫进山打猎，不幸被老虎咬死。妻子抱着一双幼儿哭得死去活来，天昏地暗，惊动了天神。祥云中走下一位鹤发童颜的仙人，听了那女人的哭诉，便对着两个儿子吹了一口仙气，他们的颈项上立即戴上了一个金圈。仙人告诉他，这金圈既是消灾避难之宝，又是除妖降魔之器。两个儿子长大后，立志打豺狼、诛虎豹、除妖魔，为父报仇。他们一个向南进了蜀地，另一个向北入了黔地。可是不知道什么原因，两个儿子离家后就再也没有回来。母亲思念儿子，日夜站在山顶上眺望，一边呼喊，一边流泪。她向南呼唤大儿，泪水顺南而下流成了思儿河；她向北呼唤二儿，泪水顺着北坡流成了想儿溪。她喊裂了嘴唇，喊破了喉咙，心血喷涌而出，随风飘洒在青山绿水间，化成一片片红杜鹃。斗转星移，母亲声音喊哑了，泪水流干了，心血流尽了，化成了一尊石人。

陈嘉川的故事讲完了，再看冯家梅，早已泪眼婆娑了，正拿着花手帕擦着。陈嘉川没想到平时看着刚强的冯家梅，还有着柔软的一面，他心疼地拉过她的手，将手帕拿过来为她试去眼角的泪花："唉，这都是传说中的神话故事，你不要当真了！"

冯家梅不好意思地笑道："好感人的故事。人家说世间有神话里才有，这就是人间母亲对儿子的爱。"

陈嘉川也笑道："好了，早知道你这么爱流泪，我就不给你讲悲伤的了。好，现在给你讲个快乐一点的。"

"是吗？那你快跟我讲一讲。"冯家梅迫不及待。

"明天我就要带你去玉兰山，那里的琴蛙湖就有一个美丽的传说。"陈嘉川不紧不慢第说道。

"有多美丽啊？你快讲嘛。"冯家梅催促道。

相传很久很久以前，琴蛙湖的边上住着老郎和小郎两父子。他们以兽皮为鼓，木板为锣，剥树皮做唢呐，取麻藤筋制琴，仿鸟兽之声，溪泉之韵，演练吹打弹拨之术，为山民们增添欢乐。他们编创了许多优美的吹打乐曲，但琴曲却一支也未编成，老郎有些灰心，下山传授吹打之艺去了。小郎却坚持编创琴曲。但过了七七四十九天，又熬了九九八十一天，仍未编出满意的琴曲。一天，小郎坐在门前冥思琴律，忽见房前湖水一阵翻波激荡，湖上出现七条并列的水波，波峰直细如弦。一只大青蛙在波峰上跳来跳去，发出铮铮琴声，凑出美妙的弦律。随着曲律的延续，湖水渐渐枯缩。当最后一声琴音消失时，湖已干涸，青蛙累死在湖底。小郎走下湖底，一边掩埋青蛙，一边伤心落泪。泪水滴在地上冒出水来，很快布满湖底并迅速上涨。小郎回到岸上，湖水恢复碧绿清亮。他正惊奇不已，忽听一声响亮，从掩埋青蛙的地方冒出一团圆形水网，水网带着无数蝌蚪，掉落在湖面，荡起一阵热烈而欢乐的琴声。须臾，湖面平静，蛙鸣声却此起彼伏，并带有美妙的琴韵。从此，人们就叫此湖为琴蛙湖。小郎将青蛙创作的琴曲整理演奏。后人将这个曲子改为唢呐曲，配以打击乐，取名《小郎哥》，成为福宝民间器乐曲的代表作。

"这个故事美吧？"讲完故事，陈嘉川问冯家梅。

冯家梅眼睛红红的回答："美是美，就是有点伤感。美妙的乐曲居然付出了生命的代价。"

陈嘉川拉住冯家梅的手感慨道："这样的凄美，生活中无处不在。美好的生活都是要付出代价的。"

第四十二章 拜访陈嘉川

龙远江听了李三爷讲完自己的身世激动地说道："这些事情除了我经历过的有印象外，其他的一点也不知道，父亲为啥也不告诉我呢？"

"你爸爸曾经和我说过，不说那些就是怕你心里的恨太多，对你的成长有阴影。今天要不是看到你还走不出来，我也不会拿你干爹的信给你，更不会跟你说这些。三爷爷跟你说这些，就是希望你明白，那个时候不仅有苦难，还有很多的好心人。你更应该多记住这些才对。"李三爷拍打着龙远江的手臂说。

杨长新接着说道："你一直希望我在这里投资发展家乡事业，可是如果你心里别扭，咋个把心思完全放到这个事情上呢？你是我的高参，你可不要因为你的情绪影响到项目哈。"说到这里，杨长新笑了笑。

李符阳理解道："你们都不要说远江哥了。他还有好多人要拜访，等他把该拜访的人都拜访了，相信他一定会有一个自己的态度。"

龙远江说："还是符阳懂我，我的确还有不少恩人要去拜会。等我做完这件事，争取给大家一个比较满意的答复。"

龙远江首先要去拜望的是他的陈伯伯。他刚到三江时就给陈伯伯打了电话，陈伯伯早就退休了，快满八十的人了，还带着他的老妻出去旅游，说是出了一趟国，这两天应该已经回家了。

陈嘉川一直在三江的林业部门工作。他在福宝林场当了十多年的场长，后来提拔到当了林业局副局长，一直到退休。听说龙远江来三江了，他也很高兴，一下车就给龙远江打电话，叫他到家里喝单碗。

陈嘉川的家在三江县城里的滨江路上。三江以前那个以竹夹壁小青瓦房为主的上下河街全部被撤迁，打造成了现代化的滨江大道。陈嘉川家在撤迁时分到了两套房子。可是他家姊妹多，他没有要，自己在地段好的地方买了一套，是电梯房。

龙远江那天去过滨江路，陈伯伯跟他说了在音乐喷泉的旁边的一幢高楼，他很快来到这栋标志性建筑前面。

陈嘉川早就在音乐喷泉广场边等着他了。入秋的滨江广场上，在熙熙攘攘的人群中，龙远江还是一眼就认出了他尊敬的陈伯伯。快走到身边时，陈嘉川也远远的就认出了龙远江。看上去，陈伯伯的身体要比父亲健康很多，他伸出手握住龙远江的手，声如洪钟道："龙娃子，又是好几年没回来看伯伯了吧？"

龙远江笑着回答："陈伯伯，不好意思，早就该来看你了。我也快退休了，没有那么忙了，以后可以经常回来看你。"

"你父亲身体还好吧？我们哥俩也是好多年没见面了，上次见面还是十多年前出差去贵州的事情了。"陈嘉川说这话时流露出很向往的情绪。

龙远江看在眼里道："父亲也很想念你，可是他身体状况不如你。等天气暖和了，我一定把他带回来让你们见面。"

"这就对了嘛！你小子就是心里那点事情还解不开，其实往前看啥事没有。你再钻牛角尖，我们兄弟俩怕是没机会啰。"陈嘉川突然伤感起来，用手揉了揉眼睛。

见此情况，龙远江不知所措，连忙说道："不会的，不会的，我这些天都住在李三爷那里，人家都九十多岁了，还活得好好的，你的身体那么好，一定活得过他！"

陈嘉川的眼角还挂着眼泪，但是他笑了："你这孩子，说话就是好听，伯伯爱听。走，回家喝单碗去。"说着，牵着龙远江的手往家里去了。

龙远江每次偷偷回三江上坟，陈嘉川这里是肯定要去拜望的，但每次去的时间都很短，有时候连饭都没有吃一顿就离开了，更别说过夜了。这次因为时间充裕，龙远江准备和他特别尊敬的陈伯伯好好聊一聊。

进到一个绿化美化都很好的小区，陈嘉川领着龙远江上到了15层楼。一层楼有四户人家，其中有一扇门开着，那就是陈嘉川的家了。

一进门，龙远江就看到饭厅已经摆着美味佳肴了。伯母冯家梅从里屋出来招呼道："龙娃子，你都好久没来看你伯伯了。快坐快坐，这是你伯伯特地叫保姆做的你喜欢吃的菜。"说着，接过了龙远江手里的礼物。

陈嘉川虽然比龙国强年长，但因为当年范站长的原因，结婚生娃都比龙国强迟。

龙远江问："国良兄弟的儿子工作了吧？"

陈嘉川说："研究生都毕业了，在成都找了一家公司上班。"说着，招呼龙远江坐下。

伯母冯家梅的衣着依然很讲究，略微胖的身体穿着时髦的红色大花衣裳，显得比陈嘉川年轻。

等大家都入座后，龙远江拿起桌上的泸州老窖往摆好的杯子里倒酒。伯母看了陈嘉川一眼，陈嘉川马上说道："今天不是龙娃子来了高兴吗？你放心，我就只喝一两杯。"

龙远江明白了，伯伯一直都很听伯母的话，于是说道："伯母，我也喝不了多少。"

伯母马上说道："你大伯血压高，不能多喝。不是伯母舍不得，你年纪也不小了，也要注意身体。酒这东西，少喝为好，多喝无益。"说着，自顾自吃完饭就离席了。她给陈嘉川打了招呼："老头子，我去广场跳舞了。龙娃子，你们爷俩好好喝，我就不陪你们了。"说完，打开房门出去了。

留下这爷俩，两杯酒下肚，话语就打开了。

陈嘉川问道："龙娃子，这不年不节的，你回来做啥？"

"回来专门看你和伯母啊！"龙远江笑道。

陈嘉川用筷子指着他："你娃娃不老实，赶快交代。"

见什么也瞒不过他老人家，龙远江就把回三江的来龙去脉说了，还把这些天回来碰见杜荣光的事情和感想也说了。末了他说道："伯伯，我想自己也不是一个心胸狭窄的人，为啥子在这个事情上就走不出来呢？我一想到杜清明以前对我们一家人的歹毒，想到杜春风和芳芳的婚事，想到要和杜家打亲家，我就很别扭，也很无助，心里就过不去。"

陈嘉川端着酒杯与龙远江的酒杯碰了一下说道："其实这个问题我早先和你干爹都探讨过。中国有句老话，叫一笑泯恩仇。这话起来容易做起来难，事情没有摊在自己头上啥都好说，摊到自己头上了就成了过不去的坎。"

龙远江点点头："是这个理儿。"

"龙娃子啊，我都是快八十的人了，回想自己这一生遇到的坎坎坷坷，不能不说是我们成长的营养。"

"成长的营养？"龙远江第一次听到这话，有点不解："怎么讲？"

　　"就拿我这一生来说吧。"陈嘉川说："当初林场的范站长要是没把我整到最远的青岗峡护林点，依着我当年的火炮性子，可能早就被打成右派了，也不可能碰到你现在的伯母。人家可是老红军的后代，不少人追的三江一枝花，很多人不看好我们，说我们门不当户不对。人家老红军父亲就站出来支持我，说我们都是农民的儿女，我和你伯母不是就走到一起来了吗？从这个意义上说，有时候坏事也可以变成好事。回头看那范站长，自从那次贪污被查出以后就没有翻过身，子女也跟着受连累。要不是改革开放的政策好，一家人吃饭都成问题了。还有我那个女同学，迫于父母的压力嫁给了不爱的人，后来也过得不幸福。我给你说这些事情，就是想让你知道，有些事情看起来是坏事，但从整体的长远看有可能就是好事情。你虽然经历了那些磨难，但你遇到了你干爹，学会在艰难的岁月里刻苦学习，要不你一个初中生就能考上大学吗？还有你干爹林健强，被打成右派后在你三爷爷的庇护下，重新建立起了生活的勇气，不也做出了贡献吗？当然，话又说回来，没有这些个磨难，也许你和你干爹会更好一些。但是，任何事情都是有缘由的，往前看啥事没有，走不出来，小事儿也会憋成大事。再说那个杜清明，当初龙杜两家的恩怨是因为个人引起的，可是后来的一些事情就不能拿个人来解释了。杜清明脑壳里面装的都是仇恨，后来将个人的仇上升到了阶级的仇，做出了好些违反道德和人性的事，不也受到惩罚了吗？你海清爷爷就不像他，同样是抓阶级斗争，但人家有思想，有智慧，知道哪些是真正的坏人，哪些是该保护的人，人家脑壳里面有文化，知道进退，成了人人尊敬的人。"

　　见龙远江目不转睛地盯着他听，陈嘉川继续说："跟你说这些，就是要你明白，个人的命运一定是和国家的命运拴在一起的，随着时代的进步，爱恨情仇都是可以改变的。你是大学教授，应该明白这样的道理。春风和芳芳要是没有遇到，你们两家老死不相往来也没啥，但是他们遇到了，而且还是在大上海遇到的，不是我迷信，这也算老天希望你们两家和解，是天意啊！"陈嘉川说完这一席话，长长地出了一口气。

　　龙远江听着陈伯伯这一席话，感觉和李三爷说得都差不多，低头沉思着。

　　看龙远江不说话，陈嘉川端起酒杯示意他将酒杯端起来，继续说道："学会放下心中的仇恨，是人性善良的本性。""龙娃子，你就听大伯一句劝，学着把恨放下吧，让两个有情人走到一起。宁撤一座庙，不毁一桩婚，这是古人说的，你仔细想想，如果你棒打鸳鸯，芳芳会幸福吗？"

不知什么时候，出去跳舞的伯母又回到家里，坐在了桌子边上补充了这么一句。见龙远江没有说话，她又说道："每个人一辈子多多少少都有些爱恨情仇，但这些都会随着时间的过往和形势的发展改变的。就拿我父亲一起来三江的那些老革命吧，多数家庭的子女都很争气，发展得也很好。但也有少数就不见得了。那天我去看我父亲曾经的警卫员刘大哥，他在床上瘫痪好多年了，看到我去了，很激动，哇啦哇啦地比划着不知道在说什么，说完，流着眼泪摇头。嫂子解释说，你刘哥看到你很高兴，说还是养闺女好。不像他有儿子和没儿子一样。他的两个儿子当时也在场，指责他父亲老实巴交，不去向组织反映，不给他们安排好工作。还说哪天要把他抬到县委书记的办公室去，气得他老子眼泪水长流。我想到刘大哥来三江时朝气蓬勃意气风发的样子，后来还当过公交局的局长，当年也是何等威风的。他在三江结婚生子，就是两个儿子没教育好。从小仗着他老子称王称霸不好好读书，长大了在工厂上班，也不知道好好表现。下岗后也不想去外面找事做，一天到晚就守着老子那每月一万多元的退休工资吃，把媳妇气跑了，孩子也带走了。如今一家四口人就怕老爷子落气失去生活来源。我叫他两个儿子出去找点事情做，他们说还熬几年就可以领退休工资了，现在的任务就是把老爷子照顾好。说着说着就埋怨政府对老干部不关心，似乎与这个社会也有多大仇似的。所以我说龙娃子，你家的事情我听你伯伯说过好多次了。刚才我跟你说我刘大哥家的两个儿子，他的成长环境比你好吧？为啥他们就不能成才而你却能够当教授？你就好好想想吧。自从取消阶级斗争后，大家都成了劳动者，都是国家的公民，在法律面前都是人人平等的。再说了，三江是他杜清明的吗？不是吧？是我们大家的，你不想回家乡做贡献就罢了，听说人家杨总想请芳芳回来帮助他搞策划，你还不乐意，你好意思吗？"冯家梅竹筒倒豆子似的说完了这一席话，盯着龙远江。龙远江看着伯母激动地质问他的样子，不由得红着脸低下了头。是啊，这里毕竟是故乡，自己心里除了恨以外，为它做过什么呢？他还真没有想过这个问题。

陈嘉川知道冯家梅这番话对他有触动，又怕他面子上下不来，口气缓和道："好久把你老子带回三江来，怪想他的。我还想带着他进福宝的山里去呢，那些年我们住过的地方，如今都开发出来成了旅游热点了，让他去感受感受这时代的变迁。"

龙远江答应着："伯父伯母，父亲也很想你们，我一定带他来看你们。"

　　从陈伯伯那里出来，夜已经很深了。龙远江没有去李三爷家，就在李长新给他开的宾馆里住下了。他需要把这些天看到的和听到的好好消化一下。想着陈嘉川和冯家梅讲的一席话，尤其是冯家梅那一连串的质问，他辗转反侧睡不着。为啥大家都在劝他放下，而他自己却总是放不下呢？

　　芳芳接到杨总的电话，虽然心里很矛盾，但还是决定马上到符阳村去。与前次不同的是，她这次去目的很明确，而不是像上次那样处于一种很被动和不知情的状态。本来她应该回上海的，公司那边的假已经到了，而心中的谜还没有解完全开。杜春风已经回上海了，发微信说很想她，希望能够立即见到她。其实她又何尝不想马上见到他呢？好不容易碰到一个心仪的人，怎么能够说断就断呢？只是谜没有解开，她不甘心。接到杨总打来的电话，她跟公司进行了沟通，说这边有个旅游规划的项目，需要她去考察一下。公司同意了，也就正好满足了她的心愿。心中装着爷爷讲的故事，告别了不舍的爷爷和妈妈，她第二天就出发了。

　　得知芳芳要来了，龙远江心里五味杂陈。从昨天见到杜荣光的情况看，抛开个人的恩怨，龙远江对杜荣光没有恶感。李符阳和杨长新的态度，龙远江心里也明白，就是希望他不要阻挡年轻人的结合。可是当他们都知道了双方的家庭背景后，就算他放下了，他们杜家的人放得下吗？芳芳和春风会幸福吗？这正是龙远江担心的问题，也是他不愿面对的事情。龙远江又何尝不想让女儿幸福呢？现在他们是否结合，不是他们两个人的事情了，而是两家人的事情。他不知道父亲如果知道了芳芳和杜春风的事情会怎么样，他心里实在没有底。

第四十三章 龙家往事

其实芳芳回家这些天并没有闲着，既然爸爸已经允许爷爷讲老家的事情了，她当然不能放过这样的好机会。但是她又担心爷爷，怕他年纪大了受不了刺激。好在妈妈主动帮助她。妈妈和爸爸是一个单位的同事，自从和龙远江结婚以后，对于龙远江忌讳讲家里的事情她也感到奇怪，后来通过一些隐隐约约的话语，了解到可能有一些痛苦的难言之隐，也就没有再追问。只是心中的疑问一直在。所以，她也希望能够知晓个一二三。

从哪里问起呢？自然就从爷爷摆在书桌上的龙说起了。那天早晨，龙国强吃过早饭，孙女芳芳扶着他去小区散步。龙国强心里很高兴，笑眯眯地随着芳芳出了院门，绕着小区的花园转了一圈，芳芳扶着龙国强在小区的长椅上坐了下来，她拿出手机，翻着里面的相片说："爷爷，你看我照的这张龙像不像你书桌上的那个龙啊？"

龙国强眯缝着眼睛，将手机拿到眼前来仔细看了看，突然有点激动了："芳芳，你这张相片是在哪里拍的？"

芳芳装着漫不经心地说："我去了一个叫三江县符阳村的地方，在那里考察，看到这条龙和你喜欢的那条雕刻龙很相像，就拍下来了。我就是拍回来给你看的。"

"三江县？符阳村？"龙国强睁大了眼睛，歪着身子盯着芳芳问："是不是龙家大院？"过了一会儿他又自语道："哦，不叫龙家大院了，那个姓杜的霸占了。"

芳芳见爷爷很惊奇，心里就明白了，但她还得装着："爷爷，我不知道是什么大院，只知道那个院子很破败，到处都破破烂烂的。你知道啊？知道就给我讲一讲吧。"

爷爷沉默了。

芳芳也不敢随便说话了。

妈妈走过来好一会儿了，听到爷孙俩的对话，也没有插嘴。过了一会儿她才说道："爸爸，我知道你心里装了不少的故事，不如今天都对你孙女说了吧，我们回到自家的院子里慢慢说。"说完，和芳芳一起扶着龙国强回了家。芳芳的家是一楼一底的联排别墅，底楼也有一个小花园。花园里，芳芳妈早已经把龙国强的躺椅放在外面，今天出太阳，平时龙国强就喜欢在这里晒太阳。

待龙国强坐躺好后，妈妈还拿了一条小薄被子盖在了他的身上。她对龙国强说："远江走的时候也给我说了，如果你愿意将心里的往事说出来，你就说吧。如果不愿意就不说。"

龙国强依然沉默着。

芳芳去爷爷的卧室里拿出了那条木刻的龙，放在了他的手上。

龙国强抚摸着伴随他后半辈子的这条龙，长叹了一声："芳芳啊！这世道也变了，我就跟你讲一讲家史吧。"

龙国强一开口就收不住嘴，一下子就把心里憋着的话讲了。

芳芳唯恐漏掉爷爷的话，还将手机的录音功能打开了。

经过整理，芳芳知道了龙家和杜家的故事。

自从龙泽厚和邱佳莹结婚以后，他们安葬好了龙老太爷。二人就将农村这一摊子事情交给了杜管家打理，进了三江县城专心打理龙家的生意。三江县城虽然在1940年被日本的飞机轰炸过，但因紧邻重庆，属于大后方，没有受到战争的侵扰。这两年正好是飞机轰炸过的恢复期，所以他们在城里又添置好些门面，除了做杂货生意，还开了火柴厂、盐巴铺。因为老家离县城也不远，他们农忙也回老家，农闲时再回到城里，这样两不耽误。龙泽厚的人缘很广，喜欢结交朋友，加之邱佳莹很能干，生意做得很红火。结婚第二年就生了龙国强，取这个名字就是希望国家强起来。

这样的好日子到了1949年，新中国都成立了，祖国的大西南还没有完全解放。三江这个地方土匪猖獗，临近解放，不少的国民党残余参与到土匪的队伍中，将整个三江搞得乌烟瘴气。12月3号，解放军从贵州习水追敌抵达三江赤水河入长江口的马街渡过赤水河进入三江县城。三江县宣告解放。

解放后的三江，焕发出了新的生机。龙泽厚感受到了新的人民政府与过去的不同，一心一意按照父亲的要求，为做大龙家产业，繁衍后代子孙努力。

他和邱佳莹都希望多为龙家生几个娃娃，改变龙家三代单传的现状，可是没有实现。龙泽厚积极支持新政府的工作，在征粮剿匪中不仅将家中的粮食全部交给了政府，还积极配合县人民政府的剿匪工作。当他得知国民党委任的民团总指挥叫冯映辉时，他主动要求去劝降。

这个冯映辉曾经是龙泽厚手下的兵，后来当上了营长。临解放时被国民党川黔剿总指挥部任命为三江剿总司令。他从重庆那边过来，勾结福宝大山里面的土匪，占山为王，破坏解放初期的征粮工作。由于龙泽厚对新政府态度鲜明，三江县人民政府已经把他纳入了开明绅士进入了工商联合会，对龙泽厚的主动请愿给予了肯定，便派他去与冯映辉谈判。

肩负使命的龙泽厚，独身一人去了福宝的大山里。

冯映辉是被重庆方面派到三江这边来的，主要任务是联合这里的土匪头子涂大爷，共同破坏新中国的政权。

涂大爷的土匪窝都在大山里的岩居里。所谓岩居，就是把房子修在山洞里，只有围墙没有屋顶，这样的房子其实和住山洞差不多，只不过修成了房子后，住起来要舒适和方便很多。涂大爷和冯映辉各占据的岩居都很大，里面大大小小有几十间房间。

龙泽厚进山时，刚出福宝古镇没多远，就被在树上放哨的匪兵发现。

两个匪兵将他捆绑，并对他说道："你真是胆大包天，敢一个人上山找死。"

龙泽厚赶紧自报家门："我曾经是你们司令的连长，我叫龙泽厚。你赶紧去报告你们司令，我从县城来看他。你们敢怠慢我，小心吃不了兜着走。"

那两个匪兵似信非信地看着他，见他身材魁梧，有点行伍的味道。其中有个匪兵将手指放在嘴里嘘了一声，立即就有十多个匪兵一样的人端着土枪跳了出来。他立即指着其中一个道："飞毛腿，你赶快去报告司令，看他吹牛没有。"说着又指着其中一个道："你和我押着他去见司令和涂大爷。"

"是，队长！"两个匪兵恭敬地答应。

就这样，龙泽厚被蒙着眼睛走到了土匪窝。

龙泽厚刚到达土匪窝，一阵熟悉的声音就传到了耳朵里："哎呀，我的老连长哎，真是稀客啊！"话刚落音，头上蒙着的黑布被拉了下来，被捆住的手也被松开了，熟悉的声音持续道："真是瞎了你们的狗眼，我的老长官，你们也敢这样对待!"

龙泽厚的眼睛适应了一会儿,才看清了眼前的冯映辉。如今的冯映辉身材比以前胖多了,他中等个子,一身国民党的军服穿在身上,貌似很威武的样子。龙泽厚走上前去一拳打在他身上:"老弟,当官了,敢捆绑老哥,真是出息了!"

冯映辉没有接他的话,而是直奔主题:"老兄,你是来劝降的吧?"

龙泽厚没想到他这么直截了当,于是说道:"老弟,我劝你要看清现在的形势,劝不劝降的,随你咋个理解。"

"老兄,你难得来这里,不管咋个说,你是我的老长官,地主之谊还是要尽的。"冯映辉说着就拉着龙泽厚进到了他的岩居。

龙泽厚近距离地观察着这个土匪窝。石台阶上去,岩居前的大门,修得跟大房子一样的,石门框的大门,是两扇大大的厚厚木门。进门去,是一个宽大的地方,相当于大户人家的堂屋。堂屋正中,是一张宽大的座椅,不用说,是司令权力的象征。围着座椅,下边有一圈矮矮的长桌,想必是他们聚会的地方。堂屋后面才是休息的地方。

冯映辉搂着龙泽厚一起坐在了那张座椅上,命令匪兵们上酒上菜,说是要好好招待。待酒菜上来后,冯映辉叫门口留两个匪兵守着,其余的都散开到里屋喝酒去。

堂屋就剩下二人了,龙泽厚问道:"那个涂大爷呢?怎么没看到。"

冯映辉两杯酒下肚,话匣子就打开了:"那个老东西在深山里,要我给他当守门的。"

原来冯映辉来到这里后,涂大爷虽然收留了他,但并不听他的话,反而要指挥他。冯映辉心里是很看不起那个老土匪的,要不是要依靠他,冯映辉堂堂一个国军营长咋个肯到这里来呢?

趁着这个话题,龙泽厚说了这次上山的意图。最后他说道:"老弟,我是因为你在山上我才来的。我们兄弟一场,我不想看着你一条道走到黑。我希望你看清楚当前的形势,不要做无谓的牺牲。我现在知道共产党为什么能够打天下了,人家有海纳百川的胸怀。你只要放下武器,相信也会像我一样。"

这一夜,他们谈到了雄鸡报晓。龙泽厚晓之以理、动之以情的劝导,终于让冯映辉松了口。其实冯映辉也知道当下的形势。也知道不投降就没有出路。所以答应龙泽厚的劝告,三天以后随龙泽厚出山缴械投降。

　　下山以后，县政府对龙泽厚披红带花进行了表彰，激起了杜清明的嫉恨。他原以为解放了，像龙泽厚这样的人，肯定是政府打击的对象，没想到龙泽厚一样得到政府的重视。一直想找机会把龙泽厚整下去的杜清明都没有找到机会。

　　谁知没过多久，驻守三江县的解放军部队换防去了西藏，新来的队伍还没有完全到位。冯映辉与山里面没有投诚的涂大爷勾结，重新组织了队伍，在国民党残余势力的支持下，不仅在福宝大山里打死了一个解放军，而且还多次与解放军发生武装冲突。这下可不得了，杜清明找到机会了，在工作队长吴正发那里，状告龙泽厚与冯映辉相勾结，假投降，真反扑。得到吴正发的默许，杜清明立即以农协会的名义，将龙泽厚从城里抓到村上，迅速召开了大会，对龙泽厚实行了枪决。

　　龙国强告诉芳芳，那时他还只有七八岁，亲眼目睹了龙泽厚被枪决的情景。他说，要不是李海清三叔拉着他，他也可能被杜清明拉去陪父亲了。他永远不会忘记，父亲龙泽厚叮嘱他无论如何都要活下去的话，也忘不了李海清说要活下去才有希望的话。所以，后来他无论吃了多么大的苦，也坚强地地活了下来。母亲邱佳莹，在龙泽厚被枪毙后，忍辱负重地抚养着龙国强这颗龙家的独苗。她没有向杜家低头，哪怕杜清明对她说只要母亲顺从了他，他就可以放她一马。

　　记得父亲被枪毙后的一天，杜清明又一次来到他们的龙家大院。父母早就将属于自身的田土交给政府分给了农民，但龙家大院仍然属于他们家，城里的商铺也留了一部分。母亲靠着这些家产，维持着一家的生活。杜清明一进院子门，就直接问母亲想通没有，还说，只要母亲愿意跟着他，他可以把现在的马姑娘休了娶她，因为现在提倡婚姻自由。

　　邱佳莹，这个敢爱敢恨的女人，面对自己的男人被枪毙的恐惧和伤痛，虽然哭干了眼泪，但并没有屈服于淫威，如果不是为了儿子，她也想随她心爱的人去了。她心里明白，龙泽厚被枪毙，是眼前这个男人没有得到她而泄私愤所致，所以她对杜清明表示了不齿。龙国强一辈子都忘不了母亲说的话："杜清明，你也配说婚姻自由这个话！我和龙泽厚才是真正的婚姻自由，我们的感情是你这个畜生不如的人理解不了的。你给我听好，我嫁到龙家，生是龙家的人，死是龙家的鬼！我宁愿守寡一辈子，都不愿跟着你！你这个恩将仇报的小人，你就死了这条心吧！大不了我随龙泽厚一起去了！"

　　杜清明气急败坏地指着他们娘儿俩："真是给脸不要脸，你就别怪我无情了。你要给那个死鬼立贞节牌坊我管不着，但以后要想过好日子就没有门了，你就等着吧!"

"你给我滚出去! 别脏了我龙家的门! 你做的那些缺德事，总有一天要遭到报应的!"母亲严厉地指着杜清明斥责道。

不久，娘儿俩终于被撵出了龙家大院，住到了河边的茅草棚里。这个坚强的女性，虽然没有完成龙家子孙成群的愿望，但为了保住龙国强这根独苗，她在繁重的劳动之余，还教他读书写字，教他怎样做人。耗尽了自己全部的精力。母亲去世时，已经有十多岁的龙国强拉着她的手不停地哭。母亲用她那双骨瘦如柴的手轻轻地抚摸着他，要他成为像父亲那样的男子汉。她说她想喝一口蜂蜜水，要他去找李三叔。等李海清和他端着蜂蜜水来到母亲的床前时，她已经喝不进去了。她拉着他的手放在了李海清的手里，嘴里想说什么但始终没有说出来，手一松就闭上了眼睛。龙国强知道，母亲是饿死的。杜清明对母亲总是刁难，母亲的工分是最低的，他们家的粮食是分得最少的，但杜清明要母亲干男人一样的活。母亲为了他的成长，总是将不多的粮食省下给他吃。就这样，母亲的身体一天不如一天。

母亲刚刚去世，杜清明就来了。他没有料到这个女人竟然饿死也不屈从他，反而要为死去的男人守节。如今，这个他朝思暮想的女人去了，也没有换取他的同情之心。他依然不准母亲入龙家的墓地。

龙国强清楚地记得，杜清明还指着他的鼻子吼道: "你这个地主狗崽子，以后要在贫下中农的监督下劳动改造，不准乱说乱动。"

李三叔将杜清明拉出了茅草棚。回头叫了几个人，抬了一口薄板棺材，将母亲埋在了乱山岗上父亲坟墓的旁边。

李三叔等帮忙的人都散尽的时候，指着父母的坟头告诉他: "记住，龙家就只有你了。你要是个男子汉，就要不怕吃苦。你要把你爸爸妈妈的话记在心里，无论出现什么情况都不要往绝路上想，要像你妈妈说的那样，做一个真正的男子汉。以后有什么困难，你就来找我，我会尽我的能力帮助你，保住你龙家这棵独苗。"

龙国强没有哭，听着李三叔的话，他把拳头握得紧紧的。

李海清摸着他头，拉着他一同走下了山。

从此，龙国强不管遇到天大的困难，也记住父母的话，忍辱负重活了下来。

芳芳听完爷爷的家史，心里也很愤怒。可是她无论如何也不能够将那个临死还指着她的春风曾祖祖联系起来。一个形如枯槁的人，背后竟然还有那么多肮脏的故事。那个对他喜爱有加的春风父母，怎么会有这么一个爷爷呢？此时的芳芳已经理解了爸爸的心情。她还真不能对爷爷说和杜春风的事情。她和春风究竟何去何从，她心里也没有底了。她得回三江去找寻找答案。所以一接到杨总打来的电话，她就给妈妈说明了情况，第二天就动身了。

芳芳妈听了爷爷讲的故事，心里也是愤愤不平，她也终于理解了龙远江不愿回家乡的苦衷了。没想到龙家的老人们死得那样悲惨。不过，听芳芳说那个罪恶之人也死了，她没有马上否定芳芳和杜春风的事情，她毕竟也是大学老师。在送芳芳去高铁站的时候，她对芳芳说："闺女，龙家和杜家的确有着深仇大恨，你一定要好好认真对待这个事情。两家的过去犹如一块大大的伤疤，不揭开还好，一旦揭开就是巨大的疼痛。当然，从历史的角度来看，有些东西是时代造成的，如果我们的思维还是停留在过去，可能永远都解不开疙瘩。妈妈支持你去寻找你自己的爱情，只要你认为是对的，是值得的，你就勇敢地追求吧。只是你爷爷和爸爸这个关可不好过，还有春风的爷爷和父母是什么态度也不好说，你可要有思想准备。"

芳芳点了点头："妈妈，谢谢你的理解，我尽量把这个事情处理好。没有双方老辈们的祝福，我是不会与春风走到一起的。"说完，向妈妈挥了挥手走进了车站。

第四十四章　重返符阳村

芳芳这次回符阳村和第一次去的心情大不一样了。坐上去重庆的高铁，她一路上都在想着如何去面对那些剪不断理还乱的事情。她没有告诉春风自己回三江的事，而只跟他说了杨长新叔叔请她帮忙的事情，还说这个业务做好了，会给公司带来效益，说她一定快去快回。春风这边消停了，但父亲那边怎么办？难道真的是要跟春风分手才能解决这个事情吗？她是个孝顺的女儿，不想让爸爸和爷爷感到为难，更不想要没有家人祝福的婚姻。

到了重庆，杨叔叔的司机小何来接她。

一路上，小何见芳芳不怎么说话，一脸沉思的样子，便说道："芳芳姐，你知道杨总叫你来的目的吗？"

"不就是给他参谋一个观光农业的旅游项目吗？"芳芳回答道。

"对，他想让我负责这个事情。你知道，我在这方面没什么经验，你可要多帮助我哈。"小何谦虚道。

芳芳听了小何这一席话，也收了正在想的心事。她灵机一动说道："小何，只要是可以干的项目，姐姐一定支持你。"没等小何回答，她又问道："这次你陪杨叔叔和我爸他们回三江，他们都议论过什么事情啊？"

小何想了想说："没议论什么，但是感觉你爸有些怪怪的，像变了一个人似的。"

"怎么个怪法？"芳芳问。

小何就把在李海清家杜荣光和龙远江差点吵起来的事情说了。末了又说道："你爸给我的印象是温文尔雅的，那次好像专门跟杜县长作对似的，杜县长说一句，他就顶一句。没见你爸这样过。"

听小何这么说，芳芳立刻就笑了起来。

小何不知道芳芳为啥笑了，有些莫名其妙。

芳芳看他不解的样子，又笑道："我知道为什么了。"

二人就这样你一句我一句地闲聊着，不一会儿就到了三江的地界。

不愧是鱼米之乡，三江一直是一个传统农业比较发达的地方，物产丰富，江山美丽，人杰地灵。芳芳在网上专门搜索了三江的情况，古代的不少文人墨客曾经到过三江，如苏轼等人物去过笔架山，还留下一些墨宝。新中国成立以前，三江一直是四川和贵州的物资集散地，虽然没有工业，但传统的造纸、食品小作坊比较多，作为一个水运比较发达的码头经济，一直都比较富裕。新中国成立后到改革开放前，仍然是传统农业占主导地位，直到改革开放以后，工业才真正有了一定的发展。但有一段时间，三江被边缘化了，到处都在通高速路，就是三江没有通。后来国家西部开发的政策，使地处大西南内陆地区的三江，随着重庆成为直辖市，也修起了两条连接外面的高速路。三江人早就梦想的长江大桥也建起来了，而且不是一座，是三座。一座连接南北的城市长江大桥，使得这个古老的县城从以前的纵向发展向今后的横向发展了。打从高速路连通后，三江的发展更加现代化了。芳芳前次是作为客人回三江的，今天是作为游子回故乡，所以看到一切都很亲切。看着高速路两旁金色的田野，芳芳的心里很高兴。

傍晚时分，小何将芳芳拉到了三江大酒店，告诉她，晚上杨长新要在这里为她接风，叫她先去房间里看她父亲。

龙远江下午没有出去，一直在房间里等女儿。听见敲门声，他猜想是女儿来了，赶快过去开门。

芳芳一见到父亲，就亲热地抱着他："爸爸，我又回来了。"

小何将芳芳的行李拿进房间就把房间门关上了。

龙远江将芳芳的手松开笑道："都三十岁的人了，还像个小姑娘。"

"不是说女儿在父母的眼里永远都是小孩吗?"芳芳故意嘟着嘴巴道。

龙远江眼里满满都是爱："你就是个长不大的孩子。"

撒完娇，芳芳问道："老爸，这几天在三江玩得愉快吧?"

龙远江高兴道："当然愉快啊! 该见的人都见到了，要说的话都说了，想去的地方也去了，愉快得很。"

"不见得吧? 我听小何说，有时候你说话很冲，以前他看到的龙教授可都是温文尔雅的，没见过你那样说话的。"芳芳有意挑起话头。

龙远江果然脸色就变了："那要看对什么人了，对仇人不该那样吗?"

"你的仇人不是死了吗？哪里还有仇人？"芳芳故意这么说。

龙远江一下语塞了。是啊，那个迫害他们一家的杜刮毒已经死了，还有仇人吗？

见爸爸没有说话，芳芳将爸爸扶到床边，表情很严肃地表态道："爸爸，你走后，爷爷将家史都给我讲了。我这次来，一路上我都想好了，我和春风的事情，你做什么决定我都支持你！"

龙远江低着头没说话，沉默了好一阵才叹气道："命运作弄人啊，这难道是天意吗？"停了一会儿，他又说道："芳芳，老爸我很纠结，按理我这个大学教授不应该陷在个人的情感里拔不出来。你嘉川爷爷和杨叔说得对，我们都应该多往前看。"

芳芳接过话道："爸爸，当爷爷把一切都告诉我的时候，我心里也很气愤，对春风也有了抵触。可是这些天我不断反问自己，这是我和春风的错吗？我们什么都不知道，唯一知道的就是我们分别是龙家和杜家的后代。难道就因为这个，我们就要承担几代人的恩怨吗？"

龙远江抬起头看着芳芳，有些吃惊："芳芳，我也不想这样啊！你怎么这么说呢？"

"可是你已经这样想了！"芳芳接着说："爸爸，这些天我想了很多，我想把它说出来，不管对不对，总是我自己的思考，你如果愿意听，我就说出来，如果不愿听，我就把它憋在肚子里。"

龙远江知道芳芳，有话一定要说的，否则一天到晚都不愉快。于是说道："有什么你尽管说，就当我们爷儿俩探讨问题嘛。"

芳芳快人快语道："爸爸，春风的曾祖祖是不对，也是我们龙家的仇人，他利用自己的身份，徇私情打击报复了我们龙家，迫害了我的曾祖祖，这无论如何也是我们两家的深仇大恨。我们不能忘记，也忘不了。有位伟人说过，忘记过去就意味着背叛。但是我们不忘的目的是为了以后避免再发生这样的事情，让后人更好地生活。是冤冤相报何时了，还是得饶人处且饶人呢？"说到这里，芳芳停了一会儿，看着龙远江脸上复杂的表情，她又说道："不过，我说这些也是有条件的。"

"什么条件？"龙远江急切地问道。

"那就是看春风和他们家人的态度。态度不对头，我马上就和春风分手，再也不往来了。"

龙远江听了芳芳这番话，知道她这次是有备而来，对她说的这番话也只能赞同："芳芳，我同意你的意见，看看他们的态度再说。我闺女那么优秀，离了杜家的人一样能够嫁出去。"

芳芳还想说什么，小何来敲门了："龙叔、芳芳，杨总请你们到餐厅吃饭了。"

于是，父女俩结束了谈话。随小何去了吃饭的地方。

杨长新在酒店订了一个包间，既给芳芳接风，也为他准备投资的乡村项目做一些准备。所以，他请了相关的人员，还把他母亲一起请来作陪。本来想请杜荣光的，他怕龙远江不给人家面子。见芳芳和龙远江进来了，杨长新高兴道："芳芳，你终于来了。今天杨叔专门为你接风，明天就准备和你爸回去了，这里的一摊子事就交给你和小何了，等方案做出来，我再来三江。"

芳芳落落大方地说道："杨叔，你对我就那么放心啊？"

"那当然，你是我看着长大的，你有几斤几两我心里清楚。再说你后面还有团队，我相信你的实力，你和小何一定能够完成这个任务。"

芳芳也不客气了："杨叔，这里也是我的家乡，我一定尽自己最大的努力，不辜负你对我的期望。"

杨长新笑了："对嘛，这才是我侄女应该的态度嘛。"说着，看了龙远江一眼。

杨长新的母亲朝芳芳招了招手："乖孙女，过来挨着我坐。"

芳芳走过去，在老人家身边的位子坐了下来。

杨长新的母亲拉着芳芳的手，疼爱道："芳芳，什么时候请我吃喜糖啊？我可等不及了。春风那小子千选万选选到你，算他有福气。不过这个小伙也不错，差不多了就把事情办了。"

杨长新听他妈掺和这事就打岔道："妈，人家年轻人的事情你就不要管了。"

"什么叫不管了？我就要管！我看你们都是糊涂蛋，老辈的事情过去就过去了，新生活各管各，我老婆子都晓得时代不同了，不要总是拿那些陈子麻烂谷子的事情，阻挡年轻人的幸福。"老太婆发火了："没有千年的仇恨。以前我在村里也是有很多这样那样不对头，有些人也总是欺负我们孤儿寡母的，我也恨死了他们。你小子在外面赚了点钱，我帮你在家乡办点好事，很多事情就化解了，现在人人都尊重我老太婆，仇恨也就没有了，我也乐得高兴。

做人啊，心要放宽些!"

芳芳接着老太婆的话道："杨祖母，你说得对。我争取不让你失望，早点让您吃喜糖。"

老太婆的脸笑得灿烂，摸着芳芳的头说："那我就等着哈!"

杨长新看差不离了，先把桌上的人介绍了一番，然后端起酒杯站了起来："各位，今天这顿饭，既是为芳芳接风，也是预祝我们建设家乡的项目能够成功。明天我和龙教授就要回去了，这里的一切就交给芳芳和小何。前期的工作就是考察调查后提出规划的方向，希望符阳村和符关村的几位领头人积极配合支持。在这里，我先敬大家一杯。"说完，带头将酒喝了下去。

符关村的林支书也来了，他站起来对大家说道："我先代表村民们表个态，我一定配合好芳芳和小何的工作。"说着又对着芳芳和小何道："我们都巴不得早点将项目做成，你们要求咋个配合，尽管提出来，我们都一定做到!"说完，也把杯中酒喝了下去。

李符阳也站了起来："芳芳，欢迎你回家乡参与建设，李叔和你虽然是第一次见面，但是为了我们的家乡，走到一起来了，让我们为了家乡的美好未来，共同献计献策干了这一杯!"说完，将酒一饮而下。

芳芳不善饮酒，待大家都敬酒以后，她也站了起来。她端着酒杯，首先感谢了杨叔为她接风，然后也感谢了在座各位亲朋好友，说道："我是第二次到三江。过去没有为家乡建设出过力，这次承蒙杨叔叔看得起，给了我一个出力的机会，我一定尽心尽力为家乡做贡献。"说到这里，她停了一下，眼睛红了起来，转向杨长江的母亲："杨祖母，我要向你学习。听说你在老家威望比杨叔还高，都是因为你有一颗善良的心，一心一意帮助改善乡村的环境，为村民们致富创造条件。我也要向你那样，虽然起步晚了一点，但是一定尽我最大的努力，让我的家乡认识我接纳我，让我老祖祖的在天之灵为我感到骄傲和自豪!"说着，也将酒杯里的酒一饮而下。

杨长新的母亲第一个鼓掌："我孙女说得好!"说着，也端起酒杯说道："穷到富就是一个过程，现在共产党的政策那么好，只要我们大家共同努力，家乡一定会富裕起来。"

老太太都激动起来了，大家都站了起来，喝了最后一杯团圆酒。

晚饭后，杨长新有意拉着龙远江去街上，说是明天就要回贵阳了，趁现在有空再去看看三江城的夜景。其实，杨长新的真实想法是拉着他去散散心，再开导开导他。因为他听小何说，他们父女间似乎有矛盾。

谁知龙远江晓得他的心思，说道："长新，你也不要劝我了，我晓得你把我支开，就是想让芳芳独立去处理那件事情。我跟你回去，我也不打扰她，行不行？"明天要回贵阳的事情，事前杨长新没有和他说过。可是交往几十年的弟兄了，哪有不知道用意呢？

杨长新笑了："这就对了嘛。你放心，芳芳是大人了，她无论怎样选择，我都是支持她的。"见龙远江什么都明白，杨长新拉着他逛了一会儿就回宾馆了。他要去找芳芳和小何，给他们交代自己的想法。

第四十五章 谋划家乡建设

杨长新安排好了龙远江，就回到他的房间给小何和芳芳分别打电话，叫他们一起过来。

很快，两个年轻人就过来了。因为时间不早了，杨长新待他们坐好以后就直奔主题："交给你们的工作准备从哪里入手呢？"

小何这两天都跟着杨长新，他也有一些思考。他知道杨总在考验自己，所以就没有客气："杨总，我们都是三江县的人，对家乡的建设发展肯定是尽心尽力的。可是我们毕竟出去的时间比较久，对当今国家的新农村建设政策和当地政府统筹发展规划不甚了解。那天不是听杜县长介绍了一下县里的思路吗？我们应该继续与他探讨探讨。如果我们光顾着这几个村的发展，没有与大的环境相结合，这个工作也不好开展，要得到的支持也可能有限。我这样想的，先听一听县上相关领导的想法，然后再想做一些调查研究，最后再提出我们初步的方案，大家统一思想后再做详规，这样至少可也少走弯路。"

芳芳赞许道："行啊，小何，士别三日真是刮目相看了。这一套套的，真说到了点子上。我们做规划的人就是要两相结合，这样才能做到双赢。我同意小何的说法。"

等他们都充分说出了自己的想法以后，杨长新最后说道："你们的想法都对。但是我要提醒你们的是，地方上的意见要听，但是更要从农村长远发展的利益出发。据杜县长介绍，三江县去年已经脱贫摘帽了，现在是思考脱贫以后怎么办的问题。国家不仅出台了振兴乡村的文件和政策，而且还规划了开发大西南，发展成渝双城经济圈的文件。我们就是要抓住这个机遇，结合带动村民更加富裕的实际来思考我们所要做的事情。据我这几天的调查了解，村民们对村村通的路网比较满意了，就想有什么大的开发项目在这里落户，好带动他们发展。他们的想法虽然简单，但是也很实际，就是想通过开发聚人气，好坐在家里做生意。县里也打算结合村民们的想法，尽可能将符阳村和符关村的特色发掘出来，做到上下一条心，真正将乡村振兴起来。"

听完杨长新这番话。芳芳不得不佩服她的杨叔叔，这个只有初中文凭的老总，经过这些年的摸爬滚打，感觉竟是那样的灵敏，眼光竟然是那样的远大，心胸竟然是那样的宽阔，而且竟然那样关怀民生。于是她也接着说道："杨叔，你放心，有你的指导，我和小何一定不会让你失望的。"

小何也表示了一定要高起点来对待这个事情。杨长新满意地笑道："就这样吧，希望你们抓紧时间干起来。一会儿芳芳留一下，我还有话给她说。"

小何对芳芳笑了笑："我们明天就去找杜县长。"说完就收拾东西出了门。

杨长新直接对芳芳说道："你对杜春风的事情是怎么想的啊？"

见杨叔直接问到这个事，芳芳也不含糊："杨叔，我已经知道了我们龙家的家史，想到爸爸对这个事情的态度，我思想斗争了好久，恨春风那个老祖祖，要不是他，我老辈们的命运就不会那样悲惨。我一想到他临死前指着我那个眼神，我就害怕。可是我毕竟是新时代的年轻人，始终觉得我和春风不应该为老一辈的恩怨买单，但又怕伤害了亲情，只要爸爸和爷爷能够转过弯子，春风的老辈们都能够过这个坎，想来我和春风也应该没问题。"

杨长新笑道："你这样想就对了。每个人遇到这样的情况不会没有想法，这是很正常的事情，要迈过这个坎也需要时间。你爷爷和爸爸那里的工作我去做。目前，你要考虑一下如何与春风的爸爸相处。我那天听了他的话，感觉他还是一个有思想的人。能够走到副县长岗位上的人，想来心胸不会那么窄。只要他对这个事情认识到位，能够跟你爷爷和爸爸发自内心的道歉，求得他们的谅解，事情就有转机。倒是你爸爸，我们都好多年的交往了，很多事情他的眼光都看得比较远，却在这个事情上过不了坎，这是我没有想到的。不过这也正常，毕竟你们龙家的命运和杜家有着直接的关系，你爸要放下这个事情是需要时间的。你放心，只要他能够接受道歉，这事就有希望，我相信他一定会转过弯的。"

芳芳点了点头："杨叔，你放心，我和小何一定好好完成你交给我们的任务。"

杨长新爱抚地拍了拍她的肩膀："你今天也累了，好好休息。回头我跟春风他爸爸打个电话衔接好，我就和你爸爸回贵阳了。这边的事情做得差不多了我再回来，你和小何就放心大胆地干。我们就等你的好消息了。"

回到自己的房间，芳芳没有去爸爸那里。她觉得她和爸爸都还应该理清自己的思路，这会儿去找爸爸，说不定又要吵嘴。

第二天，杨长新和龙远江没有惊动其他人，一早就开车回贵阳去了。等小何和芳芳起床找他们吃早饭，才知道他们已经出了三江到了重庆的地界了。

芳芳有些后悔昨晚没有去见爸爸，不知道爸爸为此生气不。

小何见芳芳闷闷不乐，就开导她："有杨叔在，你爸爸不会生气的。再说，只要我们把任务完成好了，他们就会高兴的。"

芳芳对着小何笑了笑："你说得对。我们吃了早饭就去联系杜县长。如果他没有时间，我们就先到村里去转一转，把情况摸清了再说。"

正说着，芳芳的电话就来了，一听就是杜县长的声音："芳芳，杨总跟我说了，你这次回来就是为他搞规划创意的。我代表三江县的人民欢迎你啊！本来我想尽快跟你进行对接的，可是我这边上午有些急需的事情要处理，只有等到下午了。要不你先到村里去了解一下情况，我下午空了联系你。"

"好。"芳芳回答得很干脆。

正要按下手机，杜县长迟疑地问道："芳芳，你这次回来，春风知道吗？"见芳芳没有吱声，又小心翼翼道："什么时候有时间，回家去看看吧。春风的爷爷祖母都念叨你呢。"

芳芳的鼻子酸了，眼泪一下就流出来了。隔了一会儿，她回答道："杜叔叔，我会的。"说完，就把手机按下了。

那边，杜县长听着芳芳带哭的声音，不由得叹了一口气。

芳芳和小何退了房间，直接去了符阳村。他们要去找李老祖和李符阳李支书。

李老祖可是答应过芳芳，要把他肚子里的故事讲给芳芳听的，芳芳就是想趁这次机会，把她心中许多的谜解开。

"芳芳姐，我已经和李支书打了电话，他在家等我们。"小何体贴地说道。小何知道芳芳在规划创意上很有一套，决心这次好好跟她学一学。

小何开着杨总留下的车，不一会儿就出了城来到了李海清的家。

李支书早就在门口等着了，见芳芳下了车，就迎了上去："芳芳，李叔早就盼你来了。快进去坐吧，你老祖可是想你呢，说是春风媳妇想听他讲符阳村的故事，一直念叨这个事情。"

芳芳笑了："是啊，我们是有约定的。我这次一定要把他老人家肚子里的故事全部挖出来，可能的话还要写一本书。"

李支书凑上来小声说道："你老祖还不知道你就是远江的女儿，这次你打算认亲吗？"

芳芳边进院子门边回答道："我们本来就是亲人，这是迟早的事情。就是不知道他知道后对他好不好。"

"就是怕他激动，这些天他心脏不好，要不等他精神好一点再告诉他？"李支书征求芳芳的意见。

"李叔，你安排就是，我听你的。"芳芳不假思索地回答道。

"那你今天上午准备怎么安排？我陪你去看看。"

"先去那个龙家大院吧。前次来只是跑马观花去了一趟，这次可要好好研究一番。"芳芳也不客气。

"龙家大院子啊，我要去！"不知道什么时候，李老祖在保姆的陪伴下来到了院子中间，听到说去龙家大院马上就搭腔了。

李支书笑了："这老爷子，平时耳朵那么背，今天可是顺风耳，一下就听到了。"

看到老祖出来了，芳芳赶紧迎了上去扶着："老祖祖，我是芳芳，你还记得我吧？"

李海清眯缝着眼睛看了好一会儿，才裂开嘴巴笑道："是春风媳妇啊？你是回来听我讲故事的吧？祖祖可是等着你呢！"说着亲热地拉着芳芳的手又说道："走，我们去龙家大院。故事就从这点开始讲起吧。"

李支书看爷爷精神还好，就对芳芳说："那我们就带着他，好不好？"

小何刚把车停好，听说李老祖要去龙家大院，就接过话说："我开车，累不着老祖祖。"

就这样，一行人就来到了离龙家大院不远的一条路上。这里到龙家大院还要走一段路，他们下了车，芳芳扶着李老祖走上了通往院子的石板路。

可能是很久没有到这里来了。李老祖显得很兴奋，指着前面的一大片平整的水田道："别小看了这个地方，这里的风水可是好得很。隔壁符关村出过清朝的大官陈本植，还出过清朝的廉政县官李超琼。我们这里出了龙家、杜家、李家，只是后来……"李老祖说到这里，叹了口气："唉，不说了，不说了。"

"爷爷，今天不说其他了，来到龙家大院就先说说龙家吧。"李符阳怕惹得爷爷伤心，赶紧把话题绕开。

芳芳也说道："老祖祖，我知道你的故事很多，还有荔枝林的故事，你这辈子做了好多的好事情，大家都记得你呢。"

李老祖咧着缺了牙齿的嘴巴，笑得那个开心："春风媳妇，荔枝林我也得领着你去看看，还有那个林专家，那可是我们符阳村的大恩人。"

到了院子门前，看着破烂不堪的院门，李祖祖心疼道："李大毛，跟你说了好多次了，叫那个杜县长想点办法把这里修一下，还是这个样子，想挨打啊！"说着，扬起手中的拐杖，做出一副要打李支书的样子。

芳芳急忙拦住了："老祖祖，这不怪李叔。我们这次来就是想把这里好好修一下。你看怎么修啊？"

"当然是恢复原样啊！春风媳妇，你不知道这里原来有多漂亮，这是龙家好几代人的心血。我听大毛说要搞观光农业旅游业，我就想着把这里恢复起来就是一个很好的植物园林花园，配着我们这里的荔枝园和附近发展的真龙柚子园，不就是一个很好的农业观光园区吗？"李老祖兴致勃勃地说道。

"老祖祖，你可以啊！还知道这些！"小何看着李老祖，惊奇地说道。

"也不看你老祖祖是什么样的人，当年也是这块土地上的文化人。"李老祖得意地咧着嘴又笑了。

进得院门来，芳芳不由自主地问道："老祖祖，这个院子里的故事多吧？"

李海清疼爱地抚着芳芳的手说："那可不，我们龙家、杜家、李家的老祖宗来到这里，一起在这里打天下，如今三家的院子就剩下龙家这个还有点样子，另外两家的早就不存在了。当年，你老祖可没少在这个院子里玩耍，当然知道这里面的故事了。"

"那你就从这个院子开始给我讲符阳村的故事，我要把这里的故事都挖掘出来，作为我们打造这片土地的文化内涵，将符阳村宣传出去。"芳芳激动道。

李符阳也赞同道："对呀，文化是灵魂，只有把这篇文章做好了，乡村旅游文化才能够长久发展下去。"

李海清的眼睛突然湿润了，他一拳头打在了李支书的身上："大毛，你终于想听爷爷心里的想法了，我还以为我这一肚皮符阳村的故事只能带到棺材里去了呢！"说着，他指着石门框上写着"创业守成非易事，勤耕苦读是良图"的对联说道："我的故事就从这副对联讲起吧。"说着带着这帮晚辈们，进到了院子的深处，思绪也流向了遥远的过去……

四十六章 老祖们的往事

　　李海清从记事起就常听老辈人说他们龙家、杜家、李家的事情。说他们三家在湖北一个盛产莲藕的地方结伴来到这个叫符阳坝子的地方，实在走不动了，就歇脚停了下来。他们三家原来在老家都是靠给人做工来养家的，后听说四川这边遭遇连年的战争以后，地广人稀，土地肥沃，就相约到这边来了。原本是想到川西坝子去的，但拖儿带母走到这里，看到这边有大片荒芜的土地无人耕种，凭种田人的眼光，他们觉得在这里一样可以有自己的田地耕种，于是就扎根了下来。不是有一句话叫家乡就是漂泊者的停驻地吗？三家人在符阳坝子停驻了下来，这里也就成了他们的家乡。

　　三家人中，龙家的人口最少，只有三口人，杜家的人最多，有五口人，他们李家有四口人。三家人相约比赛，看哪家开垦的土地多，争取当最大的地主。

　　到了第二年春耕的播种季节，三家人才发现，龙家虽然人最少，但土地却开垦得最多。原来龙家虽然人丁不兴旺，但老祖先的头脑异常的聪明。除了两口子不分昼夜地开垦外，还将带来的一些积蓄请了日益增多来川落户的人帮着开垦。而李家和杜家主要是靠自家人的劳动力。三江这方土地，气候宜人，风调雨顺，付出了就一定有回报。到了秋收的季节，龙家自然成了名副其实的大地主了。不过，杜家、李家人都很服气，都尊称龙家祖先为老大。三家人也很团结，有什么事情大家都一起商量着办。龙家祖先也当仁不让地负起了老大的责任。李海清在自家的家谱中看到，两百多年来，三家人为了不受外来人的欺负，都是由龙家牵头，团结他们两家一致对外，才真正在这块土地上扎下了根，三家人在这一带的团结都很有名气，威望很高。家谱上记载，大约在1862年，太平天国的石达开从湖北攻入四川。4月初，石达开分多路进入三江甘雨、福宝、白鹿、榕山、榕右、虎头等地，他们途经符阳坝子时，发现这个地方土地肥沃，物产丰富，就进村打劫。结果家家户户关门闭户，人去房空，屋里根本就没有存留值钱和吃的东西。原来，听说太平天国的人马要过三江来，龙泽厚的祖祖辈叫龙应雄的人，召集了杜李两家的当家人商量，号召村里的人将粮食就地藏好，并将村里的男女老少转移到后面的坟山上。他们还将村里的青壮年组织起来，拿着棍棒，准备同来犯的打劫之人决一死战。太平军果然没有找到人和东西，只把龙、杜、李、三家的大房子给烧了。后来太平军因为慌忙赶路聚集马街，准备渡河进县城，遭到清军严密防御未能得逞，只好从马街沿赤水河而上，进入贵州。

全村的老少爷们下山后，看到他们三家的房屋都被烧了，很过意不去，龙应雄却说："钱财都是身外之物，只要人保住了，钱财都会来的。"从此，三家人在符阳坝子的威信更高了，龙应雄也被大家尊称为龙英雄。

龙英雄后来重新修建了龙家大院，并亲自写了这幅"创业守成非易事，勤耕苦读是良图"的对联。这位见多识广的龙英雄，不仅认识到创业守业的艰辛，还认识到勤耕苦读才是长远的路子。从此还办起了私塾，他希望村里的子孙们能够读书写字明道理，对杜家和李家的子孙，愿意读书的都格外关照。

家谱上还记载了一件值得自豪的事情，那就是龙英雄的儿子龙俊超带着杜家、李家和符阳村的子弟们支援三江围城，在1911年农历9月24日参加了同志军的保路运动。那是因为1911年四川的保路运动波及到全川，合江保路同志会收到"水电报"（这是成都同盟会组织保路同志军传递消息的一种手段），即将消息放在涂有桐油的木板或竹筒里，顺江而下，沿途群众读后又复制投入江中，不到数日便传遍川西、川南、川东，会员们随即分头前往四乡联络，民众纷纷响应。符阳村的队伍就是在这时加入了三江围城的行动。三江围城历时66天，同志军数次攻城不下，后来重庆蜀军军政府部队支援，在强大的攻势下，清朝的三江知县终于在辛亥农历11月30日开城门投降，推翻了清朝政府在三江的统治。由于符阳村的队伍表现好，在围城的战斗中，抬着装有炸药的棺材炸开了城墙。虽然城内清军的快抢火力太猛，当时没能攻入城内，但发挥震慑敌人、鼓舞士气的作用很大。

回到村里，龙英雄专门组织了盛大的庆功会，对牺牲的子弟专门发了一笔抚恤，对有功人员披红戴花好一番奖励。这事影响很大，就连城里最大的袍哥人家，都知道符阳村的人很团结，打招呼要手下的人不要轻易去惹他们。

从此，龙、杜、李三家的名声大振。这件事情在三家的家谱中都是浓墨重彩地作为光宗耀祖的事情记载的。

这样的传统一直维持到龙泽厚、杜清明和李海清这一辈。李海清记得，龙家在老一辈的嘴巴里，土地多，租子自然也不少，是符阳坝子这一带的第一富人家。可是就是人丁不旺，几乎都是单传。龙家为了延续香火，每一辈人都为之努力过，姨太太没少娶，可就是不开枝散叶，好些姨太太年纪轻轻就去世了。后来有人就说，龙家人就是命该如此，老天爷也很公平，人财不能兼得，只有情场失意，财富上才能得意。又有人说，龙家坟山的风水就注定是这样的。你看站在坟山上看那滔滔不息奔流的长江，那白日千人拱手，就是众人给你进贡财来，那夜里万盏的明灯，就是人家的明，就只有龙家的暗，自然人丁就旺不起来。到了龙泽厚父亲的一代，他认为有道理，也只有认命了。

不过，龙家的儿子儿孙都是有血性的。远的不说，就说龙泽厚吧，他父亲那一辈不仅田土经营得好，还在县城里买了铺面，准备做生意。但东北沦陷后，龙泽厚执意要去从军他也没有拦着，只是嘱咐他枪炮不长眼，要他躲着点子弹。要不是他的身体不争气，他也不会早早地叫龙泽厚回家。

三家人的同辈人中，龙泽厚的岁数最大，杜清明次之，李海清最小。

龙家的私塾在清政府被推翻后没几年就停办了。龙家老爷子将龙泽厚送到新学堂三江中学去上中学。那时杜家因为老爷爷吃鸦片，家境远不如从前，龙老爷子就叫杜清明陪着龙泽厚去上学，费用由龙家出，一来龙泽厚有个伴，二来也算扶持一下杜家。杜清明的父亲感恩不尽，可是杜清明却不愿意。李海清知道杜清明不愿去的原因，是他们家一到没钱吃饭时，就把土地押给龙家，说看到龙泽厚就有气。

记得有一次李海清和杜清明说到这个事情，李海清还为龙家解释道："这不是人家龙家出的钱高吗？你家反正要卖田土，卖哪个不是卖啊？再说，我听父亲说，龙家老爷说了，如果你家要把田土赎回去，照原价就行。你家也不亏嘛。"

哪知杜清明说："龙家那么有钱，要真心想帮我们，给钱就行了嘛，何必要我们家的田土呢？那不是要我们家的命吗？"

李海清奇怪杜清明为啥总与众人的思维不同，光想占便宜，难道不知道亲兄弟明算账的道理吗？

后来杜清明被他老爷子硬逼着去陪龙泽厚读书，还没读满一学期就回来了，跟他老子说："我不是读书这块料，你们就不要逼着我去了，我有私塾那点底子也差不多了。"其实他是看不惯龙泽厚这个少爷，每天对他指手画脚，要他做这做那，甚至不洗脚他也要管，这对于在乡村野惯了的他太不自由了。那天因没有完成老师的作业，龙泽厚还动手打了他，他实在忍不下这口气就跑回家了。

杜家老爷子没法，只好向龙家大哥说杜大不懂事，算是赔了不是。

随着杜家的田土越来越少，杜清明心里那个气就更大了。幻想着哪一天用啥子法子再把田土从龙家手里弄回来，自己也真正当一回少爷。

杜清明回来了，龙家老爷子还是不放心龙泽厚，就想叫李海清去。李海清虽然比龙泽厚小几岁，但李家的老人要保守些，不愿意让李海清出去读书，认为新学会把人教坏的，只愿意他到邻村的私塾去学之乎者也。听龙家老爷要他去当陪读，李海清当然愿意，他就是想到新学堂去学习，看看新学堂与私塾究竟有啥不同。

李家老爷碍于龙老爷的面子，只好让李海清去了。

李海清去了才知道，他因为比龙泽厚小，而且刚进去，就只能在下一个年级的班里读书，不像私塾那样，大小都在一间教室坐着听先生讲课。

李海清很喜欢这样的陪读，龙家大哥对他并没有啥子特别的要求，就是希望他认真读书，按时完成老师布置的作业。原以为要给龙大哥洗衣服，可是龙大哥并没有这样做，而是对他说，新学堂里的老师说，我们人与人之间是平等的，自己的事情应该自己做，不能做衣来伸手、饭来张口的老爷。有一次，李海清实在忍不住了就问道："龙大哥，你叫我来陪读，总要让我为你做点啥子吧？"

龙泽厚笑了笑说："其实我并不需要陪读的，我父亲之所以要这么做，就是想到我们三家是世交，想帮助你们。帮助人的法子有很多，你愿意给钱帮助还是希望得到这样的帮助啊？"

李海清明白了，高兴地说："我当然愿意出来读书啊！出来读书可以见大世面，可以明白好多的道理。"

龙泽厚也高兴地摸了摸他的脑袋说："我就说嘛，这么简单的道理你都能懂，为啥清明老弟还不懂呢？我看他就是目光短浅、胸无大志。"

李海清见龙泽厚表扬他，就把杜清明的有些事情说了。最后他说道：

"杜哥那些想法我也知道不对，但我没办法说服他。"

龙泽厚说："不管他，他就是一根筋。看问题钻牛角尖。我家买他的地，其实明眼人都看得出来，都是为他们家好，只有他才说不好。这就像一个故事里面说的，一碗米恩，一斗米仇。一个人在没有饭吃时，人家施舍了他一碗米，他感恩不尽。后来人家给了他一斗，他还嫌不满足，认为人家是该给他的。最后人家不给他了，就变成仇人了。他来陪我，但不好好读书，也不写作业，还不爱卫生。跟他一起住的同学说他臭不可闻，他还要打人家。看他一副好吃懒做的样子实在丢脸，我冒火打了他，他就跑回家了。"

原来是这样。李海清明白了，事情并不是像杜哥说的因为龙哥耍少爷脾气。想到这里，李海清说："龙哥，你让我来城里读书，我很感谢你，要不然我父亲根本就不让我出来。以后你要我陪你多久我就陪你多久。"

龙泽厚拍了一下他的脑袋说："刚才说了，不要你陪，你好好学本领就行了。"想了一会儿又说道："要说陪，新学堂讲究互相探讨，以后我们就多探讨探讨，回家时我们一路走，这就是我要你的陪。"

"我愿意！"李海清以前对这个龙大哥有些畏惧，现在他不怕了。

从那时候起，龙大哥在李海清的心目中更加高大起来。

后来，龙大哥投笔从戎，李海清也想追随，因为学校里都在讲小日本侵占东三省的事情，他也热血沸腾，想要学历史上的岳飞精忠报国。可是，他父亲不同意，怕他偷偷溜走，把他反锁在屋里，又说起新学校教人不学好的那一套理论。其实，那时的父亲已经受杜清明爷爷的影响，也吃起了鸦片烟，家里也在开始走下坡路，他是家里的老大，父亲希望他留下来撑起这个家。

李海清说完这段，芳芳眼睛有些湿润："李老祖，你说这些，我从来没有听到过，原来我们三家人还有那么深的渊源。还有，你说的家谱，我怎么从来没有见过呢？"芳芳忘了李符阳提醒她李老祖还不知道他就是龙家的后代，不知不觉就把"我们"说出来了。幸好李老祖没有注意。

李符阳也接着说道："我也从来没有见过。爷爷，家谱还在吗？找出来我也看看。"

李海清瞪了李符阳一眼说道："龙家的家谱早在龙家人被赶出龙家大院时就被烧了，杜家的家谱，据说杜大爷怕被人抓小辫子，也早就被毁了。只有我们李家的，被我藏了起来，你们想看，我回家找给你们。这些东西早晚都要归你们，我拿来也没用了。"

李符阳急切道："要得，你说在哪里，我回去就找出来。"

李海清在李符阳的身上打了一拳："你们不是都不让我说那些陈芝麻烂谷子的事情吗？现在才知道晓得一点过去的事情有好处吧？不知道过去就要忘本。我就希望你们这些从符阳村走出去人，不要忘记符阳村的往事，然后把符阳村建设得更漂亮，让出去的人时常都想着要回来看看。"

芳芳笑了："老祖祖，我回来就是干这个事情的。下午跟杜县长约了，我们要好好讨论一下，把我们这里打造成不仅符阳村的人想回来，不是符阳村的人都想来的地方。"

李海清笑得合不拢嘴，精气神好了很多："你这娃娃说的话，我就是爱听。不像李大毛，老是不让我说话。"

李符阳怕他累着，赶紧说道："爷爷，我知道你的老故事多，这次趁芳芳在这里，你就好好讲一讲。我们回家，坐着听你讲。"

李海清慈爱地拉着李符阳的手说："大毛，难为你了。你回到这里都是为了我，我不糊涂，我晓得。听你的，我们回家。"

四十七章　勾画蓝图

　　杜荣光将约会的地点安排在了福宝古镇，因为他想让芳芳更多地了解三江的旅游，让她在做符阳村的规划时能够把三江的旅游资源一并考虑进去。

　　芳芳这次回三江，本来就要安排去福宝古镇的，听说在福宝古镇约会，心里很高兴。在李老祖家吃完午饭，立马就叫上小何出发。

　　符阳村到福宝古镇不过四十公里的路程，听说以前是泥结石路，弯道又多，开车也要一个多小时。现在全部是裁弯取直的宽阔旅游通道，不到一小时就了福宝古镇。

　　到了福宝古镇，杜荣光正在接待来福宝旅游景区考察的客商。他安排了一个导游，要她陪着芳芳和小何先参观古镇。

　　沿着高低起伏的古街，听着导游的解说，芳芳一直很兴奋，不住地向导游问这问那。导游是个漂亮的年轻女孩子，看上去比芳芳小一些，见芳芳对福宝古镇很感兴趣，就尽量讲得详细一些。其实，自从上次离开符阳村后，芳芳就开始关注这片她意义上的家乡热土了。她从网上知道，这个古镇在全国都是榜上有名的，大约是明末清初移民的杰作，古镇目前保存比较完好的三宫六庙，既是佛教、道教的场所，也是各地会馆的住所。当年这里是通往贵州重庆陆路的商贸集散地。整个古镇沿山的起伏修建，它的几层楼都在街面的地下，从专门的观景点看古镇外景，更能看出这个古镇与众不同的恢弘，因此，被清华大学的专家称为山地建筑的精华。古街很清静，没有爷爷嘴里讲陈爷爷当年带着冯阿婆来福宝时那样的热闹，据说是政府为了保护古镇，凡是新建房屋，一律安排在外面规划的新街，要维修旧房的必须按照古镇的风貌来进行。芳芳问导游："古镇什么时候才能开发出来呢？"

　　导游告诉她："因为古镇的体量大，需要的资金多。政府这些年投入不少的资金对电网做了改造，将蜘蛛网似的电线进行了规范。县里将这些基础设施做好了，就等着开发商来共同打造。今天杜县长就是来镇上和开发商谈如何打造福宝古镇的。"芳芳听说要开发，马上提醒道："这么好的地方，开发商要好好选一选。"

导游又说道："想到这里来开发的人很多，但是县里把关很严格，尤其是这个杜县长，他说一定要把保护与开发结合起来，决不能因为开发将古镇毁了。所以，来淘金的人很多，但拥有杜县长理念的人少，这才导致了古镇现在还是等待有缘人来相识的境况。"

"杜县长的观点是正确的，宁可步子走慢一点，也不能为了开发破坏了古镇的美丽。"芳芳没想到春风的父亲还有这样的情怀，顿时又加深了对他的好感。

"可是，人们都希望古镇能够早日开发出来，让它变成财富。听说好些人对杜县长意见很大，说他的标准定得太高，说我们是捧着金饭碗讨饭吃。"导游似乎也有一些怨气。

芳芳不假思索地反驳道："旅游是长远的事业，就要有长远的眼光。我想，杜县长也是为了古镇的发展能够走得长远才这么做的吧！"

小何在旁边也说道："对古镇保护和开发的关系，应该是在保护的前提下开发，而不是先开发然后再说保护，这样就会本末倒置，自欺欺人。"

芳芳赞许地对小何点点头。

这时，导游接了个电话，就对芳芳和小何说道："杜县长请你们去张爷庙，他在那里等你们。"

"那好，我们走吧。杜县长时间紧，我们不要耽误他的时间。"小何说。

芳芳点了点头，随导游一起去了张爷庙。

这个张爷庙，就是过去的江西会馆，想来那时移民到这里以及来往客商的江西人不少吧。

芳芳一行从一处街口的房门进去，就看到杜县长早在一棵大黄葛树下等他们了。见芳芳一行进来了，起身迎着："芳芳，欢迎回家！小何，我们又见面了。"说着，招呼导游一起坐下。

芳芳听到"欢迎回家"，心里有些激动，眼睛就湿润了。为了掩饰自己，她端起桌上的茶杯喝了一口。

小何握住杜县长递过来的手回应道："杜县长，感谢您在百忙当中抽时间接见我们。"

杜县长哈哈大笑起来："小何，你啥时候也学会这一套了？"

见小何不好意思的样子，已经平复了情绪的芳芳说道："杜叔，人家小何说的是老实话，我们都知道你很忙。"

杜荣光依然笑道："再忙也要来见你们啊！如今，杨总把考察规划的任务交给你们，你们就是三江的财神爷，我要好好配合你们完成这个任务。要不，咋个对得起90多万的三江人民呢？"说完，还故意眨了眨眼睛，那神情逗得在场的人都笑了起来。

看气氛热烈了，杜县长言归正传道："玩笑归玩笑，我说的也是实话。知道我为啥要在你们做规划之前见面吗？我就是想让你们全面了解一下三江的县情，知道现在国家对基层的政策，这样你们才能够在做规划时更切合实际，少走一些弯路。"

"杜叔，我们都知道你的苦心。你就说吧，我们洗耳恭听。"小何迫不及待了。

"对，杜叔，我们就是要全面了解后才把方案做得各方都尽量满意。"芳芳也诚恳地说。

杜荣光对两位年轻人谦虚的态度感到满意。他把这段时间思考的一些问题，对这两位年轻人和盘托出了："三江县是有名的千年古县，过去也是乌蒙山区的贫困县，但是，通过多年的努力，我们去年年底就彻底告别了绝对贫困，脱贫摘帽了。可是，脱贫以后怎么办？如何巩固脱贫的成果？中央虽然已经提出了乡村振兴的方向，但这条路在三江县咋个走，就是我们需要思考的问题。最近，县委召开了扩大会，明确要抓住中央提出发展成渝双城经济圈的机遇，利用好出台的政策，研究出我们的发展路子。三江县正处在成渝经济圈的桥头堡，机遇抓好了就大有可为，机遇没有抓住，就会一蒿松劲退千寻。"

"那县上准备抓些啥子呢？"芳芳急切地问。

杜县长笑了笑："要抓的就多了，我就说说分管的农村和旅游工作吧。可以说，农村、农民不富裕起来，我们的国家就富裕不起来。三江是个山水田园风光很美的鱼米之乡，通过脱贫致富，三江现在的农家乐可以说是星罗棋布，成片开发的农业项目许多也初具规模。大的旅游，东线有我们的福宝古镇和福宝原始森林景区，西线有金龙湖景区、尧坝古镇、法王寺和策应红军渡赤水的石顶山起义遗址，我们在考虑景区发展的同时，就要把我们已经初具规模的农业观光开发区连成一线，利用我们传统的鱼、虾、米、菜的优势，打造鱼米之乡。比如我们的西线就要考虑将先市镇已经成规模的酱油小镇考虑进去，将永兴诚的酱油文化挖掘出来，让周围的乡村围绕酿造业做文章，建立黄豆生产基地，开发出工业旅游体验的特色；在东线就要将我们符阳村一带的荔枝、真龙柚基地融入鱼米之乡中，发展现代观光农业，按照这样的思路，我们准备西线和东线各选一个地方搞试点，通过这样的方式，让农民在观光旅游的服务中获得更多的收益。"

"我知道了，杜叔，符阳村和符关村一带就是县里选的东线的点吧？"小何兴奋地问道。

"聪明！"杜县长点赞道。

芳芳也按捺不住地补充道："杜叔，这就是你要我们做方案的核心吧？其实，我也是这样想的。我们不管做什么事情，总是要接地气才能让大家接受。我理解杜叔的意思，就是要我们将农民希望的富裕和政府希望的旅游事业结合起来。"

"就是这个意思。但是，芳芳啊！"杜荣光说到这里，眉眼间都是喜爱地说道："我们不能将农民和政府的希望割裂开来，这二者的目标应该是一致才对。农民的希望就是政府的希望，如果农民没有积极性，我们的项目就有可能失败。"

"杜叔，我理解你说的这些，政府的工作就是要让老百姓满意。你放心吧，我和小何一定好好研究，拿出一个让杨总和你满意的方案。"芳芳胸有成竹地说道。

"那你们现在有什么想法？也可以跟杜叔说说嘛，我们可以探讨一下。"杜荣光太想知道芳芳的想法了。

芳芳想了一下说道："有些想法不成熟，说出来杜叔不要见笑。"

"没关系，说说看。"杜荣光满怀期望。

芳芳这才说道："我是这样想的，杨总目前的投资主要是符阳村和符关村，因为这个地方既是我们的家乡，而且基础设施很好。我初步的想法是，将符阳村打造成"妃子笑"荔枝园，打出"一骑红尘妃子笑，缘是三江荔枝来"的品牌，利用唐朝诗人杜牧这句全国人民甚至爱好中国文化的外国人都知道的这句诗，让大家都知道，唐朝杨贵妃吃的荔枝就出自我们三江，这就是妃子笑的来历。将符关村打造成真龙柚基地，打出"天下柚子独一味，真龙柚子不一般"的品牌，让游人品尝了脆嫩又化渣，甜美似冰糖的真龙柚，就印象深，离不开。"

"就这些吗？"杜荣光说。

"当然不止这些。"芳芳继续说道："这些其实村里已经在做了，只是目标定位的宣传要加强。还有既然要打造鱼米之乡，传统的东西也要有自己的品牌。我听海清老祖讲符阳和符关这一带流传着一个白米洞的民间传说，说是白米洞以前是个庙子，住着很多和尚，洞内有一个像青蛙屁股一样的洞，每天流出的米，不多不少，刚好够和尚们吃。后来庙里新换的主持起了私心，偷偷地把洞打大了一点，想让米流多一点，结果白米洞不但流不出米了，还流了几天几夜的血。我们就深入挖掘这个故事打造我们鱼米之乡的生态品牌。"

"生态品牌？怎么打造？"小何不明白。

芳芳笑着解释道："这个白米洞的故事是不是在告诉我们，生态的食品是靠万物生长的天然，而不是靠急功近利的催生。"

"对呀！我怎么没有想到呢？"小何抠了抠自己的脑袋，不好意思地笑道。

"所以你就想给这片土地上长出的农作物取个品牌？"显然，杜荣光也感兴趣了。

"对，我就是这么想的。"芳芳很肯定地回答。

"那取个什么品牌好呢？"小何急切地想知道。

"杜叔，可不可以叫白水系列？"没等二人的回答，芳芳自问自答道："凡是这里出产的农副产品，我们都给它冠上白字，比如说白大米、白水虾、白水鱼、白生姜、白莲藕……等等，这个白本生就代表着生态，这样我们的鱼米之乡才有自己的特色。"

"芳芳姐，你这个想法太有创意了！"小何不由得赞赏起来。

杜荣光也点头道："芳芳说的有道理，好东西一定要有好品牌。"

"还有把这两个村的春夏秋冬装扮起来，让大家一年四季都有游玩的。这两个地方都是浅丘。相对地势平缓，在春天，我们就搞大众化的油菜花和麦子，将两者的色差设计成不同的漂亮图案，有意将它打造成网红，来的人一定很多，符关村的柚子花，香气浓郁，也一定会吸引游客。夏天有荔枝采摘就不用说了，秋天柚子丰收，人们尽可以享受采摘丰收的喜悦。不过，冬天做什么我还没有想好，还需要认真调查研究后提出来。在做好这些的同时，我想还要这两个村的村民好好配合，比如家家户户尽可能在房前屋后种上颜色鲜艳的各种时令花花卉，让人们一进村就感觉来到了花园里，心情不好的人也会瞬间愉悦起来。"

"我们在符阳村搞荔枝博物馆，在符关村搞真龙柚博物馆，将这里设计成去福宝旅游的必经之地，让游客来这里既有物质的享受，还有精神的充实。"小何也忍不住说了自己的一些想法。

杜荣光的脸上露出了笑容，但他还有些担心："这些事情单靠村民是不行的，不知道杨总和你们是如何设想的?"

芳芳立马说道："只要方案可行，我和小何要跟杨总建议，引进一个内行的团队进入这两个村，指导村民按照规划做。我现在担心的是村民不理解，不照着做。"

杜荣光马上回答道："这个你不用担心。村民们通过扶贫攻坚，都知道了政府为他们好，尤其是这两个村，基础设施好，村民思想活跃，分得清楚好坏。只要能够让他们赚钱，收入一天比一天好，他们肯定会拥护的。"

"那我就放心了。如果杜叔觉得我们的思路可以，我们在考虑成熟后将方案提出来再向你和杨总他们汇报，大家都同意后我们再做详规。村民收入的事情，杜叔，你更要放心，杨总要赚钱不是在这个项目上。他跟我说了多少次了，就是想为家乡做点有意义的事情。不过，我不想让他做赔本的买卖，一定要做到双赢，这才是我的目的。"芳芳把心里想说的都说了出来。

"其实冬天这里也有文章可做。我看这边的竹编工艺还可以，是否可以搞一些体验类的项目?"小何也在积极想着办法。

杜荣光见探讨得差不多了，便说道："你们说的这些思路我看可以，只是形成方案还要周密一些。芳芳，你考虑得对，我们做项目就是要做到双赢，赔本的买卖是不能长久的。像杨总这样有家国情怀的老板不多，我体会深刻。这些天你们在三江搞调研，搞规划，如果需要哪些部门配合，你们尽管开口，我一定叫人好好配合你们。"说着，站了起来。

"杜叔，有你的支持，我们一定会很顺利的。"小何感激道。

杜荣光伸出手与小何握手："不客气。"然后对小何说道："小何，你一个人先去镇上再转转。我和芳芳说点事情，说完我们一起回县里吃饭，我已经通知你符阳叔了，叫他一起来。"

小何答应着，先走了。

第四十八章　两辈人的沟通

芳芳猜想着杜荣光单独把她留下来的意思，她低着头，没敢看杜荣光的眼睛。

杜荣光看小何走远了，对芳芳说："这福宝的豆腐干很好吃，我带你买点回去。"说着，自己去茶老板那里付了茶钱。正在这时，他的秘书过来了，他就说道："小胡，你再等等，我带芳芳去转转就回城。"

小胡走了，杜荣光才带着芳芳走出了张爷庙。他带着芳芳从古镇出来，上到了浦江河的桥上，向农贸市场走去。"你爸爸知道你和春风的关系了吗？"见芳芳一直不吭声，杜荣光打破了沉默。他已经从李符阳那里知道了芳芳就是龙远江的女儿，而芳芳是随母亲的姓氏。自从他知道了这个事情，他也就解开了爷爷杜清明为啥指着芳芳落气的谜了。肯定是爷爷看到芳芳的样子很像一个人，而这个人也许是芳芳的老祖祖龙泽厚，也许是芳芳的爷爷龙国强，还可能是芳芳的父亲龙远江。总之，是他一辈子都不可能忘记的人。

"他知道，是我跟他说的。"芳芳诚实地说。

"我和你爸爸很多年没见面了，这次回来差点没有认出来。他可能认为我没有认出他，其实我早就认出他了。考虑到你和春风的关系，我没有将这层关系捅破。春风还不知道这里面的故事吧？"杜荣光以长辈的身份说道。

"春风不知道，我没有告诉他，怕他知道了不好受。"芳芳有些难过。

"不是不好受，应该是受不了。"杜荣光很心疼："你知道的，我和你阿姨对你和春风都非常满意。可是，我这次见到你爸爸，我估计他不会同意的。我想听听你的想法。"

说着，二人走到了卖豆腐干的地方。农贸市场口，每天都有几个买福宝豆腐干的。杜荣光走到一个摊位，对摊主说要全部买了。

芳芳说要不了那么多。

杜荣光说回去几家人分一分。这豆腐干因为制作特别，水分比一般的豆干要重些，所以放不了多久，超市买不到。

摊主听卖主这样说了，讨好道："我给你分成十块一袋吧，你们拿去好送人。"说着用塑料袋子装好。

这时，小胡又来了："杜县长，东西给我吧，我拿去放在车上。"原来，小胡看见他们向农贸市场走去，估计是要买豆干，所以就跟上来了。

豆干交给小胡后，他们继续往前走。

此时的芳芳已经冷静下来了，她对杜荣光说道："杜叔，说句实在话，我刚听说我们龙家和杜家过去的事情，我是非常气愤的，完全接受不了。但看到春风和您，我怎么也不能同过去的那些事情联系在一起。我们这一辈人，虽然没有经历那一段历史，但对于改革开放以前的历史，也是知道一些的。父亲和爷爷是过来人，岁月在他们身上刻下的时代烙印太深了，需要时间来治疗心里的伤痛。至于我，如果我和春风的事情得不到他们的祝福，我是不会和春风结婚的。"说完这句话，芳芳低下了头。她知道这句话对杜荣光来说意味着什么。

听着芳芳的心里话，杜荣光有些着急："芳芳，你说的这些我都能理解，也愿意等待。时间是疗伤的良药。只要你和春风两情相悦。我相信，在我们共同努力下，这个问题总会解决的。只是春风那边如何瞒住他呢？"

"杜叔，这个你放心，我先稳住他，只要他没有回三江，他自然就不知道。"芳芳反过来安慰着杜荣光。

杜荣光听她这样说，暂时也放心了，也就转了话题："其实，我一直是你父亲的粉丝呢。"

"粉丝？怎么会？"芳芳不解。

杜荣光笑了："我说出来，没有人会相信，但的确就是这样。"于是，杜荣光给芳芳讲起了往事。

杜荣光是杜清明的独孙子，他之前有两个姐姐。杜清明自然不甘心，一定要他儿子生到有孙子为止。杜荣光出生后，本来还想让儿子再生的，无奈儿媳生了杜荣光以后留下了后遗症，医生说再怀孩子有点难。杜清明那一辈弟兄都有几个，只不过杜清明是老大，弟弟们不像他不喜欢读书，他们长大了，有知识的在新中国成立后有的被招工出去了，还有一个当兵后就留在了城市里，符阳村就剩下杜清明了。杜清明的父母去世后，弟弟们都看出了杜清明的自私，对他很不满意。还有对他为人处世的偏激看不惯，所以都很少回到符阳村。说来也怪，杜清明的弟弟们开枝散叶的情况不知道，但杜清明这一房也和龙家一样，从他这里开始，也成了单传。都说隔代亲，杜清明独宠孙子是再自然不过的了。那时的杜荣光，在爷爷的宠爱下，天王老子都不怕。

记得有一次，他和小朋友玩自制的水枪，他玩不过一个比他大的男孩，就悄悄拣了一根竹稍，出其不意地向人家的脸上死劲打去，没想到将那男孩的眼睛打住了。当时，杜荣光也吓住了，赶忙跑回家找爷爷。

正好杜清明从公社回来，听了孙子的哭诉，他抱过孙子将他脸上的眼泪擦干，笑道："乖孙孙，多大点事，哭啥哭嘛，是哪家的儿子，爷爷陪你去看看。"

杜荣光和杜清明去了，原来就是村里的王大狗的孙子。

王大狗看到孙子的眼睛被杜荣光打伤了，正要上门去找杜家的人，没想到杜清明自己找上门来了，先是气不打一处来，指着杜清明骂道："你家宝贝孙子把我孙子的眼睛弄伤了，老子们要弄来除。"说着就要上前去抓杜荣光。

杜清明自知理亏，本来想付点医药费就行了，看到王大狗气势汹汹的样子，立即转变了主意，反客为主地骂道："王大狗，你孙子的眼睛伤了，我家孙子的胳膊还断了呢，你说咋个处理吧？是上医院还是上法院，你随便选，我奉陪到底！"说着，将杜荣光抱起来，将他的胳膊故意使劲抬了起来。

王大狗没想到事情会这样，一下愣住了。当真以为孙子将人家的胳膊弄断了，这个杜清明是个无理七分闹、得理不饶人的主。这咋个办？情急之下，王大狗抓起孙子在他屁股上狠狠打了几下："你哪个惹不起，偏要去惹当官的，看你爹妈哪里拿钱给你敷汤药。"

"算了算了，看娃娃也怪可怜的，你不要找我，我也不找你了。"说着抱着孙子头也不回地走了。杜清明看那孩子的眼睛伤得不轻，肿得像个大核桃，怕王大狗回过神来赖着他，

可怜王大狗的孙子，眼睛伤了不说，还挨一顿打。他大哭大叫起来，王大狗只好赶紧送他去了医院。后来听说王大狗孙子的眼睛，差一点就瞎了。

杜荣光从此更无法无天了，仗着爷爷是县革委的副主任，在学校成了有名的小霸王。初中那段时间，杜荣光和龙远江都在乡中学读书，龙远江读初

三，杜荣光读初一。听说龙远江的成绩好，杜荣光很不以为然，他眼中的龙远江，一天到晚都显得很忧郁，个子瘦小，不爱和人说话。他几次都想去惹他，可是人家还没有让自己靠近，早就走远了。有一次他在路上碰见龙远江，拦住人家不让走。

龙远江生气地说："你要干啥子？"

杜荣光说："把你背篼里的猪草给我。"在他的心目中，龙远江每天放学都要去辛辛苦苦打猪草，让他拿出来肯定是不愿意的。

没想到龙远江不假思索地说："你想要就拿去吧，我再去打。"说完，将猪草倒在地下就走了。

杜荣光已经准备要打架了，没想到碰了个软钉子，感到很没趣，觉得他没有男子汉的气概。

正当他以为龙远江就是一个软蛋的时候，发生了一件事情，让杜荣光对龙远江有点刮目相看了。

那一次是他看到有个小孩子手里有一个精美的玩具手枪，就想拿过来玩一玩，那小孩说是他舅舅从上海给他买回来的，死活不给他玩。杜荣光冒火了，就把那小孩死劲推到地上，枪了人家的玩具手枪就开跑。那小孩一屁股坐在地上大哭起来。杜荣光却得意得哈哈大笑，正在这时，他手里的玩具手枪被人夺了过去，还给了那小孩。杜荣光一看是龙远江，他骂道："狗崽子，你想造反吗？"说着就扬起手想打龙远江。

龙远江眼睛瞪得好大，就像要喷出火一样。他的个子虽然瘦小，但拳头捏得紧紧的，随时准备跟他决一死战。

杜荣光从来没有见过这样表情的龙远江，杜荣光有些怕了。这时他才明白，龙远江也是个有个性的人，不是软桃子。

这时，有个老师走了过来，看到怒火满腔的龙远江，还有些奇怪。

那个小孩指着杜荣光大声怒斥道："老师，他抢我的玩具！龙远江给我抢回来了！"

老师看着这个平时称王称霸的杜荣光心里似乎明白了，就说道："放学了，赶紧回家。"他怕龙远江吃亏，就将他留下了，等杜荣光走了好久才让他走了。

众所周知，龙远江以初中学历考上大学这个事情，刺激了杜荣光。爷爷被遣返回家，更是让他看到形势发生了根本性的变化。那时，他已经是三江中学的高中生了，明白了爷爷那一代的威风结束了。时代不再青睐学习不好的学生了，今后上大学再不是爷爷说了算，而是要考试了。一夜长大成熟起来的杜荣光终于开始发奋了，而且与喜欢他的爷爷杜清明越来越谈不到一起了。

芳芳停下脚步，用一种不相信的眼神看着他。

杜荣光一点也不奇怪芳芳这样的表情，他继续说道："这些话我从来没有对哪个说过，就连你阿姨也不知道。我今天之所以告诉你这些，就是想说发生在我们两家之间的事情，不完全是个人之间的恩怨。我们不应该用过去的悲剧来惩罚自己现在的生活。再说，人也会变的。就说我吧，要是没有后来国家的形势发展，没有你爸爸考上大学励志行为的激励，我可能就会成为一个纨绔子弟。"

芳芳有些理解了："杜叔，道理我都懂。可是毕竟这是一段伤痛，想要弥补不仅需要时间，而且还要看双方对待这段伤痛的态度。我也需要时间好好思考。"

杜荣光点点头："我非常理解，我们也愿意等待。如果给我机会，我想我会当面向你爷爷和爸爸道歉的。春风那里我们也暂时不告诉他，等情况有好转后再和他说。"他有点心疼儿子。

不知不觉，二人走到了河边。此时的浦江水，在轻风的吹拂下荡起了微微的涟漪。这个地方像个码头，只是现在没有船。

杜荣光指着河对面的一株向着河面倾斜的大黄葛树说："你知道电视剧《世纪人生》吧，剧里的主人公董竹君走出大山离开三江的镜头就是在这里拍摄的。"

芳芳立即兴奋道："是吗？怪不得我看着这里有点眼熟。这部剧我看过。我很佩服董竹君敢于带着孩子走出大山，创造自己理想的生活。我记得是一条小木船上，一个小小女孩用一种特殊的工具，在横在对河的一根缆绳上不停地扭动，就把船推到了对岸。"说着，她指着大黄葛树继续说："那根歪着脖子、将硕大的枝叶伸向河中央的大树，我的印象特别深刻。"

"对，以前的交通不畅，这里就是一个渡河的码头。因为蒲江河只有在洪水期间河面才宽阔，所以当地人在平时就在两岸拉起一根缆绳，然后用一块木头，间隔据成凸凹的形状，将它在缆绳上进行摩擦的拉动，就到了对岸。"杜荣光耐心地解释道。

"这种方法好古老哦！"芳芳感叹道。

"对呀，这个古老的码头靠着古老的工具存在了几百年，这就是劳动人民的智慧。董竹君从这里走出去，接受了新的思想，做出了不菲的成绩。相反，她的丈夫夏之时，虽然曾经是辛亥革命同盟会人士，但是受挫折后回到偏僻的三江，从此就没有对外接触，思想趋于保守，没有什么建树，后来也遭到了错杀。反观董竹君离开三江以后，接受了新思想，事业也越做越大。不管后来夏之时怎样对不起她，她心里都感恩着夏之时，据说她的床头都一直摆着她和夏之时的照片。其实人这一生，活得怎么样，关键在于有什么样的思想。春风的祖祖这一生，我认为前期是盲目自信，分不清公和私的界限，酿成了一些不应有的悲剧。后期就是活在自己过去的世界里不能自拔，导致他成了一个"九斤老太"似的人物，看什么都不顺眼。直到离开这个世界都还没有将思想转变过来。社会巨大的变迁都不能改变他的思想，作为儿孙的我和春风，就更不用说了。当然，我也希望你看在春风对你一片痴情的份上，不要因为他曾祖祖曾经伤害过你们龙家就放弃了你和春风好不容易得来的爱情。"杜荣光有感而发说了这番话。

芳芳用心体会着杜荣光的话，好一阵她才对杜荣光说道："杜叔，感谢你对我的信任，说了那么多的心里话。你的心意我明白，这一切都不是我们的错，我们不能为老辈人的错误买单。"

"对呀，我也是这样想的。"杜荣光的脸上又露出了笑容充满信心地说："我始终相信，随着时间的推移，我们两家会成为一家的。因为你爸爸也很开明。"

杜荣光看到他的车子过来了，就招呼芳芳："时间不早了，我们上车回县城吧！"

"你把我送到福宝古镇的出口处吧，小何在那边等着我的。"

"好吧。"杜荣光叫司机将车开到了古镇出口，又邀约芳芳回城一起吃饭。

芳芳说："不了，我和小何还要回去消化你今天跟我们讲的话。我在三江的时间也不长，等我们把方案做出来了，我再把杨总和我爸爸约到三江一起研究，到时候我们再聚吧。"

于是，他们道别后，分头回县城了。

第四十九章　面对现实

　　龙远江在回贵阳的路上，一直想着如何与老爷子沟通芳芳的事情。老爷子的头脑清醒，瞒是瞒不住的。

　　杨长新看他心事重重的样子，就问道："你还在纠结啥子嘛？大家都认为你该放下包袱成全两个年轻人，你就信我们的没得错。"

　　龙远江回答："我是在想如何回去和老爷子说这个事情。"

　　杨长新也有些担心："这个事情我们帮不了你，你还真得好好想一想。不过，我觉得老爷子这个人平时都喜欢关心时事，思想也开通，不如直接给他说。"

　　龙远江不置可否："我再想一想吧。"

　　回到贵阳，杨长新邀请龙远江去宾馆吃饭。龙远江说想早点回家，杨长新就没有勉强了。

　　芳芳妈知道他要回家，早早就把饭做好了。龙远江一进家门，她就招呼道："老爷子早就盼你了，赶快洗手吃饭吧。"

　　果然，老爷子已经坐在餐桌前了。看他进来，脸上的笑容很灿烂，急切地问道："远江，这次回三江都去见了哪些人啊？见到你李三爷和陈大伯没有？"

　　龙远江不想让老爷子失望，也笑道："这次回三江啊，收获很大。该见的不该见的，我都见了。"

　　"你这话是啥子意思啊？什么叫该见的不该见的都见了？"老爷子一脸的疑惑地看着龙远江，期待着他的答案。

　　龙远江坐下来，挟了一块瘦肉放到老爷子的碗里说："爸，今天我有些累了，改天我再向你汇报好不好？"

　　芳芳妈也说道："今天你也累了，为了等远江，你午觉都没有睡。一会儿吃完饭，你也早点休息。"

龙国强的确有些累了，于是说道："好吧，那你明天就要跟我说哈，我好久都没有听到那边的消息了。"

晚上，龙远江等媳妇收拾好了碗筷，看老爷子已经休息了，这才将三江的情况跟芳芳妈说了。最后他问道："本来我也知道该成全芳芳的，可是心里就是堵得慌。长新和陈大伯都劝我要放下，但是想到杜清明，我就别扭。"

芳芳妈想了一会儿说："如果抛开杜清明，你对春风有意见没有？"

龙远江肯定地说："没有。听芳芳那么夸他，我对他还很有好感。"

"那你对他的父母呢？"因为她听说龙远江已经见过春风的爸爸。

"你别说，我对那个杜县长还是有好感的。我那么得罪人家他都没有冒火。我估计他已经认出我是哪个了，但还是没有生气，很有修养的样子。"

"对了，芳芳今后是和杜春风过日子，又不是和他们家里的人过。再说，他们今后肯定是在上海安家，哪还顾得上上辈人的那些恩恩怨怨。你不是说，你们的祖先，三家人都是从一个地方出来的，关系一直很好，直到杜清明开始才搞成这个样子。冤冤相报何时了，我看就从芳芳他们这一辈开始就把这个愿了了。"芳芳妈很干脆地说。

龙远江通过这些天杨长新的开导，思想也活泛了不少。是啊，仇人杜清明已经死了，即使要报仇也找不到对象了。他是最不愿意看到芳芳受委屈，即使芳芳顺了他的意不和杜春风好，但芳芳会幸福吗？只有把这个仇恨化解了，芳芳才可能幸福。为了芳芳，他也只好退让了。想到这里，他对媳妇说："现在主要就是看父亲了。我怕他老人家受不了。"

"没关系，我们两个慢慢做工作。"芳芳妈信心满满地说道。

第二天吃完早饭，龙国强迫不及待对龙远江说道："昨晚我睡得很好，你可以和我说回三江的情况了吧？"

龙远江接着昨天的话说道："这次回去我到了好多地方，去看了爷爷祖母和妈妈的坟，也去看了干爹的坟。李三爷每年都去上了坟的，后来行动不方便了就派人去。所以那些老祖坟都打理得很好，你就放心吧！"

"李三叔，好人啊！我们一家人要不是李三叔关照，早就活不下去了。你们一辈子都要记着他的好啊！每年多给他买点好药材去！"龙国强说这话时很激动。

芳芳妈赶紧递了一杯水给他："爸爸，你不要激动，看血压升高了。"

"好好好，我不激动，远江，你继续说，你三爷和陈大伯的身体还好吧？多想回去看看他们啊！"龙国强发自内心地说。

龙远江父亲精神状态好，就趁势说道："他们都盼望你回去呢，特别是李三爷，说他九十多岁了，怕见不着你了。我也觉得现在可以回去看看了。"

"真的吗？真的吗？你同意我回符阳村了？"龙国强不相信似的看着龙远江。

芳芳妈有点心酸，这些年因为龙远江的原因，老爷子想回三江的愿望一直没有实现，看他可怜兮兮的样子，立刻说道："爸爸，是真的，我们早就该回去看看了。"

"是啊，我离开三江县已经三十多年了，多想回去看看你三爷和陈大伯啊！还有你干爹，去世了我们都不知道，也该回去看看他。要不是他啊，远江你根本就考不上大学的。凡是对我们家有恩的人，我都想去看看。"龙国强说到这里，像是突然想到什么："哎，远江，你昨天说不该见的人也见了是啥意思？莫非你见着杜清明了？"

龙远江看了芳芳妈一眼，见她用鼓励的眼神看着他，就说道："杜清明前不久已经死了！"

"死了？"龙国强说完这句话又自言自语道："九十几的人了，早就该死了。死了好，死了好！死了，我们这一辈的恩怨也就过去了。"

"可是，他的重孙儿给芳芳处上对象了！"龙远江如释重负地说出了这句话，长长地吐了一口气。

"啥，他孙子和芳芳处对象？芳芳不是在上海吗？咋个可能？"龙国强不相信，眼睛瞪得老大地看看龙远江，又看看芳芳妈。

芳芳妈看龙远江难受的样子，就补充道："爸爸，是真的。他孙子也在上海，芳芳和他好的时候，根本不知道他是杜清明的孙子，他也不知道芳芳是我们的女儿。"

龙国强听完芳芳妈的补充，好半天没有说话。突然，他站起身来，发出了当初龙远江第一次听到这个消息时一样的话："老天爷，这是你安排的吗？你是希望我们两家再续前缘吗？"说完，他捂住脸留下了两行热泪，颤颤巍巍地朝他的卧室走去。

芳芳妈妈赶快上前扶着他："爸爸，说好不激动的。你先休息一下。"说完扶他进屋后将老爷子伺候上了床。看老爷子闭着的眼睛流出的眼泪，她抽出纸巾给他擦干净了。

出了卧室，芳芳妈对龙远江说道："让爸爸休息，他需要好好消化一下。"

中午，老爷子没有起来吃饭。龙远江有些担心。芳芳妈妈说没关系，一会儿调一点牛奶给他喝。

都过了吃晚饭的点，老爷子还没有起床。芳芳妈走进去，看他的眼睛睁开了，便说道："爸爸，一天没吃东西了，起来吃点饭吧。"

龙远江也进来了，他看老爷子对他伸出了手，知道他想起床了，赶紧一只手抓住他伸出来的手，一只手扶住他的身。

龙国强自早上听了芳芳与杜春风相好的事情后，躺在床上一直就没有合过眼，已经淡忘的往事又一幕一幕地浮现在眼前。在龙国强的脑海里，最不能忘的是两件事，一件是父亲龙泽厚被错杀，以致很多年他一闭上眼睛，父亲那双悲愤的眼睛就出现在眼前。还有一件事就是父亲去世后，杜清明有事无事总是往他家里跑，已经开始懂事的他，知道杜清明不怀好意，在打母亲的主意。他暗暗下定决心，一定要像一个男子汉那样保护好妈妈。爸爸去世后，妈妈想回到外公外婆那边去，好歹有个遮风挡雨地方，免得孤儿寡母的受人欺负。可是，一手遮天的杜清明根本就不准他和妈妈去，说他们必须在原地接受监督改造。还威胁说如果去了，就连他的外公外婆也要被监督改造。其实母亲早就知道，杜清明对她的娘家也没有放过。龙家和邱家虽然离得比较近，却不是一个生产大队。但那个大队的支书和杜清明是亲戚，那些年很得了杜清明的扶持才当上了生产队干部，所以很听杜清明的话。母亲为了不连累娘家，只好继续待在这个四面透风、家徒四壁的屋子里。母亲很要强，即使住在这样的屋子里，她也一样收拾得一尘不染，打着补丁的衣服也是干干净净。母亲经常对他说的一句话就是，做人要有骨气。

有一天，他出去挖野菜，家里早就揭不开锅了，妈妈的脚已经浮肿，他必须要照顾好妈妈。那天他的运气很好，不但挖了不少的野菜，还在人家挖过的红苕地里找到了好几个小红苕。他高高兴兴地往家里走去，快走到门口时，听到屋里有个男人的说话声："佳莹啊，只要你顺了我，我保证你家有吃有穿。"

妈妈的声音虽然不大，但铿锵有力："杜清明，你给我听好了，你把我们龙家害得还不够吗？龙泽厚通没通匪，你是最清楚的。你把他杀了，以为就可以欺负我们孤儿寡母。我现在告诉你，做梦去吧！我嫁给龙泽厚，生是龙家的人，死是龙家的鬼！"

"你这个臭婆娘，都这样子了，还在嘴巴硬。你以为我还稀罕你，我就是要了个愿，他龙泽厚得到的东西，我也同样要得到！"说着就向床上躺着的邱佳莹扑了过去！

屋里传来厮打的声音，妈妈大声喊着"救命！"

龙国强将背着的背篼往地上一甩，拿着手里的镰刀立刻跑进家门，看到杜清明正在拉母亲的衣服，愤怒地冲上前，把镰刀向杜清明的背上砍去。

杜清明感觉背上一阵痛，转过身看到龙国强像一只斗红眼的公鸡，手里的镰刀正朝他身上乱砍。他一把捉住龙国强的手，将他手里的镰刀夺了下来。幸亏是入冬了，要不是衣服厚，估计杜清明的背上就要有窟窿了。

他恼羞成怒将龙国强推倒在地上，正准备将手里的刀向龙国强砍去，邱佳莹使尽了全身力气从床上翻滚下来护住了龙国强，眼睛直盯着杜清明："要砍就砍我吧！"

杜清明心里有点虚，见这娘儿俩眼里充满怒火，怕闹下去引来外人，便顾不得背上的疼痛，悻悻地跑出了门。

杜清明狼狈地跑了，屋里的娘儿俩抱头痛哭。天已经黑了。妈妈捧着龙国强的脸，心疼地看着他说道："国强，妈妈不在了，你怎么办啊？"

龙国强不知道妈妈说这话的意思，只当妈妈要离开他，边哭边回答道："妈妈，你不要离开我，我一定乖，听你的话。我不要人家欺负你，我一定保护好妈妈！"

妈妈又是一阵心疼，抱着他："乖孩子，妈妈不离开你。但是你要答应妈妈，不管在什么时候什么情况下都一定要坚强地活下去。有啥子事情就去找你李三爷，他会帮助我们的。"

龙国强答应着妈妈，擦去脸上的泪水，将自己挖的野菜和红苕拿进家来："妈妈，我长大了，我给你做野菜红苕汤。"

妈妈颤颤巍巍地站起来说道："妈妈和你一起做。"

那晚上，妈妈和他吃了最后一顿晚餐。第二天，妈妈就不行了。

虽然几十年了，可是一想到这些，龙国强的心里就撕心裂肺地痛了起来。当年龙远江提出要离开那个伤心之地，他不假思索就同意了。

尽管他和儿子都刻意不提符阳村这个地方，可是随着年龄的增大，他对那个地方是越来越思念了。早就想回去看看，毕竟祖先的坟墓都在那里，玉娟也还埋在那里。可是儿子不开口，他也没有办法。

今天听儿子说可以回去了，他高兴得什么似的，可是芳芳与杜清明的重孙子搞对象的事情，让他在高兴的时刻当头一棒，令他从温暖的天上掉进了地下的冰窟窿，他怎么想得通啊！可是，宝贝孙女的好事他又如何忍心去棒打鸳鸯呢？睡在床上想了一天了，还没有理出头绪。老是躺着也不是回事儿，于是他起床了，对着儿子说道："你有三爷的电话吗？"

龙远江听父亲终于开口了，心里好了许多，赶紧说道："这次回去，我把所有人的手机号都收齐了，你要跟谁打都可以，还可以视频。"

"是吗？"龙国强高兴起来："那先给你三爷视频一下吧。"

龙远江赶紧拨通了李三爷的视频，接通了，是李符阳接的，他说爷爷在休息，不方便，说等他休息好了再打过去。龙远江马上又接通了陈嘉川的微信视频，陈嘉川马上就出现在手机上了，他看到了龙国强，马上就说道："兄弟，好多年没有见了！"

龙国强高兴得合不拢嘴："大哥，想你啊！"

"想我就赶快回来吧！现在的三江不是原来的三江了，变化太大了！"陈嘉川也高兴地劝道。

"要回来，要回来！我早就想回来了！"龙国强迫不及待地答应道。

这哥俩对着手机说了好久，龙远江都插不进话。

视频结束了，龙国强对儿子说道："龙娃子，你赶快安排时间，我想早点回去。"说完又叹了一口气："回去看看再说吧，我们都要面对现实啊！"

看老爷子的心情好了，龙远江稍微放心了。

第五十章 杜春风的疑虑

没有芳芳在上海的日子，杜春风感觉度日如年，这是认识芳芳之前从来没有过的感觉。芳芳明明说好要不了多久就会回到上海上班的，可是快一个月了，芳芳仍然没有回来。在微信上询问，芳芳总是不回话。偶尔回一次，总是言不由衷，顾左右而言他。打电话问芳芳，也总是含含糊糊。开始他以为是工作让芳芳不开心，可是多有几次了，春风就有疑虑了。但究竟是什么，他也说不清楚。每次回到出租的屋子里，春风总是想起他和芳芳在一起的时候。这套屋子，虽然只有一室一厅一厨，可是他和芳芳决定要在一起时租下的，装满了他们独特的浪漫和温馨。那天他又跟芳芳打电话了："芳芳，你如果回不来，我就要回三江看你了！"

芳芳马上回绝："春风，你不要回三江，我这边把事情搞清楚了马上就回上海。"

没有往日温柔的语气，令春风更加心里不安："你遇到什么事情要处理啊？"

也许芳芳觉得说漏了嘴，赶紧说道："没什么，没什么。"可能觉察到春风有疑心，故作轻松地笑道："你别疑神疑鬼的，真的，我这边处理好了马上就回。"

不对，春风和芳芳正在热恋之中，开口闭口总是亲爱的亲爱的，可是春风发现，芳芳多久都没有叫他亲爱的了，更没有在电话里传亲吻声了。于是他回道："不行，一日不见如隔三秋，我们都多少个三秋了，没有你的日子，我一天也过不下去了。"

那边没有了声音，春风"喂"了好几声也没有等来回答。春风以为是手机的信号不好，正准备按下停机键重新拨打过去时，手机响起了芳芳无可奈何的声音："随便你吧！"

"芳芳,你怎么了?哭了?"敏感的春风感觉芳芳在抑制着自己的情感,担心地问道。

"没有,没有!"手机传来芳芳的回答后就出现了忙音。

芳芳肯定是遇上什么事情了,我得立即赶回去。春风不愿芳芳受什么委屈,他得回去看看芳芳究竟遇到了什么问题。

春风跟芳芳通了电话以后,又跟他父亲杜荣光打了一个电话,他小心翼翼地问道:"爸爸,芳芳回三江快一个月了,你和妈妈见到过她吗?"

杜爸爸迟疑了一会儿回答道:"见到过啊,只是她很忙,见面的机会不多。"

春风感觉有些不对,但哪里不对,他暂时还说不清楚。于是他又说道:"爸爸,我想请假回家一趟。"

杜爸爸说:"你工作丢得开吗?"

春风想了一会儿就把他心中的疑虑说了:"爸爸,我总觉得芳芳有什么事情瞒着我,我想回去看看究竟是咋个回事情。"

杜爸爸也想了一会儿,言不由衷地说道:"儿子,回来也好。回来把一些事情弄清楚也好。"

听到爸爸和芳芳说着同样的话,春风不由问道:"什么事情啊?"

"你回家就知道了,一句两句说不清楚。"杜荣光不想在电话上说。

春风见问不出过所以然,很干脆地说:"那我请假后马上订机票。"

春风向单位请了假,说走就走。走之前,本想给芳芳打个电话,后来想一想,先把答案找到了再说,还是先见见父母。当春风出现在父母面前时,妈妈有些惊讶:"春风,你咋回来了?想芳芳了?"

杜荣光看到风尘仆仆的儿子,有些心疼:"儿子,先休息一下,吃了饭我们一家三口再摆龙门阵。"

春风的确累了,趁妈妈做饭的时刻,他倒在沙发上就睡着了。

春风妈见此情景,抹着眼泪道:"儿子在身边就好了,我们早就儿孙满堂了。你看现在瘦成这个样子,上海那个地方压力太大了。我们还是想办法把儿子劝回来,春风那样优秀,还怕找不到媳妇吗?不能吊死在芳芳这棵树上。"

杜荣光呵斥道:"你说啥子呢?事情还没有严重到那一步。再说你儿子会听你的话吗?别出那些馊主意了。"

　　春风妈白了杜荣光一眼："都是你杜家老天牌坏的事，要不然他们都要结婚了。"说完，怕杜荣光又说她，赶紧转身进了厨房。

　　这是他们在三江县城的房子，平时就春风的爸爸妈妈在这里住。这个房子区位好，是长江边上的江景房。面积有近两百平方米，当初买的时候，就准备将老人接到城里一起住，可是杜清明和杜荣光的父母任磨破嘴皮硬是不来住。偶尔进城也就在这里吃一顿饭，然后就回去了。在他们的脑子里，还是金窝银窝不如自己的草窝。在城里没有事情做，哪里有在家里的田土里活动筋骨舒坦，想干啥子干啥子。杜荣光没办法，只好随他们了。

　　饭做好了，春风妈叫醒了儿子，一家三口其乐融融地围坐在餐桌旁。

　　春风妈不住地往春风碗里挟滑滑肉片："这是你最爱吃的，多吃点。"

　　春风确实饿了，自从和芳芳通电话后就没好好吃过一顿饭。到了自己的家彻底放松了，狼吞虎咽地吃着妈妈做的美食。

　　杜荣光看不过了："儿子，你慢点，看噎着了。"

　　妈妈也说道："你爸今天把工作都推了，你慢点吃。吃完我们一家三口好好说说话，我们都在家陪你。"

　　春风放慢了速度，不好意思地笑了："主要是少有吃妈妈做的饭菜，在你们面前就放肆了。"

　　妈妈慈爱地摸了摸春风的脑袋笑道："没关系，就怕你噎着了。"

　　春风心满意足地摸了摸肚皮："妈妈做的饭真好吃！"

　　春风妈收拾着碗筷道："去客厅坐吧，你和爸爸先说说话。"

　　杜春风撒娇似的拉着杜荣光的手坐到了客厅的沙发上，迫不及待地说道："爸爸，到底发生了啥子事情？你一定要告诉我。"

　　杜荣光看到儿子迫切的心情，心里很不安，但不说又不行，于是对春风说道："儿子，爸爸相信你是一个顶天立地的男子汉，遇到任何事情都能够挺得住。"

　　春风知道爸爸的心，于是反安慰他："爸爸，你相信儿子不会辜负你的期望。"

　　看着儿子坚定的眼神，杜荣光才将芳芳的事情和盘托出了。

　　原来是这么一回事情，这是春风万万没有想到的。先前春风猜想芳芳不愿告诉他的事情，可能是遇到什么不开心的事，但想想又不对，以往这样的情况，芳芳肯定是第一时间告诉他，求得他的安慰。后来又想可能是工作上的事儿，想想也不对，以前他们经常将各自在工作中遇到的问题相互探讨，启发思路。既然猜不到，干脆不猜了，听到爸爸话里有话的信息，他就直接回家寻求答案了。可是这个答案竟然是他和芳芳面临分手的问题，他愣住了。

春风妈已经从厨房里出来了，看到儿子呆呆地愣在那里，怕他想不通："儿子，天下好女人多的是，你要想开一些。"

"不行，我要马上见到芳芳。我不相信芳芳会离开我！"春风立马从沙发上站了起来。

杜荣光按住春风："儿子，你先坐下，我跟你分析后你再去找她不迟。"

春风坐了下来，期待地看着爸爸。

杜荣光冷静地说道："你和芳芳都是受过高等教育的现代青年，爸爸相信你和芳芳都能正确地看待这个问题，只不过要有一定的时间来消化这件事情。还有身边亲人的工作，也要靠时间。所以，我认为，你见到芳芳后，千万不要去逼她，而要从理解的角度去安慰她。即使得不到芳芳，也要表现出应有的男子汉气概来。"

春风听着爸爸这番话，眼里含着泪花："爸爸妈妈，我真的离不开芳芳。"说完低下了头。

妈妈心疼道："儿子，好姑娘多的是，即使到了那一步，妈妈在三江给你找。"

"我不要！"春风突然抬起头又站了起来，不管不顾地甩开了妈妈的手，拉开房门，向外冲去。

妈妈要去追，爸爸拦住了："让他一个人冷静冷静吧。"

春风冲出门外后，跑了一段路才停了下来。他倚在滨江路的一处栏杆上，透过泪光看着平静的长江水。已经是初冬了，清清的江水泛着涟漪。春风抹了一下泪水，想着爸爸说的话，感觉说得对，无论结局如何，他是不会为难芳芳的。不行，我要马上见到芳芳，一切都要见到芳芳后才能见分晓。他掏出了手机，马上拨通了芳芳的手机。

手机只响了一下，就传出了芳芳温柔的声音："春风，你在哪里啊?"

春风听出芳芳有点想他的意思，心情好了不少，调皮地问道："你猜。"

芳芳细心地回答道："如果你还在单位上，我劝你早一点回去，如果已经回家了，就不要偷懒，赶紧自己做点有营养的晚餐，不要亏待自己的肚子。"

春风笑了："我想立即出现在你的面前，以解我这段时间的相思之苦。告诉我地点。"

芳芳以为他开玩笑："别逗了，我说的是真的。"

"没逗你，你告诉我地点，我打飞的过来。"春风忘却了心里的不快。

芳芳也开玩笑道："我在三江宾馆的520房间，看你怎么过来。"

"好的，你等着！"春风说完这句话，赶紧招了个的士。

芳芳正在无聊时，听到房间有人敲门，就去开门。

刚一开门，芳芳就被人一下抱住了，吓了她一跳。刚要反抗，熟悉的味道令她陶醉了，喃喃自语的声音在她耳边轻轻响起："真是想死我了！"她的眼睛一热，也紧紧抱住了来人："我也是。"

热恋中的一对人儿就这样相拥了很久，杜春风一下将芳芳抱了起来走进了房间，用脚一拽将门关上了。

进入二人世界，春风将芳芳放到了宽大的床上，不容分说，急切地俯下身吻住了芳芳。

芳芳微微地闭着眼睛，迎合着他，任由他对她的爱抚。

时间不知道过了多久，春风终于消停了。他看着芳芳已经睁开的眼睛："亲爱的，我不回来，你就准备把我丢了吗？"

芳芳眼含热泪道："我遇到些事情，还没有想清楚该如何告诉你！"

春风将芳芳从床上扶了起来，又抱住了她，轻轻说道："不用说了，我都知道了。"

"你知道了？你知道啥了？"芳芳从春风的怀抱里挣脱出来，疑惑地看着他。

"我猜想你一定是遇到事情了，你又不告诉我，我只好回家问我爸妈了。说好我们之间有什么事情都要互相信任的，可你……"春风翘起嘴巴，不满地说道。

芳芳用手圈住他的颈项，眼泪婆娑道："可这事情太大了，我真不知道咋个告诉你嘛。"

春风把芳芳抱得更紧了："现在我已经知道了这个事情，你告诉我咋个办？"

芳芳没有吭声。春风感觉芳芳的身体在颤抖，那是人极度伤心后流泪的反应。春风冷静下来，想着爸爸对他说过的话，慢慢将芳芳的身体移开了：

"亲爱的，这个事情无论你做出啥子决定，我都依你。"

芳芳抬头看着痛苦的春风，知道他也同样在受着自己一样的煎熬，于是缓缓地说道："亲爱的，这些天我想了很多，唯一没有想的就是离开你。我想处理这个事情需要时间，我不想没有亲人祝福的婚姻。如果你不想等，我也不勉强。"说完这句话，芳芳不由自主地抱紧了春风。

春风一听这话，立即高兴起来。他把芳芳的身子扶直了，盯着他的眼睛，用手刮了一下她的鼻子："傻丫头，你听好了，我可以等你一辈子，但不容许你把我弄丢了，听到没有？"

芳芳再一次抱紧了春风，既高兴又担忧地说："你的决定不能够代表你的家人，你可以等，他们可不一定。你们家是单传，他们可是等着早点抱孙子的。"

春风见芳芳这个时候了还想着他们家的事情，不由得感动起来："我管不了那么多。不过，我相信我父母一定会支持我的，爷爷那里的工作虽然不好做，但只要我坚持，他们拿我也没办法。"

芳芳见他态度很坚决，用纸巾擦去了脸上的泪水，坚定地说道："那我们就做好思想准备，一起面对吧。愿我们的爱情经受住考验！"

第五十一章 回乡情切

在龙国强的催促下，龙远江提前安排了回三江的日程。出发前，龙远江给芳芳打了电话。

芳芳的心里有些忐忑。昨晚她和春风一直缠绵到很晚，春风才回家去了。她很奇怪，准备了一肚子的话见到春风却一句也没有说出来，本来想理智地对春风说暂时分开一段时间，但见到春风的那一刻，一切都忘得一干二净。可能是受春风的感染吧，看到春风迫不及待地拥抱，她的心化了，根本就不忍心将春风推开。虽说两情若是长久时，又岂在朝朝暮暮，但是芳芳似乎做不到。听到爸爸打电话说爷爷要来三江，她既高兴又担忧。既然昨天对春风说了要共同面对，她犹豫了一会还是拿出手机，给春风打了电话。

春风的担心，随着昨晚和芳芳的缠绵一扫而光。他心情大好地回到家里，爸妈还在等着他。看他高兴的样子，他们没对他说啥子，只是催促他赶快睡觉。春风的确疲倦了，自从芳芳回三江后，他没有睡一个安稳觉，所以昨晚回到家里，他一觉睡到了大天亮，要不是芳芳的电话，他可能还要多睡一会儿。知道了芳芳的父母和爷爷都要来三江，春风安慰着道："亲爱的，我倒觉得这是个好事情。我们迟早都要面对这个事情，早一点解决总是好的。"说到这里，他也不忘对芳芳说道："芳芳，无论结果如何，相信我对你的爱，我们一定会在一起的。"

结束了芳芳的电话，春风起床了。出了房间，意外地看到父母在客厅里坐着。他看了墙上的时钟指向了九点，就问道："你们不上班吗？"

妈妈回答："今天是星期六，你爸十点钟有个会，我们都在这里等你。"

"等我？等我做啥呢？"春风不解。

"我们想知道你昨天和芳芳见面的情况。"爸爸不动声色地回答。

春风笑了："爸妈，你们放心，我和芳芳好着呢。不过，听说她父母和爷爷今天要来三江。但你们放心，任凭风吹浪打，都不能将我和芳芳分开。"

杜荣光听到儿子很自信地话，还是给他打着预防针："你们的事情已经不是你们两个人的事情了，而是两家人的事情。"

"对呀，如果芳芳的爷爷和父母不同意，芳芳又是个孝顺女，起码你们在短时间是不可能的。"妈妈补充道。

"只要我们两个不变心，任何人都阻挡不了，任何人的阻挡都是违背婚姻法的。"春风坚定地说。春风觉得语气生硬了些，于是又说道："爸妈，你们放心，我和芳芳会一起面对的。"

"虽然说是你们两个人的事情，但处理不好，会伤两边老人的心，毕竟老辈人心里都有疙瘩。这不是芳芳愿意看到的吧。"爸爸严肃道。

"你爸的意思是尽量处理好两家之间的矛盾，这样对你们也有好处。"妈妈怕爷俩发生冲突，赶忙解释道。

春风又笑了："爸妈，我已经不是小孩子了，我知道分寸，你们就放心吧。"说着，走到沙发前坐在父母的中间，拉着他们的手，有些撒娇。

杜荣光严肃的脸终于有了笑意，他拍了拍春风的手说道："儿子，你妈给你做了你爱吃的臊子面，赶快去吃吧。我也要出门了。"说着站了起来，朝门外走去。儿子的话让杜荣光感到欣慰，他真切地感受到儿子长大了，再不是曾经那个任性的孩子了。看来无论出现什么情况，他都能够冷静处置了。倒是父亲那里的工作如何做，让他有些担心。因为父亲是很听爷爷话的，他得很好地想个什么法子做他的工作。对于芳芳一家人来三江会发生些什么事情，其实杜荣光心里也没底。不过，事情总要面对的，到时候再说吧。

龙远江夫妇带着父亲，坐上了杨长新安排的车子直奔三江。他们没有去城里，而是直接到符阳村李三爷的家。来之前，龙远江和李符阳通了电话。

李符阳告诉他一定要到家里来住，反正二楼的房子平时也没有人住，他爷爷也需要人陪。

龙远江想了想，也对，父亲有30多年没回三江了，肯定有不少的话要和李三爷聊，住在他家方便些，就答应了。

从贵阳到三江汽车要开五个多小时，龙国强一路上都很兴奋。进入符阳村时，龙远江告诉他："爸爸，我们进入符阳村了。"

龙国强看着车子行进在黑色的沥青路上，沿途有很多的荔枝树，就说："远江，走错路没有？我记得以前的路不是这样的。"

龙远江笑了："爸，我来过好多次了，肯定没有错。你说那些都是老黄历了。现在的符阳村是全国的晚熟荔枝基地，三江县重点投资，准备打造成现代农业旅游观光基地。长新也准备回来在这里投资呢！"

龙国强笑得咧着嘴："符阳这个地方本来就是一块宝地，当年你三爷爷就是栽了好些的荔枝树才出名的。没想到现在建设得这么好。这次回来，我要多住些日子哈。我要到处走走看看，还要会会朋友，好好答谢他们曾经对我们家的帮助。"说这话时，他的眼睛望着龙远江。

龙远江看着父亲可怜巴巴的样子，心里有点酸，感觉很对不起父亲。父亲早就想回三江了，是他阻止了父亲，他怕父亲回到这个伤心之地会想到以前不愉快的日子。现在看着父亲高兴的样子，才知道符阳这个地方在父亲的心目中是多么的重要。是他自私了。他很干脆地回答道："爸，这次你说了算，要住多久我们就住多久。"

龙国强笑了，满脸的褶子却灿烂得像一朵菊花。

车子直接开到了李三爷家门口。一群人在门口候着，除了李符阳以外，还有芳芳和杜春风。看到车子停下来了，芳芳赶紧上前去开了车门。

龙远江先下车，看到李三爷被李二妹扶着也站在那里，赶忙上前扶住："三爷爷，怎敢劳你的大驾。"说着吩咐李二妹把李三爷扶到院子里去。

李三爷手一挥："少废话，你老子来没有？"

"来了，来了！"龙远江一边答应着，一边将父亲扶了出来。

龙国强一出车门，就朝李三爷奔去："李三叔，让你记挂了，侄儿国强早就该来看你了！"

李三爷一拳打在他身上："你知道了还才来！你再不来，三叔就看不到你了！"说着，三爷用手揉了揉眼睛。

李符阳上前道："大家都不要站在门口了，进屋再说嘛！"说着，与李二妹一起扶着爷爷进到了院子。

李符阳安排着龙国强和龙远江夫妇的房间，将龙国强安排到挨着李三爷的客房里，龙远江夫妇安排在二楼。

龙国强拉着李三爷坐在树下的石凳上。

石桌上摆满了瓜子花生水果之类，石凳上也铺上了坐垫。

"三叔，看你的气色，身体还可以！"龙国强看李三爷精神还好，由衷地称赞道。

"多亏了远江哥经常给寄的中药材，给他老人家补着。"李二妹接着龙国强的话说。

李三爷看着龙国强，不由得流下了眼泪："国强，看着龙娃子有出息了，我到了黄泉下，也可以对你父亲交代了！"

龙国强在桌上抽了一张纸巾，上前给李三爷擦去了泪水："三叔，你这身体活到一百岁没问题。你对我们家的大恩大德，我们龙家的子子孙孙都不会忘记的，没有你就没有我们龙家的今天。你好好活着看着我们。"

李三爷笑了："好好好，托你们的福，我就好好活着。"

"李老祖，龙爷爷，你们喝茶哈！"杜春风给两人倒上茶水，尊敬地招呼后离开了。

龙国强看了春风一眼，不认识，然后又看向李三爷："这小伙子长得这帅，是你家什么人啊？"

李三爷说："你问他吧，我也不知道，可能是来凑热闹的，一早就来了。"李三爷知道杜清明有个曾孙子，但在他的印象中，杜清明的曾孙子还是个孩子。

春风的确一早就来了。当他得知芳芳的爷爷和父母要来，就对芳芳说他要来李老祖家。芳芳有些担心。春风却说，先不要让他们知道自己是哪个，让他先在长辈面前表现表现看看反应。芳芳就同意了。

春风离开二位老人后，又去帮着芳芳父母收拾东西。

龙远江觉得这小伙子有点似曾相识，也许是想到杜春风还在上海吧，也就没有往深处想，便招呼道："小伙子，你也忙了半天，休息一下吧。"

春风很阳光地笑了笑："叔叔阿姨，我不累。我先出去，你们洗漱好了就到院子里来喝茶吃点水果，一会儿就要开饭了。"

龙远江满意地笑道："好，我们一会儿就下去。"

春风一离开，龙远江就问芳芳："这小伙子是谁啊？我看着有点眼熟。"

芳芳抿嘴一笑："你们去问李符阳吧，他会告诉你们。"说完，就下楼了。

"这闺女，还给我们卖关子。"说完这句话，芳芳妈对龙远江说："我看也有点眼熟，像是芳芳的对象杜春风。"

龙远江有点不愿承认："那小子不是在上海吗？没听说要回三江啊！"

"你觉得这小伙子怎么样？"芳芳妈问。

"如果光从刚才的待人接物上看，我觉得还可以，长得也不错。"龙远江肯定道。

正说着，楼下李符阳在喊了："龙叔，下来吃饭了！"

今天的天气不错，虽说已入冬了，太阳已经开始偏西，但没有风，院子里还算温暖，饭桌就摆在院子里。看着楼下桌子上摆了一桌丰盛的菜肴，龙远江赶紧催着芳芳妈下楼。

待大家都坐好以后，李符阳看早已经过了午饭时间了，感觉大家肯定饿坏了，中午就没有安排酒，叫大家先吃点简单的垫垫肚子，说吃完饭休息一下，等晚上杨总到后再吃大餐。大家都别客气，都动起手来。说着带头挟起一箸菜放到李三爷碗里。

龙远江看着李符阳说："这桌子上，就这小伙子我不认识，你得介绍介绍，我们也好打招呼。"

李符阳神秘一笑："他呀，是我特意请来的客人，他的身份有点特殊，到时候我一定隆重介绍。现在你们就叫他小风吧。"

龙远江听说让他叫小风，以为小伙子姓封，也就放心了。

杜春风也故意说道："符阳叔叫我过来帮忙，有啥子不周到的地方，还请各位老辈多多指教。"

"小伙子，不错。"龙国强慈爱地看着春风，又看看芳芳，脸上流露出期望的表情。

席间，看着春风殷勤地为大家服务，芳芳低头吃饭，不敢看任何人。

没有吃酒，一顿饭很快就完了。李符阳看爷爷有些疲倦了，就说道："国强叔，爷爷每天都要午休。你也车马劳顿的，你也好好休息一下。你们住在这里，有的是时间摆龙门阵。"

"好好好。"龙国强的确累了，他也需要休息。

李二妹扶着李三爷，春风扶着龙国强，他们都回到了各自的房间。

李符阳招呼道："远江哥，你也休息一下。晚上还要喝酒的。"

龙远江点了点头，和芳芳妈一起上了二楼的房间。

一切安顿好了，春风出了龙国强的房间，见芳芳和李符阳还在院子里，便笑着问道："符阳叔，我表现如何啊？"说着，眼睛看向了芳芳。

芳芳抿嘴笑道："我爸妈看过你手机上的照片，虽然好像有些怀疑，可能估计你在上海，就没有往那里想。你的表现还算可以，至少没有穿帮。"

李符阳接着道："穿帮了就穿帮了，早一点直面这个事情可能还便于问题的解决。"说完也各自休息了。

可能是很久没有回故乡的缘故吧，尽管龙国强感到疲倦，但就是翻来覆去地睡不着。过了一会儿他就起来了。

春风一直没有休息，他还在想着芳芳爸妈如果知道了他就是杜清明的曾孙子该怎么样应对，只要让他和芳芳在一起，他啥子都愿意做。看到龙国强出了房间，他便迎了上去："龙爷爷，再休息一下吧。"

"不了，小风。我睡不着，趁这天还早，你带我去龙家大院看看吧。"龙国强迫不及待地要求道。

春风不好做主，就说："叫上芳芳吧，她对那里熟悉。"

见龙国强点了头，就上楼轻轻地敲了敲芳芳的门。

芳芳其实也没有睡着，听见敲门声马上就开了门。听春风说了爷爷想去看龙家老宅，就答应一起去。

她下楼走到龙国强身边道："爷爷，你不好好休息，身体吃得消吗？"

龙国强笑呵呵地说："乖孙女，说来也怪，我一回到这里，就有一种说不出的兴奋。反正睡不着，就先去看看我们家的老宅吧。"

芳芳拿出车钥匙递给春风："你去开车，我扶着爷爷。"

三人坐着车，不一会儿就到了。

龙国强一下车，就在芳芳的搀扶下站在了龙家大院的大门口。高大的围墙，虽然表面的白灰已经脱落得差不多了，但是里面露出的青砖却凸显着它的顽强，看上去还是那么的威武雄壮。

芳芳怕老宅的破烂勾起爷爷的不愉快，便解释道："杨叔已经准备投资这里的开发了，我准备将这里恢复原来的样子，正好你回来了，就跟我讲一讲，我尽量让你老人家满意。"

龙国强从小在这座院子长大，对这里是再熟悉不过的了。他充满深情地对芳芳道："乖孙女，这龙家老宅就是我们龙家发展的见证，前面的房子是我们龙家几辈人的努力才修成的，后花园后来扩建了一部分，是你曾祖祖为你曾祖母打造的，那里可是他们爱情的见证啊！我慢慢跟你讲吧。"说着，走上大门的台阶，跨进了春风已经推开的门。

走过天井的通道，他们进到了高大宽阔的堂屋。龙国强抬头看着梁上的那条龙说："上面这条龙就是老宅的魂，你恢复的时候要按照原样来。只有把这条龙恢复得活灵活现了，这老宅的魂才灵，生气也就来了。"说着又到处看了看："我们龙家一直人丁不兴旺，这么宽的房子，除了我们家住，还有管家和长工们都在这里进出。你曾祖祖是个新派人物，钱财看得淡，到城里做生意后把这个家都交给了姓杜的管家打理，他们时不时地回来住上几天。那个杜管家是个厚道人，把我们家里的事情管得好好的。"

芳芳听到这里，不由得看了春风一眼。

春风知道了，这是在说他的祖先呢。于是，很上心地引导着龙爷爷："那后来呢？"

龙国强没有觉察两个年轻人的情绪变化，接着说道："后来他儿子不满意老子帮龙家当管家，说是因为龙家买了杜家的田土使杜家破了产。其实我们龙家是高价买他们的田土，是杜清明的爷爷抽鸦片败了家才卖的，当时不少人想趁人之危压低价格，是我爷爷看在我们杜龙两家人的特殊关系才高价买过来的。这一点，杜管家是认账的，可是他儿子却不认账，一直和龙家作对，直到把杜管家气死。"说这话时，龙国强提高了嗓门，显得很激动。

杜春风听到这里，也激动起来。他听父亲说过，曾祖祖为人处世很偏激，在村里的人缘关系不如李老祖那么受人尊敬，以致和自己的孙子都谈不到一起。他现在有些理解自己的爸妈和曾祖祖老是起矛盾的原因了。小时候，因为自己在城里读书，和曾祖祖相处的机会少，就连放假爸妈也不愿意让他多回去，如今看来主要还是怕自己受曾祖祖的影响。为了更加了解相关的一些情况，春风继续问道："龙家和杜家究竟有啥深仇大恨呢？"

芳芳很惊讶地看着杜春风，春风对她摇摇头说："了解这些对你做项目有好处。"

"对，只有了解历史才能做出它的内涵来。"龙国强赞成春风的说法，并继续说道："符阳村的历史文化厚重，你们多了解一些有好处。"

312

　　龙国强见两个年轻人对他讲"想当年"不反感，就继续说道："龙家人没有做啥子对不起杜家的事情，可是杜清明就是揪住龙家不放，导致芳芳的曾祖祖被错杀。龙家人一直生活在杜清明的阴影里，要不是你李老祖和其他好心人的帮助，芳芳爸爸和我就活不到今天了。"说到这里，龙国强眼里闪着泪光。

　　芳芳拿出纸巾擦去爷爷的泪水："爷爷，那些不愉快的事情就不去说了吧，这次回到家乡，我们都高高兴兴的。"说着，对春风摇了摇头，叫他不要再问下去了。

　　"对，对，对，不说那些不高兴的事情。走，我带你们去看后花园。"

　　说着，三人穿过了大屋，来到了后花园。

　　龙国强看到后花园那些楠木和荔枝树又兴奋起来，他挣脱了芳芳的搀扶，快步走到一株笔直的楠木树下："这些树子还在，真好！"说着，抚摸着树干，仰头望着隐天蔽日的树冠说："这些树至少都有两百多年了，都是龙家祖先在符阳落脚以后栽的。当年，我的爷爷去世时，砍了一株楠木做棺木，结果杜清明气死他老子以后，也要准备砍一株，被人举报到县里没有得逞。他把这笔账也算到了我们龙家人的身上。其实是那些村民看不惯杜清明当了贫协主席后飞扬跋扈，不满意他住进了龙家大院还想着霸占后花园的企图告上去的。"

　　芳芳看着这片楠木林说："这些都是国家的珍贵树木，现在谁也别想破坏了。还有那边的荔枝林也保护得很好，我们也去看看吧。我准备把院落设计成民俗展览馆，这里搞成一个珍稀林木观光园，除了这里现成的荔枝和楠木以外，还引进一些川南特有的一些珍稀林木，配以精致的大盆景，栽上一些名贵的花草，将这里打造成一个集观光和植物知识为一体的后花园。"

　　龙国强拉着芳芳的手朝院子中心走去："里面还有一处精妙之处，不知道你看出名堂没有。"

　　"中间有一处大大的假山，好像假山周围有水体设计，但破坏很严重，看不出以前是啥子样子了。"芳芳很熟悉这里面的结构。

　　龙国强笑眯眯地说："我给你说这后花园是你曾祖祖和曾祖母爱情的见证，主要就是指那个地方。"

　　"是吗？在哪里？"快带我去看看。芳芳和春风一边一人扶着龙国强朝后花园的纵深处走去。

走到假山跟前，龙国强站住了，这哪里有什么假山，就是一个巨大的土包包。龙国强指着那个土包说道："这里咋变成这个样子了？当年这院子我把它交给政府时，虽然说破坏得很厉害，没有小桥流水的景致了，但是长满荒草的假山还是在的。"

"听老祖说，这也是当年杜清明的杰作，说这些都是资产阶级的东西，就带人把小桥拆了，把水景填了，将假山也埋在土里了，就成了这个样子。"芳芳说完这句话，用眼睛瞟了春风一眼。

此时的春风脸色有些难看。没容春风多想，龙国强说："我想跟你们说的精华正是在这里。当年，你曾祖祖和曾祖母结婚以后，就对这个假山进行了改造，而且，将水景进行了延伸。从院子的厨房开始挖了一条小河沟一直流到这里，从这里转弯后又流向荔枝林的亭子。你曾祖祖取这条人工小河沟叫菜河。现在这里一点也看不出原来的样子了。"

"为啥取这个名啊？"芳芳不解。

"我听说是因为你曾祖母喜欢热闹，常邀约一些朋友在后花园的亭子里吟诗作赋玩耍。你曾祖祖为了满足她，就将原来的假山改造成这样子。这条河除了是水景外，还参考了古人流杯池喝酒的原理，是一个运送菜肴的途径。美味佳肴做出来以后，放在专门载体里，流到假山前转一个弯又流到了后面的亭子前，亭子里面的人就可以拿起来吃了。"

"曾祖祖真是爱曾祖母！"芳芳不由得感叹道。

"所以说是他们的爱情见证嘛。"龙国强说。

"如果将这个景恢复起来，配以唯美的爱情故事，不知道要羡煞多少人。"春风也受到了感染。

"我一定要想办法把这个景恢复到原样。"芳芳表决心似的。

"我就知道你们到这里来了。"李符阳从后面走了过来："杨总和你陈大伯都已经到了，都在等着你们回去吃晚饭呢！"李符阳本来还想请杜春风的父母，但又怕工作没有做好，引起席间的尴尬。

听说杨总和陈大哥都到了，龙国强催着大家赶快回去。

李符阳牵着龙国强在前面走，芳芳和春风走在后面。

春风有点沮丧："芳芳，听了你爷爷讲的事情，我心里很不踏实。"

芳芳瞪了他一眼："你昨天还信心满满的，现在就开始泄气了?"

"没有，没有。"春风紧紧地攥住芳芳的否定道："我对你的心天地可鉴，我只是有些担心。不过，我有耐心等待。"

芳芳露出了笑容："这才差不多。不过这个等待还包括你爷爷，他那关可能也不好过。"

春风也笑道："那我们就做好打持久战的准备，反正我们两个不能分开。"

芳芳深情地望着春风，把他手也攥得紧紧的。

这一幕，被龙国强偶然回首看到了，心里咯噔了一下。

第五十二章 相聚在符阳

进到院子里，李符阳大喊了一声："我们回来了。"

正在院子里热闹叙旧的人都转过了头。

龙国强一眼就认出了他的陈大哥，他甩开了李符阳扶着的手，紧赶了几步就扑到了陈嘉川的面前："大哥，我终于见到你了。"说着眼里噙着眼泪。

陈嘉川的身体看上去比龙国强好很多，他一把扶住龙国强："是啊，我们都老了，再不来见我们，就怕见不着了！"

龙远江上前说："这事都怪我，我爸很久以前就想回来了，我看他身体不怎么好，就拦着他。我想我代表他回来是一样的，看来真不一样。昨天回来后，我就发现他精神比在家里好多了。"

"龙娃子，你真是混啊！你爸这是得思乡病造成的。我把话说在这里，你别不信，你爸要是在三江住上一段时间，你看他的身体会和我一样的好。"陈嘉川指着龙远江说。

杨总接过话："龙叔，我已经决定在这里投资现代农业项目了，芳芳正在搞创意设计。以后建成了，我保证你一天到晚看着都很开心。"

"那敢情好啊！我从小在那里长大，后来被撵了出来，现在老了看到它能够恢复原样，我爸妈在天有灵一定会像我这样高兴的。"龙国强激动地说道。

李符阳听说杨总已经决定在这里投资了，生怕有啥子变故，赶快顺着他的话补充道："杨总，你说的话我记住了，我一定给你服好务。"

芳芳也很高兴："爷爷，那你就先在李老祖这里住下来，在这里见证我们对庄园的恢复，哪里没有做对的，你就给我们指出来，帮助我们修复文物。以后你想叶落归根，我就给你在这里修一个房子，让你一直住下去。"

"这样好啊，好闺女，这样你爷爷就和我作伴了！"李三爷平时的耳朵背，今天一字一句都听到了。

"看李二妹把饭都摆好了，我们边吃边聊吧。"冯家梅看他们聊起来没个完，就打断了他们的话。

"对，对，对，我们边吃边聊。"李符阳招呼大家。

等大家都坐好了，李符阳对李三爷大声说："爷爷，你想见的人今天都到了，你先说两句好不好？"

李三爷想站起来，大家都叫他坐着说，他那笑成菊花似的脸上洋溢兴奋："见到你们我好高兴，不容易啊！"说到这里，三爷有些哽咽。

符阳赶紧在他胸口上边抹边说："爷爷，你别激动，他们这次来要住一段时间的。"

李三爷抹了一下自己的眼睛继续道："人老了，没出息了。今天在座的是四辈人，有我们李家、龙家，还有我们大家的好朋友陈场长夫妇和杨总，聚在一起很不容易啊！要是杜家有人在这里，就齐了。我这杯酒在这里敬大家，祝我们各家各户的每一辈人都身体健康，像我一样都活到九十多岁！"说着又想站起来跟大家碰杯。

李符阳按住李三爷不让他起来，众人便纷纷站起来跟他碰杯，祝他老人家身体健康，长命百岁！

接着，李符阳作为主人，举着酒杯对大家说道："刚才爷爷说了，我们聚在一起不容易，今天我想说等会儿我们边吃边说说自己的心里话。我抛砖引玉，我的心里话就是首先是感谢杨总来我们村投资，加入到三江乡村振兴的建设中。其次是欢迎龙大伯回家乡，并且忘记过去的不愉快，叶落归根留下来，见证符阳村的变化。我先干为敬了。"

接着，大家认为应该依年龄大小来发言。

按顺序陈嘉川站了起来说道："有幸与大家在李三爷家相聚。我想说的是，回顾国家经历的磨难，每个人都在磨难中经历了一些不幸。但是看到我们国家现在的发展，在座的每一位都过上了美好的生活，这就说明，只有国家好了，大家才能好。刚才符阳也说了，忘记过去的不愉快，卸掉思想上的包袱。我在这里祝国强兄弟一家幸福，祝找佺女芳芳的婚姻美满！"说着，也跟大家碰了杯，先干为敬。

冯家梅看着芳芳补充道："我们都等着早点喝你的喜酒哈！"

芳芳红着脸不经意地看了身边的春风一眼。

接下来该龙国强了，他站起来欲言又止的，看着龙远江，不知道该说啥子。

陈嘉川看出名堂了："龙娃子，看起来你把你爸管得严啊！"说着转而对龙国强说："兄弟，你尽管说，心里咋想的你就咋说，老哥我给你做主。"说完，用眼睛看着龙远江。

龙远江赶紧表态："爸，你不用看我，你尽管说，儿子一定听你的。"

龙国强才说道："不关国强的事，是我太高兴了不知道说啥是好。我想说的是首先感谢长新要将龙家大院恢复起来，符阳还说让我住在这里和他爷爷作伴，让我监督着把龙家后花园的经典景观完全恢复，我太高兴了，也愿意回来陪陪李三爷，没有他老人家，就没有我们龙家的今天。还有这次回来，我还要去拜访那些对我们龙家有恩的人，邬医生、王主任、魏组长等等，要不是他们，龙娃子你就不可能出生了。所以，这杯酒我敬大家，感谢对我们龙家恩重如山的李三爷、陈大哥！"说着也把杯中酒一饮而尽了。

轮到龙远江发言了，他站起来说道："刚才听各位长辈的祝酒词，我心里明白，长辈们对我有些意见。在这里我首先表示歉意，前次回三江，各位长辈对我帮助不少，这段时间，我也想了很多，觉得你们说的都对。我准备退休以后研究一下三江县的历史，探讨一下你们提出的课题，看看我们龙李杜三家的关系究竟是如何造成的。还有，我也检讨一下自己幼稚的偏激思想，不应该自己不想回家乡，还不准父亲回来。我在这里表个态，如果父亲愿意叶落归根，我支持，并按照芳芳说的，他在这里买一套住房，让他安享晚年！"

龙远江说完这句话，把酒喝了。陈嘉川夫妇带头鼓起了掌，陈嘉川还说道："龙娃子，你早该这样了，让他回来，我带着他锻炼，身体一定比现在好。我们兄弟俩也好有个伴。"

该杨长新说了，他站起来说道："本来我是个局外人，但是自从我去贵州发展，龙大哥就成了我的贵人。用你们刚才的一句话，没有龙大哥就没有我杨长新的今天。我知道，龙大哥年轻时说了不回三江的话，其实他是最挂念家乡的，我回来投资也是受他的影响。所以，我在这里也表个态，趁着国家有那么好的乡村振兴政策，杜荣光副县长也跟我详细谈了对这一片土地的建设规划，我一定好好将符阳村和符关村打造成乡村振兴的示范点。芳芳和小何已经将规划愿景给我说了，接下来我们大家都好好讨论一下，争取把详规早点做出来。另外，将原来的龙家庄园恢复起来，按照乡村花园的标准，修建一些民俗休闲设施，让观光的人们能够住下来。龙大伯也不用去买啥房子，你们都住下来，好好看看什么叫乡村花园。在此，我敬大家一杯酒，年老的身体健康，年轻的事业有成，像我和远江大哥这样的不老不嫩的爆焉老头子，身体健康，心想事成！"说完也是一饮而尽。

本来该杜春风说了，但他把目光看向了芳芳。芳芳知道他身份不明不好说，便主动说道："我先说了你再说。"说着也站了起来："我是代表最晚辈发言。我首先感谢杨叔给了我这次报效家乡的机会，我一定按照刚才杨叔说的，尽量吸收大家讨论的意见，向我公司做好汇报，尽快拿出详规，争取早点开工。"说到这里她停了一会儿，将身边的杜春风拉了起来说道："我也不想瞒着各位长辈了。我跟大家介绍我身边的这位年轻人，他就是杜家的杜春风，昨天刚从上海赶回来的。之前没有跟大家介绍，不是有意隐瞒，而是符阳叔的主意，说是先让大家看看他的表现。我知道大家都关心我和他之间的事情。昨晚我们商量好了，如果得不到双方亲人们的祝福，我们就不准备在一起。不管怎么说，这杯酒我敬大家了！"说完也是一口闷了下去。

春风听芳芳说"不准备在一起"，就急了，马上接着说道："各位长辈，晚辈杜春风，是杜清明的曾孙子。刚才芳芳说的话有些不准确，我的意见不是'不准备在一起'，而是要等待亲人们的祝福。只要芳芳一天不结婚，我就要一直等下去。我已经知道我曾祖祖对龙家和李家造成伤害的一些事情了，但那都不应该成为我和芳芳相爱的障碍，因为我们对过去的恩怨一无所知。今天各位长辈给了我这次说话的机会，我想说的是请相信我对芳芳的爱，不管你们老几辈有多大的恩怨，我们的爱是永恒的。我敬这杯酒，希望能够早日等到长辈们的祝福！"说着，含着眼泪将酒喝了下去。

本来其乐融融的气氛，被两个年轻人的发言弄得冷清下来。

为了打破沉默，李符阳说道："这事怪我，本来芳芳不让杜春风来的，是我让他来。我觉得丑媳妇总得见公婆，芳芳和春风的事情也总要有人去捅破，要不然总是捂起没有一个着落，对两个年轻人也没有好处。远江哥，你要怪就怪我，不要怪他们。"

李符阳开了头，陈嘉川也接着说了："我倒不认为这是一件坏事，我还觉得符阳做了一件好事情。这事说开了比不明不白要好些，要是春风他父母在就更好了，双方父母交交心，看是啥子意思。退一万步说，就是双方父母都不同意，只要两个年轻人两情相悦，也就可以了。我还是那个观点，我们都要向前看。"

龙国强之前看到芳芳和那个年轻人手拉着手，心里就已经明白年轻人可能是杜清明的曾孙子了，只是心里还不愿意承认。现在窗户纸已经捅破了，又听他尊敬的陈大哥说了那一番话，就看着他儿子："龙娃子，要不就听人劝得一半，听一下他父母的意见再说。"

龙远江没想到桌席上会发生这样的情况，他不能说同意，也不能说不同意。见父亲征求他意见，便借口道："人家父母在县城很忙，不好去打扰人家吧？"

李符阳虽然听出龙远江不愿意见春风的父母，但他觉得机会难得，错过了这个村就没有这个店了，他接过话头道："说来也巧，春风的父母已经回到村里了，说不定现在正在做他父亲的工作。要不我打电话叫他来？"

陈嘉川同意道："我看要得，听说春风的父亲在三江县领导中的口碑还可以，相信他会正确对待这些事情。"说完他看着龙远江。从龙国强的话语中，他听出了这个问题的主要矛盾还在龙娃子那里。

龙远江正不满地瞪着李符阳，他觉得李符阳在有意给他难堪，说不定就是设的一个局。见陈嘉川看着他，只好说："好吧。"

的确，此时的杜荣光和他的夫人正在老家做他父亲的工作。他们昨天晚上就回家了。杜荣光知道父亲的工作难做，但可以先从母亲这边做工作。

杜荣光长大以后听人说，母亲是他爷爷杜清明利用自己的权力为他父亲抢过来的。母亲年轻时很漂亮，当初，母亲与一个穷人家小子相好，只因拿不出彩礼钱，便被杜清明花了大价钱被父母硬嫁到了杜家。母亲和祖母马家姑娘的命运有相似之处，母亲尽管对自己的婚姻不满，但祖母马姑娘一直维护着她，不准儿子杜家驹对不起母亲。而父亲虽说对爷爷言听计从，但对母亲的好确是没得说。嫁汉嫁汉，穿衣吃饭，时间长了，母亲也和婆母一样，安下心来过着不错的日子。但杜荣光知道，母亲一直对爷爷有意见，主要是他对他们夫妇之间的事情管得太宽，使得丈夫没有是非观念，凡事有爷爷在，父亲杜家驹总是站在爷爷这边，哪怕爷爷毫无道理可言。母亲总埋怨父亲不像个男子汉，是爷爷的跟屁虫。好在祖母马姑娘时常安慰她，也没有让她在杜家受气。别看祖母表面上顺着爷爷，可是家里的好些事情祖母说话还是管用的。母亲也学着祖母柔中有刚，父亲背地里也顺着母亲。所以，只要母亲不反对春风的事情，问题就解决了一半。现在祖父祖母都不在了，母亲说话的分量就更重了。一大早，杜荣光起床了，母亲早就做好了早饭摆在桌上了。杜荣光走过去一看，是他喜欢吃的醪糟蛋。他招呼春风妈下楼来吃。

父母已经吃过了，可是勤劳的父亲并没有出去，而是坐在旁边，悠闲地吃着叶子烟。母亲则招呼他赶快吃，说一会儿凉了就不好吃了。

叶子烟那浓烈的烟味弥漫在屋子里，杜荣光吃了一口醪糟蛋便被熏得咳嗽起来，不由得说道："爸，跟你说过多少回了，叶子烟吃多了不好，还是抽我给你买的香烟吧，那可是高级烟。"

母亲心疼儿子，便对丈夫道："死老头儿，出去吃。春风说过，我们吃你的二手烟，中的毒比你一手烟还凶，我经常中毒就算了，不要让儿子儿媳妇跟着受害。孙子还没有结婚生娃，他们在家你就不能不吃吗？"

杜家驹不满地站起来要出门，儿子赶紧说道："爸，你不要出去，我吃了早饭有事情和你们说。"

"对，有重要的事情。"春风妈下楼来吃醪糟蛋，接着杜荣光的话特别强调了一句。

听说有重要事情，杜家驹便将点燃的叶子烟往鞋底上死劲的摩擦，将其熄灭了。

两位老人慈爱地看着儿子儿媳吃着早饭，母亲不由得说道："要是我孙子春风在就好了。"在她的心里，一家人在一起最重要。

"春风这两天要回家来看望你们二老。"春风妈边吃边说道。

"啥子呢？春风这两天要回来看我们？"母亲有点不相信。

杜荣光已经吃完了，边擦嘴巴边说道："对，是我叫他回来的，回来商量一下他的婚事，想早点把这个事情定下来。"他尽量让自己的语气平和一点，这是昨晚他们夫妇商量好的。

"是吗？那太好了。他祖祖已经走了，我们也有时间来操心他的婚事了，越快越好。那个芳芳姑娘还好吧？我特别喜欢她。"果然，母亲一听这个事情就欢喜。

"春风啥时候回来，叫他赶紧结婚，我还等着抱末末呢！"杜父的脸上露出了少有的笑容。

"我也想早点抱孙子，可是这事儿还急不得。"杜荣光故意慢吞吞地说。

"为啥呢？芳芳的父母不同意吗？你去和他们说说，要多少彩礼我们都愿意。"杜母迫不及待地说。

"对啊！我们杜家现在出得起，啥子条件都可以答应。"杜父也同意道。

"不是钱不钱的问题，是你们杜家做了对不起人家的事情，人家不愿意！"春风妈心直口快地将事情说了出来。

"啥子呢？我们杜家对不起他们刘家？我们认识吗？"杜母完全不解，一脸的懵逼。

杜父也是一脸不解地望着儿子和儿媳。

杜荣光又慢慢地说道："不是刘家，是龙家。"

"龙家？那姑娘不是姓刘吗？"杜父更不明白了。

"她是随她母亲姓的。他父亲就是以前我们村考上大学的龙远江！"春风妈直接就把事情挑明了。

"咋个可能？春风不是在上海吗？他咋个跟龙家姑娘扯在一起了？"杜母完全不相信。

"我也不相信啊！可是这就是事实。他们两人都在上海，神使鬼差地就遇到了，而且你孙子还非她不娶。"春风妈干脆把事情说透了。

"我不同意！"杜家驹站起来，舞着手里的烟杆，非常激动地大吼道。

"爸，你冷静点，坐下来我慢慢跟你说。"杜荣光早就意料到父亲是这个态度，走过去扶住他，将他按在了椅子上。

"说啥子都不同意！"杜家驹挥着他的烟杆儿继续吼道。

杜荣光的眼睛看向母亲。

春风妈说道："你们听荣光说完嘛。"

"死老头，你吼啥子，听儿子把话说完。"杜母制止道。

"是这样的。"杜荣光还是不紧不慢地说："我也知道你们不同意这门亲事，而且龙家的老辈龙国强和龙远江也可能不同意。可是我们不同意有用吗？你孙子春风他说了，我们不同意，他就要打一辈子光棍，直到我们都同意为止。如果你们都不急着抱末末，我们就只好等，等到春风同意你们的意见为止。"

"等？黄土都埋到我们的颈子了，我们等得起吗？"杜母激动地从座位上站了起来说："这是造的啥子孽啊！这样的事情都让我们碰到了。"说着，走到杜父的面前指着他道："都怪你那死老汉，尽干些缺德事情，遭报应了吧！"

"老汉都死了，你还说他干啥子！再说，他还是对你好的，你不要没良心!"杜父眼睛瞪着杜母。

"是,是对我好。要不是他对我好,我还没有进你们杜家的门!要不是看在老妈的份上,早就和你拜拜了!"杜母气愤道:"要我说,你也不要抖起那个样子,反正老汉也去世了,你就好好跟龙家人道个歉,让人家原谅你,把春风的喜事办了。"

"给龙家人道歉?你说啥子哦,我道了歉,以后到了黄泉地下咋个给老汉交代嘛!"杜父气呼呼地说道。

"那你就让你杜家断子绝孙吧!再说,你老汉也是盼望春风早点结婚的,以后你到阴曹地府,你就给他说,是为了延续杜家的香火才同意的,看你老汉原谅你不!"杜母指着杜父的脑袋:"真是死脑筋。"

杜父听杜母一席话,将烟杆塞进了嘴巴,不说话了。

杜荣光就知道母亲能够镇得住父亲,不由得在心里为母亲点赞。

春风母亲不失时机地说道:"爸,我们也想随你的心意,可是现在可不是老人说了算的时代了。春风要是不同意,我们拿他也没有办法。他们远在上海,听两个年轻人的口气,恐怕早就住在一起了。我们不认可这个事,他们照样生活在一起,到时候自己去扯结婚证,我们硬要阻止的话,就是违背婚姻法,我们还真没办法。你就好好想想吧。"

杜父将叶子烟又点燃了,屋子里又弥漫着呛人的烟味。

"死老头,你一辈子就是你老汉儿的应声虫,老汉儿喊你往东,你就不往西。现在老汉都走了,你还是这样。你也不想想,你老汉最怕的是啥子?最怕的就是你们杜家没有后。儿媳妇也说了,春风除了芳芳就不娶。我看你真的没有末末,到了地下才真的不好跟你老汉交代。现在的年轻人做得出来,隔壁符关村一个姓胡的儿子,他父母阻挡他的婚事,结果不但没有阻挡住,反而现在都不和他父母往来。你如果硬要这样,下场就是这样。"杜母数落着。

"你没有看到老汉儿死不瞑目那个样子吗?"杜父还在强调。

"老汉儿一辈子的人缘关系都不好,你就不想想为啥子吗?他真的就没有错?他对龙家做了些啥子事情,我们都清楚。你原来也劝过他,他也不听你的。只有老妈在的时候,多少还能说上几句。我这辈子,要不是看在老妈对我好的份上,也早就离开杜家了。芳芳那姑娘,我看着就喜欢,你要是阻拦,我也离家出走,你就守着这大房子一个人过日子吧!"杜母说完这些话,像是出了一口气。

杜父气得站起来在原地打转转，取下嘴里的叶子烟吼道："我晓得你自从进了杜家门就看不上我，可是我们杜家也没有亏待过你！"

"那是我给你们杜家生了有出息的荣光，要不然你老汉儿还不把我撵出杜家门！"

眼看父母就要吵起来，杜荣光赶忙说道："爸，不孝有三无后为大。春风结婚了，你才有抱末末的希望，到时候我想你对爷爷也好交代了。"

杜父不吭声，叶子烟吸得"啪啪"地响。

正在这个时候，杜荣光的电话响了。他对春风母亲耳语了几句，便对父母说道："爸，你好好想一想，我出去一会儿。"说完便出了门。

第五十三章 共祝家乡更美好

电话是李符阳打来的。他简单地说了这边的情况。

杜荣光知道今天来李三爷这里赴宴不比往常,他也不是啥子常务副县长了。为了儿子的幸福,为了龙杜两家的恩怨不再继续,他必须来。他一进院门,就拱手对大家道:"对不起,让大家久等了。"边说边坐到给他留的座位前。他很快扫了一眼桌边上的人,发现只有一个人是不熟悉的,但他已经猜到了,便继续拱着手道:"这位是龙国强叔叔吧?侄儿代杜家给你行礼了!"

都说伸手不打笑脸人,这杜荣光一来就给大家行大礼,哪个还会怪罪他呢?龙国强也不失礼节地做了一个让他坐下的手势:"坐下说吧。"

杜荣光坐了下来,对杜春风招呼道:"儿子,去拿点茶水给各位长辈满上一下。"

杜春风应声起身去拿茶壶,父亲刚才礼多人不怪的做法叫他很佩服。

李符阳站起来说道:"人已经到齐了。今天这个事情是我的主意,不管你们怪不怪我,也不管这个事情的结果如何,相信我的出发点是好的。所以,我就开门见山。"说到这里,他把眼光看向了杜荣光:"荣光,请你来的目的就是希望你代表你们杜家,谈谈对芳芳和春风二人婚事的看法。"

杜荣光也站了起来,仍然对大家行了一个拱手礼:"尊敬的三爷爷,在座的尊敬的各位客人。其实,我早就有大家能够聚会的心愿了。前次龙教授和杨总来到符阳村,我就知道龙教授是芳芳的爸爸了。看着春风和芳芳那么相爱,我就想找龙教授谈谈。可是,我又不敢。这次是符阳召集大家,给了我这么好的机会,我就斗胆地把我的想法说出来,如果有啥子不对的地方,还请大家批评指正。"

一番带官腔又不失礼仪的话,让龙远江也不好说什么。

杜荣光继续说道:"我很小的时候,就知道龙家和杜家有过节,但究竟过节是啥子，我一直到参加工作后才逐渐明白过来，我甚至去深入了解过爷爷的传奇人生。小时候引以为自豪的爷爷，对龙家的确做过很多不近人情的事情。刚才，我和春风他妈妈还在家里谈到这个事情，为了表示我们杜家的诚意，春风，你过来，今天当着长辈们的面，对你国强爷爷和远江伯伯跪下，代你曾祖祖向他们赔个不是，请求他们的原谅。"说着，将走过来的春风示意他跪下。

春风听话地跪下了，他含着眼泪向龙国强和龙远江夫妇磕了三个头，边磕便说道："李老祖、龙爷爷，叔叔婶婶，请你们看在我和爸爸妈妈的份上原谅我曾祖祖，也请你们成全我和芳芳！"

杜荣光的举动，让在座的人始料未及。李符阳和杨长新被感动了，他们都没有想到身为三江县领导的杜荣光为了儿子能够做出这样的举动。

龙国强也没有想到事情会变成这样，他叫杜春风起来，但春风的头磕在地上，没有起来。

龙远江更没有想到杜荣光会来这么一着，一时不知道怎么应对了。

旁边的芳芳妈提醒道："快请春风起来吧。"

龙远江这才说道："春风，起来说，起来说！"

见春风没有起来的意思，芳芳妈上前将杜春风扶了起来。

看着春风满脸的泪水，芳芳也无声地哭了。男儿有泪不轻弹，男儿膝下有黄金，她知道，春风和他爸所做的这一切都是为了她，她怎么能不感动呢？

李三爷看着龙国强说："老话说得好，合久必分，分久必合，龙杜两家分了那么久，现在国泰民安，就是合的最好时机。"李三爷扬起不知什么时候拿来的李家族谱继续说道："龙、杜、李三家都有族谱，族谱里都记载着三家人为了脚下这块土地，团结一心，带领村民们一致对外取得胜利的英勇事迹。"李三爷转而对龙国强说道："我知道你会说不好对你父亲交代。等明天我到你父亲的坟上去烧柱香，给他说时代变了，和以前不一样了，我们三家人今后会像祖先他们当初来三江时那么团结了。他要是不答应，等我到了黄泉之下亲自跟他说，他交给我的任务我完成了，也叫他们看看族谱，告诉他我们三家的后人都过得很幸福，叫他原谅杜清明那死鬼。"

一番话说得龙国强心里不好受，但既然他尊敬的李三爷都这样说了，他那里还敢说其他的呢？于是他说道："都是过去的事情了，就让它过去吧，过去吧！"

龙远江听父亲这么说，只好说道："翻篇儿了，翻篇儿了。"

杜荣光听出来了，龙远江碍于大家的情面原谅得有些勉强，但不管怎么说，目的是达到了。于是他又说道："龙教授，其实我一直以来都想当面感谢你的。"

"感谢我？感谢我啥子？"龙远江不解。

"当年，你考上大学让我彻底醒悟，让我懂得了读书学习的重要，要不也没有我的今天，所以我得感谢你。"杜荣光诚恳地说道："今后如果我们两家有幸成为亲家，我们再慢慢聊。"

"杜县长，我看你们两家啊肯定能够成为亲家的。到时候如果不嫌弃，我想亲自为两位有情人当主婚人！"杨长新很佩服杜荣光今天的言行举止，不由得说出了自己的想法。

杜荣光赶紧说道："杨总，我们就一言为定哈！说到这里，我还要衷心感谢你呢！听芳芳说你已经决定在这里投资了，我代表三江县政府向你表示感谢！"

杨长新说道："看了芳芳搞的设计规划意向，我觉得很接地气，特别是将我们的发展方向和县里的发展方向结合得很好，听说你对她的帮助很大。"

"哪里，你们对家乡投入那么多，顺应了振兴乡村的发展方向。我做这些既是我的责任，也是我应该的。今后需要我服务的，我一定会全力以赴，我们共同为家乡这片热土贡献力量！"杜荣光诚恳地说。

"该说的话都说了，我们是不是继续喝单碗啊！"李三爷开始发话了。

"三爷爷，喝单碗前，我还想说最后一句。我希望我投资的这个项目，大家都来帮忙，共同为我们脚下这片热土献计献策，把我们的家乡建设得像花园，让大家都过上更美好的日子！三爷爷，你提议，我们共同祝愿家乡更加美好干杯！"杨长新很兴奋。

"杨总说得好，这回我一定要站起来。我提议，一起祝愿我们生长在这块土地上的人们，日子越过越好，越过越甜，十杯！"李符阳站起来说完这些话，一口就将一杯酒吞下了。

"要是春风的爷爷祖母在这里就更圆满了。"李三爷端起酒杯说，有点遗憾。

"不遗憾，我们来了！"顺着话音，大家的眼光都看向了开着的院子门。

只见春风的母亲领着春风的爷爷和祖母站在那里。

春风看到妈妈的脸上带着喜悦的微笑，祖母虽然脸带笑容，但好像有点不好意思，爷爷的脸很僵持，木木地看着大家。

杜荣光很感谢夫人，不知道他用了啥子办法才把这两个老人家弄到这里来了。他把眼光看向李三爷："三爷爷，让他们进来吗？"

李三爷立即招呼道："进来，进来。真是说曹操曹操到，这下就没有遗憾了。"

龙国强看着杜家驹那张熟悉而陌生的脸，想起了很多往事。他虽然对他老子的话言听计从，可有时候也同情地为他说话，只不过他的话在强势的杜清明面前起不了啥作用。念着这点好，龙国强站起来招呼道："家驹，好久不见。"

杜家驹的脸上挤出了一点笑容，不过让大家看到，那笑比哭还难看。本来他是不愿意来的，听儿媳妇说，和他一般大的龙国强回符阳来了，在李三爷爷家。他心里很清楚，多少年都没有见过的龙国强，当初离开家乡就是因为他们杜家，也许就是为了孙子春风的事情回来的。虽然不愿见他，但是儿媳妇说："这是修复你们杜家和龙家的机会。不管你同不同意，只要春风坚持要娶芳芳，我们根本就没办法。"

媳妇也在旁边敲边鼓："其实你一直都是同情龙家的，你以前不是也说过，有机会向龙家说声对不起吗？现在机会来了，我们就去见一见，看他们龙家人是啥子态度。"

看见龙国强招呼他，他机械地走了过去说道："好久不见。"

倒是春风的祖母很爽朗："李三叔，你看国强大哥回来了你也不告诉我们一声，怕我和家驹来喝你的单碗啊？今天我们不请自来，你们欢不欢迎啊？"

李三爷笑道："欢迎，当然欢迎。你老汉都走了，没人管得住你了，三爷这里，你想来就来。"

李符阳叫李二妹多拿一条板凳来，招呼三人坐下。

杜家驹很不自然地坐下了，眼睛还看着龙国强。

杜荣光站起来将父母安顿在桌子面前，对他的父母说道："爸、妈，你们来得正好，我们正在举杯祝愿生我们养我们的这片土地越来越好！你们也来举杯吧。"

于是全部人都站了起来，共同举杯，祝愿家乡更美丽！

龙国强回到三江有些日子了。自从踏上符阳的土地，他的精神比在贵阳家里好了很多。他带着龙远江去坟山上祭拜了祖先和父母、玉娟，还去了荔枝林祭拜了林专家。后来又在陈嘉川的带领下拜访了邬医生、魏组长。邬医生身体还好，魏组长已经在医院里了。邬医生还是那个爽快的性格，看见龙国强很高兴。魏组长已经认不出他了，他很后悔没有早点回来，现在说什么都晚了。王主任已经去世了，龙国强带了好多贵州特产去看望了她的后人。

看到龙国强有些伤感，陈嘉川安慰道："人老了都要走这条路。现在生活这样好，我们最要紧的就是好好保重身体，活着的时候争取不糊涂，生活能够自理，到了走的那天，痛痛快快地离开，不给后人增添负担。"

龙国强笑了："大哥，这样当然好了，就怕做不到。魏组长是个好人啊，没想到晚年会这样。"

"所以我们啥子事都要想开点。我知道芳芳和春风的事情，你和龙娃子勉强同意了，心里还是有疙瘩的。如果我们老是纠结过去，让过去那些不愉快的事情绑架我们的情绪，你的身体能够好起来吗？"陈嘉川开导他。

龙国强同意道："大哥，你说得很对。我已经想通了，芳芳的幸福重要，她不幸福，我们也不会幸福。你看我回来后解开了心结，病也好像没有了，走起路来也精神了好多，不用人扶了。"

"是啊！不知道龙娃子的思想真正想通没有？那天在李三爷那里，我看他有些勉强。"陈嘉川问道。

"他可能是那些岁月里的阴影太深了，还没有完全走出来，始终还没有完全过得了那个坎。"龙国强说。

"人有悲欢离合，月有阴晴圆缺，古人把道理都说透了。国家是这样，每个人的家庭也是这样。龙娃子都是教授级别的人了，相信他总有一天会真正想通的。"陈嘉川善解人意地说。

"给龙娃子一点时间吧，我们这些老头子都想通了，我相信他也会想通的。"龙国强充满信心地说道。

"我回来这些日子，看到家乡变化这么大，真不想回去了。"龙国强发自内心地感慨道。

"那天不是说好了，不回贵州的吗？现在芳芳做的那个规划听说也报上去了。杨总也在做准备工作了，等批下来马上就动工了。你不想亲眼看看符阳村的变化？"陈嘉川劝说。

"咋个不想？这里有我好多的牵挂，就怕龙娃子表面同意，心里不痛快。"龙国强说出了自己的顾虑。

"你呀，一辈子就被龙娃子牵着走。他既然当着我们都表了态的，你就留下来。他说了要帮助杨总实现建设家乡，振兴乡村计划的。我看真的到了那天，他也舍不得走了。我们的时间不多了，你要向我和你嫂子那样，想咋样过就咋样过，儿孙自有儿孙福，你管那么多干啥呢？"陈国强进一步劝道。

龙国强点点头表示赞同："就按大哥你说的办。"

"明天我要回福宝去办点事情，你想去那里不？想去的话，我可以陪你去福宝转一转。"陈嘉川发出邀请，单位上请他回去参加一个座谈会，主要是为林场今后的发展出出主意。

"我当然愿意啊！我还想去看看当年你住的那个小桥流水人家的地方。只是我们不比当年了，可以吗？"龙国强既兴奋又有些担心。

"没有问题，福宝现在已经开发成旅游景区了，景区公路修得很好，旅游道也还可以。"陈嘉川介绍道。

"那好，你走哪我就跟你走哪。"龙国强的兴致更浓了。

第二天一早，林场的车子来接老场长了，二人便去了福宝。陈嘉川参加完会议以后，就让驾驶员带着他们转山了。

如今的福宝的确和几十年前的福宝大不一样了，陈嘉川以前靠脚走过不知道多少次的地方都变成了著名的景点，而且游道也修得很好。陈嘉川现在也难得进山了，这次他准备带着龙国强多住几天，毕竟年岁不饶人，一天不能太辛苦。

这天，陈嘉川领着龙国强来到了他朝思暮想的青岗峡。这个景点被打造成了岩上小窝，有点鸟巢的味道，小桥不是原木搭的了，而是用宽大的木板搭建的。据说住在这里价格可不便宜。

龙国强走在木桥上说："还是原来的木棒棒桥有味道。"

陈嘉川不屑地笑道："我就说你是个死脑筋，总是往后看。过去的东西只能回味了，这里真的还保持原来的状态，你我今天就到不了这里了。你看这个岩上小窝修得和森林浑然一体，这才是享受生活。如果几十年过去了，我们今天看到的福宝还是原来的样子，你会不会感到失落呢？发展才能给社会带来希望。就像芳芳和春风的婚事，如果没有他们的缘分，你们杜龙两家的恩怨可能一辈子都没有机会解开，心里总有那个结影响你的生活。所以我说有些事情看起来是坏事，但发生了变化也许就是好事了。"

"别说我了，大哥你的话我一辈子都是听的。"龙国强笑道。

"说真的，你和杜家什么时候真正坐下来啊？两老亲家总不见面不好吧？"陈嘉川问道。

"老哥，这事可不能怪我。那个杜老弟的思想怎么样，你不清楚啊？"龙国强回应道。

"哎，你知道那天他儿子杜荣光夫妻俩是咋个把那个犟拐拐老子劝到李三爷家的？"陈嘉川说。

"咋个劝的？"龙国强很好奇。

"还是他儿子了解老子。是他儿子对老子说，你不同意芳芳和春风的婚事，春风就要出家当和尚，一辈子不结婚，你想抱末末就没有希望了，杜家也就要断香火了，他就去了。"陈嘉川笑呵呵地说。

"真是一物降一物，芳芳降住了我和他爸，他儿子又降住了他老子。"龙国强哈哈大笑起来……